Разорванные цепи

Эмилия Ахмадова

“Разорванные цепи – увлекательный роман, чарующий своей искренностью и самобытностью. Автору женщине, воспитанной в мусульманской культуре, в своей жизни пришлось познакомиться с традициями и особенностями быта многих стран и континентов, довелось пообщаться с людьми разных культур, увидеть разные стороны жизни. И теперь многогранным жизненным опытом делится она с читателем на страницах своей книги. Герои романа описаны очень живо и ярко; они не однополярны, и каждый из них способен вызвать и сочувствие, и антипатию.

Прежде чем познакомиться с главной героиней романа, читатель узнает драматическую историю жизни ее мамы, что позволяет ему в дальнейшем проследить взаимосвязь поколений, оценить силу влияния поступков родителей на жизнь их потомков. Но цепь "наследственной порчи" прерывается на той, которая нашла свое спасение в вере, которая обрела надежду в Боге. Сильвана увидела в себе силы, чтобы изменить свою жизнь, и почувствовала вдохновение, чтобы изменять жизни многих и многих страдальцев, которые также, как и она, закованы в цепи страха и отчаяния, которые парализованы безнадежностью ситуации.

Сильвана становится примером для них, живым свидетельством того, что счастье человека – в его руках, а упорный труд, непрекаемая вера в Бога и неуемное желание изменить жизнь к лучшему способны творить чудеса.” Екатерина Штауб

«Разорванные цепи» — женский роман, все персонажи которого являются вымышленными. Любое сходство моих персонажей с реальными людьми является совершенно случайным. При этом проблемы, описанные в романе, являются довольно распространенными во всем мире. История, произошедшая с героями моего романа, не единична и могла произойти с любой женщиной и любым мужчиной.

Перевод с английского: Екатерина Штауб

Иллюстратор: Марина Ветер

Посвящение

Мой роман «Разорванные цепи» посвящается каждому, кто испытал на себе лишения, насилие, страх, манипуляции, эксплуатацию, терпел боль и молил о спасении в полной тишине, когда казалось, что никто не слышит. Сегодня я хочу, чтобы вы знали, что ваш голос был услышан! Пришло время нам объединить свои голоса против насилия и сказать: «Нет! Хватит!» Переверните старую страницу своей жизни и откройте новую, на которой вас ждет исцеление, чувство счастья и гармонии, дарованное Божьей милостью и любовью. Мое послание всем жертвам насилия следующее:

«Пошлите к черту своего источника насилия и заявите о своих правах!»

Моя героиня, Сильвана, смогла совершить этот шаг. Теперь ваша очередь, дорогие читатели, и вы сможете это сделать!

Оглавление

Глава 1

Знакомство Эсмиры с Самедом

Жарким летним днем в Баку Эсмира повстречала молодого человека в книжном магазине, которым она управляла. Разговаривая по телефону с подругой, она поймала взглядом загадочного незнакомца, вошедшего в магазин. Эсмира пялилась на него, отмечая про себя, как он хорош — высокий и широкоплечий, с карими глазами и кожей оливкового цвета. Помощница Эсмиры, продавец Самира, подошла к нему с широкой улыбкой на лице:

— Уважаемый, я могу вам чем-нибудь помочь?

Глядя на миловидную девушку, веером обмахивающую свое кукольное лицо, он улыбнулся в ответ и попросил «Войну и мир» Льва Толстого. Самира положила перед ним экземпляр шедевра мировой классики, после чего он расплатился за покупку и вышел из магазина. Она не сводила глаз с мужчины, пока он выходил из магазина; с ее губ сорвался вздох.

Прошла неделя, и этот таинственный покупатель вернулся. Когда он вошел в книжный магазин, Эсмира стояла у кассового аппарата и делала записи в книге регистрации продаж. Самиры не было на рабочем месте, так как она отлучилась на склад, чтобы немного вздремнуть, оставив ее в магазине одну. С широкой улыбкой мужчина поприветствовал ее и попросил книгу Насрадина Нурри. Для того чтобы найти нужную книгу, Эсмира взобралась на табурет и начала искать ее на книжных полках. Когда она нашла секцию, в которой были книги

Насрадина, то заметила краем глаза, что мужчина рассматривает ее фигуру с вожделением.

Тепло разлилось по телу мужчины, и сердце его неудержимо клокотало. Он облизнул нижнюю губу, изучая ее гибкое тело, красивые ноги и упругие округлые ягодицы. По неведомым причинам он ощутил невыносимый жар в руках, которым он не мог найти места. Имея слабость к красивым женщинам, он безумно захотел овладеть ею прямо здесь, не задумываясь о том, хочет она того или нет.

Наконец девушка нашла нужную книгу и спустилась с табурета. Длинные каштановые волосы ниспадали вдоль ее прекрасного лица. Девушка посмотрела в его карие глаза, обрамленные длинными ресницами. Глядя на ее пухлые розовые губы, он почувствовал внезапное желание поцеловать ее.

— Сколько я должен, красавица?

— Три рубля, — смущенно ответила Эсмира, заметив явное напряжение в его штанах.

— Девушка, как ваше имя? — выразительно спросил он, почувствовав, как кровь словно молния ударила ему прямо в голову.

Посмотрев в его карие глаза, она ощутила, как ее щеки налились румянцем. Стеснительно улыбнувшись и пытаясь избежать его пристального взгляда, она ответила:

— Эсмира.

Ее воздыхатель расплылся в улыбке:

— Ваше имя так же соблазнительно, как и вы сами, — он расстегнул верхнюю пуговицу голубой рубашки.

Девушка покраснела и опустила взгляд, а ее длинные ресницы запорхали, как крылья бабочки:

— Спасибо.

Не в силах оторвать взгляд от розовых губ, посетитель продолжил:

— Меня зовут Самед. Я из Зардоба.

Жемчужинка пота скатилась по его виску. Он почувствовал, как электрический разряд пронзил его тело; все его сознание захватило страстное желание осыпать поцелуями ее щеки и не ограничиться этим.

— Что вы делаете в Баку? — Эсмира старалась не смотреть ему в глаза.

— Я учусь в университете, — мужчина посмотрел прямо в ее бездонные глаза и вздохнул. — У вас самые прекрасные глаза в мире!

Ее щеки заполыхали огнем, а румянец стал еще ярче, она потеряла дар речи. Пока она так стояла, остолбенев, он расплатился за книгу и вышел из магазина.

После этой первой встречи с Эсмирой, Самед Абдулаев регулярно приходил в магазин и покупал книги. Будучи настоящим самцом, он притягивал к себе женщин, использовал их лишь для утоления собственной похоти, а затем выбрасывал своих любовниц с разбитым сердцем, словно ненужный мусор. Но, тем не менее, понять, какие у него были намерения в отношении Эсмиры, было сложно.

Спустя несколько месяцев они начали встречаться. Эсмира была просто счастлива принимать ухаживания от мужчины, обладающего такой внешностью и шармом. Каждый день, когда она заканчивала работу, они вместе ходили в кино или гуляли по Бульвар-парку.

Однажды вечером в кинотеатре Эсмира сидела, прижавшись к Самеду и обнимая его за плечо, а он держал ее за руку, нежно поглаживая. В этих невинных объятиях не было ничего особенного. Но когда девушка опустила глаза, она поняла, что Самед возбужден. Почувствовав неловкость, она попыталась убрать свою руку. Вместо этого, к ее удивлению, молодой человек положил свою руку на ее ногу и начал ласкать ее, пробираясь пальцами прямо под юбку. Почувствовав напряжение во всем теле, Эсмира намеренно уронила сумочку. Растерянная, она вскочила, притворившись, что ищет сумку на полу. Немного погодя девушка снова села на сиденье в надежде, что ее кавалер больше не станет прикасаться к ней таким неподобающим образом.

Вскоре она рассказала своей маме Садагет, что встречается с Самедом. Изящная пожилая женщина выронила из рук утюг и на мгновение задумчиво уставилась на Эсмиру, а потом воскликнула:

— Даже не могу представить, что у тебя наконец-то появился парень! Надеюсь, что он не один из тех идиотов, которым нужен только секс.

Эсмира раздраженно нахмурилась, поджав губы:

— Мама, он не идиот, а порядочный мусульманин. Откуда в вас столько негатива?

— Я пытаюсь защитить тебя. Ты ничего не знаешь о нем. Как ты можешь быть уверена, что твой парень — хороший человек? Прежде всего, нужно узнать, кто его родители и друзья, и чем он зарабатывает на жизнь. Пожалуйста, не начинай отношения, предварительно не узнав как можно больше об этом человеке.

Эсмира громко вздохнула:

— Мама, почему вы всегда беспокоитесь без повода? Когда вы с ним встретитесь, задавайте ему столько вопросов, сколько пожелаете!

Пораженная новостью, что у дочери появился парень, Садагет засыпала ее вопросами. Эсмира пообещала пригласить его в гости, чтобы удовлетворить материнское любопытство.

В одно холодное ветреное воскресенье, после четырех месяцев знакомства, Эсмира пригласила Самеда познакомиться со своей мамой. Он принес большой букет роз в магазин к Эсмире, и вместе они пошли к ней домой. Вскоре парочка оказалась на месте, и Садагет открыла им дверь.

— Добрый день, Садагет-ханым, — улыбнулся Самед, сверкая своими безукоризненно белыми зубами, в то время как его левое веко нервно задергалось.

— Здравствуйте, молодой человек, — вежливо произнесла Садагет. Она нахмурила брови и пригласила его пройти внутрь. В гостиной Самед посмотрел на нее и почувствовал, как мороз пробежал у него по коже.

— Мама, это Самед Абдулаев, — представила его Эсмира.

Садагет снова оценивающе посмотрела на него, не моргая:

— Рада знакомству, молодой человек.

— Мне тоже очень приятно познакомиться, — он самодовольно ухмыльнулся и вручил ей цветы.

— Это самые красивые розы, которые я только сумел найти для такой замечательной мамы, как вы.

Она взяла розы и наконец-то улыбнулась:

— Спасибо большое за цветы. Пожалуйста, присаживайтесь и чувствуйте себя как дома.

Поставив розы в хрустальную вазу, Садагет предложила ему чай с кусочком торта «Наполеон». Во время чаепития она задавала ему вопросы, при этом лицо ее не выражало никаких эмоций:

— Чем вы зарабатываете на жизнь? — Садагет даже немного склонилась вперед, показывая, что она вся во внимании.

— Я пока не работаю, так как учусь в университете.

— На кого вы учитесь? — женщина пристально смотрела на него своими карими глазами.

— Я учусь на физика.

Сверлящий взгляд Садагет привел его в волнение. Он смущенно поежился, и его ладони вспотели. Нестерпимое желание закурить охватило Самеда; он запустил руку в карман с зажигалкой. Садагет неспешно пила чай:

— Где живут ваши родители? — спросила она, откусив конфету.

— Они живут в Зардобе.

Садагет поставила пустую кружку на кофейный столик и устремила на мужчину пристальный, не моргающий взгляд:

— Какие у вас намерения по отношению к моей дочери?

Услышав столь неожиданный вопрос, Самед поперхнулся своим чаем и закашлялся. Сначала он не знал, что ответить. Потом невнятно пробормотал:

— Мне нравится ваша дочь, и я надеюсь, что мы будем вместе.

Лицо Садагет расплылось в улыбке.

— Но сейчас еще очень рано говорить об этом, так как мы встречаемся совсем недавно, — он неосознанно задергал воротник рубашки, стараясь выдержать этот допрос с пристрастием.

Улыбка на лице Садагет сменилась сердитым выражением. Сидя напротив, она резко выпрямила спину, явно разочарованная полученным ответом. Мать Эсмиры не сводила глаз с Самеда. Испытывая желание провалиться сквозь землю, Самед отвел взгляд в сторону и закинул ногу на ногу. Он никак не мог взять в толк, почему эта женщина задает столько вопросов и делает это так стремительно, словно палит из пушки.

Самед отвечал вежливо, стараясь доказать, что Эсмира не просто нравится ему, а что у него действительно серьезные намерения. Проведя час дома у Эсмиры, Самед ушел с чувством облегчения и освобождения. Беззаботный парень был рад тому, что он больше не должен ни отвечать на бесконечные расспросы Садагет, ни выносить ее пронизывающий пристальный взгляд.

Как только он ушел, мать Эсмиры скрестила руки и вынесла свой вердикт:

— Он красивый мужчина с хорошими манерами, но что-то с ним не так. На твоем месте я бы не доверяла ему.

Услышав ее слова, Эсмира опустила глаза, скорчив недовольную гримасу:

— Мама, я не удивлена. Вам никогда не понравится ни один мужчина в моей жизни. И неудивительно, что и в вашей жизни мужчин тоже не было.

Садагет на мгновение онемела.

— Единственная причина, по которой я ограждала себя от мужчин, в том, что я хотела тебя защитить от насилия. Понимаешь, о чем я? — сказала она, погрозив Эсмире пальцем.

Эсмира напряглась всем телом и опустила глаза.

— Ты не обратила внимание, как он вел себя, когда я спросила о его намерениях относительно тебя? Жесты его говорили о том, что он явно нервничал. Это наводит меня на мысль , что тебе не стоит встречаться с ним

Обеспокоенная неодобрительным настроением матери, Эсмира нахмурила брови и медленно замотала головой:

— Мама, я вас не понимаю. Вы не можете судить о ком-либо, не узнав его получше.

— Эси, я не сужу, но у меня сложилось впечатление, что он может обойтись с тобой неподобающим образом. Я не знаю, откуда возникло это ощущение. Когда я мысленно представляю его, то становлюсь все более уверенной в этом, а в груди возникает чувство беспокойства. Садагет поставила грязную посуду на поднос и вздохнула.

— Просто будь осторожна.

Несмотря ни на что, упертая дочь проигнорировала совет матери и продолжила встречаться с Самедом. Она знала, что у матери такой характер, что вряд ли ей удастся встретить такого человека, которого бы она одобрила.

С приходом зимы все вокруг покрылось белым снежным ковром. В то февральское утро нападало столько снега, что дорога стала скользкой. Возросла вероятность аварийных ситуаций, но это не могло остановить Самеда от встречи с Эсмирой. С букетом из красных и розовых роз под мышкой, он шел быстрыми шагами по асфальту,покрытому льдом, ни секунды не задумываясь об опасности. Но все же беззаботный парень не был неуязвимым. Он страшно замерз. Приблизившись к магазину, разглядывая крыши двухэтажных кирпичных домов, заваленные снегом, он почувствовал, как кровь стынет в его жилах. Его пальцы болели, как будто кто-то вонзал в них иголки. Его тело слегка дрожало, он стиснул зубы. Пытаясь противостоять холоду, он положил одну руку в карман, другой же рукой он держал розы.

В этот момент к нему подъехало желтое такси.

— На улице очень холодно. Разрешите мне подбросить вас, куда вам нужно, — водитель подул на свои руки, пытаясь их согреть, и потер их друг о друга.

— Спасибо, но я уже почти на месте.

Как только такси отъехало, Самед почувствовал, как что-то тяжелое ударило ему в голову, и его серая зимняя шапка упала на землю. Он обернулся и заметил неподалеку троицу малышей, каждый из которых стоял со снежком в руках. Толстый мальчик небольшого роста прицелился, чтобы кинуть следующий снежок в Самеда, пытаясь попасть ему прямо в лицо. В тот же миг снежок достиг своей цели.

— Эй, вы! Доберусь я до вас! — крикнул он на мальчиков, рассерженно, с полным ртом снега. Самед положил свои цветы на снег и сделал огромный, тяжелый снежный шар. Затем он бросил его в детей, но бросок был не столь хорош, и снежный ком приземлился в нескольких шагах от них, при этом никого не задев. Сконфуженный, он поднял шапку и цветы и пошел прочь, пытаясь не обращать внимания на смех за спиной.

Самед зашел в книжный магазин с прекрасным букетом роз в руках. В магазине он подарил Эсмире цветы.

— Когда я увидел эти прекрасные розы, тут же вспомнил о твоей красоте. Я не мог устоять, чтобы не купить их тебе, — его глаза ярко засверкали.

Глядя на него с улыбкой, она сделала глубокий вдох и почувствовала аромат цветов. «Я могу целый день нюхать их», — подумала она про себя.

— Ты так добр ко мне, — от счастья Эсмира готова была взлететь. Он схватил ее руку, пристально глядя на ее порхающие от смущения ресницы.

— Я сегодня встал рано, чтобы приготовить ужин. Может быть, ты согласишься поужинать сегодня у меня в гостях?

В ожидании ответа он смотрел на свою подругу умоляюще. Сначала она не знала, что сказать. Влюбленная девушка понимала, что пойти в его логово было не лучшей идеей. Тем не менее, посмотрев в обольстительные и манящие глаза Самеда, она сдалась.

Вечером Эсмира закрыла магазин, и они направились на станцию метро. Зал ожидания был переполнен людьми, которые пытались укрыться от холода. На некоторых были надеты теплые пальто и шарфы, обмотанные поверх головы. Люди толкали друг друга, чтобы успеть сесть в вагон. Проехав несколько остановок, молодая пара прошла оставшийся путь в тишине. Эсмира чувствовала волнение и трепет. С широко раскрытыми от внутреннего возбуждения глазами женщина вела внутреннюю борьбу с собственным желанием отказаться от предложения и сбежать, и все-таки продолжала идти за ним. Они шли между пятиэтажными зданиями, которые давно уже нуждались в ремонте и свежей покраске. Эсмира заметила несколько бакалейных лавок, примыкающих к домам. Перед ними стояли припаркованные русские машины, покрытые снегом. Стайка детей бросали снежки друг в друга, пока их родители одиноко сидели рядом на скамейках. Озабоченная женщина посмотрела на дорогу. Часть ее не была заасфальтирована и покрыта снегом вперемешку с грязью.

«Если кто-то увидит, как я захожу в его квартиру, то сплетни очень быстро распространятся повсюду», — подумала она.

Тем временем, Самед плотоядно смотрел на нее во время прогулки, облизывая губы. Он чувствовал возбуждение во всем теле. Они подошли к девятиэтажному зданию. Медленно, тяжело дыша, парень и девушка поднялись по ступенькам на пятый этаж; сердце Эсмиры билось с каждым шагом все чаще. Она положила руку на грудь , чтобы хоть немного успокоить его. «Почему мое сердце готово разорваться?»

Он открыл дверь и провел ее в столовую. Она была прекрасно оформлена: стены оклеены изумительными светло-зелеными обоями, на картине изображена какая-то красавица, длинные занавески кремового цвета, магнитофон, маленький телевизор на подставке и стол с приставленными к нему стульями.

Он пригласил ее за стол. На столе Эсмира увидела пару бокалов, бутылку красного вина, розы, свечи и белоснежные тарелки. Ее глаза становились все больше, и она открыла рот от удивления:

— Вот это да! Я поражена твоим гостеприимством. Ты даже поставил свечи.

— Я тот мужчина, который знает, как сделать женщину счастливой. Красавица, пожалуйста, садись за стол, я сейчас вернусь.

Самед вышел из гостиной. Через несколько минут он вернулся с передвижным столиком, на котором был обед. Он переставил с тележки на обеденный стол блюда с долмой, пловом, картофельным салатом, черной икрой и зажег свечи. Затем он налил немного вина в бокалы и один из них протянул ей. Никогда ранее Эсмира не пила алкоголь, и поэтому она колебалась. Она держала свой бокал и наблюдала за каждым его движением. Терзаясь сомнениями, девушка тяжело дышала, и каждый мускул ее тела был напряжен.

Он поднял свой бокал вина:

— Давай выпьем за любовь и за наше будущее! — после этих слов он выпил половину бокала. Следуя его примеру, Эсмира одним глотком осушила весь бокал. Обед проходил в напряжении. После того как они закончили трапезу, Самед убрал со стола все тарелки, включил романтичную медленную мелодию и пригласил ее на танец. Она поднялась смущенно, потупила взгляд и придвинулась ближе к нему. Самед нежно обнял ее за талию, бережно прижал к себе и закружил в танце. Чувствуя его тело так близко, Эсмира ощущала жар и головокружение. Может быть, причиной тому было выпитое вино, а может их близость — девушка не знала. Положив голову ему на плечо во время танца, Эсмира ощущала желание поцеловать его. От него приятно пахло, и кожа была такая нежная. Музыка закончилась, она села на свой стул, осматриваясь вокруг и нервно накручивая на палец концы волос. Все ее тело охватил жар, в особенности руки. «Что происходит с моим телом?»

Он вышел из комнаты для того, чтобы вернуться с двумя рюмками и бутылкой, полной прозрачной жидкости. Он налил немного и протянул ей напиток.

— Милая, попробуй это.

Она съежилась, глядя на рюмку:

— Что это?

— Водка с лимоном, — одержимый нахлынувшими чувствами, Самед передал ей рюмку.

Эсмира поставила рюмку на стол:

— Но, Самед, я не пью алкоголь.

Самед покосился на свою девушку, слегка прищурив глаза и поджав губы. Эсмира почувствовала, как сильно раскраснелась, и поправила свою блузку.

— Мы же никого не убиваем , никому не причиняем вреда, не воруем. Просто пригуби, и, если тебе не понравится, не пей.

Она сделала несколько маленьких глотков.

— Ух ты, я чувствую вкус лимона! — и она в одно мгновение залпом выпила всю рюмку.

После двух рюмок водки Эсмира чувствовала себя еще более веселой, голова кружилась все сильнее. Ей хотелось петь и танцевать. «Я чувствую себя такой расслабленной».

Самед налил ей еще одну рюмку водки, но она попыталась отказаться. Он с любовью смотрел, нежно улыбаясь:

— Давай выпьем это за наше совместное будущее.

Эсмира передумала. «Еще одна рюмка не принесет вреда».

Да и как она могла сопротивляться этой чарующей улыбке и умоляющему взгляду карих глаз? Спустя некоторое время Эсмира уже шутила и смеялась. В один момент она попыталась встать с дивана, но упала назад, почувствовав головокружение. Вся комната стала вращаться вокруг нее. Она смотрела на Самеда, откинувшись на спинку и кусая губы. Ее охватило острое желание встать и поцеловать его. Увидев, что Эсмира пьяна, он сел рядом с девушкой и прильнул губами к ее шее. Она попыталась оттолкнуть его, смеясь, но он продолжал:

— Пожалуйста, остановись!

— Эсмира, ты так прекрасна, чиста и невинна! — он продолжал целовать ее шею.

Она чувствовала себя слабой, голова кружилась. Когда Самед осыпал ее шею поцелуями, по всему телу Эсмиры разливалось тепло. Закрыв глаза, девушка наслаждалась. Когда он попытался расстегнуть ее блузку, она предприняла слабое усилие, чтобы оттолкнуть его. Но когда он начал целовать ее губы, Эсмира больше не могла контролировать свои эмоции. Более того, она осознала, что ей хочется заняться любовью с мужчиной, который сидит рядом.

— К черту мнение окружающих, — она прошептала сама себе, еле слышно.

Эсмира крепко обняла его и страстно поцеловала в губы. Самед схватил ее руку и повел в свою спальню. Там он раздел ее, а затем снял свою одежду. Лежа на кровати, девушка рассматривала его обнаженное, атлетическое тело. Он был таким сексуальным, что она больше не могла сопротивляться своему страстному желанию. Тяжело дыша и изнемогая от внутреннего жара, она всем своим естеством жаждала поцелуев. Лежа на кровати Самеда, она позволяла ему целовать свои губы, а потом и все тело, становясь все более расслабленной и податливой. Ей нравились эти ощущения, и она не хотела, чтобы это прекращалось. После недолгой прелюдии они занялись сексом, после чего, опьяненные, уснули.

Наутро Эсмира проснулась с ужасной головной болью. Увидев себя обнаженную в постели Самеда, она поняла, что совершила что-то постыдное и грешное. Она медленно села на кровать, ощущая слабость, и закрыла лицо руками. «О Боже, я согрешила и навлекла на себя позор».

В ужасе Эсмира отчаянно замотала головой. «Что же я наделала?»

Она пошла в ванную, чтобы принять душ. Одевшись, Эсмира вернулась в спальню, забилась в уголок и, положив голову на колени, начала плакать. Услышав это, Самед проснулся, вскочил полуголый и уставился на нее.

— Что случилось, Эсмира? Почему ты плачешь? — он тут же начал одеваться.

Плачь Эсмиры стал еще громче:

— Я согрешила, переспав с тобой. Я не должна была пить водку. Я опьянела, и поэтому не могла себя контролировать. Никто теперь не женится на мне, потому что я потеряла невинность. Мать убьет меня! — восклицала она, отрицательно мотая головой.

Он приблизился вплотную:

— Перестань понапрасну лить слезы. Посмотри на меня, пожалуйста, — она подняла голову и посмотрела на него потухшим взглядом.

— Ты ведь знаешь, что я люблю тебя. Не беспокойся. Я на тебе женюсь.

Эсмира заметила, как забегали его глаза, брови почти сошлись на переносице, а лоб покрыли морщины.

— Это правда? —наивная Эсмира, с улыбкой на обеспокоенном лице посмотрела ему в глаза.

Он слегка улыбнулся:

— Да, я женюсь на тебе, но после того, как закончу университет.

Поговорив с ним еще немного, она вышла из его квартиры и направилась к станции метро. По дороге Эсмира увидела телефонную будку. Стоя напротив нее и глядя по сторонам, девушка думала об ошибке, которую совершила. «Если бы я только отказалась от предложения пойти к нему домой, то ничего бы этого не случилось». Тревога охватила девушку при мысли о Садагет. Она не знала, как объяснить матери свое отсутствие. Наконец, она решила сказать, что ночевала у Сабины. Эсмира зашла в телефонную будку и набрала номер телефона подруги. Сабина подняла трубку.

— Привет, Сабина.

— Привет! Так давно не слышала тебя, — ответила Сабина.

— Ты не могла бы кое-что сделать для меня?

Сабина не торопилась с ответом.

— Что именно?

— Если моя мама позвонит тебе, просто скажи ей, что я ночевала у тебя.

— Но где же ты провела ночь? — все внимание Сабины обратилось на подругу.

Эсмира оглянулась по сторонам и попыталась говорить как можно тише:

— Вокруг меня очень много людей. Поэтому я не могу говорить громко. Я обещаю позвонить тебе позже, но сейчас, пожалуйста, сделай так, как я прошу.

— Не беспокойся. Я скажу ей то, что ты просишь.

Эсмира почувствовала, как тяжелый груз свалился с ее плеч. — Спасибо тебе большое. Поговорим позже.

Явно повеселев и испытав некоторое облегчение, Эсмира повесила трубку.

Она вышла на станции Нариманова и села на 266-й автобус, который остановился прямо рядом с ее домом. Подходя к дому, она почувствовала, как быстро бьется сердце; снег падал прямо за шиворот ее белого пальто. Медленно она поднялась на третий этаж, ощущая возрастающую тяжесть в груди и дрожь во всем теле. «Сейчас мне придется несладко. О Боже, помоги мне!»

На мгновение она остановилась перед дверью, и затем постучала. Она чувствовала, как бешено колотилось ее сердце. Садагет открыла дверь, не сказав ни слова. Когда дверь закрылась, она скрестила руки и закричала:

— Где ты шлялась, потаскуха? Я чуть с ума не сошла, пытаясь разыскать тебя! Ты провела ночь с Самедом?

Эсмира молча смотрела на мать. Лицо Садагет было искажено гневом, а брови соединились от ярости. Ее трясло, но она продолжала кричать. Растерянная и напуганная, Эсмира сначала не знала, что ответить. Ее глаза округлились от страха, а брови поползли наверх. Девушка тяжело дышала, ей казалось, что в комнате не хватает воздуха.

— Нет, я провела ночь у Сабины. Она осталась одна дома и попросила меня переночевать у нее — Эсмира врала и потому чувствовала неловкость. Она знала, что это неправильно и что ложь — это грех, но она боялась сказать правду.

— Ты могла хотя бы позвонить мне и сказать, что остаешься у Сабины.

Эсмира продолжила врать, стараясь не смотреть в глаза матери:

— Я не знала, что останусь у нее. Она попросила меня об этом, когда я пришла к ней домой. Я собиралась позвонить тебе, но у нее не работал домашний телефон.

Садагет подошла к ней ближе и пригрозила пальцем:

— Послушай меня внимательно. Если это снова повторится, то я вышвырну тебя вон!

— Это не повторится, — стараясь не разозлить мать, Эсмира повернулась и медленно вышла из комнаты, чувствуя, как ее лицо расплывается в легкой улыбке. Сработало. Остаток дня она провела дома, слушая ворчание Садагет.

В понедельник она вышла на работу, чувствуя облегчение, что наконец-то ушла от матери. Она опустилась в свое рабочее кресло, закрыла глаза и сладко втянула воздух, наслаждаясь окружающей ее тишиной. «Хотя бы здесь она не сможет достать меня».

Тем не менее вечерами после работы все начиналось сначала. Садагет напоминала Эсмире о той ночи, когда ее не было дома. Сидя за столом, она слушала занудные упреки матери, обхватив голову руками и кусая губы. «Когда же она прекратит говорить об одном и том же? Это уже просто невыносимо!»

Садагет ругалась по поводу любой мелочи. Она называла Эсмиру потаскухой уже за то, что та посмотрела в чью-либо сторону или ответила улыбкой. Тем не менее, Садагет не была ни злой, ни подлой. Испытания, с которыми она столкнулась в самом начале своего жизненного пути, сделали ее колючей.

Она родилась в Агдаме от русской матери Марии и азербайджанского отца Рзы. В возрасте 16 лет Садагет встретила учителя по имени Али. Он был старше на четыре года и происходил из богатой семьи. Однажды он привел Садагет в свой дом и переспал с ней, пообещав жениться. Но через несколько дней он отказался от своих слов и попросил Садагет не рассказывать никому о том, что между ними произошло. Но Садагет рассказала все своей матери. Вне себя от злости, Мария заставила Али жениться на дочери и взять ее в свой дом. Злая по характеру, мать Али была директором средней школы. Она была крайне недовольна тем, что сын ее взял в жены бедную девушку, чья мать была русской алкоголичкой, которая целый год провела в тюрьме. Она мечтала, чтобы сын женился на азербайджанской мусульманке, которую она сама бы выбрала для него. Свою неприязнь к Садагет она не скрывала, каждый день нападая на нее:

— Что ты делаешь в моем доме? Возвращайся в свой сарай! Она шла на все возможные уловки, чтобы развести их. Например, врала сыну, будто бы невестка обращается с ней грубо, не проявляя никакого уважения. Али верил жалобам матери и ругал Садагет за ее поведение со свекровью.

Через год семейной жизни Садагет потеряла своего первого ребенка, у нее случился выкидыш из-за того, что она подняла тяжелый мешок картошки. Позже она снова забеременела и родила Эсмиру. Прожив три года в доме свекрови, Садагет решила уйти от мужа. Она больше не могла терпеть ни постоянные придирки и ложь его матери, ни холодность и пьянство своего мужа. Она забрала дочь и вернулась в дом своей матери, а через некоторое время попросила развода. Как только Садагет развелась, она переехала вместе с четырехлетней дочерью в прекрасную столицу Азербайджана Баку.

В Баку она устроилась работать на фабрику. Пока она была на работе, Эсмира оставалась в детском саду. Садагет всегда была трудолюбивой и преданной делу порядочной женщиной. Ей нравилось самостоятельно зарабатывать деньги и ни от кого не зависеть. Сильное чувство гордости не позволяло ей принимать помощь от других людей. Так, работая на фабрике, она самостоятельно снимала квартиру. И хотя Садагет была заботливой матерью, она никогда не показывала ласки своей дочери: не целовала ее, не говорила, что любит. Поэтому Эсмира выросла с чувством собственной ненужности и нежеланности. Садагет всегда опасалась, что Эсмира позволит какому-то мужчине разрушить свою жизнь, и потому делала все возможное, чтобы не позволить ей совершить такую же ошибку, какую сделала сама, выйдя замуж за Али — недостойного человека.

Зная характер своей матери, Эсмира пыталась не перечить ей. Вместо этого она встала, взяла тарелку с пирожными и пошла обратно в свою спальню с чувством легкой растерянности. «У всех моих друзей любящие и заботливые матери. Не то что моя, бессердечная. Неужели она унаследовала это от своей матери? Не удивительно, что русские женщины бьют своих мужей».

Всю неделю после той ночи с Самедом Эсмира надеялась, что он придет в магазин, но он так и не объявился. Каждый раз, когда мужчина входил в ее книжный магазин, она поднимала взгляд в надежде, что это Самед. Она звонила ему по крайней мере шесть раз за две недели, но он не отвечал. «Почему я влюбилась в него? Я думала, что он другой, а он использовал меня для собственной утехи. Мне следовало слушать свою мать».

И так, в ожидании она провела последний месяц зимы, которая плавно перешла в весну. Пока она ждала Самеда, тот встречался с Татьяной — женщиной, приехавшей в Азербайджан из России. Татьяна была на десять лет его старше и имела 11-летнюю дочь, появившуюся на свет от случайной связи. Самед знал, что раньше у нее были и другие беспорядочные отношения. По причине ее беспутства люди не уважали Татьяну, но 25-летний Самед не придавал этому значения. Он рассуждал, что, если женщина готова снабжать его наличными и предоставлять жилье, то их дороги вполне могут пересекаться. В таком случае ему не придется платить за квартиру во время учебы в университете.

В действительности Татьяна была рада, что в ее жизни есть такой молодой и привлекательный мужчина, как Самед. Она тратила на него деньги, а он, в свою очередь, стирал и гладил ее белье и занимался с ней сексом. Несмотря на свой юный возраст, он был опытным любовником, который мог удовлетворить любую женщину.

Самед наслаждался распутством, будучи уверенным, что держит все под контролем. Но одним теплым мартовским днем все разрушилось. В этот день, только он успел переступить порог квартиры Татьяны, как она дала ему деньги и отправила в продуктовый магазин. Когда Самед вышел, женщина заметила, что он оставил свой рюкзак на полу. Татьяна была любопытной. «Что может такой мужчина, как Самед, носить с собой повсюду?» Она хихикнула про себя, закрывая дверь, быстро подняла рюкзак и заглянула внутрь.

Поначалу содержимое рюкзака не вызвало у нее интереса — там была одежда для тренировок, пара тапочек для душа, флакон духов. Однако чуть поглубже среди этих невинных предметов она нашла его записную книжку и белый конверт. С любопытством она начала листать страницы записной книжки. Когда Татьяна увидела, что книжка переполнена женскими именами, ее глаза засверкали от злости. Кроме того, между страницами встречались вложенные женские фотографии. Затем она открыла маленький белый конверт. Дрожащими руками она прочитала письмо, написанное на маленьком листке бумаги. «Самед, я бесконечно пытаюсь дозвониться до тебя, но ты не отвечаешь. Позвони мне, пожалуйста, или зайди в магазин. Мне срочно надо с тобой поговорить о той ночи в твоей квартире. С любовью, Эсмира».

Читая письмо Эсмиры, Татьяна буквально задыхалась от ярости. Она смяла в руке пластиковый стакан и швырнула его о стену.

— Так этот ублюдок смеялся надо мной. Когда он вернется, то получит по заслугам, — бормотала она сердито.

Татьяна сжала правую руку в кулак. Затем она взяла ручку и записала имя и номер телефона Эсмиры. Девушка разорвала письмо и положила обрывки бумаги обратно в конверт.

Она снова достала фотографии из записной книжки

и просмотрела их. Ее сердце было переполнено гневом, она даже чувствовала боль в груди. Татьяна тяжело дышала, прищурив свои глаза. Она порвала фотографии на множество мелких цветных кусочков. «Ублюдок! Лжец! Ты хотел одурачить меня?!»

Тем временем Самед совершал покупки в полном неведении, что его ожидает. Когда он брал банку сладкой кукурузы с полки магазина, его блуждающий взгляд остановился на двух молоденьких азербайджанках. Та, которая была повыше и стояла возле свеклы, заметила его и застенчиво улыбнулась, а он подмигнул ей в ответ. Он расплатился за покупки и отправился к Татьяне. Магазин находился недалеко от ее дома, поэтому много времени, чтобы добраться до серого девятиэтажного здания, ему не понадобилось — на его счастье, так как по дороге домой начал капать холодный дождь. Подходя, он увидел, как люди спешат зайти внутрь, спасаясь от промозглого дождя. Он поднялся по лестнице и радостно постучал в дверь. Татьяна открыла и позволила ему войти, пытаясь оставаться спокойной. Пока он поставил сумки на кухонный стол и снял плащ, Татьяна взяла в руки обрывки фотографий.

— Все это время ты обманывал меня! Ты говорил, что я единственная женщина в твоей жизни! Кто тогда все эти шлюхи на фото?! — голос Татьяны прозвучал, как гром среди ясного неба.

Пойманный на месте преступления, Самед стоял молча. Его глаза забегали по сторонам, а ладони вспотели. Обманщик подошел к Татьяне, пытаясь ее обнять, но она оттолкнула его.

— Почему ты не доверяешь мне? Некоторые из этих девушек учатся со мной. Ты единственная в моем сердце, — он изо всех сил пытался выглядеть невинной овечкой, но ноги его уже начали предательски дрожать и подкашиваться.

— Почему тогда у тебя их фотографии? — любовница подошла к Самеду, пытаясь поймать его на лжи.

— Фотограф — мой знакомый, они заплатили ему, а я как раз собирался отдать им фотографии. Здесь ничего личного, уверяю тебя, — он врал напропалую, чувствуя, как безнадежно рушится его комфортная жизнь.

Татьяна недоверчиво щурилась, глядя на своего любовника. Самед снова попытался взять ее за руку, но она опять оттолкнула его.

— Татьяна, ты единственная женщина в моей жизни. Просто поверь мне! Ты должна мне верить!

— О, я должна? — она сложила руки на груди, в ее глазах появилась глубокая, безмерная ярость.

— Кто такая Эсмира?

Это была последняя возможность для Самеда реабилитироваться и быть честным.

— Она всего лишь моя соседка.

Она смотрела в его глаза, не моргая:

— Просто твоя соседка? Скажи мне, что эта «просто твоя соседка» делала ночью в твоей квартире?

Он почесал свой нос и приложил руку ко рту. Видя его жесты, Татьяна поняла, что Самед лжет. Она дала ему слишком много шансов, и он не использовал ни одного из них.

— Ну так что? — она с нетерпением ждала ответа, скрестив на груди руки.

— Ничего, она пришла ко мне просто одолжить немного соли, — проскрипел он в ответ.

Последняя ложь Самеда прозвучала очень жалко, и он сам это понимал. Он больше не говорил голосом самонадеянного, наглого юнца; теперь он говорил, как обиженный, несчастный ребенок.

Качая головой из стороны в сторону, Татьяна подошла к двери и открыла ее:

— Я не стану очередной дурочкой, которую ты использовал. Выметайся из моей квартиры и проваливай отсюда! — она указала пальцем на лестничную клетку.

Словно обухом по голове ударенный, Самед вышел из квартиры и направился к станции метро.

***

Не получая никаких известий от Самеда на протяжении нескольких недель, Эсмира уже почти поверила в то, что никогда больше его не увидит. Дни летели, и она убеждалась, что он просто использовал ее для удовлетворения своей ненасытной похоти. Расстроенная своей собственной недальновидностью и неумением разбираться в людях, Эсмира не могла ни погрузиться в работу, ни нормально заснуть; она сожалела о том, что с самого начала согласилась пойти к нему домой. Она с трудом пережила три недели, оставаясь в одиночестве и избегая друзей. Эсмира проводила каждый день одна, опустив голову над своим рабочим столом и пытаясь погрузиться в дела. Одинокая и покинутая, Эсмира сидела в своем кабинете и подсчитывала недельную выручку от продаж в книжном магазине. Но она не могла сконцентрироваться и рассеянно нажимала неверные цифры на калькуляторе. С чувством досады она отодвинула его в сторону и начала массировать свой лоб, чувствуя пульсирующую боль в области глаз. Поджав губы, она крепко стиснула зубы и закрыла глаза.

«Почему я пошла в его квартиру? Как я могла быть настолько глупой и позволить такому, как он, воспользоваться мною?» Мысли о грешной ночи, проведенной с Самедом, заставили ее почувствовать себя невыносимо слабой и обострили ее головную боль. Она прекратила массировать свой лоб и начала искать аспирин в своей сумочке, при этом тело ее сильно дрожало.

Как-то в дождливый день во время разговора с покупателем по телефону она увидела, что в магазин зашел Самед. От удивления она уронила трубку. Он уныло сложил свой зонт и оставил его возле двери; в это время Эсмира пристально смотрела на него сквозь стеклянную панель, отделяющую ее кабинет.

Дождь неумолимо бил по стеклам. Казалось, что глазами она просверлит его насквозь. Сердце готово было выпрыгнуть из груди. Каждый мускул ее тела напрягся. «Зачем бы еще этому обманщику возвращаться, как не для того, чтобы мучить меня снова?» Эсмира хотела отвесить ему пощечину за его бессердечность. Но вместо этого она предпочла оставаться спокойной и терпеливо ждать, пока он подойдет.

Промокший насквозь, он приблизился к прилавку:

— Доброе утро, Самира. Эсмира на месте сегодня?

— Да, на месте, — теребя блузку, Самира слегка облизнула губы и посмотрела ему в глаза. — Но она не в настроении разговаривать с кем-либо сейчас. Скажи мне, красавчик, ты что, подстригся?

Самед словно просканировал ее своим знойным взглядом, задержав внимание на красивом декольте. Затем он посмотрел девушке в глаза и ухмыльнулся:

— Да, подстригся.

Она наклонилась к нему через прилавок, чтобы обнажить грудь.

— Мне нравится. Ты не хочешь сегодня пообедать со мной? — она надеялась на положительный ответ.

Он осклабился, не в силах отвести глаз от груди:

— Нет, Самира. Мне очень жаль, но сегодня я действительно хочу увидеть Эсмиру. Но спасибо за приглашение.

Его ответ стер улыбку с ее лица.

— Хм, — глаза Самиры потухли от разочарования.

Эсмира вышла из своего кабинета и обратилась прямиком к своей помощнице, игнорируя нахального мужчину, стоявшего перед прилавком.

— Самира, один из наших покупателей звонит и интересуется книгой Булгакова «Мастер и Маргарита». У нас есть экземпляр этой книги на складе?

— Да, у нас осталось три штуки, — покорно заявила Самира.

— Пожалуйста, позвони Гульнаре Ахмедовой и скажи, что она может забрать книгу в любое время до 18:00.

Самед терпеливо ждал, пока Эсмира договорит с Самирой. Как только девушка закончила давать наставления своей работнице, она повернулась к нему со строгим видом. Улыбка на ее лице сменилась недовольством, а ее черные брови грозно сошлись на переносице.

— Здравствуй, Самед.

— Привет, Эсмира. Мы могли бы поговорить с тобой?

— Я не могу говорить с тобой прямо сейчас, — она почувствовала в сердце пустоту, смешанную со злостью.

Самира задумчиво смотрела на них, испытывая ревность и не осознавая, насколько расстроенно она выглядит. Немного погодя, она набрала номер покупателя, следуя полученным указаниям.

— Эсмира, прошу, удели мне хотя бы пять минут своего времени?

— Сейчас я занята, но ты можешь прийти в шесть часов, — она решила, что лучше не выражать никаких эмоций, чем кричать или бить его по лицу. Она вернулась в кабинет, оставив его ошарашенного с открытым от удивления ртом. Так или иначе, она была рада видеть его, и в тоже время была зла за то, что он игнорировал ее на протяжении нескольких недель.

Он посмотрел на свои часы и вышел из магазина, явно расстроенный. К этому времени дождь прекратился, и Самед отправился на Бульвар-Парк, расположенный на побережье Каспийского моря. Он осмотрелся и заметил одинокие лодки в море и крикливых чаек. Лавочки в парке были пустыми, дети развлекались на аттракционах. Он зашел в кафе, где несколько юных парочек сидело за столиками. Он заказал водку с лимоном и провел там пару часов, думая о том, какие оправдания он может высказать Эсмире относительно своего отсутствия. Пока Самед шел по Бульвар-Парку под дождем, он слегка намочил брюки, и теперь они начали высыхать. Спустя некоторое время Самед посмотрел на свои серебряные часы и обнаружил, что уже 17:35. Он немедленно расплатился и пешком направился обратно в магазин. Когда он добрался, Эсмира уже закрывала дверь. Алкоголь рассеял его прошлое уныние; вместо этого он снова приобрел свой привычный облик самонадеянного завоевателя женских сердец. Самед подошел к девушке, плотоядно ухмыляясь:

— Привет, Эси. Я вернулся.

— Я вижу. Что тебе сейчас нужно? — огрызнулась Эсмира, давая ему понять свое недовольство.

— Я скучал. И поэтому пришел, чтобы увидеть тебя.

— Если бы ты скучал, то связался бы со мной или ответил на мои телефонные звонки, — ее голос был сердитым, а на лице читалась обида.

Самед осторожно подкрался к Эсмире и схватил ее руку, но она одернула ее и оттолкнула самонадеянного казанову.

— После нашей последней встречи мне позвонила моя сестра и сообщила о болезни отца. Она думала, что он умирает, и поэтому попросила меня приехать домой.

Он увидел выражение беспокойства на лице Эсмиры и понял, что она, к своему несчастью, поверила в его ложь. Он лучезарно улыбнулся ей и причмокнул губами.

Самед продолжал лгать:

— Когда я узнал, что отец болен, то в спешке уехал из Баку. Вот поэтому ты не могла дозвониться мне. Я провел три ужасных, адских недели в Зардобе, заботясь о своем отцеинвалиде, и все это время думал о тебе. Господь милостив, он поправился. Я вернулся только прошлой ночью.

Пока он говорил, она смотрела на него сочувствующим, но немного отрешенным взглядом. «Этот страдалец заботился о своем больном отце, в то время как я сомневалась в нем. Как я могла так сильно ошибаться?» Чувствуя себя виноватой за то, что несправедливо думала о нем, она старалась сдержать улыбку. Эсмира была молода и наивна, и потому верила каждому его слову.

Обида в ее сердце сменилась чувством жалости к нему.Она схватила его руку:

— Ты, наверное, боялся, что твой отец может умереть? Я рада, что ему уже лучше, — взволнованная Эсмира посмотрела на часы.

— Уже 18:20, и я должна спешить домой, пока моя мама не начала волноваться. Приходи завтра утром. Эсмира поспешно ушла. Она собиралась сказать ему о своих чувствах, но сейчас нужно было бежать домой, чтобы не наводить на гнев свою мать. «Почему у меня такая скверная мать? Из-за нее я не могу время с любимым провести».

— Завтра! — обернувшись, сказала она ему, и побежала.

Наблюдая, как она удаляется, Самед с сомнением покачал головой. Обычно это он уходил, оставляя женщину позади себя, а сегодня женщина оставила его. Самед чувствовал себя настолько подавленным, что ему не хотелось ничего другого, как просто пойти домой. Он принял душ, посмотрел фильм «Насими» и, поужинав, уснул.

На следующее утро он встал в 7:00, почистил зубы, принял душ, подушился дорогим одеколоном и, съев свой завтрак, вышел из квартиры. Перед тем как посетить Эсмиру, он решил заскочить в университет. Пока он прогуливался по кампусу, заметил, что на ранее голых деревьях уже появляются почки. Люди еще ходили в теплых меховых пальто, хотя некоторые уже были одеты в легкие плащи. Зима прошла, и в свои права вступала весна. Однако пронизывающий холодный ветер говорил о том, что проходящий сезон не собирался сдавать свои позиции.

Четырехэтажное здание университета было построено в форме башни. Главное фойе университета украшал просторный двор, аккуратно ухоженный и декорированный деревянными лавочками. Самед провел на занятиях три часа, но ушел, так и не дождавшись их окончания. По дороге в книжный магазин он купил букет из розовых, красных и желтых роз. Познакомившись с Эсмирой, он систематично и добросовестно покупал ей цветы. Он сам был удивлен этой новой привычке. Обычно он не тратил на женщин ни гроша, а только наоборот, вынуждал их тратить деньги на него.

В тот самый день Эсмира пришла в магазин раньше обычного. Она пыталась занять свои мысли работой, чтобы не думать больше о Самеде. Девушка сделала несколько звонков и начала работать над инвентаризационным листом, но все время думала о нем. «Он придет сегодня. Стоит ли мне пойти с ним на свидание или отказаться? В этот раз уж точно не пойду к нему домой!» Ошибочно она написала его имя в своих документах. Смотря на эту запись удивленными глазами и с широко открытым ртом, она подумала: «О Боже, я должна прекратить думать о нем».

Но как бы ни старалась, Эсмира не могла перестать думать о ночи, проведенной с Самедом. От мыслей о том вечере ее щеки стали пунцовыми. Она была спокойна и счастлива, что мать даже не подозревает об этом. Обнаружив, что уже 11:00, а он так и не пришел, Эсмира почувствовала растерянность и волнение. На удивление, он появился в обед с букетом роз. Он подошел прямо к продавщице и спросил Эсмиру. Самира зашла в кабинет к руководительнице и сообщила, что пришел ее друг. Глаза Эсмиры заблестели, а сердце бешено застучало в груди. Она спешно нанесла на губы красную помаду, поправила черную юбку, выгодно подчеркивающую изгибы ее тела, и поспешила в главный зал.

Он посмотрел на нее взглядом, полным страсти, и присвистнул:

— Ого, в этом наряде ты выглядишь просто сногсшибательно!

Она застенчиво улыбнулась, и ее щеки налились румянцем.
— Спасибо. Я ждала тебя.

Самира стояла рядом, прикусив нижнюю губу, и смотрела на них с завистью. Она испытывала сильную ревность, забывая, что тут ее шансы равны нулю.

Самед сиял от радости, стоя рядом с Эсмирой.

— Пожалуйста, прими извинения по поводу моего опоздания. Я зашел сегодня в университет и затем прямиком направился сюда.

Он протянул ей розы. Ее глаза засверкали, и она глубоко вдохнула, пытаясь почувствовать их аромат.

— Они так прекрасны. Спасибо большое!

Самира, пожалуйста, поставь их в вазу, — Эсмира передала розы помощнице. Самира взяла розы на кухню и понюхала их там, закрыв глаза.

— Итак, какие у тебя планы на сегодня? — спросил Самед в надежде провести время с Эсмирой.

— Сейчас почти 12:00, и я собираюсь пообедать, — ответила она.

— Я знаю прекрасное кафе неподалеку отсюда. Там мы можем не только пообедать и выпить чай, но и съесть кусочек вкуснейшего торта «Зебра», — сказал Самед.

Эсмира взяла свою черную сумку и надела белый кожаный пиджак. Они вышли, направляясь в кафе Зейнаб. Пока они прогуливались, она с радостью смотрела на распускающиеся почки на деревьях. Ее глаза сверкали, как два бриллианта. Эсмира чувствовала себя так легко и спокойно, что если бы у нее были крылья, то она бы улетела, как птица, выпущенная из клетки на свободу. Девушка сделала глубокий вдох:

— Я люблю весну. Это время, когда все расцветает.

Самед потер руки от холода:

— Все еще морозно. Я люблю лето, когда тепло и солнечно.

В маленьком кафе с круглыми столами и черными железными стульями он заказал кебаб, торт «Зебра» и чай для них обоих. Официант принес два маленьких блюдца с грушевидными стаканами-армуду, чайник с чаем, лимон на блюдце, сахарные кубики и расставил все это на столе. Самед положил в стаканы кусочки лимона и залил их чаем. После этого он откусил кусочек сахара и запил чаем. В то время как он делал глоток, Эсмира наблюдала за компанией из четырех мужчин, сидящих за соседним столиком. Все они носили шляпы и усы; один из них курил трубку, а другой держал в руке черные тасбих. Мужчины были увлечены игрой в нарды. Во время обеда Самед говорил о состоянии здоровья своего отца, изображая заботу и беспокойство. Она смотрела в его красные, слегка помутневшие глаза взглядом, полным сочувствия, и слегка улыбалась. Вдруг Эсмира нежно дотронулась до его руки, придвигаясь ближе, и погладила ее.

— Не беспокойся. Я уверена, что твой отец вскоре пойдет на поправку.

Он пристально смотрел на нее, чувствуя возбуждение от того, что она была так близко. Его руки горели огнем, и все тело напряглось. Они болтали примерно сорок минут, а затем вышли и направились в книжный магазин. По пути он продолжал любоваться ее телом, его переполняло желание.

— Когда мы увидимся снова? — его умоляющие глаза жадно впились в розовые губы Эсмиры.

— Приходи завтра в то же время, — она смотрела на него задумчиво, нежно улыбаясь. Ей не верилось, что он снова вернулся к ней.

Когда они дошли до магазина, Самед поцеловал Эсмиру в щеку и, попрощавшись, ушел. Она пыталась занять все мысли работой до 18:00. Закрыв магазин, Эсмира села в автобус и отправилась домой.

Глава 2

Нежданная беременность

Через три месяца после ночи, проведённой с Самедом, Эсмира обнаружила задержку цикла, но это не вызвало у неё никакого беспокойства. Ей казалось, что причиной тому была постоянная нервотрёпка на работе. И даже когда появились более явные признаки — тошнота и набор веса, Эсмира не придавала этому значения.

Май уже был на исходе, погода стала значительно теплее. В одно прекрасное солнечное утро подруга Эсмиры, Сабина, заглянула в книжный магазин. Это была высокая, 27-летняя узбекская красавица с длинными вьющимися волосами, черными азиатскими глазами и продолговатым худеньким личиком. Она сняла куртку и повесила ее на спинку кресла. Эсмира смотрела на нее с удивлением, расплывшись в улыбке:

— Только поглядите на неё! В нашу последнюю встречу ты была просто громадиной, а сейчас такая миниатюрная и грациозная. Как ты только умудрилась так сильно похудеть?

Сабина гордо улыбнулась:

— Когда рядом любящий мужчина, он сподвигает на всяческие позитивные перемены.

Она сложила три пальца щепоткой и поцеловала их. Погрузившись в глубокое мягкое кресло, подруга положила ногу на ногу и закурила сигарету. Стряхнув пепел в маленькую мраморную пепельницу на столе, она спросила:

— О Самеде слышно что-нибудь?

— Мы снова встречаемся, — как ни в чем не бывало, ответила Эсмира.

Сабина подскочила, впечатав сигарету в пепельницу:

— Ты шутишь, что ли? Он тебя бросил, а ты приняла его назад?

— Он меня не бросал. У него были семейные проблемы. В любом случае, у меня и без того есть поводы для беспокойства. У меня уже три месяца нет месячных. А раньше у меня с этим никогда не было проблем.

Сабина снова взяла в рот сигарету и уставилась в потолок с отсутствующим взглядом, медленно всасывая сигаретный дым.

Затем она посмотрела прямо на Эсмиру:

— Ты с ним спала?

От неожиданности Эсмира вытаращила глаза, она была здорово сконфужена вопросом. Глаза ее блуждали, а лицо горело огнем. Она застенчиво промолвила:

— Да.

Сабина замерла на мгновение, держа сигарету в руке.

— Он использовал презерватив?

Эсмира нахмурилась. Она просто не понимала, о чем ее спрашивают. Сабина подалась вперед с перекошенным лицом:

— Ты не знаешь? Это примитивная подстраховка, которую должен использовать мужчина, чтобы защитить от заражения или беременности.

Щеки Эсмиры стали просто пунцовыми. Она опустила глаза:

— На уроках нам такого не рассказывали, у нас вообще не принято разговаривать о сексе. Откуда бы я могла узнать об этом?

Услышав ответ, Сабина еще глубже затянулась и закашлялась. Она посмотрела на Эсмиру широко раскрытыми, полными слез глазами:

— Не могу поверить, что у тебя был незащищенный секс с мужчиной вне брака! И о чем ты только думала?

Эсмира нервно теребила пуговицу:

— Дело ведь не только во мне, — девушка явно пыталась защищаться.

— Я же помню, как ты позвонила мне и попросила, чтобы я обманула твою мать. Видимо, тогда это и случилось, — предположила Сабина.

Тогда Эсмира, чуть склонившись над подругой, поведала ей обо всем, что произошло в ту ночь, которую она провела вместе с Самедом.

— Вероятно, ты беременна, — произнесла Сабина сардонически, уставившись на живот Самиры.

— Надо сделать тест на беременность. И если он окажется положительным, придется сделать аборт, пока не станет слишком поздно. Или заставь его жениться как можно скорее. Иначе у тебя появится столько проблем, когда все вокруг узнают о твоей беременности! И тогда ты, дорогая моя, увидишь, как быстро люди делают выводы и судят других. Ведь ты же знаешь, что в нашей культуре не принимают незаконнорожденных детей!

Услышав эти слова, напуганная Эсмира поднялась со своего кресла. Ее била дрожь:

— Надеюсь, что ты ошибаешься.

Сабина кивнула и, взглянув на Эсмиру, увидела страх на ее лице. В душе ей было очень жаль подругу.

— Все-таки ты беременна. Я никогда прежде не видела, чтобы у тебя был такой животик, но сейчас я вижу, как он вырос.

Эсмира положила руку на живот:

— Да нет, у меня он всегда был.

Однако, услышав такие слова, девушка почувствовала слабость и снова присела. Ей казалось, как будто она попала в ловушку, из которой невозможно выбраться. Она не хотела верить услышанному:

— Нет, это неправда! Почему ты всегда думаешь о самом плохом?

— Потому что я живу в реальном мире, а не в мечтах. И я трезво оцениваю факты. У тебя животик и нет месячных. А это признаки беременности, — беспечно щебетала Сабина, затягиваясь «Мальборо». Она выдохнула дым на Эсмиру. И та закашлялась.

— Когда ты прекратишь курить?

Сабина скорчила хмурую гримасу:

— Не беспокойся, пожалуйста, обо мне. А вот твоя беременность — настоящая проблема, которую тебе нужно решать прямо сейчас!

У Эсмиры затряслись руки.

— И что я буду делать, когда моя мать узнает? — воскликнула она.

Сабина буквально утонула в кресле и стряхнула сигарету над пепельницей.

— Если ты сделаешь аборт, она никогда не узнает. Сейчас же дуй в аптеку и покупай тест на беременность. Я пригляжу за магазином.

Эсмира отправилась в аптеку, оставив Сабину в магазине. Подруга тем временем сидела, закрыв глаза и прислонив голову к спинке кресла, и размышляла о проблемах Эсмиры. «Бедная девочка, вечно она всем верит по своей наивности! Неудивительно, что все закончилось такими проблемами!»

Через десять минут Эсмира вернулась с двумя тестполосками. Сабина приподнялась и сказала своей подруге:

— Иди в ванную и сделай тест!

Взволнованным голосом Эсмира ответила:

— Хорошо, я иду, — и скрылась в ванной. Трясущимися руками она сделала тест и замерла в ожидании. Прошло всего три минуты, но ей они казались часами. В ожидании результата она тихонько молилась: «О, Боже, только бы тест был отрицательным!» Наконец время вышло, и Эсмира взглянула на тест-полоску. Она была ошеломлена, так как на полоске появились две линии.

Огорченная, она медленно опустилась на пол, испытывая головокружение; тест-полоска выпала из рук. Эсмира склонила голову на колени. Она чувствовала себя так, словно ее засасывает в воронку. Девушка всхлипнула:

— Моя жизнь кончена. Теперь все будут сплетничать. Мама убьет меня.

Она взглянула на часы. Прошло пятнадцать минут. Сколько можно там сидеть?

Эсмира медленно вернулась в офис, уставившись в пол и шаркая ногами. Как только она переступила порог и грустно посмотрела на Сабину, та сразу поняла по воспаленным глазам и пепельно-серому цвету лица Эсмиры, что произошло.

Сабина поднялась со своего места, затушила сигарету в стоящей рядом пепельнице и принялась атаковать Эсмиру:

— Ты будто кого-то похоронила. Твой потухший взгляд говорит мне, что ты беременна.

Она усадила Эсмиру, та плюхнулась в кресло, вяло пытаясь улыбнуться.

— Так и есть. Но, прошу тебя, говори тише! Ведь Самира может услышать, — прошептала она.

— Что будешь делать? — спросила Сабина.

— Не знаю, — Эсмира закрыла глаза, кусая губы. От волнения ей стало нехорошо.

— Тебе надо сходить к хорошему гинекологу, чтобы прервать беременность. У меня есть телефон доктора Петровского. Это опытный и заслуживающий доверия русский гинеколог, — Сабина достала записную книжку из кармана, разыскала в ней телефон и выписала для Эсмиры.

Мысли Эсмиры беспорядочно блуждали. «Что я теперь буду делать? Почему это случилось со мной?» Она кивнула:

— Спасибо за номер. Сначала я позвоню Самеду, а уж потом пойду на прием к врачу.

— Хорошо, но только не затягивай слишком, — предупредила Сабина.

Затем она посмотрела на часы и сказала резко:

— Мне пора. Дима меня ждет. Не беспокойся, Эсмира, у тебя все будет в порядке. Просто не откладывай. Иди к гинекологу, пока твой живот не стал большим.

Бледная Эсмира едва выдавила слабую улыбку:

— Пока, Сабина. Спасибо за совет.

Остаток дня девушка провела в офисе, размышляя о том, как ей следует поступить с беременностью. Она погрузилась в кресло и отсутствующим взглядом уставилась в стену. «Если я сделаю аборт, Владыка накажет меня за убийство плода. Это грех. Как я могу убить эмбрион, лишив его права на жизнь? В то же время, незаконнорожденный ребенок разрушит всю мою жизнь». Она облокотилась на стол и закрыла ладонями лицо. «Всемогущий, прошу, укажи мне путь. Я не знаю, как быть, а Ты знаешь, что будет лучше для меня!»

В привычное время Эсмира покинула магазин и пошла домой. Без аппетита она поужинала, потом ушла в свою комнату, не сказав матери ни слова. Садагет заметила, что дочь слишком тихая и бледная, но ни о чем ее не спросила. Присев на краешек кровати, Эсмира вновь задумалась о том, нужно ли ей делать аборт. Она вспомнила свою соседку Севду, которая родила ребенка вне брака. Некоторые соседи насмехались и судачили за спиной несчастной девушки. Они шептали про себя: «Взгляните на эту распутную женщину! Она не могла дождаться свадьбы перед тем, как спать с мужчиной». С ней даже разговаривать перестали.

Воспоминания о плохом опыте Севды добавили беспокойства Эсмире. Она накрылась одеялом и легла, безучастно созерцая потолок. Девушка пыталась уснуть, но только ворочалась с боку на бок, а сон все не шел. От слез отчаяния намокла подушка. «Почему люди всегда осуждают других и сплетничают? Неужели они не боятся Бога?»

Эсмира опасалась, что о ней будут так же сплетничать за спиной. Ей казалось, что она застряла в трясине, из которой невозможно выбраться. «О, Боже, я так боюсь этой беременности и так растеряна. Я знаю, что Ты против абортов, но я совсем не хочу навлекать на себя такой позор!»

На следующий день в восемь утра она уже была на работе, просматривая счета и помогая Самире упаковывать книги. Она проверила все книги, которые были получены, и убедилась, что это именно те книги, которые нужно было доставить. Помогая Эсмире, Самира глазела на ее животик, нахмурившись. Заметив это, Эсмира смутилась. Ее щеки вспыхнули, и она отвернулась, съежившись. «И что она все смотрит на мой живот? Он выглядит таким большим?» Чтобы избавиться от любопытства

Самиры, Эсмира отправила ее на склад — упаковывать остальные книги. Закончив с новой партией книг, она отправилась в офис. Девушка ждала Самеда, гадая, как он поступит и как отреагирует, узнав новость.

В обед Самед, наконец, пришел; они покинули магазин и отправились на прогулку по Бульвар-Парку. Во время прогулки он заметил, что Эсмира необычайно тиха. Самед думал, злится ли она на него до сих пор за то, что он не звонил так долго. В парке они зашли в кафе «Гюнель» и заказали шашлык с лавашом.

Эсмира строго посмотрела прямо ему в глаза.

— Я должна тебе кое-что сказать. Помнишь тот ужин у тебя дома? Я беременна, и я не знаю, как быть! — выпалила она.

Услышав шокирующее известие, Самед выронил вилку. Ошеломленный, он вытаращил глаза и воскликнул:

— Что?

Он поднялся со стула и принялся ходить кругами, сцепив руки за спиной.

— Нет, этого не может быть, — воскликнул бледный Самед удивленно-взволнованным тоном, мотая головой из стороны в сторону. Затем он снова сел и откинулся на спинку стула. Мужчина тер свою щеку, уставившись на живот Эсмиры.

— У меня не было месячных, поэтому я вчера сделала тест, и он оказался положительным.

Он снова вскочил и ринулся прямо к ней. Схватив Эсмиру за руки, он посмотрел ей в глаза:

— А ты уверена, что беременна... от меня?

Пораженная этим грубым вопросом, Эсмира оттолкнула его. — Ты единственный мужчина, с которым у меня был секс. Как ты мог предположить, что я спала с кем-то еще?!

Он снова приблизился и взял ее за руки.

— Эсмира, послушай. Ты должна сделать аборт, чем скорее, тем лучше. Я отведу тебя к гинекологу. Я слишком молод, у меня нет работы, я еще студент. Иметь ребенка –непосильная ответственность для меня, и я к ней не готов. «Не могу связывать себя ребенком и не могу жениться на тебе», —сказал он.

Эсмира была настолько поражена, что даже не слышала его слова. Сердце ее наполнилось горечью, глаза затуманились, и она задрожала, как лепесток на ветру, который вот-вот сорвется со цветка. Она не ожидала такой реакции. Девушка верила, что если Самед услышит о ее беременности, то женится на ней. Молча посмотрела она на него с грустью, отняла свои руки, встала и тяжело поплелась прочь.

Самед даже не попытался остановить ее. Через полчаса он все еще сидел здесь и нервно курил, думая о беременности. Затем он поднялся, заплатил за обед и отправился к себе домой, где до глубокой ночи курил и пил водку, пытаясь забыть произошедшее днем.

Несчастная Эсмира была настолько расстроена, что едва сдерживала слезы. И как он только мог подумать, что ребенок не его? Она вернулась в книжный магазин и продолжила работать, стараясь не выглядеть тревожно и не заплакать. Она никогда не любила показывать свои проблемы окружающим и всегда сдерживала эмоции внутри. Когда рабочий день подошел к концу, она вернулась домой. Эсмира знала, что скрывать что-либо от внимательных глаз Садагет крайне сложно. Но все же она пыталась выглядеть как можно более спокойной, улыбалась, пока помогала матери расставлять на столе блюда с пловом, долмой, жареным цыпленком и хлебом. Они поболтали во время еды. Садагет всегда любила поговорить и ненавидела, когда кто-то ее прерывал или выражал несогласие. Так, за ужином она говорила о путешествиях, а Эсмира большей частью просто слушала.

— Моя сотрудница по работе собирается в Россию на неделю и зовет меня с собой. Мне надо купить одежду и дорогие конфеты, которые я продам на работе, — Садагет ликовала, потирая руки. Эта новость подняла Эсмире настроение, и она слегка расслабилась.

Она посмотрела на иконы Христа, Богородицы, блаженной Матроны, подаренные русской бабушкой Марией, которые висели в углу комнаты. Бабушка привнесла православную

культуру в их семью, так что теперь они следовали мусульманским традициям, но в то же время приобрели и некоторые православные. «Слава
Богу, в отсутствии матери решить проблему будет проще!»

Однако хорошее настроение Эсмиры быстро испарилось. Садагет вдруг резко задала вопрос, на который Эсмира боялась отвечать, но пожилая женщина подозрительно смотрела прямо в глаза дочери.

— Ты все еще видишься с Самедом?

Эсмира старалась не отводить глаза, чувствуя, как сердце стучит в груди.

— Да, мама, мы видимся, когда он приходит купить книги.

— Он мне не нравится, поэтому не теряй бдительности, — парировала Садагет.

— Мама, вам никогда никто не нравится!

— Смотри, не наделай глупостей, как Севда, пока меня не будет, — предупредила Садагет с серьезным выражением лица. — Не хочу, чтобы ты забеременела, как она.

Услышав последние слова, произнесенные матерью, Эсмира посмотрела на свой живот, чувствуя, как холод пробежал по ее телу.

Плечи задрожали. Расстроенная советами матери, она пожаловалась:

— Почему вы всегда ждете от меня худшего? — при этом ее глаза засверкали от злости, как молнии на темном небе.

Мать Эсмиры положила вилку с ножом рядом с тарелкой и спокойно посмотрела на дочь.

—Я не жду худшего от тебя. Я жду худшего от него. Я пытаюсь защитить тебя от ошибок.

Выслушав ее предостережение, Эсмира потеряла аппетит. Она бросила вилку и встала из-за стола. Рассерженная девушка скрестила руки на груди и отрицательно замотала головой, глядя в холодные карие глаза своей матери:

— Мама, вы постоянно подавляете меня своим напором. Вы не оставляете мне никакого пространства.

Лицо Эсмиры посинело от ярости. Прижав руку к груди, она словно бы старалась усилить свои слова, при этом на лбу появились морщины:

— Вы читали Библию и Коран, а значит, вам известно, как нужно относиться к ближним.

Видя страдающее лицо своей дочери, Садагет отступила.

— Я дам тебе больше пространства, но помни, что ни один мужчина не должен даже прикасаться к тебе до замужества. Любой, кто нагло прикасается к тебе вне брака, не любит тебя, а только хочет переспать. А секс до замужества — это грех, — высказалась Садагет.

Каждое сказанное матерью слово воскрешало в памяти девушки воспоминания о ночи, проведенной с Самедом. Снова и снова эти события всплывали перед глазами, несмотря на то, что она всячески пыталась их забыть. Внутри нее появилась агрессия. Ей захотелось прекратить это. Просто объявить: «Слишком поздно. Я беременна, и я великая грешница!». Вместо этого она заплакала. Разрыдавшись, умоляющим голосом она произнесла:

— Мама! Как я могла бы забыть, если вы постоянно мне говорите об этом еще с девятилетнего возраста? Пожалуйста, прекратите повторять мне одно и тоже. Я не ребенок. Мне нужна свобода и хоть какой-то душевный покой.

Садагет вздохнула.

— Хорошо, — произнесла она тихо, — я просто пытаюсь защитить тебя.

Расстроенная негативными высказываниями матери, Эсмира перестала разговаривать с ней и начала убирать со стола. Она вернулась в спальню. Надев свою красную пижаму, она уселась на постель, пытаясь отделаться от чувства гнева, который сковал ее грудь и вызывал головную боль. «Она вечно ожидает худшего, привлекая неприятности на себя и на меня. Почему моя жизнь потерпела полное крушение?»

Прошло две недели, как Эсмира узнала о беременности. Самед исчез без следа. Несколько раз Эсмира пыталась записаться к гинекологу. Как только она набирала номер, то тут же опускала трубку и молча стояла рядом с телефоном, готовая расплакаться. Но как только наступила середина июня, Эсмира решила, что дальше откладывать она не может. Она позвонила в офис доктора Петровского и спросила, может ли он ее принять. Ей ответили, что доктор будет свободен в 13:30. Эсмира записалась, поблагодарила секретаршу и повесила трубку.

Девушка старалась не думать о беременности, погружаясь в работу. Наконец, после обеда она подошла к зеркалу, немного подкрасила губы ярко-красной помадой под цвет ее алого платья. После этого она вышла из книжного магазина и поехала на метро до станции «Сахил». Там ей пришлось примерно полчаса бродить по улицам Ичери-шехер в поисках клиники.

Она прошла мимо Девичьей башни — цилиндрическое восьмиэтажное строение, достигающее 29 метров в высоту, корпус которого выполнен необычной кирпичной кладкой. Легенды говорят, что в давние времена с вершины этой башни дочь хана бросилась в Каспийское море, которое было у ее подножия. Во время прогулки по Ичери-шехер она остановилась возле Дворца Ширваншахов, восхищаясь его архитектурой.

Эсмира дошла до здания больницы, и сердце ее бешено заколотилось. «Надеюсь, что никто из соседей не увидит меня здесь». Она поднялась на второй этаж и вошла в приемную.

Медленно подойдя к секретарше, Эсмира назвала себя. Ей ответили, что доктор примет ее через двадцать минут. Присев, чтобы подождать, Эсмира, к своему огромному удивлению, увидела дочь своей соседки, Эльвиру. Это была высокая, худая девушка лет двадцати , которая бесконечно болтала. Как только Эльвира вошла в приемную клиники, она тут же увидела Эсмиру. Девушка подошла и воскликнула:

— Эсмира, привет! Давно не виделись.

— Привет, Эльвира.

Девушки обнялись.

— Все из-за работы, столько она времени забирает!

«И зачем эта сплетница пришла?» — подумала про себя Эсмира. А затем она озвучила свой вопрос, слегка встревоженно: — Эльвира, а ты что здесь делаешь?

Эльвира улыбнулась, глаза ее заискрились:

— Я здесь уже четыре месяца работаю помощником доктора.

— Не знала, — ответила Эсмира.

— Ну а ты почему здесь? — любопытно спросила Эльвира. Она смотрела на Эсмиру с подозрением.

— Я просто провериться пришла. — Эсмира старалась не глядеть в глаза соседки. Ее щеки и уши запылали огнем смущения.

— А, хорошо. Мне нужно идти работать. Позже поболтаем, — с этими словами Эльвира взяла карту другой пациентки и ушла прочь.

Когда Эльвира ушла, Эсмира снова села на свой стул и облегченно вздохнула, хотя тревога и не оставляла ее. «Что мне теперь делать? Если Эльвира узнает о моей беременности, то все соседи будут знать. Не могу показываться доктору Петровскому сейчас». Потеряв всю свою решимость, Эсмира собралась уходить, но прежде, чем она эта сделала, Эльвира снова подошла и пригласила девушку следовать за ней. Она оставила Эсмиру в кабинете доктора и ушла.

— Добрый день, доктор, — сказала Эсмира, войдя в кабинет.

— Добрый день, уважаемая Эсмира Бабаева. Пожалуйста, садитесь. Чем я могу вам помочь? — спросил врач.

Эсмира уселась и поставила сумку на колени, старательно прикрывая живот. Она смотрела в глубокие черные глаза доктора и, не зная, что сказать, внезапно закашлялась.

Доктор Петровский положил ручку на стол:

— Эсмира-ханым, с вами все в порядке?

— Да, все нормально.

Доктор наклонился через стол:

— Что привело вас сюда?

Эсмира почувствовала, как пот струйками стекает по ее шее. Внезапно теплая волна тошноты откуда-то из желудка прошла сквозь все ее тело.

— Последние четыре месяца у меня были очень болезненные месячные, я мучилась больше обычного, — пожаловалась она и замолчала на мгновение. «Сказать ли ему о беременности?» — задумалась Эсмира. Но решила ничего не говорить .

— Какие-то еще симптомы были?

— Нет. Дыхание Эсмиры стало быстрым, и она почувствовала, как пульс стучит у нее в висках

— Тогда ничего страшного, — успокоил ее доктор.

— Такое со многими случается из-за стресса, гормональных нарушений, проблем со щитовидной и других причин медицинского характера. У вас недавно был стресс, или, может, вы принимали медикаменты?

Эсмира посмотрела на свой живот, нервно теребя ручку сумки, потом подняла глаза на доктора:

— Действительно, последние месяцы я жила в постоянном стрессе, — когда она это произнесла, вдруг правый уголок губ нервно задергался.

— Ваша проблема могла быть вызвана стрессом, но, чтобы убедиться, вам нужно сдать кровь на анализ. Вам следует принять ибупрофен и напроксен, чтобы облегчить кровотечение и остановить боль. Пройдите, пожалуйста, в соседнюю комнату и снимите штаны.

Она поднялась и медленно пошла в соседнюю комнату. «Он ведь сейчас узнает, что я беременна», — занервничала девушка, пытаясь подавить дрожь. Придя на место, Эсмира с досадой почувствовала, как лицо охватил нервный тик.

— У меня прямо сейчас очень сильное кровотечение и тошнота. Может, мы сделаем обследование, когда менструация закончится? — спросила Эсмира , лицемерно улыбаясь.

— Никаких проблем! Можете прийти на следующей неделе, — ответил доктор приятным, ободряющим голосом.

Эсмира вернулась в офис и присела. Ее слегка потрясывало, пока доктор подписывал направление на анализ крови на половые гормоны и гормоны щитовидной железы. Он передал девушке оба направления.

— Хотел бы увидеть вас, как только будут готовы анализы, — сказал доктор Петровский, протягивая девушке листочки.

Приняв направления от доктора, Эсмира поднялась с места:

— Благодарю вас, доктор. Как только получу результаты, сразу сообщу вам. До свидания!

Девушка вышла из кабинета. Оплатив прием, Эсмира покинула медицинский центр и отправилась в свой книжный магазин. Она была рада тому, что увидела Эльвиру прежде, чем сказала доктору о беременности. «Если б я только знала, что встречу ее там, то никогда бы туда не пошла. Что мне теперь делать? Видимо, мне следует найти другого гинеколога», — думала Эсмира.

Около трех часов дня, сидя в своем кресле, она набрала телефон Сабины, чтобы поделиться тем, что произошло в клинике.

— Ты была у доктора Петровского? — любопытно спросила Сабина, вытаскивая мушку из рюмки с коньяком. Звонок Эсмиры застал ее во время празднования дня рождения Димы с ним вдвоем.

— Была, но встретила свою соседку, которая там работает.

Из-за нее я не рассказала об истинной причине своего визита.

Эсмира вращалась на своем кресле туда и обратно.

— Ты должна вернуться туда, чтобы сделать аборт, — настаивала Сабина.

Нет, я не могу вернуться. Если Эльвира только узнает, что я беременна, все скоро будут об этом знать, — воскликнула Эсмира напугано, закатив глаза.

Сабина пообещала найти другого гинеколога. Эта информация немного успокоила Эсмиру.

Позже, когда девушка пришла домой, ее мать уже ждала ее с тревогой. Садагет посмотрела на дочь, строго приподняв выщипанную, словно ниточка, бровь, выпалив грозно:

— Ради всего святого, Эсмира, зачем ты ходила к гинекологу?

Эсмира на миг замерла, проглотив язык. Глаза забегали по комнате в поисках объяснения. Наконец, она ответила:

— У меня несколько месяцев были болезненные месячные.

Она ненавидела врать, поэтому посмотреть матери в глаза ей было крайне сложно. Чувство вины от того, что она делает, тяжко сдавило сердце. Садагет присела на софу, вглядываясь в лицо дочери.

— Что сказал врач?

— Сказал, что нужно сделать анализ крови, чтобы понять. Эсмира чувствовала каждый удар своего сердца, а страх, словно огромный черный паук, выползал откуда-то изнутри, выпрыскивая яд, который растекался по венам.

— Расскажешь мне о результатах, — мать не моргая осмотрела Эсмиру с головы до ног.

— Хорошо, расскажу. Пойду переоденусь, — Эсмира нервно выдохнула.

После разговора с матерью девушка отправилась в спальню, чтобы снять рабочую одежду. Этим вечером они поужинали мирно и цивилизованно. Садагет заявила, что ее путешествие откладывается, и эта новость стала ударом для Эсмиры. Она надеялась, что, пока мать будет далеко, она сможет сделать аборт без ее ведома. Около часа они разговаривали, затем примерно в 11 вечера обе отправились по своим комнатам, чтобы готовиться ко сну.

***

Дни летели быстро один за другим, но Эсмира так и не сходила на прием к гинекологу, а от Самеда по-прежнему ничего не было слышно. Совесть продолжала мучить ее . В дополнение ко всем разочарованиям, живот стал увеличиваться в размере.

Как-то утром, стоя перед зеркалом в черном бюстгальтере и трусиках, она заметила, что живот стал еще больше, беспомощно потирая его. «О Боже, он растет! Мне надо что-то делать, пока никто его не увидел!»

Эсмира понимала, как дорого время; она очень боялась, что скоро Садагет обнаружит ее беременность. Подумав об этом, она оделась и спешно вышла из дома, решив, что этим утром она обойдется без завтрака. Прибыв в офис в книжном магазине, она попыталась записаться на прием к гинекологу, но его не было на месте, а на ближайшее время у него было все уже расписано.

Эсмира положила трубку, ей казалось, что она тонет в глубоком море, не в состоянии спастись. Она плюхнулась в кресло и положила голову на стол. На какое-то время девушка замерла в этой позе, чувствуя себя несчастной и безнадежной. «И почему так сложно найти гинеколога? И что будет, если я так никого и не найду?»

Эсмиру беспокоил тот факт, что Самед настолько легкомысленно и безразлично относится к своему ребенку. Он просто избавился от нее, как избавляются от мусора. Эсмира подняла голову и посмотрела на живот. «И почему я в него влюбилась? Почему я не слушала мать? Ведь она оказалась права...»

Чувствуя тошноту, она встала и пошла в ванную. Девушка едва успела склониться над унитазом, как ее вырвало. Она поднялась, вытерла рот и вернулась в офис. Много времени она провела просто сидя в кресле, безучастно глядя в потолок.

Так как живот продолжал расти и уже стал заметным, ей пришлось скрывать беременность, туго обматывая шарф вокруг талии и надевая свободную блузку. Иногда она затягивала шарф так сильно, что снова появлялась тошнота. В течение пяти месяцев девушке удавалось скрывать беременность. На работе все думали, что она просто немного набрала вес. Однако Самира подозревала, что Эсмира беременна, но держала рот на замке, чтобы не потерять работу.

Но, к сожалению, к июлю беременность была обнаружена. Однажды утром Эсмира встала пораньше и, думая, что Садагет еще в постели, отправилась на кухню в нижнем белье, не подвязавшись шарфом, так что ее большой круглый живот остался на виду. Ей ужасно хотелось соленых огурцов. Войдя в кухню, она столкнулась лицом к лицу с Садагет, показав ей свой живот во всей красе.

Садагет не спалось. Она пришла на кухню, чтобы выпить чаю и почитать газету. Услышав шаги Эсмиры, Садагет тут же подняла голову и уставилась на свою дочь. Увидев мать, Эсмира почувствовала холод; слабость разлилась по всему телу. Ей показалось, что сейчас она потеряет сознание. Медленно она оперлась о край стола, сердце готово было выпрыгнуть из груди. «Всемогущий, будь милостив ко мне!»

Садагет посмотрела на живот Эсмиры, от неожиданности раскрыв рот; на лице ее застыло полное изумление. Выражение лица матери заставило Эсмиру еще больше волноваться и нервничать. Коленки затряслись.

— Ты беременна? —спросила Садагет, глядя вытаращенными глазами на живот своей дочери.

Эсмира не знала, что сказать, поэтому продолжала молчать, пряча глаза, не желая столкнуться со взглядом своей матери.

— Отвечай! Ты беременна? — голос Садагет прозвучал, как взрыв бомбы.

— Да, — ответила Эсмира приглушенным голосом, сотрясаясь от дрожи и стараясь не глядеть матери в лицо.

Садагет встала, отбросив газету, и посмотрела прямо в опущенные глаза дочери.

— С кем ты спала?

Эсмира чувствовала смущение и не могла сказать ни слова.

— Что случилось? Язык проглотила?! — ее требовательный голос болью раздавался в ноющих ушах Эсмиры.

— Мне стыдно, — тихо ответила Эсмира, нервно содрогаясь.

Садагет взяла газету и бросила ее в Эсмиру. Газета ударилась о живот и отскочила на деревянный пол. Эсмира сделала два шага назад.

— Стыдно тебе должно было быть, когда ты прыгнула в постель мужчины до замужества! — кричала Садагет, разочарованно качая головой и приближаясь к Эсмире. Она плюнула дочери в лицо и ударила ее.

— Это был Самед, шлюха?

Эсмира отвернула лицо и крепко зажмурилась.

— Отвечай мне! — кричала Садагет, потрясая кулаком перед лицом своей дочери.

— Да, это был он, — ответила Эсмира кротко, отклоняясь от Садагет.

— Ты открыла свой поганый рот и заявила, что тебе нужно пространство, когда я тебя предупреждала о нем. Я дала тебе пространство, и вот смотри, к чему ты пришла сейчас! — Садагет указала на ее живот, недоуменно качая головой.

Садагет подошла еще ближе, стараясь рассмотреть живот дочери:

— И как давно ты уже беременна?

Эсмира мечтала стать невидимой; вместо этого, она беспомощно стояла перед своей матерью:

— Думаю, шесть месяцев. Но я не уверена.

Садагет села на стул и принялась громко тарабанить пальцами по столу.

— Как ты могла так со мной поступить? Разве я не повторяла тебе много раз, что никто не должен даже прикасаться к тебе до замужества? Ты и правда не смогла дождаться, пока он женится! Ты действительно шлюха!

Услышав эти слова, Эсмира посмотрела на мать сердито. Слабость, которую она чувствовала недавно, куда-то испарилась. Грудь сдавило тисками.

— Мама, прекратите орать, соседи услышат вас! Вы меня обзывали шлюхой безо всяких причин, начиная с подросткового возраста. Да, я совершила ошибку, но я не шлюха! Он напоил меня, и после этого мы переспали. Я не отдавала себе отчет в том, что делала! — она подошла ближе к матери и, ткнув ее пальцем, продолжала: — Не называйте меня шлюхой. Мне это неприятно!

Девушке было больно стоять, потому она села на стул, громко дыша.

— Я тебя предупреждала, что он будет плохо влиять на тебя, но ты не слушала, — сказала Садагет, немного спокойнее. — И почему дети никогда не слушают своих родителей? Если б ты прислушивалась к моим мудрым советам, ничего бы такого не произошло.

Садагет налила еще одну чашку чая.

— Ты знаешь, что люди будут пальцем на тебя показывать? А этот негодяй хоть знает о твоей беременности?

— Да, я сообщила ему, — ответила Эсмира, чувствуя движение в животе.

— И что он об этом думает?

— Не хочет думать ни о ребенке, ни о женитьбе, — голос Эсмиры дрожал.

— Если этот ублюдок думает, что он может тебя обрюхатить и испариться, то он сильно ошибается, — Садагет сказала это, стукнув чашкой о стол с такой силой, что некоторое количество чая выплеснулось наружу.

— Я этому подонку позвоню и, будь уверена, он женится на тебе! — Садагет вопила, потрясая кулаком в воздухе.

— А если он откажется? — взмолилась Эсмира.

Садагет поднялась со стула.

— У него не будет выбора, как только жениться на тебе. Иначе он будет судим за изнасилование! Иди к себе и не ходи завтра на работу.

Эсмира встала, чувствуя, что камень свалился с ее плеч. Она задышала легко и на мгновенье закрыла глаза. «Хорошо, что я больше не должна сидеть перед ней с голым животом».

Мать прервала ее размышления:

— И все-таки это не только его вина. Это ты позволила такому случиться. Никто тебе алкоголь в глотку не лил. Почему ты позволила ему напоить себя?

У Эсмиры не было ответа. Она продолжала стоять, как вкопанная, молча слушая прожигающие слова своей матери.

— В любом случае, дай мне его номер, — требовала мать.

Эсмира прошла в свою комнату, записала телефонный номер Самеда и отдала его матери. Садагет зашла в свою спальню, но задумалась, стоит ли звонить ему сейчас, в такую рань, и решила позвонить чуть позже. Она устроилась на постели, стараясь уснуть.

«Я делала все, чтобы защитить ее от хищных самцов, заботилась о том, чтобы она не стала матерью-одиночкой, как я, страдающей от общественного осуждения. После всего этого какой мусульманин захочет жениться на блуднице, получив еще и ее незаконнорожденного ребенка в нагрузку?»

Садагет была разочарована Эсмирой. Она намеренно не выходила замуж после развода, чтобы защитить свою дочь, и все равно Эсмира сделала именно то, чего так боялась Садагет. «Молодому поколению нужно слушать старших, которые уже прожили достаточно долго, чтобы набраться мудрости, здравого смысла и знаний, которых нет у молодежи», — думала Садагет, продолжая держать глаза открытыми.

Беспокойная Эсмира тоже не могла уснуть, размышляя, что Самед будет делать после разговора с Садагет. «Согласится ли он жениться на мне или постарается сбежать? Я надеюсь, мать не зайдет слишком далеко. Но она может наделать шуму». Девушка смотрела на белые часы, висящие на стене. «Ох, как же быстро летит время. Мне нужно поспать». Поглощенная переживаниями, она все же как-то умудрилась уснуть. И проспала около четырех часов.

В 7:30 Садагет позвонила Самеду. Он как раз одевался, когда раздался телефонный звонок. Самед удивился, кто может ему звонить в столь ранний час. Вначале он игнорировал звонок, но телефон продолжал звонить. Несколько раздраженно Самед ответил:

— Да?

Голос ответил ему:

— Доброе утро. Я могу поговорить с Самедом?

— Да, это я.

— Я мать Эсмиры, и мне хотелось бы поговорить с тобой лицом к лицу, — Садагет старалась сохранять спокойствие. — Можешь ли ты прийти к нам?

Чувство опасности вызвало у Самеда мгновенную головную боль.

— Садагет-ханым, я очень занят эти дни и не смогу прийти.

— Послушай меня, ублюдок! А ты не занят был, когда обрюхатил мою дочку? Тебе лучше все-таки найти время, прежде чем я сообщу в милицию об изнасиловании! — кричала Садагет в трубку.

— Я ее не насиловал. Она добровольно со мной спала! — выпалил Самед.

Садагет крепко сжала трубку телефона, чувствуя, как ярость поднимается из груди и заливает щеки.

— Ты намеренно напоил ее и использовал ее состояние в своих целях. Нет, тебе лучше прийти, или я сама пойду в милицию! — предупредила разъяренная Садагет.

Услышав угрозы, Самел забеспокоился. Он достал из кармана носовой платок и вытер вспотевшее лицо.

— Садагет-ханым, успокойтесь, пожалуйста. Не нужно ходить в милицию. Мы можем сами цивилизованно решить эту проблему. Когда вы хотите, чтобы я пришел? — спросил Самед охрипшим голосом. Пот струйками катился по лицу.

— Приходи в три и не опаздывай, — закричала она, с силой бросив трубку.

Разговор с Самедом привел Садагет в бешенство. «Я поставлю его на место!»

После звонка Садагет Самед чувствовал растерянность и головную боль. Он присел на диван, размышляя, что он должен сказать или сделать, когда встретится с ней. Он решил прогуляться по Бульвар-Парку с другом, а оттуда отправиться к Садагет. Погода в этот день была неспокойная. Ветер бушевал, качая ветки деревьев из стороны в сторону и поднимая морские волны.

Придя в парк, Самед обнаружил, что там не так многолюдно, как бывает обычно. Мужчина огляделся и пошел прямиком в кафе «Зейнаб». Там он встретил своего давнего друга Имрана. Это был пухлый, невысокий человек с черными глазами и короткими черными волосами. Он очень любил поесть и имел большой круглый живот, который казался еще больше, когда он сидел. Самед пришел в тот момент, когда он пил чай и завтракал. Он удивился, увидев его пузико.

— Доброе утро, Имран.

Имран приподнялся и медленно потянулся к другу.

— Здорово, дружище! Давно не виделись! — сказал он, обняв Самеда.

— Я был занят учебой.

— А точно не соблазнением девушек? — подшутил Имран, зная слабость своего друга к представительницам противоположного пола.

Самед ухмыльнулся, потирая нос.

— Да, пожалуй, ты прав!

Самед заказал чай с лимоном и сахаром. Потягивая чай, они вспоминали старые добрые времена, которые проводили вместе, обсуждали женщин, планы на будущее. Ирман впился зубами в огромный кусок торта, оставляя множество крошек на губах, в то время как Самед смотрел на него изумленными глазами.

— Друг, не могу поверить, что ты ешь торт на завтрак. Ты набираешь вес. Через несколько месяцев ты будешь выглядеть как слон и можешь заработать проблемы со здоровьем. Тебе надо немного похудеть!

Лоб Имрана прочертили две глубокие морщины.

Раздраженный, он вытер губы салфеткой и огрызнулся:

— Мой вес не твое дело, — он убрал руки со стола. — Я много раз пытался сбросить вес и уже сдался.

Самед закурил «Мальборо», комфортно расположившись в своем кресле.

— Чтобы похудеть, ограничь сахар и углеводы, ешь меньше жирного. А еще надо есть много овощей и фруктов, пить очень много воды. А чтобы диета принесла успех, надо не сидеть на месте, заниматься и быть активным, насколько это возможно.

Имран посмотрел на живот и тяжело вздохнул:

— Думаешь, так просто перестать есть всю эту дрянь. Стресс и беспокойство зачастую толкают меня на переедание. Это помогает мне успокоиться. По правде говоря, один мой друг такой же комплекции говорит, что это очень трудно и занудно — упражняться каждый день.

Самед задумчиво сморщился. «У него просто нет силы воли, бестолковый и слабохарактерный, совершенно не может управлять самим собой».

Имран уже устал слушать замечания по поводу собственного веса. Он хмуро смотрел на Самеда и вдруг закашлялся.

— Я просто не могу понять тебя. Ты мне тут лекции по поводу веса читаешь, а сам не можешь от вредной привычки курения избавиться. Ты ведь не просто легким своим вредишь, но и здоровью в целом.

— Мое курение — не твое дело.

Имран решил сменить тему.

— Как дела у вас с Татьяной?

— Мы поссорились, и с тех пор я ее больше не видел, — застенчиво ответил Самед.

Имран усмехнулся и подмигнул:

— Ты ничего не потерял. Она была слишком стара для тебя. Вообще не понимаю, что мужики вроде тебя в ней находят! — Имран закончил фразу и прихлебнул свой чай.

Самед положил окурок в пепельницу и задиристо улыбнулся:

— Когда я приехал в Баку, я никого не знал. А она была первой, кого я встретил. Я классно с ней время проводил.

Имран подмигнул левым глазом:

— Но и не только ты ведь с ней время проводил, она и с другими параллельно встречалась. Это тебя не беспокоит?

Самед сильно сморщился и откинулся в кресло:

— Да нет, знаешь ли, я на ней все равно не собирался жениться. Это просто женщина, с которой я сплю.

— Самед, ты всегда используешь женщин для своих целей, а потом бросаешь их. Бог тебя за это когда-нибудь накажет, — высказался Имран.

Предупреждение друга только вызвало раздражение.

— Опять ты начинаешь свои проповеди читать! Давай не сегодня, а? — пытаясь уйти от назиданий Имрана, Самед встал. — Пожалуйста, извини меня, но я спешу.

Имран смотрел в глаза друга с насмешливой ухмылкой:

— Ты, как обычно, убегаешь, когда тебе указывают на ошибки.

— Имран, я не убегаю сегодня. У меня просто назначена встреча, — ответил Самед. Он подмигнул официантке. — Принесите счет, пожалуйста.

Оплатив счет, он тут же ушел. Он решил пойти в кино, чтобы убить время перед встречей с Садагет, с которой встречаться он вовсе не хотел. Перекусив парой пирожков из киоска, он вошел в кинотеатр и удобно расположился перед огромным экраном.

Пока он смотрел кино, Садагет убиралась в квартире, думая, что ей теперь делать с беременностью дочери. Садагет понимала, что если она не предпримет чего-то в ближайшее время, дочь окажется с незаконным ребенком на руках. Она решила, что будет настаивать, чтобы Самед женился чем быстрее, тем лучше. В это время Эсмира оставалась в своей комнате, чтобы не нарваться на суровую брань своей матери. Она терпеливо ждала Самеда, постоянно поглядывая на часы. Казалось, что они тикали чересчур медленно. Посмотрев на часы в очередной раз, она увидела, что уже полдень. «Еще три часа — и он будет здесь. Интересно, согласится ли он жениться на мне или найдет причины для отказа?»

Фильм понравился Самеду так же, как и пирожки. На какоето время кино отвлекло его от мыслей о недавней беседе с Садагет и о предстоящей встрече. Но фильм закончился, а тяжесть предыдущих переживаний вернулась, как только он покинул кинотеатр. Глядя на часы, Самед брел к автобусной остановке, обдумывая, как лучше добраться до Садагет. Автобус был набит людьми, тесно прижатыми друг к другу. Самеду негде было даже пошевелиться, и нарастающая нервозность взяла верх над его обычным спокойствием. Его очень сильно трясло, и когда какой-то человек случайно наступил ему на ногу, он потерял над собой контроль и набросился на него:

— Смотри под ноги! Ты мне на ногу наступил!

— Простите, — ответил пассажир, подавшись назад.

Двадцать минут автобус ехал до улицы Насперина. Потом еще десять минут пришлось пройти пешком, и он оказался перед многоэтажным домом. Во дворе ребята катались на велосипедах, а две машины — «Волга» и ЗИЛ — парковались напротив здания. Самед поглядел вокруг и заметил вывешенное на балконах белье и пару горшков с цветами. Сухой ветер поднимал пыль, вызывая у Самеда приступы кашля. Асфальт был в трещинах, забитых грязью.

— Лук, картошка, помидоры! Подходите, покупайте! — кричал мужчина средних лет, проходя мимо Самеда. На спине он нес огромный мешок.

— Свежее парное молочко! — призывал другой мужчина,

толкая корзину перед собой. Несколько женщин в длинных юбках и косынках подбежали к нему с большими стеклянными банками, желая купить молоко.

Наконец, Самед нашел пятый корпус и поднялся по лестнице. Его сердце билось так сильно, что он мог услышать каждый его удар; мысль о встрече с Садагет приводила его в ужас. Из разговоров с Эсмирой он узнал, что это была очень строгая и жесткая женщина. Он дважды позвонил в дверь с бешено бьющимся сердцем, и Садагет открыла дверь.

— Добрый день, Садагет-ханым, — пробормотал он нервно.

— Добрый день. Входите, молодой человек! Мы вас ждали, — сказала Садагет, поморщившись.

Он медленно вошел в квартиру и прошел в гостиную. Там он увидел Эсмиру, которая сидела на кресле и пила чай.

— Привет, Эсмира, — сказал он с легкой улыбкой.

Она ответила, наморщив лоб:

— Привет.

Он сел на коричневый кожаный диван напротив Эсмиры, уставившись на ее большой живот.

— Самед, ты будешь чай? — спросила Садагет.

— Буду. Он наблюдал за Садагет, его тело напрягалось от каждого ее движения. Наконец, она ушла на кухню.

Он посмотрел на Эсмиру с натянутой улыбкой:

— Как дела?

— Наверно, дела должны быть супер, теперь, когда ты сделал мне ребенка и бросил, — насмешливо сказала Эсмира, встряхнув головой.

— Я не заставлял тебя спать со мной, — защищался Самед.

Чувствуя гнев, Эсмира встала и подошла ближе, указывая на него пальцем:

— Ты, может, и не заставлял меня спать с тобой, но ты, когда видел, что я уже пьяна, продолжал подливать водку. Ведь если бы не водка, я бы никогда не согласилась переспать с тобой!

Садагет вернулась с двумя чашками чая, одну из них она протянула Самеду. Увидев, что Эсмира стоит рядом с ним, она нахмурилась:

— Эсмира, все в порядке?

— Да, мама, просто стряхиваю мусор с одежды, — ответила она, натянув искусственную улыбку. Эсмира отошла от Самеда.

Садагет опустилась на диван рядом с ним. Она оглядывала Самеда сквозь прищуренные глаза, состроив при этом душераздирающую гримасу на лице. Чувствуя неловкость, он слегка отодвинулся от нее.

— Молодой человек, мы столкнулись с неординарной проблемой, и сейчас мы должны найти решение. Моя дочь ждет ребенка, и ее беременность навлечет позор на нашу семью. Ты сделал ее беременной, и ты один несешь ответственность за выход из этого затруднительного положения.

Услышав эти слова, он словно бы попытался вдавить себя в диван. Все его тело пришло в напряжение, а левый глаз начал дергаться.

— Но чего вы ждете от меня? — спросил он, нервно содрогаясь.

— Ты женишься на моей дочери, чем быстрее, тем лучше. А если нет, я напишу заявление на тебя в милицию, и ты окажешься в тюрьме!

Он опустил голову, принялся массировать лоб обеими руками.

— Я не могу жениться на Эсмире. Я уже женат, и у меня двое маленьких детей в Зардобе, — лживо забормотал Самед.

Садагет посмотрела ему прямо в глаза:

— Пытаешься нас провести? Ты никогда не говорил Эсмире, что у тебя есть жена.

Самед встал, достал паспорт из кармана и показал его Садагет:

— Вот посмотрите в паспорте. Там указано, что я женат и у меня двое детей, — его руки явно тряслись. Он надеялся, что этот обман сработает. Примерно год назад Самед стащил этот паспорт у одного из студентов университета, в котором он учился. Бедняге пришлось восстанавливать «утерянный» документ, а Самед все это время хранил паспорт для подобных экстремальных случаев.

Садагет полистала его паспорт. На тринадцатой странице она увидела имена двух его детей. Не в силах поверить в это, Садагет замотала головой. Она была так разгневана его обманом, что едва сдерживала себя, чтобы не ударить его. Она встала и бросила паспорт ему в лицо.

— Ты грязный кобель, который гоняется за каждой юбкой, проходящей мимо! Все это время ты был женат и все равно продолжал встречаться с моей дочерью, только чтобы переспать с ней!

Самед поднял паспорт и убрал его.

— Что есть, то есть...

— Тот факт, что ты женат, ничего не меняет. Ты женишься на моей дочери по мусульманским законам, — твердо настаивала Садагет, сверля его своим пальцем.

Самед сделал два шага назад и потерял равновесие.

— Мой отец не даст согласие на этот брак. Он считает, что у мужчины должна быть одна жена, а я не могу пойти против его воли. Он тогда перестанет давать мне деньги на жизнь.

— А мне наплевать, даст твой отец согласие или нет! Ты спал с моей дочерью, сделал ей ребенка, а теперь давай расхлебывай. Не вынуждай меня идти в милицию и писать заявление об изнасиловании! — кричала Садагет.

Самед стоял молча, глядя себе под ноги. Ему нестерпимо хотелось в туалет, так что даже ноги дрожали.

— Я, — забормотал он. Его лицо побледнело, и он почувствовал, как сильно ломят его глазницы, словно в них проворачивают ножом.

— Уверена, ты проведешь пару лет в тюрьме. С твоей внешностью тебя будут там насиловать многие здоровяки. Ты этого хочешь? — угрожала Садагет.

Самед нервно ходил по комнате, сцепив руки за спиной.

— Хорошо, я женюсь на Эсмире. Но мы не сможем все время жить вместе из-за моей первой жены, — Самед продолжал лгать, — Я буду часто ездить в Зардоб, чтобы побыть с женой и детьми. Пожалуйста, не говорите моей семье. Как только я закончу обучение, я скажу отцу об этом браке.

— Сколько лет ты еще будешь учиться? — поинтересовалась Садагет.

— Два года.

Пока они разговаривали, Эсмира грызла ногти, нервно слушая их перепалку. Когда Самед согласился жениться, она почувствовала облегчение. Девушка опасалась, что мать не сможет сдержать свой темперамент и ударит Самеда или даже убьет его.

К счастью, Садагет сдержалась.

Женщина поднялась со своего места и встала за спинкой кресла, на котором сидела Эсмира, опустив на него свои руки.

— Завтра я пойду к имаму и договорюсь насчет свадебной церемонии. Я тебе сообщу насчет даты. Просто будь готов! — предупредила Садагет, ткнув в него пальцем и строго посмотрела в глаза. — Я буду молчать два года. Но потом я сообщу твоей семье об этом браке. Теперь можешь идти! Только не вздумай испариться!

После этих слов Самед поднялся и быстро скрылся за дверью. От разговора с Садагет у него так разболелась голова, что, придя домой, он принял две таблетки аспирина.

На следующий день Эсмира вернулась на работу, Садагет осталась дома. Она позвонила своему другу детства, имаму Назиру. По телефону она дала понять, что хочет поговорить о чем-то очень важном с глазу на глаз. Имам Назир согласился встретиться в час дня в своей мечети.

В полдень она вышла из дома и отправилась в мечеть к имаму. Он встретил ее широкой улыбкой и пригласил к себе в кабинет, который находился за мечетью.

Когда они уселись рядом, имам Назир сказал:

— Долго я тебя не видел в мечети, и даже ничего о тебе не слыхал!

— Последние месяцы я так была занята! А теперь на меня свалилась серьезная проблема, и я пытаюсь найти решение, — оправдывалась Садагет, лицо ее становилось все мягче, и она улыбалась.

Имам сложил руки перед собой, нахмурившись:

—Как бы мы ни были заняты, мы должны всегда помнить нашего Творца. Ты знаешь, как Он хочет видеть нас в Своем доме.

— Все так, имам. Мы не должны забывать о нашем долге по отношению к Всевышнему, но я и правда не могла, — Садагет испытывала муки совести, не смея посмотреть в глаза имама.

— Да простит тебя Господь, сестра, но, пожалуйста, впредь находи время, чтобы прийти и помолиться в Его доме. Ведь если для нас что-то важно, мы всегда находим для этого время, — назидательно сказал имам Назир.

— Вы правы, имам. Я постараюсь исправиться и построить хорошие взаимоотношения с Творцом, — согласилась Садагет, мучаясь от чувства вины.

— Хорошо. Потому что мы не войдем в рай, если не установим хорошую связь с Господом. Нам нужно ежедневно молиться, проявлять доброту и любовь по отношению к другим, а также не совершать проступков, — продолжал имам Назир. Он склонился над столом. — Сестра, что ты имела в виду, когда сказала о серьезной проблеме? Что случилось?

Глаза Садагет забегали по комнате, а веки задергались.

— Имам Назир, это такая деликатная тема, что я даже не знаю, с чего начать. Мне так стыдно говорить об этом. Моя дочь встречалась с молодым человеком. Он пригласил ее на ужин и напоил, и между ними произошло то, чего и следовало ожидать. И теперь она беременна. Все это время она скрывала беременность от меня. Я узнала об этом совсем недавно, чисто случайно.

Садагет заметила, как он нахмурился, и лоб его покрыли морщины. Он встал со стула.

— Как давно она беременна?

— Шесть месяцев, — ответила Садагет, чувствуя стыд и старательно отводя глаза.

Имам с неверием замотал головой.

— Но ведь в шесть месяцев уже видно живот! И как вы умудрились не замечать ничего? — изумился имам.

Садагет схватилась рукой за голову:

— Она обвязывала живот и носила просторную одежду, — оправдывалась Садагет, доставая платок из кармана, чтобы вытереть им лицо.

— Сестра, это большой грех и позор. В Европе это, может, и нормально для женщины — иметь отношения с мужчиной без брака, но не в мусульманском обществе, — говоря это, имам отрицательно помахал левой рукой прямо перед собой.

— Приличные женщины не должны спать с мужчиной вне брака. Но раз уж ее опоили, нельзя винить только ее одну. Он целенаправленно сделал ее пьяной, но ей не следовало идти к нему с самого начала.

Пока имам говорил, Садагет смотрела на улицу сквозь маленькое окно. Она видела зеленую мечеть и женщин, входящих в нее. Рядом с небольшим фонтаном она заметила двух мальчиков, одевающих мусульманские шапочки-топи и белые мусульманские курты. Она снова посмотрела на имама и почувствовала себя грязной и опозоренной.

— Сестра, а ты его знаешь? Его родителей? — спросил имам.

— Не знаю, кто его родители, но они живут в Зардобе. Он приехал в Баку, чтобы учиться в институте. Я с ним встречалась дважды.

Имам взглянул на Садагет. Она показалась ему такой маленькой.

— Ты говорила с ним насчет беременности? — спросил имам.

— Да, я попросила его жениться на моей дочери. Но, к своему удивлению, я узнала, что он уже женат, и у него есть двое детей, — сокрушалась Садагет. Ее руки слегка дрожали.

— Хм-м, — промычал имам, коснувшись подбородка. — Тот факт, что у него уже есть жена, усложняет дело, сестра. Что собираешься делать?

Садагет вытянулась по струнке и спросила:

— Разве мусульманские законы не позволяют мусульманскому мужчине иметь четыре жены?

— Да, он может иметь четыре жены, — ответил имам.

— Тогда Самед может жениться на моей дочери.

Имам несколько раз кивнул.

— Вы в состоянии провести церемонию бракосочетания как можно скорее? — спросила Садагет.

— Я понимаю всю сложность ситуации, сестра, и я сделаю все возможное, чтобы вам помочь. Приходите в пятницу к десяти утра.

Садагет посмотрела на имама с благодарностью, на лице появилась улыбка облегчения.

— Благодарю вас, имам Назир.

Она поднялась, почувствовав, как тяжелая ноша наконец свалилась с нее:

— Мне пора идти, но в пятницу мы придем, — сказала Садагет.

— Иди с миром, сестра.

Во время визита Садагет к имаму, Эсмира усердно работала. Утром она позвонила Сабине, чтобы поделиться с ней всем тем, что случилось вчера. Эсмира рассказала, как ее мать узнала о беременности. Сабина удивилась, что столько времени Садагет ничего не замечала.

— Если б ты меня послушала и сделала аборт, ничего бы этого не случилось. Когда появляется проблема, ее надо решать, не откладывая, чтобы она не завладела твоей жизнью, — сказала Сабина по телефону.

— Аборт — это убийство, большой грех в нашей религии, поэтому я просто не могла этого сделать.

Сабина была счастлива услышать, что Самед согласился жениться на Эсмире, но она предупредила, что он может передумать, так как не заслуживает доверия.

— Он не передумает. Мать угрожала ему тюрьмой.

Сабина усмехнулась:

— Что касается твоей мамы, я бы не хотела оказаться на его месте, раз она окончательно и бесповоротно решила перевоспитать его.

Когда Садагет пришла домой, она позвонила Самеду и сообщила ему о договоренности с имамом.

— Не будь идиотом и не пытайся сбежать от ответственности. Еще одна выходка, и я поеду в Зардоб, чтобы пообщаться с твоим отцом лично.

Он почувствовал, как мурашки бегут по его телу. Самед терпеть не мог, когда ему угрожают.

— Я женюсь на Эсмире. Не надо мне грозить.

Они договорились, что в пятницу Самед придет к Садагет домой и оттуда они вместе поедут к имаму. Самед не был рад этому, но он понимал, что в этот раз ему не сбежать. Внезапно ему пришла в голову мысль, что, раз он использует паспорт друга , брак не будет считаться законным. Следовательно, он просто решил броситься в омут с головой и пойти на этот брак, чтобы потом каким-то образом выбраться из неразберихи.

Глава 3

Шокирующее открытие

Ночь была ветреная, вся в ярких фейерверках молний, наполняющих вспышками комнату Эсмиры. Огненные всполохи освещали ее кремовые обои, украшенные рисунком гигантского тигра. Из-за размышлений о предстоящем мусульманском браке Эсмира не могла уснуть. Даже в кошмарном сне она не представляла такого формального бракосочетания. Девушка всегда мечтала о пышной свадебной церемонии с блистательным приемом и живой музыкой. Она представляла себя в прекрасном белом платье, а рядом всех своих друзей и родственников. И потому Эсмира была безумно расстроена, что завтра не будет ни родственников, ни музыки, ни веселого празднования после необходимой строгой церемонии. Тем не менее, она была довольна, что мать заставила Самеда жениться на ней, чтобы предотвратить распространение злобных слухов и пересудов.

В шесть часов утра пятницы она встала и приняла душ. Эсмира решила зайти на работу, чтобы открыть книжный магазин и потом быстро вернуться домой. Из квартиры она вышла в 7:00 и села на автобус до магазина.

В это самое утро Самед проснулся с тяжелым сердцем. Пока незадачливый жених чистил зубы, он постоянно задавался вопросом: «Почему она забеременела? Ведь ни одна женщина, с которой я спал, не забеременела, ну почему же она?»

Стоя напротив зеркала, он испытывал гордость от созерцания своего крепкого телосложения, широких плеч, атлетического торса с шестью кубиками. Женщины просто обожали эти кубики, и сам он любил демонстрировать их, прогуливаясь летом по пляжу. Восхищаясь собственным отражением в зеркале, Самед засиял от гордости. Позже он принял душ и отправился к Садагет.

Садагет тоже встала рано, в полной растерянности. Она немного полежала в постели, озабоченная мыслями о будущем Эсмиры. Ее переполняло чувство разочарования, когда она вспоминала свадьбы дочерей ее подруг, на которых женихи преподносили драгоценности и корзины с подарками, а невеста прибывала на свадьбу в украшенном автомобиле под музыку. У ее же дочери не будет ничего из этих атрибутов брачного торжества. Мать Эсмиры никак не могла понять, почему молодые люди не подумали прежде, чем совершить такую нелепую ошибку. Если бы они тогда задумались, то не попали бы в такую неприятную ситуацию. Садагет вспомнила, какое клеймо навесили на нее окружающие люди, которые презирали ее как разведенную матьодиночку, подозревая ее в тайных отношениях с мужчинами на стороне.

Ее мать Мария говорила всегда: «У всех есть мужья, у тебя же никого нет, поэтому даже не вздумай ходить с гордо поднятой головой». Полежав немного, Садагет встала и начала готовиться к посещению мечети.

В 8:45 утра Эсмира уже вернулась домой. Она сняла рабочую одежду и нарядилась в красивое коричневое платье с длинным рукавом. Из своей комнаты она услышала звонок в дверь. Садагет открыла и впустила Самеда. Он зашел с приторной улыбкой на лице:

— Доброе утро, Садагет-ханым.

— Доброе утро, молодой человек, — ответила Садагет, не сводя с него пристального взгляда. Он прошел в гостиную, явно испытывая неловкость.

В гостиной Садагет подошла к нему:

— Эсмира — мое единственное дитя, и это совсем не та брачная церемония, которую бы я для нее желала. Мне бы хотелось, чтобы у нее была пышная свадьба с кучей приглашенных гостей. С твоим появлением в ее жизни все разрушилось. Разумеется, я не буду больше терпеть твои лживые игры. Я вызвала такси. Сейчас мы поедем в мечеть и решим эту проблему раз и навсегда.

Самед сидел тихо, обшаривая глазами комнату. Он не знал, куда деваться от матери Эсмиры. Наконец-то она решила посмотреть в окно и отошла от него. Он не смог сдержать вздох облегчения; его хладнокровие и самообладание возвращались к нему снова. Она тут же повернулась лицом к нему.

— Может, выпьешь чаю, пока ждешь?

— Нет, спасибо, — неохотно ответил Самед.

Садагет увидела в окно подъехавшее такси и крикнула дочери:

— Эсмира, такси уже здесь! Ты готова?

— Готова! — Эсмира чувствовала нервное возбуждение и мелкую дрожь во всем теле.

— Давай скорее, и не забудь покрыть голову!

Эсмира вышла из спальни, повязав на голову косынку. Вместе они направились на улицу, но чуть было не вернулись, увидев страшную аварию. Двое мужчин лежали на земле в луже крови. Один из них был мертв, а его внутренности вывалились из тела, в то время как другой захлебывался от крови, заполнявшей все его лицо и нос. Взгляд Садагет остановился на красной машине. Шокированная, она стояла как вкопанная, наблюдая, как хрустит разбитый и измятый автомобиль, раскрошенный словно кусок черствого хлеба, безнадежно изуродованный, с вылетевшими фарами и словно кувалдой разбитым лобовым стеклом. Водитель такси призывно засигналил, что было мочи.

— Это наше такси, Эсмира, пожалуйста, поехали, — сказала Садагет, подталкивая дочь к желтому автомобилю. Садагет сообщила водителю адрес мечети. По пути водитель начал обгонять другие машины, мчась по ухабистой дороге. Порой он был чересчур близко к другим транспортным средствам. Такси очень трясло, все пассажиры мяли друг друга, как ингредиенты салата. Водитель высунул руку в окно и крикнул:

— Эй ты, сукин сын! Научись водить машину!

Садагет, держась за рукоятку наверху, которая была уже наполовину сломана, обратилась к водителю:

— Пожалуйста, не надо мчаться сломя голову!

— Если не буду обгонять других, мы будем целый час ехать.

— Ну и что! Наши жизни намного важнее! — воскликнула Садагет.

Водитель немного сбавил скорость, прекратив гонку. Через час такси остановилось напротив огромной зеленой мечети. Пассажиры выкарабкались из такси и направились к дому Господа. Прежде всего, они зашли в маленькую зеленую постройку — кабинет имама Назира.

— Доброе утро, — сказала Садагет.

— Здравствуйте! — ответил имам.

Самед огляделся, заметив, что в кабинете были только маленький белый деревянный стол, простой белый деревянный стул и зеленый коврик.

Имам смотрел на молодую пару с любопытством.

— Мне очень приятно видеть такую молодую парочку, как вы. Вы готовы связать себя узами брака?

— Да, — ответили они оба, глядя на имама.

— А знаете ли вы, что брак — это огромная ответственность и долгосрочное обязательство? — взгляд имама встретился с рассеянным взглядом жениха.

— Да, — ответил Самед.

— Он должен быть основан на взаимопонимании, уважении, доверии и любви, — продолжал имам Назир, глядя на них, и лицо его расплывалось в улыбке. — Надеюсь, ваш брак именно таким и будет и принесет вам такое счастье, о котором вы сейчас даже и не мечтаете, — глаза имама сияли, когда он произносил эти слова. Вдруг зазвонил телефон.

— Извините, — сказал он, поднимая трубку. — Сестры Севинч и Афет в мечети? Если да, то пусть зайдут ко мне.

Сказав это, имам повесил трубку. Через несколько минут две женщины средних лет вошли в кабинет имама, тяжело дыша.

— Доброе утро, — сказали женщины.

— Доброе утро, — ответили им собравшиеся.

Указав рукой на женщин, имам представил их:

— Садагет-ханым, это Севинч и Афет. Они будут свидетельницами на вашей церемонии.

Садагет пригляделась к ним. Севинч была низкорослая толстушка, а Афет — высокая и стройная.

— Принесли ли вы свои паспорта или свидетельства о рождении? — спросил имам.

Садагет достала свидетельство о рождении Эсмиры из своей сумочки и передала его имаму.

— А что у тебя, Самед? — спросил имам.

Самед посмотрел на него, лицо его задергалось.

— Я забыл, — соврал он.

Имам сощурил глаза:

— Как ты мог забыть? Прежде чем заключить брак, я должен увидеть паспорт или свидетельство о рождении. Все равно, я проведу процедуру без них, но позже принесите. Раз этот брак не запланирован, я не буду следовать обычной процедуре. Да простит меня Всемогущий!

Он проверил свидетельство о рождении Эсмиры, затем снова посмотрел на Самеда:

— Как твоя фамилия?

— Абдулаев.

Легкая улыбка играла на губах обманщика. Глазами он пытался не встречаться со взглядом имама.

Сделав некоторые заметки, имам сказал:

— Пойдемте за мной.

Он вышел из кабинета и направился к мечети, все последовали за ним. Каждый снял свою обувь и вошел в огромное здание. Эсмира посмотрела вокруг и увидела богатый темнозеленый ковер на полу. Стоя на деревянном минбаре, символизирующем собой алтарь, он попросил всех подойти к нему поближе. Имам прочитал отрывок из Корана и остановился.

— Самед Абдулаев, вы согласны взять в жены Эсмиру Бабаеву?

— Да, — чуть слышно сказал Самед.

— Сестра Садагет, ваша дочь согласна выйти замуж за Самеда Абдулаева?

Садагет посмотрела на Эсмиру:

— Да, она согласна.

Имам сказал еще немного слов о важности брака и прочитал отрывок из Корана. Когда церемония была окончена, имам попросил свидетельниц, невесту и жениха подписать свидетельство о браке. После подписания документа он объявил:

— Теперь вы муж и жена!

Садагет была, наконец, спокойна:

— Спасибо, имам Назир, что так помогли нам. Да благословит вас Господь хорошим здоровьем на долгие годы! — на душе у Садагет стало легко и радостно, и губы непроизвольно сложились в довольную улыбку.

— Спасибо, сестра, — имам посмотрел на часы, — о, Боже, как поздно! Мне нужно посетить больного! Прошу прощения, но мне пора! Идите с миром, — сказал имам Назир, сверкая своими золотыми зубами и недоуменно глядя на выступающий живот Эсмиры. «Не понимаю, как такая женщина могла соблудить и зачать ребенка вне брака во грехе. Неужто она не читала Коран?» — размышлял имам, покидая мечеть.

Садагет поговорила с женщинами-свидетельницами и поблагодарила их.

— Нам тоже пора уходить, — сказала она. Троица покинула мечеть, оставляя свидетельниц позади.

***

После церемонии бракосочетания Эсмира ощущала блаженство, думая, что Самед теперь стал ее законным мужем. Но мысли о его первой жене смущали ее и вызывали отторжение. «И почему мусульманским мужчинам разрешено иметь больше одной жены? Он будет спать с этой загадочной женщиной, а потом приходить в мою постель. И почему я должна делить его с кем-то еще? Но хотя бы моего ребенка не назовут внебрачным или приблудным, и никто не посмеет назвать меня беспутной или обвинить, что я прыгнула к нему в постель без брака».

Тем временем Самед упаковал все свои вещи и переехал в квартиру своей жены, в которой было две спальни и гостиная. Новоиспеченный зятек Садагет был ничуть не расстроен совместным сожительством, ведь так он экономил деньги на аренде жилья. Живя с Эсмирой, он был настолько скуп, что не тратил деньги даже на продукты. Его теща покупала ему сигареты и лезвия для бритвы. Хотя ей и не нравилось тратить на него деньги, они хорошо ладили. Самед помогал ей убираться, готовить и даже сам стирал свою одежду. Муж Эсмиры хорошо умел завоевать доверие и любовь окружающих, ублажая их. Он прочитал столько книг о том, как правильно выстраивать отношения с людьми и влиять на них. Все приемчики, о которых он узнавал из этих книг, он применял на своих знакомых, а особенно на женщинах, пытаясь оказывать на них воздействие.

Жизнь Самеда была полна лжи и в ней не было страха божьего суда. Этот факт вызывал изумление даже у его друзей. Так однажды Самед с другом Тарханом сидели вдвоем на деревянной скамейке в парке и играли в домино. И Тархан вдруг решил высказать свое мнение:

— Друг, меня просто поражает, насколько безрассудным ты можешь быть, ведя такой греховный образ жизни. Ты живешь так бесшабашно и столько обид наносишь женщинам. Это ведь не помусульмански, у нас другие обычаи и традиции, мы стараемся жить целомудренно. Какое оправдание ты находишь такому разрушительному, неблагопристойному поведению? Неужели ты совсем не волнуешься и не страшишься, что Бог накажет тебя?

Самед закурил сигарету. Он отклонился назад и, посмотрев на Тархана, выпустил дым прямо другу в лицо.

— Интересно, а кто ты такой, чтобы судить меня? — спросил Самед раздраженно, безразлично глядя на друга. — Ты живи своей правильной и правдивой жизнью, а меня оставь в покое.

Затем он положил ногу на ногу. Самед втянут сигаретный дым и снова выдохнул его в лицо Тархану.

Тархан закашлялся, его глаза заслезились, он посмотрел в глаза друга своими сморщенными от дыма глазами. Он плотно сжал губы в тонкую линию:

— Я не сужу тебя, но у каждого греховного или злого поступка есть последствия. И поскольку ты мой друг, я переживаю из-за твоих прегрешений.

Самед скривил губы и закатил глаза, выдувая колечки дыма в лицо друга и гримасничая.

— Ты указываешь мне на ошибки и таким образом осуждаешь меня.

Тархан затряс головой:

— Ты не знаешь разницы между осуждением и обличением? Если бы я сказал: Самед, ты бесчестный, лживый бабник, который спит со всеми подряд, бесцельно и беспричинно портя женщин, тогда бы я осудил тебя, а это мерзко в глазах Всемогущего. Но если кто-то делает что-то плохое и вредит этим окружающим и себе самому, я не могу закрыть глаза и притвориться слепым. Если я это сделаю, то стану равнодушным, и Бог может меня тоже наказать.

Тархан продолжал кашлять и обмахивать лицо рукой, пытаясь развеять дым. Самед игнорировал эти действия и продолжал курить:

— Тархан, как ты любишь разглагольствовать обо всем, что касается меня! Ты можешь о чем-нибудь другом поговорить?

— А ты можешь избавиться от своей противной привычки выдыхать дым мне в лицо? — возразил Тархан.

Он встал со скамьи, чувствуя раздражение. Тархан, имея мускулистое и рельефное, как у скульптуры, тело, казалось, готов был нанести Самеду внезапный удар.

— Я тебе уже сказал, я не осуждаю, но пытаюсь обнажить твои ошибки, чтобы ты не расхлебывал потом последствия.

— Это моя проблема, не твоя, — ответил Самед, скрестив руки и задрав вверх свой подбородок.

— Ты прав, — неохотно согласился Тархан. — Но, раз ты мой друг, я пытаюсь помочь тебе выйти на правильную дорожку.

— Я что, просил тебя о помощи? Помогай тем, кто тебя просит об этом, — парировал Самед, в то время как улыбка сходила с его лица, а между бровями пролегла глубокая морщина.

— Бывает, что люди боятся или стесняются просить. А некоторые просто не осознают, что нуждаются в помощи. Поэтому я не жду, когда меня попросят. Всевышний ждет от нас любви к ближнему, а мы можем проявить эту любовь только совершая добрые дела и заботясь друг о друге.

Наевшись вдоволь проповедью Тархана, Самед поднялся, чтобы уйти:

— Каждый раз, когда мы встречаемся, ты начинаешь читать мне мораль. Я сыт этим по горло. В другой раз поговорим, — сказал Самед нетерпеливо и ушел.

***

Ложь Самеда о другой жене позволила ему проводить какоето время с Татьяной. После последней размолвки с любовницей ему не составило труда уговорить ее принять его назад. В этот раз он рассказал ей об Эсмире и о фальшивом супружестве. Самед обманул Татьяну, что именно Садагет заставила его жить с Эсмирой.

— Что ты им сказал? — спрашивала Татьяна гневно.

Самед развалился, скрестив руки за головой.

— Показал паспорт друга, но я вклеил туда свою фотографию. У нас одинаковое имя, но разные фамилии. Мой друг женат, и у него двое детей. И эту информацию я показал Садагет, — продолжал Самед, задрав подбородок.

Татьяна наклонилась к нему:

— И это не стало препятствием для брака?

— В определенных обстоятельствах стало бы, но Эсмира беременна, поэтому Садагет настояла, и так имам нас поженил. Но раз я использовал фальшивую фамилию, мой брак не настоящий, — Самед сиял, довольный собой.

Лицо Татьяны на секунду стало непроницаемым, а затем оно расцвело от радостного осознания, что Самед не состоит в законном браке.

— Так значит, Эсмира думает, что ты ее законный муж. Погоди, а это твой ребенок? А то я немного отвлеклась на другие детали.

— Мой, — Самед насмехался, качая головой. Он подумал: «Мне следовало использовать презерватив».

— Как это случилось? — спросила Татьяна, чувствуя ревность к Эсмире, которая вынашивала его дитя. Она кусала губы, становясь мрачнее тучи.

— Татьяна, просто прими это как данность. Ты задаешь слишком много вопросов, — гневно возразил Самед.

— Где вы познакомились? — не унималась та.

— Она работает управляющей в Сабаильском книжном магазине, — рассказывал Самед.

— А, я знаю этот магазин, так как покупала там книги. Когда ты собираешься все им рассказать?

— Не знаю. Мне пора, — воскликнул Самед, не давая Татьяне возможности задавать другие вопросы. Спускаясь по лестнице, он чувствовал глубокое возмущение из-за любопытства Татьяны.

В течение нескольких дней Татьяна размышляла о фиктивном браке. Разъяренная ревностью, она решила посетить Эсмиру и выложить ей всю неприглядную правду. Утром во вторник она специально нарядилась в черную обтягивающую блузку и короткую красную юбку, чтобы только позлить Эсмиру. Она была не так молода, но в свои 35 выглядела очень привлекательно, именно поэтому 25-летний Самед продолжал с ней встречаться. До встречи с Самедом она имела отношения с другим молодым азербайджанским парнем, и из-за бесконечной череды бойфрендов люди судачили о ней. В 20 лет она родила дочку, и когда та достигла 7-летнего возраста, Татьяна отправила ее в школу-интернат. Несчастная девочка видела свою мать всего лишь раз в месяц.

В 10 часов утра Татьяна покинула свои апартаменты. В автобусе она непрестанно размышляла о том, как Эсмира отреагирует на новость, но в то же время она страстно желала, чтобы Самед оставил ее.

Когда автобус остановился напротив бульвара, Татьяна вышла на остановку и прошла через Торговую улицу — большой пешеходный торговый центр, где располагалось множество зданий с магазинами одежды, ресторанами, парикмахерскими и чайханой. Проходя мимо группы молодых парней, которые стояли и курили, она прибавила скорость. Но, увидев ее соблазнительную, стройную фигуру и короткую узкую юбку, они присвистнули ей вслед:

— Эй, красотка, ты куда? Клевая одежка у тебя! — но Татьяна не обратила внимания на этих «мартовских котов».

Как только она вошла в магазин, то сразу попросила позвать Эсмиру. Самира пригласила женщину в маленький кабинет. Когда Татьяна зашла, Эсмира писала что-то в блокноте.

— Привет, Эсмира. Я Татьяна — девушка Самеда.

Эсмира выронила ручку от неожиданности:

— Кто, простите?

Она подняла ручку и уставилась в лицо Татьяны. Ее глаза сощурились, как мелкие щелочки, голова

склонилась по направлению к Татьяне.

— Бывшая девушка, может быть? Вам известно, что он состоит в браке со мной и что я ношу его ребенка? — сказала Эсмира строго, не скрывая удивления.

Татьяна расправила плечи и выпрямилась для большего эффекта.

— Ха-ха-ха! О каком браке идет речь? Он надул тебя. Вы вообще не расписаны.

— Мы женаты, — защищалась Эсмира. Она шумно задышала, блуждая глазами по комнате. Она смерила взглядом Татьяну, ее правое веко непроизвольно задергалось.

«Кто эта женщина? Кто дал ей право приходить сюда и нагло лгать?»

На трясущихся ногах она подошла к двери и открыла ее:

— Татьяна, я не знаю, чего вы добиваетесь, но я прошу вас покинуть мой кабинет прямо сейчас!

— Эсмира, дай мне закончить. Тебе же лучше будет, — отрезала Татьяна и быстрыми шагами направилась к двери, не сводя глаз с Эсмиры.

— Он никогда не был женат, и у него нет детей. Он просто не хотел жениться на тебе, — воскликнула Татьяна.

Эсмира закрыла дверь и слабеющими, дрожащими ногами побрела к столу. Ее взгляд потух, голос стал глухим:

— Это неправда. В его паспорте написано, что у него жена и дети.

Татьяна огрызнулась:

— Эсмира, как ты можешь быть такой наивной? Он использовал паспорт друга, в который вклеил свое фото, — Татьяна опустилась на стул, положив ногу на ногу.

— А вместо того, чтобы ходить к своей выдуманной жене, он ходил ко мне и занимался со мной сексом!

Произнеся эти слова, Татьяна зарделась от гордости; она смотрела прямо в глаза Эсмире.

После этих слов Эсмира почувствовала опустошение. Все спуталось у нее в голове. Она медленно села и положила руки на живот. Девушка чувствовала чудовищную слабость, тихим голосом она взмолилась:

— Татьяна, пожалуйста, уходите. Иначе я вызову охрану.

Видя состояние Эсмиры, Татьяна торжествовала.

— Нет нужды в охране. Я сделала то, что хотела, и теперь ухожу.

«Но если ты думаешь, что сможешь оградить его от меня, то сильно ошибаешься», — подумала Татьяна про себя.

После того, как цель была достигнута, она покинула кабинет Эсмиры с чувством удовлетворения, оставляя за спиной расстроенную соперницу. А Эсмира чувствовала себя очень плохо, она ощущала боль внизу живота. Девушка попыталась встать со стула, но не смогла.

«Может ли это быть правдой? — спрашивала она себя сквозь рыдания. — И что мне теперь делать? Если он уйдет от меня, соседи воспримут это так, словно я жила с любовником».

Выросшая в мусульманском обществе, Эсмира не раз видела, как национальные традиции и верования заставляли людей осуждать бедных женщин, которые сделали несчастливый выбор и совершили ошибку, или которых осуждали за то, что они носили современную одежду или даже просто улыбались во время разговора с мужчиной. Именно поэтому она боялась, что ее имя будет запятнано, а ее достоинство утрачено.

Посидев несколько минут в тишине, она позвонила Сабине и все ей рассказала.

— Эсмира, не плачь, это не поможет, — сказала Сабина обеспокоенно. — Ты должна придумать, как избавиться от ребенка. Оставь его в больнице и забудь навсегда этого идиота. Тебе не нужен такой муж.

Эсмира подперла голову левой рукой, заливая слезами рабочий стол:

— Я не уверена, должна ли я вызвать преждевременные роды и отдать ребенка?

— Конечно, ты должна, — настаивала Сабина.

Эсмира откинулась на спинку сидения, опустив плечи:

— Как я могу отдать ребенка неизвестно кому? А вдруг мой ребенок будет страдать от насилия или жестокого обращения?

— Тогда приготовься к осуждению нашего общества. Не будь дурочкой, Эсмира. Ты же знаешь, как тяжело в Азербайджане расти незаконнорожденным ребенком, — наставляла Сабина.

— Хорошо, Сабина, я подумаю об этой возможности, но мне надо обсудить сперва с матерью, — вздохнула Эсмира.

— Хорошо. Поговори с ней и дай мне знать, когда будешь готова. Я тебя свожу к своему гинекологу в больницу.

— Я так растеряна из-за обмана Самеда, — Эсмира всхлипнула.

— Он просто один из тех, которые лгут, чтобы затащить тебя в постель, и когда они получают от тебя то, что им нужно, то тут же бросают. Я вообще не понимаю, что ты нашла в таком, как он. Да, Самед красив, но внутри он гнилой. Надо выбирать мужчину не по его внешности, а по внутренней красоте. Мой Дима — вот не красавец, но он дает мне возможность ощутить себя женщиной и обращается со мной как с королевой. Он настоящий джентльмен с добрым сердцем и хорошими намерениями, — сказала Сабина, улыбаясь.

— Ты права. Держи его покрепче и не отпускай. Мне теперь так стыдно, что я не знаю, как рассказать об этом матери, — произнесла Эсмира, потирая висок.

— Просто скажи ей правду, и будь что будет. В любом случае, успокойся и не паникуй. Все устроится, само собой.

Сабина громко зевнула и сказала подруге:

— Эсмира, у меня свидание с Димой, мне пора идти. Потом поговорим.

— Хорошо, — ответила Эсмира. Она положила трубку и попыталась сосредоточиться на работе.

В этот день Эсмира закрыла магазин на час раньше, ей нужно было время подумать о том, как правильно преподнести эти новости матери. Она понимала, что Садагет не обрадуется и, возможно, нападет на Самеда. В то же время ей было любопытно, знал ли Самед о визите Татьяны. Она дошла до остановки и села на трамвай.

К шести часам вечера Эсмира была уже дома. Открыв дверь, она прошла в гостиную. Самед смотрел футбольный матч, а мать готовила ужин на кухне.

— Добрый вечер, Самед, — сказала она, натянув притворную улыбку. Увидев его, Эсмира хотела закричать: «Убирайся к черту из моей жизни, лжец, проклятый бабник!» Но она оставалась спокойной. Женщина просто смотрела на Самеда тусклыми глазами. В глубине души она испытывала огромное разочарование. «Как я могла быть такой наивной?» — она печально вздохнула.

— Привет, Эси, — ответил Самед, не поворачивая головы от телевизора. Это был матч между СССР и Италией. Она продолжала смотреть на него с недовольством, но решила переодеться прежде, чем начать разговор.

— Мама, я пришла!

— Как дела на работе? — спросила Садагет с кухни.

— Все в порядке. Я пойду переоденусь, — она поплелась в спальню, чувствуя себя словно зверек, попавший в капкан.

— Самед, поставь, пожалуйста, на стол тарелки и столовые приборы и не забудь салфетки! — снова крикнула Садагет.

Раздраженный зять взмахнул рукой в воздухе, словно пытаясь прихлопнуть назойливую муху. «Почему она вечно меня беспокоит, когда я смотрю футбол по телевизору?» Он встал с дивана и выполнил все указания своей тещи. Потом он помог ей поставить ужин на стол, несколько взбудораженный тем, что пропускает матч.

— Эсмира, ужин готов, — призывно сказала Садагет.

— Через минуту приду, — ответила ей дочь.

Она вышла из спальни в длинном голубом платье, и они уселись за стол. Поблагодарив Бога за еду, они начали трапезу. Пока они ели, Эсмира смотрела на Самеда слегка прищуренными глазами и хмурилась.

«И как я могла быть настолько слепой, чтобы не разглядеть его истинную сущность? Посмотрите только — он выглядит невинным ангелом, но внутри это настоящий демон» — Эсмира протяжно и глубоко вздохнула.

Садагет заметила, какое бледное лицо у ее дочери:

— Эсмира, что-то не так? Ты очень бледная и непривычно тихая.

— У меня был тяжелый день, — объяснила Эсмира, пытаясь отделаться от матери.

Садагет принялась разрезать долму:

— Что случилось?

Эсмира посмотрела на мужа, ее губы изогнулись в иронической улыбке:

— Любовница Самеда навестила меня. Я узнала, что он опять одурачил нас.

— Что? — брови Садагет взлетели вверх. Самед уронил нож и попытался встать.

— Сидеть! — скомандовала Садагет. — Что он сделал в этот раз?

— Его дешевка сказала, что у Самеда никогда не было другой жены и детей, и что он использовал для женитьбы фальшивые документы.

Самед снова попробовал встать, но Садагет оказалась быстрее. Она поднялась и приблизилась к нему вплотную, положила руки ему на плечи и взглянула прямо в его глаза. Лоб ее бороздили глубокие морщины, брови нахмурились:

— Сядь! Разговор не окончен. Эта потаскуха сказала правду?

Ему хотелось исчезнуть:

— Да, — пробормотал он, избегая взгляда Садагет.

Садагет схватила его за футболку и залепила ему звонкую пощечину, от которой он чуть не слетел со стула:

— Послушай меня, сукин ты сын, я позволила тебе войти в наш дом и приняла тебя как своего сына, а ты все это время дурил нас!

— Прошу вас, простите меня, — мямлил он. Все его тело напряглось в ожидании следующего удара.

Садагет ткнула пальцем ему в грудь:

— Ты опять попытался обманным путем увильнуть от женитьбы на моей дочери. Раз уж ты не женат ни на ком, ты женишься на моей дочери, или я задушу тебя голыми руками за то, что обесчестил мое дитя!

— Садагет-ханым, пожалуйста, успокойтесь и прекратите тыкать меня. Все случилось слишком быстро, и я растерялся и наделал ошибок, — защищался мужчина, покрываясь потом. При этом его слегка трясло.

Садагет перестала тыкать ему в грудь, но продолжала стоять рядом:

— Прекрати прикидываться невинной овечкой. Ты прекрасно понимал, что делал. Тебе лучше убедиться, что в этот раз ты не допустишь ошибок и не будешь нам лгать, — сказала Садагет и отошла от него.

— У меня пропал аппетит, мне надо прогуляться, — сказал Самед, надеясь, что его никто не остановит. Теща смотрела на него пристально, от напряжения ее левый глаз задергался.

— Главное, чтобы ты вернулся, — отчеканила Садагет.

Он подошел к двери и вышел из квартиры. Самед хотел вдохнуть свежий воздух и подумать о том, каким будет его следующий шаг. Он понимал, что в этот раз ему не сбежать.

Эсмира потеряла аппетит и покинула Садагет. Она прошла в свою спальню и горько расплакалась, потирая свой живот:

— Мамочке грустно сегодня, потому что твой отец опять наврал. И может так выйти, что у тебя вообще не будет отца. Я могла бы прежде сделать аборт, но я не хочу этого, — сказала она, не в силах остановить рыдания.

Вскоре она заснула. Самед вернулся поздно, чтобы не столкнуться с Садагет. Была полночь, и Эсмира уже спала. Он смотрел на нее какое-то время, потом отправился в ванну, чтобы почистить зубы. Самед ополоснул свой рот, а затем тихонько прошел в спальню и лег рядом с Эсмирой, стараясь не разбудить ее. Он смотрел на свою жену, чувствуя себя виноватым, но твердо решив оставить ее.

В пять утра Самед встал, собрал большую часть своих вещей и ушел. Он решил снова переехать к Татьяне. Когда он добрался до квартиры любовницы, был уже ясный день. Самед поднялся по лестнице и позвонил в дверь. В ответ он услышал недовольный голос Татьяны:

— Кто еще там в такую рань? — она посмотрела в глазок и увидела Самеда. Открыв дверь, женщина потерла глаза и громко зевнула. — Что ты тут делаешь так рано, да еще с сумками?

Она впустила его. Самед прошел в гостиную, объявляя:

— Я ушел от Эсмиры, потому что ты все испортила своим визитом в магазин. Тебе не нужно было с ней разговаривать, — он смотрел на Татьяну холодно.

А та просто сияла от радости:

— Я просто хотела тебе помочь.

— В итоге ты сделала только хуже. Ее мать чуть не удавила меня, — закричал Самед тонким голосом.

— Я хотела, чтобы ты ее оставил, — она подошла к нему и взяла за руку, но он ее оттолкнул.

— Теперь они заставляют меня жениться, и я больше не смогу отделаться от этого.

Татьяна села на диван, обнажив ноги, полуприкрытые сорочкой.

— Но если они не найдут тебя, то как заставят жениться?

Взгляд Самеда упал на большую грудь Татьяны. Увидев это, Татьяна намеренно начала прикасаться к ней, посылая Самеду воздушный поцелуй и подмигивая ему.

— Все так, но Эсмира знает, где мой институт, и у нее есть номер телефона моих родственников. Если мой отец только узнает обо всем этом, он лишит меня финансовой поддержки и заставит жениться на ней. Он очень влиятельный человек в Зардобе и не обрадуется, если я запятнаю его репутацию.

— Ну а что тогда ты собираешься делать? — умоляюще спросила Татьяна, прикусив нижнюю губу.

— Останусь у тебя, пока не решу, что делать.

Тем временем, пока Самед разговаривал с Татьяной, Эсмира проснулась. Не увидев одежды Самеда, она поняла, что он ушел.

Она бросилась в спальню Садагет, чувствуя растерянность.

— Мама, Самед собрал одежду и ушел!

Садагет встала с кровати:

— Ты уверена?

— Да, — Эсмира вся дрожала.

— Дай мне, пожалуйста, номер телефона кого-нибудь из его друзей, — потребовала Садагет.

Эсмира вышла из комнаты, чтобы найти телефонный номер.

— Вот этот номер у меня есть, — сказала она. Садагет подошла к телефону и подняла трубку, попросив Эсмиру продиктовать ей номер.

Женщина пыталась дозвониться до друга Самеда несколько раз, но она слышала только гудки. Никто не брал трубку. А может, телефон был отключен.

— Не отвечают, — прорычала Садагет, твердо сжимая трубку. — Собирайся на работу, а я поеду к нему в институт.

— Мама, оставьте его. Я устала от этого обмана, — умоляла Эсмира, повышая голос.

— Если я позволю ему сбежать от ответственности, твой ребенок будет незаконнорожденным, безотцовщиной. Ты этого хочешь? — вопрошала Садагет.

— Нет, — грубо отрезала Эсмира, — но я не могу заставить его жениться на мне или полюбить меня против его воли. И я не уверена, что вообще когда-нибудь смогу поверить ему.

— У тебя нет выбора, ему придется жениться на тебе, — заявила Садагет прямо.

Эсмира решила не спорить с матерью, а последовать ее совету. Две недели Садагет пыталась разыскать Самеда, но безрезультатно. Неспособная найти его, Садагет была разгневана и предложила Эсмире избавиться от ребенка:

— Оставь его в больнице и забудь Самеда.

Понимая, что Самед оставил ее, Эсмира потеряла интерес ко всему. После того, как он ушел, она несколько дней не появлялась на работе. Почти все время она проводила на скамейке в парке, наблюдая за влюбленными парочками. «Они так счастливы. Почему я не встретила достойного и любящего мужчину, а вместо этого влюбилась в бабника и лжеца?» — размышляла она, тяжело вздыхая и роняя слезы. Она встала со скамейки и отправилась к лодкам. Почувствовав сильное желание опорожнить свой мочевой пузырь, она поспешила в общественный туалет. Как только вошла туда, то на свое удивление она услышала голоса: гудящий женский и знакомый мужской, речь их было сложно разобрать. Эсмира закрыла дверь и стала присматриваться, пытаясь разглядеть мужчину.

Но она видела только его спину и спущенные штаны. Женщина продолжала стонать, не открывая глаз. В то же время она что-то говорила на иностранном языке, водя руками по спине мужчины. Щеки Эсмиры покраснели, когда она застала пару за этим занятием. «Как можно заниматься сексом в общественном туалете? Хотя это уже не удивляет меня. На Западе есть шлюхи, которые отдаются даже в машинах».

Мужчина задрал блузку и присосался к груди девушки. По телу Эсмиры разлилось жжение. Ошарашенная, она намеренно громко кашлянула, чтобы заставить пару уйти. Услышав кашель, мужчина оторвался от груди и обернулся.

— О, Боже, это же Самед! — воскликнула Эсмира, шокированная и совершенно сбитая с толку.

Все ее тело внезапно ослабло, перед глазами замелькали огоньки. Медленно она присела на унитаз. Ее затошнило, как только она подумала о предосудительном поведении Самеда. «Эта свинья, видно, вообще не имеет стыда. Он достоин лишь презрения. Надеюсь, он никогда не вернется».

Ее вырвало прямо на пол, девушка едва не запачкала свои туфли. Когда любовники ушли, она открыла дверь, держась за окаменевший живот. Потом она вымыла руки и рот и, покинув уборную, направилась на станцию метро.

Глава 4

Сильвана приходит в этот жестокий мир

В дождливую сентябрьскую ночь под зловещие раскаты грома Садагет ловила такси на улице. Вместе с Эсмирой они отправились в больницу имени Нариманова, чтобы вызвать преждевременные роды и оставить там ребенка. По прибытии их попросили в регистратуре оформить заявление на отказ от ребенка и разрешение на его усыновление. Эсмира подписала все необходимые документы, чтобы отдать ребенка в другую семью. Медсестра привела ее в палату, где Эсмира увидела женщину, кормящую грудью своего новорожденного ребенка. Она поприветствовала соседку и затем устроилась на своей постели. Когда Садагет ушла, Эсмире дали питоцин для стимулирования родов.

Переодевшись в голубую сорочку с маленькими пуговками впереди, она немного поговорила с соседкой по палате и уснула. Совершенно неожиданно ей приснился странный сон. Во сне Эсмира увидела Иисуса Христа, лежащего во гробе в длинной белой тунике в окружении многочисленных женщин, умоляющих его о помощи и заступничестве. Он открыл глаза и сказал, улыбаясь: «Ваша мольба услышана. Я помогу вам».

Садагет вернулась на следующий день в обед. Когда она добралась до больницы, Эсмира уже мучилась от тяжелых схваток. Воды ее отошли. Она держалась руками за живот, корчась от боли:

— Мне нужно болеутоляющее! У меня нестерпимо болят живот и спина!

— Позвольте мне осмотреть шейку матки и оценить степень её раскрытия, — сказала врач.

Когда Садагет вошла в палату, доктор осматривала Эсмиру.

— Пора переводить пациентку в родильный зал. Раскрытие шейки матки составляет четыре сантиметра, родовая деятельность прогрессирует, — сказала врач стоявшей рядом медсестре.

Подойдя к Эсмире, Садагет произнесла:

— Добрый день.

Врач повернулась к ней:

— Добрый день. Вы мать Эсмиры?

— Да, — с улыбкой ответила Садагет.

— Приятно познакомиться. Я доктор Вюсаля Касимова. Сейчас мы должны перевести вашу дочь в родильный зал. Но прежде мне нужно уточнить несколько деталей. Вам известно, что сразу после рождения ребёнка его заберут у вашей дочери?

Садагет приложила ладонь к лицу и склонила голову:

— Да, мы знаем. Мы договаривались об этом.

— Что насчет отца ребенка? Он знает об этой договоренности?

Садагет наморщила лоб:

— Он оставил мою дочь и не хочет ничего знать о ребенке.

— Но я должна убедиться, что условия в подписанном документе вам ясны. Если передумаете, то у вас есть право оставить ребенка, — предупредила доктор.

— Спасибо, Вюсаля-ханым, за вашу заботу, но мы не передумаем, — уверенно произнесла Садагет.

— Отлично! Эсмира, мы отвезем тебя в родовую. Мне нужно кресло, чтобы перевезти пациентку! — доктор Вюсаля обратилась к медсестре.

Медсестра покинула палату и вернулась с креслом. Она помогла Эсмире сесть в него и повезла ее в родильный зал.

— Мама, не оставляйте меня! Мне так больно, — сказала Эсмира, закрывая живот руками и покрываясь обильным потом; глаза ее закрывались на короткие мгновения.

— Мне можно в родовою? — спросила Садагет, видя беспокойство Эсмиры.

— Хм-м, обычно мы не разрешаем посетителям, кроме отцов, входить в родильный зал, но я сделаю для вас исключение. Пожалуйста, следуйте за мной, — сказала доктор Вюсаля.

В родовом зале Эсмира легла на кровать. Доктор Вюсаля позвонила по телефону:

— Я в родовой, пришлите мне немедленно педиатра.

Она повесила трубку, вымыла руки и надела медицинские перчатки. Эсмира начала извиваться в постели от болезненных судорог.

— Можно мне обезболивающее? Я больше не могу терпеть! — умоляла Эсмира, хватаясь за живот.

Докторша подошла к ней:

— Я не могу дать вам обезболивающее прямо сейчас. Начинайте тужиться, и скоро все закончится.

Эсмира кусала губы, крепко сжимая простынь, Она пыталась тужиться, но боль мешала ей. Крупные капли пота каскадом катились по лицу, она морщилась от боли:

— Я больше не могу тужиться.

— Если ты хочешь избавиться от боли, тужься, — сказала медсестра, прикладывая компресс к голове Эсмиры.

— Дыши глубже и тужься, — посоветовала доктор.

Эсмира снова начала тужиться, выдувая воздух сквозь сложенные трубочкой губы. Лицо ее исказилось глубокими морщинами; внезапно в комнате раздался громовой раскат. Она посмотрела в окно на темное небо. Вспышки молний рассекали небесное полотно, а капли дождя стекали по оконному стеклу. Она закрыла глаза, готовая расплакаться, но продолжала тужиться, пока Садагет держала ее за руку. Доктор наблюдала за ее шейкой матки.

— Эсмира, всё скоро закончится. Ребёнок уже выходит!

В родильный зал вошла врач-педиатр.

— Эсмира, вы умница, продолжайте тужиться, — ободряюще сказала медсестра, поглаживая девушку по голове.

Эсмира изо всех сил тужилась. Наконец врач с радостью в голосе произнесла:

— Ребёнок родился!

Она перерезала пуповину и подняла плачущего младенца.— Это девочка! — она передала ребенка педиатру. Та вытерла девочку полотенцем, приложила стетоскоп к грудной клетке, проверила легкие, сердцебиение и замерила вес. После чего врач завернула ребенка в одеяло.

— Девочка здорова, и ее вес — 2,27 кг, — объявила она, передавая ребенка матери.

Пока Эсмира держала свое крошечное дитя в руках, она поняла, что не сможет отдать своего маленького ангела. Ее материнское сердце наполнилось радостью и любовью к ребенку. Она блаженно улыбнулась и поцеловала малышку в лоб.

— Мама, я не отдам свою дочь, — сказала она, осторожно покачивая новорожденную девочку.

Пораженная, Садагет застыла на мгновение, глядя на Эсмиру широко раскрытыми глазами:

— Ты уверена, что хочешь ее оставить?

— Мама, вы только взгляните на ее лицо! Она ведь совсем как ангел. Как я могу избавиться от нее? Это моя кровинка, — сказала Эсмира, глядя на дочь с любовью и расплываясь в широкой улыбке.

Садагет взяла на руки внучку, вглядываясь в ее личико. Новорожденная напоминала Эсмиру. У нее были губы, нос и уши, как у матери. На лице малышки показалась крошечная улыбка.

— О! Она — само очарование, — сказала Садагет. Сердце ее смягчилось и наполнилось любовью к внучке. — Ты права, мы не можем ее отдать.

Неожиданно бабушка сказала:

— Вюсаля-ханым, мы заберем ребенка с собой!

Доктор Вюсаля кивнула головой и улыбнулась:

— Я рада, что вы передумали. Каждый ребенок заслуживает того, чтобы быть любимым и наслаждаться заботой своей матери. Множество женщин мечтают родить ребенка, но не могут забеременеть. А вас Бог благословил этим чудом. Храните этого ребенка, лелейте его. Какое имя вы выбрали для дочки?

Эсмира посмотрела на мать устало:

— Мы никогда об этом не думали.

Она смотрела на дочь, пытаясь подобрать имя:

— Ее зовут Сильвана.

— Какое красивое имя, — сказала доктор Вюсаля.

— Вам пора в палату, — напомнила медсестра. Она помогла встать Эсмире. Девушка села в кресло-каталку с ребенком на руках, их отвезли в палату. Садагет последовала за ними.

В палате Эсмира отдала ребенка матери и легла на кровать. Держа внучку в руках, Садагет смотрела на Сильвану с ласковой улыбкой на лице.

— Эсмира, она так похожа на тебя! Я ведь ничего не покупала для нее. Нужно пойти и купить кое-какую одежду и ткань для пеленок, — сказала Садагет, опуская малышку в кроватку.

Но только бабушка положила девочку в кроватку, как та начала плакать.

— Она, наверно, голодная, — предположила Садагет и снова взяла девочку на руки, чтобы передать ее Эсмире. — Тебе надо покормить ее.

Эсмира расстегнула сорочку и приложила ребенка к груди.

— Мне надо идти, пока магазины открыты. Вернусь через пару часов, — сказала бабушка.

Тем временем Эсмира нежно держала ребёнка на руках, сияя от счастья.

— Ты моя малышка.

Ты моя нежданная гостья.

Ты моё солнышко.

Я люблю тебя, кроха.

Ты мой ангел, ты моя радость, — напевала она Сильване.

Поцеловав дочку в лобик со всей нежностью, Эсмира переключилась на мысли о Самеде и о своем будущем. Она понимала, что люди осудят ее за то, что она спала с ним без брака, но в ее положении делать что-либо было уже поздно. «И почему меня должно волновать, что подумают люди? Я не проститутка, я никого не убила, не причинила никому вреда, не пошла против своих моральных принципов и ценностных установок. В любом случае моя жизнь и счастье не зависит от этих людей».

Глядя на ребенка, Эсмира поняла, что если она и дальше будет бояться общественного мнения и осуждения, она не сможет жить полной жизнью и быть счастливой. И хотя ей пришлось заплатить за то, что однажды проявила слабость и потеряла над собой контроль, она не собиралась опускать голову. Как только Эсмира поняла, что прошлое уже не изменить, она решила уверенно идти вперед и сделать все, чтобы не только обеспечить счастливую и полноценную жизнь своей дочери, но и почувствовать себя счастливой от этого. Новоиспеченная мать поняла, что нет смысла зацикливаться на прошлых ошибках и их негативном осмыслении. Вместо этого лучше сосредоточиться на создании стабильного будущего для нее и Сильваны. «Я буду бороться за себя и за счастливое будущее моего ребенка, и я не позволю никому помешать или испортить нам жизнь».

***

По предписанию врача Эсмира оставалась с ребенком в больнице несколько дней. Педиатр хотел убедиться, что ребенок мог самостоятельно дышать, а также что все его жизненно важные органы функционируют должным образом.

Пока Эсмира была в больнице, Садагет купила новую одежду и небольшую кроватку для внучки. Она снова пыталась дозвониться до Самеда, но так как попытки были тщетными, она отправилась прямиком в университет. Оказавшись там, она встретила его друга Намика, 25летнего азербайджанского студента с оливковым цветом лица. В сравнении с Садагет, рост которой был почти карликовым и составлял всего 152 см, Намик казался гигантом. Она испытывала неловкость при общении с ним, так как ей пришлось задирать голову, чтобы увидеть его лицо. Паренек дал Садагет номер телефона Татьяны, сообщив, что Самед живет у нее. Прежде чем уйти из университета, Садагет сказала Намику:

— Может быть, я так и не найду Самеда. Если увидите его, пожалуйста, скажите, что моя дочь родила его девочку.

Его глаза широко раскрылись, и он прикрыл рот рукой:

— У него есть ребенок? Не может быть!

Садагет скрестила руки на груди, нахмурившись:

— Он бросил мою дочь как раз, когда она забеременела его ребенком.

Намик неодобрительно покачал головой:

— Я его знаю с тех пор, как он приехал в Баку, но он никогда не говорил мне ничего о вашей дочери. Он разбил много сердец. Но я просто ошарашен тем, что он оставил женщину, беременную его ребенком. Я надеюсь, он возьмет на себя ответственность за дитя.

— Спасибо за заботу, молодой человек, — ответила Садагет.

— Мне пора на лекцию, — сказал молодой парень, глядя на студентов, поднимающихся по лестнице.

— До свиданья, еще раз спасибо, — повторила Садагет, направляясь прочь.

— До свиданья, — сказал друг Самеда, уходя. «Я думал, что Самед осторожен. Как ему удалось оплодотворить ее?» — размышлял Намик по пути в класс.

Через три дня Эсмира с новорожденной дочкой покинула больницу. Увидев молодую девушку с ребенком на руках, соседи были поражены неожиданным пополнением в семье Садагет, так как Эсмира скрывала и свой фальшивый брак, и беременность.

Именно поэтому теперь они задавались вопросом, кто же отец ребенка. Некоторые соседи, стоявшие на улице во время возвращения Эсмиры, уже начали сплетничать:

— Не могу поверить, что дочь Садагет родила ребенка вне брака! Какой стыд!

— Как же ей удалось скрыть беременность?

— Знаете ли вы, кто отец?

— У них жил какой-то молодой человек, может, он отец.

— Я думала, это был племянник Садагет.

Сплетням и слухам, казалось, не будет конца. Каждый выход из дома становился испытанием как для Садагет, так и для Эсмиры. Только маленькая Сильвана не подозревала о том, какие недобрые разговоры ходят вокруг нее и ее близких.

После родов Эсмира взяла на работе трехмесячный отпуск по беременности и родам. Но она была довольно ленивой девушкой, поэтому Садагет во всю помогала ей ухаживать за ребенком. Молодая мать не утруждала себя ночными подъемами для кормления ребенка. Садагет просыпалась ночью и кормила плачущую Сильвану из бутылочки.

Вместо того, чтобы стирать одежду и пеленки Сильваны, Эсмира замачивала их в воде на несколько дней. Увидев вещи бесполезно мокнущими в воде, Садагет стирала их, ругая Эсмиру. Вдоволь наевшись нерадивостью дочери, Садагет принесла полное ведро воды с грязными подгузниками прямиком своей дочери, когда та кормила малышку грудью.

— Почему ты оставляешь грязные подгузники в ведре на несколько дней? Понюхай эту воду! Она плохо пахнет, и там развелись черви, — сказала Садагет, поднося ведро прямо к лицу дочери.

В раздражении Эсмира оттолкнула ведро:

— Я кормлю ребенка. Как вы можете пихать это ведро мне прямо в лицо! Просто выбросите их!

Садагет поставила ведро рядом с Эсмирой.

— Я ничего не буду выбрасывать. Я платила деньги за них. Когда покормишь Сильвану, то встанешь и постираешь их, — скомандовала мать. Она вышла из комнаты, не дав Эсмире возможность сказать хоть слово. Чтобы избежать ее упреков, Эсмира, покормив дочь, постирала одежду и подгузники.

После рождения Сильваны прошло несколько месяцев, а от Самеда ничего не было слышно. Слухи о том, что у Эсмиры появился незаконный ребенок, продолжали распространяться и даже дошли на работу к Садагет. И тогда подруги стали расспрашивать ее об отце ребенка. Это доводило ее до бешенства. Иногда она даже говорила:

— Занимайтесь своим делом и оставьте мою дочь в покое. Моя дочь вас не касается.

Самед продолжал жить с Татьяной, пока не застал ее флиртующей с другим мужчиной. Он проснулся ночью из-за позывов мочевого пузыря. Не обнаружив Татьяны рядом, он вышел из спальни и увидел, как она, сидя на диване в гостиной, разговаривает по телефону. Его лицо нахмурилось: «С кем она говорит так поздно?» Медленно на цыпочках Самед вернулся в спальню и поднял трубку другого телефона, приложил ее к уху и услышал мужской голос, разговаривающий с Татьяной на русском языке. Самед присоединился прямо к началу кокетливой и развратной болтовни.

В общении с Татьяной русский кавалер употреблял такие вульгарные и откровенные словечки, которые Самед до сих пор считал только своей личной привилегией. Понимая их разговор, обманутый любовник сначала обрадовался, что он выучил русский язык. Но в следующий миг все его мышцы напряглись, а сердце наполнилось гневом; он плотно сжал зубы.

«Эта шлюха ведет вызывающе вульгарную беседу с каким-то ублюдком. Совокупляться с мужчинами ей мало, теперь она занимается сексом по телефону. Какая отвратительная женщина!» Внезапно мужчина сменил тему:

— Почему ты изменила цвет волос? — спросил он. — Ты выглядела так соблазнительно со светлыми волосами, когда мы встречались последний раз.

Татьяна потрогала свои волосы и вытянула гибкие ноги:

— Мне захотелось выглядеть по-новому. А тебе не нравится?

— Милая, ты всегда выглядишь великолепно, но я привык к твоим светлым волосам, — сказал русский парень в своей наглой и непристойной манере.

— Ладно, Коля, я снова перекрашу волосы в белый, только чтобы ты был счастлив, — сказала Татьяна мягким голосом, накручивая на палец локон своих черных волос.

— Я буду счастлив, когда ты перестанешь крутить с другими мужчинами. Когда ты прекратишь дурачить того азербайджанского идиота?

— Когда придет время, — захихикала Татьяна. Тебя ведь не волновало, когда я встречалась с англичанином. Почему ты ревнуешь сейчас? — Татьяна спрашивала удивленно, параллельно поглядывая по сторонам, чтобы убедиться, что Самеда нет рядом.

— Ревность тут вообще ни при чем. Я и сам спал с другими женщинами. У нас с тобой всегда была жаркая страсть, и мне это нравится. Но что-то произошло со мной, когда я принял православие. Я встретил хорошего священника в церкви, который указал мне на мои ошибки и раскрыл мою греховную натуру.

— Так вот почему я о тебе ничего не слышала столько времени, — просияла Татьяна. Она поджала губы, скривив их в легкой улыбке. — Обычно ты меня звал, чтобы удовлетворить свои грязные желания.

— Татьяна, это было в прошлом. Дай мне закончить! — взмолился Коля, взволнованный игривым хихиканьем собеседницы.

— Мне все равно, — скучающе сказала Татьяна, нарочито громко зевая.

— После разговора со священником я стал ближе к Богу и понял, что если я не изменюсь, то меня ждет ад.

— С каких пор ты начал так беспокоиться о своей душе? — сказала Татьяна насмешливо, закатив глаза.

Коля глубоко вздохнул с явным разочарованием:

— Татьяна, ты можешь быть хоть раз в жизни серьезной? Мы, люди, удовлетворяем свою похоть точно так же, как животные, не задумываясь о последствиях своих действий, а это неправильно. Мы должны заниматься этим не ради удовольствия, а только по любви. Секс вне брака — это грех.

Татьяна не могла поверить своим ушам:

— Господи, этот батюшка промыл тебе мозги!

— Он не промывал мне мозги, а только открыл глаза на мои проступки, — возразил Коля.

Татьяна села, скрестив ноги: левая поверх правой.

— Коля, ну я правда не понимаю таких мужиков, как ты.

В начале разговора ты был возбужден и пытался склонить меня к грязным фантазиям. Так почему ты сейчас изображаешь из себя святошу?

«Почему она не может заткнуться и повесить трубку, — подумал Самед. Он очень устал слушать их неприятный разговор. — И почему я оставил Эсмиру ради этой дряни? Если б не моя ненасытная похоть, я бы женился на Эсмире. Но моя извечная проблема в том, что мне не хватает отношений с одной женщиной».

— Я обычный человек с эмоциями и желаниями, и я не совершенен. Поэтому, когда ты позвонила мне, не мог сдержать свое желание, — продолжал Коля.

Самед сидел на кровати, стараясь не шуметь, и продолжал слушать, стиснув зубы и до боли сжав ладони в кулаки.

— Ты не любишь того дурачка. Он обманщик и злой человек. Зачем тебе такой, как он? — настойчиво спрашивал Коля.

Услышав это, Самед чуть не раскрошил телефонную трубку в руке. Если бы собеседник Татьяны был рядом, он совершенно точно навешал бы ему тумаков. «А я и правда дурак, раз бросил достойную и целомудренную женщину ради отпетой шлюхи, которую использовали все в округе, которая переспала в каждой постели».

— Он хороший любовник, убирает квартиру и ходит за покупками. Проще говоря, у меня мужчина в доме, — отчитывалась Татьяна, накручивая волосы на палец и кривляясь.

«Ей нужен уборщик в доме и партнер в постели, не мужчина. Вот почему она бегала за мной», — размышлял Самед, чувствуя себя преданным и обманутым.

— Забудь об этом и оставь его. Ты не можешь спать с кем попало, это грех. Так нельзя! — воскликнул Коля.

Татьяна прошлась по комнате.

— Когда мы с тобой занимались любовью, у меня был другой мужчина, а ты встречался со Светланой. Почему в то время ты не думал о том, что это неправильно и грешно? — насмехалась Татьяна.

— Но теперь я другой человек. И если ты не изменишься, то расплатишься своей душой.

Раздраженная этими словами, она сказала:

— Это моя жизнь, мне не нужны проповедники. До тех пор, пока этот идиот знает, как сделать меня счастливой и удовлетворить мои потребности, я буду вместе с ним, — отрезала она и положила трубку.

Когда разговор окончился, Самед крепко сжал кулак: «Я задушу эту шлюху голыми руками, — думал он, разъяренный от гнева. Но, поразмыслив немного, он поостыл. — Не будь дураком. Оставь ее в покое. Ты же всегда знал, что она встречается с другими. Ты, что, хочешь окончить в тюрьме за ее убийство?»

Самед положил трубку и пошел в туалет. Выходя оттуда, он намеренно громко хлопнул дверью. Пораженная, Татьяна вошла в спальню.

— Я слышала, ты дверью стукнул. Все в порядке? — спросила она на ломанном азербайджанском.

— Да, все в порядке, — сказал Самед, стараясь сдержать гнев, слабо улыбаясь. — Почему ты не спишь так поздно?

— Я проснулась от ужасного кошмара, у меня разболелась голова, поэтому я не могла уснуть. Решила почитать в гостиной, — притворяясь, Татьяна смотрела ему в глаза, не моргая.

Глядя в глаза Татьяны, Самеду хотелось кричать: «Обманщица! Я слышал все ваши разговоры!» Но он решил продолжить игру и потому сказал:

— Головная боль прошла?

Она подошла к нему поближе и попыталась обнять, но он оттолкнул ее.

— Дорогой, что случилось?

— Ничего, я просто хочу спать, — ответил он и лег в постель. Она легла рядом с ним и через какое-то время заснула, фантазируя о любовных играх в ванной с Колей.

***

Спустя некоторое время Самед узнал, что Эсмира родила дочь. Он захотел увидеть своего ребенка, но боялся столкнуться с Садагет. И, хотя молодой человек и не собирался жениться на Эсмире, он решил взять на себя ответственность как отец, не заключая при этом брака.

Через месяц после рождения ребенка он набрался смелости и решил навестить Эсмиру. Она совершенно не ожидала увидеть его у двери своей квартиры, и вначале просто недоумевала, кто так усердно звонит в столь ранее время. Она открыла дверь, но, увидев Самеда, тут же попыталась ее закрыть. Мужчина схватился за ручку двери, не давая ей закрыться.

— Что ты здесь делаешь? — спросила пораженная Эсмира.

— Пришел увидеть свою дочь.

Эсмира нахмурилась:

— Долго ты ждал...

— Не хотел выслушивать нытье твоей матери. Можно войти?

— Эсмира, кто там? — спросила Садагет, которая в этот момент кормила ребенка.

— Мама, это Самед, — сказала Эсмира, впуская его.

Мать опустила Сильвану в кроватку и вышла в гостиную.

— Добрый вечер, Садагет-ханум, — забормотал Самед нервно. Женщина не посчитала нужным приветствовать его. Вместо этого она просто уставилась ему в глаза.

— Ты оставил мою детку, когда она была беременна. Почему ты вернулся? Возвращайся к своей шлюхе! — вскричала Садагет.

Ее свирепость смутила Самеда. Он вытер лицо платком и стал почесывать голову.

— Пожалуйста, позвольте мне объяснить. Я думал, все взвешивал и принял решение стать частью ее жизни, — промямлил он тихим голосом.

— Что ты сказал? — переспросила Садагет.

Он поднял голову и посмотрел ей прямо в глаза:

— Я хотел бы участвовать в жизни моей дочери, — повторил Самед громче.

— А что насчет Эсмиры? — требовательно спросила Садагет.

— Я снова перееду к вам, но я не смогу на ней жениться, пока не закончу учебу в университете. Не могу рассказать родителям об Эсмире и о ребенке. Отец лишит меня финансовой поддержки.

Садагет приблизилась к нему, заставляя все его тело напрячься. Она ткнула его пальцем в грудь:

— Ты эгоист, думаешь только о себе. Почему ты не побеспокоился об этом прежде, чем оплодотворить мою дочь?

Капельки слюны брызнули Самеду в лицо. Он смотрел, как тяжело она дышит, и старался не раздражать ее еще больше.

— Ты столько раз нам лгал. Откуда мы знаем, что на этот раз ты не врешь нам? — закричала Садагет.

Он отошел от нее, пытаясь стереть слюну с лица своим рукавом.

— Я все осознал и не повторю прежних ошибок. Пожалуйста, позвольте мне увидеть дочь.

— Иди, — сказала Эсмира. Он вошел в спальню Эсмиры и подошел к люльке.

Самед склонился, чтобы разглядеть получше свою малышку. Он мягко положил руку на ее животик, размышляя: «Ты спишь так мирно, а я, глядя на тебя, чувствую себя таким виноватым. Я бы хотел, чтобы все было иначе, но моя природа напоминает бетонную плиту, которая упала в русло реки. Я пытаюсь остановиться, но продолжаю бегать за женщинами с ненасытной похотью. Это словно болезнь, с которой я не могу справиться». Его глаза наполнились слезами. В этот момент Эсмира зашла в спальню. Он выпрямился и посмотрел на нее.

— Как ее зовут? — спросил Самед мрачным голосом.

— Сильвана, — ответила Эсмира.

Самед взял дочку из кроватки и, прижав к груди, начал качать. Малышка вдруг заплакала.

— Радость моя, не плачь, это папа, — сказал он любящим голосом. Он сел на кровать, положил девочку себе на колени и просто смотрел на нее. Сильвана мгновенно перестала плакать.

— Эсмира, у нее мой нос. Но больше она похожа на тебя. Я действительно хочу быть частью ее жизни, — ободряюще сказал Самед.

Лицо Эсмиры ничего не выражало, она пожала плечами:

— Делай, как хочешь. Мне уже все равно.

Проведя примерно полчаса с Эсмирой, Самед ушел, пообещав вернуться. Садагет не обрадовалась тому, что Самед отказался жениться на Эсмире. Но, по крайней мере, он согласился жить с ней и помогать с ребенком. Люди хотя бы будут знать, что у ребенка есть отец.

Через несколько дней Самед упаковал всю свою одежду и снова переехал к Садагет. Несколько недель он пытался держаться подальше от Татьяны, но его вожделение привело его обратно в ее объятия; он снова оказался в мышеловке. Он помогал Эсмире ухаживать за Сильваной и тайком брал ее с собой к Татьяне. Та была в восторге от его дочери. Она обожала раскачиваться в кресле, прижимая Сильвану к груди. Укачивая малышку, она пела ей колыбельную:

Спи, спи, спи, крошка, спи.
Глазки крепко закрывай.
Спи, спи, спи, моя малышка,
Новый день тебя ждёт впереди.
Он подарит радость и тепло,
Моей маленькой девочке.

Еще она любила наблюдать, как кроха спит, лежа у нее на коленях. Лицо Татьяны в эти моменты становилось блаженно счастливым и умиротворенным. Маленькая Сильвана так сильно напоминала ей собственную незаконнорожденную дочь, от которой она избавилась много лет назад. Татьяна, хотя и скучала по ней, но сама привыкла жить одна. И 11-летняя девочка не вписалась бы в ту беспорядочную жизнь, которую ведет ее мать. Татьяна это понимала, но материнский инстинкт заговорил в ней, поэтому она просила Самеда вернуться к ней вместе с Сильваной. На этот раз он отказался. Живя с Эсмирой, он понял, что испытывает к ней особенные чувства. Он даже собрался на ней жениться, хотя и не был готов рассказать отцу правду. Поэтому его семья в Зардобе не знала о его отношениях с Эсмирой и о существовании ребенка.

Эсмира продолжала ждать, что Самед женится на ней понастоящему, официально. Но он все откладывал и придумывал отговорки, продолжая тайно встречаться с Татьяной и обещая жениться на ней. Эсмира начала замечать странные следы на теле Самеда и помаду на его майке. Несколько раз она видела красные кровоподтеки на шее и царапины на спине, когда он раздевался. Однажды Эсмира подошла ближе, чтобы разглядеть. Самед сразу же повернулся к ней лицом и снова натянул майку.

— Откуда у тебя эти царапины?

— Ты всегда задаешь слишком много вопросов, — сказал он раздраженно и взмахнул рукой, словно пытаясь отогнать назойливую муху.

— Просто хочу узнать, как эти красные царапины и ушибы оказались на твоем теле? Их сделала женщина?

Самед подошел поближе к зеркалу, поднимая голову, чтобы разглядеть синяки на шее.

— Не глупи. Забыла, как целовала мне шею? А насчет царапин. Если б твоя мать держала окна закрытыми, эта проклятая квартира не кишела бы комарами, которые искусали мне всю спину, — сказал Самед, укладываясь в кровать. Он подумал: «Я должен быть осторожнее. Если Садагет узнает про Татьяну, она устроит мне настоящий ад!»

Глава 5

В тюрьме

Опасаясь, что Самед может ее бросить, Эсмира решила родить ему еще детей, чтобы привязать его к себе. После многочисленных попыток она родила двух мальчиков — Заура и Лачина. Тем не менее, больше всех остальных детей Самед любил Сильвану, и с ней он проводил больше времени. К мальчикам отец не чувствовал практически никакого тепла.

Когда Зауру было три года, он как-то потянул Сильвану за волосы, отчего та заплакала. Самед был настолько взбешен, что укусил Заура за руку. Бедный мальчик ревел, испуганный кровавой раной на руке от зубов собственного отца.

И даже после того, как Эсмира родила ему этих детей, Самед продолжал встречаться с Татьяной. Однако, несмотря на свое непреодолимое физическое влечение к этой роковой женщине, он чувствовал внутреннюю пустоту рядом с ней и потому не собирался на ней жениться. Но Татьяна продолжала мечтать, что он возьмет ее в жены, потому что ей очень хотелось получить статус достойной замужней женщины или хотя бы просто прекратить сплетни о ее позорном прошлом. Она старалась настроить Самеда против Эсмиры, но безрезультатно. После многочисленных безуспешных интриг Татьяна несколько раз наведывалась в книжный магазин, чтобы спровоцировать ссору с Эсмирой и тем самым разжечь открытую войну. Каждый раз она устраивала словесную перепалку в кабинете Эсмиры, в которой открыто говорила, что Самед продолжает посещать ее и планирует бросить Эсмиру раз и навсегда. Она настойчиво просила соперницу оставить

Самеда в покое, но та игнорировала ее, хотя и чувствовала себя преданной его обманом.

Ветреным сентябрьским днем Татьяна снова пришла в магазин. Она вошла в кабинет Эсмиры и тут же распустила свой ядовитый язык:

— Когда ты собираешься оставить Самеда? Ты разве не видишь, что он не любит тебя? Он с тобой остается только из-за детей и коварных угроз твоей матери.

Эсмира поднялась со стула и подошла поближе к Татьяне. Она сморщила лицо так, будто собиралась прихлопнуть надоевшего комара, летающего вокруг головы:

— Ты не устала бегать за чужими мужчинами? Иди домой и оставь меня в покое. Неужели ты еще недостаточно яда выплеснула из своего поганого рта, способного производить только блевотину?

Татьяна разулыбалась:

— Ты настолько тупая, что даже не понимаешь, что Самед собирается бросить тебя, как ненужное гнилье, и забрать Сильвану! Я буду ее мачехой!

Услышав эти слова, Эсмира крепко ударила Татьяну по лицу. Та схватилась за щеку и отступила.

— Я сыта по горло твоими небылицами! Послушай, мужчинам не нужны такие подстилки, как ты. Они используют тебя лишь для удовлетворения своей похоти. Убирайся из моего магазина, шлюха, и не возвращайся! — Эсмира гневно кричала, указывая на дверь.

Удивленная злобной реакцией Эсмиры, Татьяна действительно почувствовала себя побежденной. Несмотря на то, что частые визиты Татьяны в магазин смущали Эсмиру, она ни слова не говорила об этом ни Самеду, ни матери. Это очень возмущало Сабину, которая не в состоянии была понять, как Эсмира может мириться с обманом Самеда.

— Ты и правда хочешь, чтобы в твоей жизни был мужчина, который гоняется за другими бабами и шалавами? — спрашивала Сабина во время телефонного разговора. — Эсмира, ради бога, начни любить и уважать себя. Выброси его, как ненужные крошки из холодильника!

— У меня нет выбора, он должен остаться, потому что моим детям нужен отец, — Эсмира вздохнула, надувшись и кусая ногти.

— Ты ошибаешься, у тебя есть выбор. Если серьезно, в некоторых людях и правда что-то такое заложено, что не позволяет им найти решение своей проблемы или выйти из сложной ситуации. Такие, как ты, сами себя сковали цепями страха, неуверенности, безнадежности и боязни общественного мнения. Вместо того чтобы целенаправленно строить свою жизнь, они стремятся угодить обществу и влачат жалкое существование, подобно роботам, в действительности они боятся просто быть собой.

Сколько еще ты будешь выносить появления его любовницы и его постоянные обманы? Ты думаешь, что твои дети будут счастливы видеть, какая ты несчастная? И как это эмоционально на них отразится?

— Что ты предлагаешь мне делать? — спросила Эсмира приглушенным голосом, чувствуя, как сердце ее наполнилось отчаянием.

— Ты могла бы попытаться изменить его. Если он признает свою слабость и свои ошибки, прости его и начни свою жизнь заново. Но если он не может искупить свою вину, отпусти его. Ты и твои дети можете быть абсолютно счастливы и без него. Просто избавься от своих страхов и сомнений. Поверь в себя и свои способности, так ты разорвешь свои цепи и разрушишь препятствия, которые стоят на твоем пути к истинному счастью, — разгорячилась Сабина.

— Огромное спасибо за совет, я все обдумаю и решу, что мне делать дальше, — растрогалась Эсмира.

Тем не менее, Эсмира была упрямой. И она, как правило, только слушала советы, но никогда не следовала им. Так, она проигнорировала дельные рекомендации Сабины и осталась с Самедом, не желая становиться матерью-одиночкой. Совершенно очевидно, что с Самедом она чувствовала себя более защищенной. Но, как бы там ни было, пришло время выйти из комфортной зоны и поверить в собственные силы.

Когда Сильване исполнилось четыре года, Эсмира снова забеременела своим последним ребенком, Эльнарой, несмотря на то, что Самед не хотел больше детей. Он высказал недовольство беременностью своей жены, Татьяне.

— Нам нужно заставить ее сделать аборт. Мы должны уговорить ее пойти в клинику, — сказала она.

Самед поцеловал Татьяну в лоб.

— Ты гениальна! Я никогда не думал об этом. Но, прежде чем мы пойдем к ней, надо убедиться, что Садагет нет дома, — Самед блаженно улыбнулся.

— Эсмира сидит одна дома с детьми по вторникам, в это время мы можем надавить на нее и вынудить сделать аборт в тот же день. А сейчас мне пора, — сказал Самед.

Он схватил Татьяну за ягодицы, твердо сжал обеими руками, притягивая ее к себе, и крепко поцеловал ее в губы. Она запустила руку ему в штаны.

— Пытаешься соблазнить меня? — спросил ненасытный Самед.

— Пойдем в спальню, — предложила Татьяна.

— Отложим это до следующей встречи. Мне пора идти, — он отпустил Татьяну и вышел на открытый воздух. Она смотрела на него, задумчиво улыбаясь.

Во вторник Садагет ушла на работу, оставив дома Эсмиру вместе с зятем и детьми. Самед беспокойно ждал прихода Татьяны. Он боялся, что Садагет может нарушить их планы. Во время обеда, пока Эсмира убирала квартиру, Сильвана и ее братья мирно спали. Около 14:00 раздался звонок в дверь.

— Самед, открой дверь, пожалуйста, — попросила Эсмира. Самед положил газету на стол и направился к двери. Увидев в глазок Татьяну, он открыл дверь, просияв в улыбке:

— Почему тебя так долго не было?

— Кто там? — крикнула Эсмира из спальни. Самед не ответил.

— Привет, красавчик, — защебетала Татьяна, поцеловав его прямо в губы.

Он осмотрел ее с головы до ног, беззвучно присвистнув. Она распустила свои длинные осветленные волосы. Фиолетовый топ выгодно демонстрировал ее сладострастную грудь. Он пригласил Татьяну войти и провел ее в гостиную. Татьяна села на диван, сложив ногу на ногу, и огляделась.

— У этой сучки хороший вкус.

— Татьяна, прекрати! — зашептал Самед, глядя на спальню.

— Почему тебя это заботит? — раздраженно спросила Татьяна. — Ты не говорил с ней об аборте?

— Еще нет, — безропотно ответил Самед.

— А ты уверен, что ты сможешь убедить ее пойти на аборт?

Нам нужно спешить, нас ждет такси. Водитель отвезет нас в клинику, — заявила Татьяна.

Гостья остановила взгляд на двери спальни, где вскоре показалась Эсмира. Она услышала женский голос и теперь ошеломленно смотрела на Татьяну. Эсмира замерла без движения, поскольку совершенно не ожидала увидеть любовницу мужа в своей квартире. Она вопросительно смотрела то на Самеда, то на Татьяну и наконец воскликнула:

— Что она здесь делает?

— Я пригласил ее, — ответил Самед тихим голосом, стараясь не встречаться глазами с женой.

Кровь ударила Эсмире в виски:

— Как ты мог пригласить свою бывшую любовницу в нашу квартиру?

Татьяна встала с дивана и подошла к Самеду ближе, схватив его за руку.

— Разве я когда-нибудь говорила, что я бывшая? Я его женщина, и мы продолжаем встречаться, я ведь уже говорила тебе в книжном магазине. Он больше не хочет от тебя детей, а, может, это даже не его ребенок. Я рожу ему другого ребенка! — выпалила Татьяна смело.

Услышав, что Татьяна посетила Эсмиру в книжном магазине и рассказала об их связи, Самед разозлился. Он одернул свою руку:

— Татьяна, прекрати! — потребовал он, глядя на женщину с раздражением.

— Ты пришла в мой дом, чтобы обвинить меня в неверности, в то время как сама спала с таким количеством мужчин, что даже не знаешь отца собственной дочери, ты потаскуха! Лучше уходи, и прежде чем сделаешь еще одного выродка, выясни, кто его отец! — Эсмира огрызалась, и в ее пронзительном голосе явно слышалось волнение.

Татьяна направилась к Эсмире, но Самед крепко схватил ее за руку и отшвырнул назад:

— Закрой рот, сука! — расстроенно крикнула Татьяна.

Лицо Эсмиры перекосила гримаса презрения:

— Надеюсь, он от тебя не заразился ВИЧ-инфекцией или еще какой заразой!

— Неужели ты не видишь, что он использовал тебя? — спросила Татьяна, игнорируя последние слова Эсмиры. Она пыталась освободить свою руку, но хватка Самеда была очень крепкой.

— Остановись, Татьяна! Ты и так уже сказала предостаточно, — сказал Самед, еще крепче стиснув ее руку. Татьяна наконец вырвалась, испытывая боль от сжимающей руки Самеда. Рука ныла, и Татьяна потирала ее, отходя от Самеда подальше.

— Самед, но ведь для нее будет лучше знать правду, нежели пребывать в неведении. Тот, кто не может принять правду, не увидит свет и будет всю жизнь жить ложными надеждами и пустой верой. Скажи своей сожительнице, что живешь с ней только из-за угроз ее матери.

— Замолчи! — раздраженно рявкнул Самед, приближаясь к Татьяне.

Эсмира покачала головой в недоумении. Ее глаза впали, а сердце наполнилось печалью и гневом одновременно. Веки Эсмиры запрыгали, а глаза вдруг припухли от внезапной боли:

— Вы заслуживаете друг друга.

Татьяна пропустила ее слова мимо ушей. Посмотрев на Самеда, она рассмеялась:

— Боишься сказать ей правду? Правда может ранить, но не так сильно, как ложь. Ну так что, мы не встречались с тобой каждую неделю?

Эсмира больше не могла этого выносить. Она приблизилась к Самеду, посмотрела в его подавленное лицо:

— Самед, ты трус. Тебе не хватило мужества сказать об этом самому, поэтому ты приволок свою шлюху к нам домой. Мне жаль тебя. Мужчина, который прячется за женскую юбку, не мужчина вовсе, — Эсмира плюнула ему в лицо.

— Что ты знаешь о мужчинах? — спросила Татьяна. — Ты даже одного не можешь удержать возле себя!

Эсмира уставилась на Татьяну, не мигая глядя ей в глаза:

— По крайней мере, я знаю, кто отец моих детей.

— Отец или отцы? — переспросила Татьяна, смело вглядываясь в лицо Эсмиры.

— Татьяна, достаточно! — умолял Самед.

Эсмире было мерзко как от наглой парочки, так и от всего этого гнусного разговора.

— Я хочу, чтобы вы оба убрались отсюда! — закричала она, указывая на дверь.

— Не волнуйся, Эсмира, он уйдет из твоей жизни очень скоро, и останется только со мной!

Эсмира подошла к Татьяне:

— Мне не нужен такой, как он. Оставь его себе, — сказала Эсмира, ударив Татьяну по лицу изо всех сил. Не ожидая этого удара, Татьяна была ошарашена и отступила назад; ее охватила заметная дрожь.

— Послушай, шалава, бери Самеда и выметайтесь из моей квартиры! — Эсмира кричала, сжав кулак.

Татьяна внезапно схватила ее за волосы и рванула их. Эсмира потеряла равновесие и упала на пол, разъяренная Татьяна начала ее пинать. Эсмира встала и ринулась к телефону:

— Я вызову милицию!

Но Самед выхватил трубку из рук Эсмиры. Он потащил жену к двери:

— Мы отвезем тебя в клинику на аборт, — сказал Самед.

— Оставь меня в покое! — кричала Эсмира, пытаясь прогнать его.

— Заткнись, сука! — прикрикнула Татьяна. Эсмира оттолкнула Самеда и побежала назад в гостиную. И когда она попыталась набрать номер, чтобы вызвать милицию, Самед взял цепь от велосипеда Сильваны и ударил ею Эсмиру.

— Эсмира, положи трубку и иди с нами, — требовал Самед.

— Нет, ты делаешь мне больно! — но он снова ударил ее по руке цепью; она бросила трубку и побежала к двери.

— Рашид! Рашид! — кричала Эсмира, пытаясь позвать соседа.

Самед снова втащил ее в гостиную, держа за волосы. Ее крики разбудили и напугали детей. Сыновья Эсмиры спрятались под кроватью, а любопытная Сильвана вышла из спальни. Увидев, как таскают ее мать, она закричала. Девочка подбежала к Самеду, схватила его за рубашку, пытаясь оттащить от Эсмиры:

— Оставь мою маму! — кричала она, пиная Самеда.

Татьяна взяла Сильвану на руки и понесла в спальню. Девочка ударила ее, пытаясь вырваться.

— Пусти меня! — крикнула Сильвана и укусила Татьяну за руку. После этого женщине пришлось отпустить ее.

— Ах ты, собачонка, ты повредила мне руку! — бормотала она, потирая укус. Сильвана умчалась от нее.

Услышав крики Сильваны и Эсмиры, Рашид вместе с другим соседом уже стучал в дверь.

— Эсмира, что происходит? — спрашивали они, пытаясь открыть дверь. Услышав соседей, Самед перестал бить Эсмиру. Сильвана ринулась к двери и открыла ее.

— Дядя Рашид, пожалуйста, помогите! Отец бьет мою мать! — вопила Сильвана, захлебываясь рыданиями. Соседи вошли. Увидев Самеда с цепью в руках, а Эсмиру с синяками на лице, они набросились на мужчину. Рашид повалил его и ударил, в то время как другой сосед прижал его к полу.

— Сукин сын, как ты посмел поднять руку на женщину, мать твоих детей? — кричал Рашид, нанося удары прямо в живот Самеду.

— Отпусти! — кричал Самед, пытаясь вырваться. В то время как соседи разбирались с Самедом, Татьяна умудрилась сбежать из квартиры, оставив при этом свою маленькую черную сумочку.

Хорошенько побив Самеда, мужчины связали его руки за спиной и потащили его в угол. Они плевали на него и пинали ногами.

— Ты не мужик! Настоящий мужик никогда не ударит женщину и не надругается над ней!

Самед сжался в комок, из носа у него бежала кровь, которую он постоянно выплевывал; кровь окрашивала его рубашку в красный цвет.

— Что здесь произошло? — спросил сосед.

— Они напали на меня, — сказала Эсмира, вытирая кровь со лба, пока другой сосед звонил в милицию. Милиция приехала скоро, у Эсмиры осмотрели раны, составили заявление от ее имени и от имени соседей и арестовали Самеда на месте. Пока его толкали к милицейской машине, Самед умолял, не в силах скрыть свою дрожь:

— Пожалуйста, отпустите меня! Я не совершил никакого преступления!

Огромный мускулистый милиционер посмотрел на него и покачал головой из стороны в сторону:

— Вы что, не понимаете, что нанесение телесных повреждений беспомощной женщине это преступление? Насилие преследуется по закону.

Приехав в участок, милиционер снял отпечатки пальцев Самеда. С него взяли объяснения, после чего его посадили в камеру с пятидесятилетним мужчиной. Заключённый осмотрел его с ног до головы, облизывая губы.

— Привет, красавчик! Надеюсь, ты со мной останешься надолго, — он подмигнул, расплывшись в улыбке. Самед нахмурился и отошел. Он начал ходить по камере, держа руки за спиной. Чувствуя усталость, он присел, отперевшись о стену, согнул ноги, положил голову на колени и начал бормотать про себя: — Мне нужно выбраться. Это место не для меня.

Он слегка поднял голову и взглянул на сокамерника с подозрением. Увидев, что тот человек смотрит на него, он тут же снова опустил голову на колени. «Почему этот урод смотрит на меня?»

Сокамерник продолжал смотреть на спортивное тело Самеда, облизываясь.

— Красавчик, что ты там бормочешь? Садись поближе, — сказал он, указывая на свою кровать. Сердце Самеда наполнилось страхом, он так и остался сидеть в углу без движения. Его слегка трясло.

Когда Садагет пришла домой и узнала обо всем, что произошло в ее отсутствии, сначала ей было сложно даже осознать случившееся. Она не могла поверить, что Самед осмелился пригласить свою любовницу в их семейное гнездышко, да еще избивать Эсмиру на глазах у детей. Садагет была возмущена и обещала Эсмире, что он не выйдет из тюрьмы.

— Эсмира, разве я не предупреждала тебя, что он плохой человек, но ты не хотела меня слушать. Теперь он оставил тебя беременной с тремя детьми на руках. Что ты собираешься делать?

Эсмира была слишком растеряна, чтобы ответить, и просто пожала плечами:

— Я не знаю.

— Тогда сделай все, чтобы его оставили в тюрьме, — воскликнула мать. Эсмира сомневалась в том, должна ли она выдвигать обвинения против Самеда или дать ему возможность выйти на свободу. Утром она решила не обвинять его, но Садагет настаивала, чтобы он заплатил за свои незаконные действия. Вместе они отправились в милицию, и после второго заявления Садагет надавила на дочь, чтобы та выдвинула обвинение. Самед был арестован за нападение на Эсмиру. Не имея возможности заплатить залог, он был вынужден обратиться за помощью к отцу.

— Отец, я в тюрьме, — Самеду позволили связаться с отцом по телефону, и теперь он виновато мямлил, пытаясь вызвать жалость и сочувствие. Родитель Самеда среагировал бурно на эти слова: он уронил на пол телефонную трубку.

— Отец, ты там?

Мужчина трясущимися руками поднял трубку, снова поднес ее к уху и спросил сына:

— Как ты там оказался?

Самед замолчал на несколько секунд, не находя слов для ответа. Он почесал голову:

— Меня обвиняют в нападении на женщину.

Отец не мог поверить своим ушам, он медленно опустился в кресло:

— О Боже, кто тебя обвинил и почему?

— Я жил с молодой женщиной, у нас были дети, но потом она забеременела от другого мужчины.

Услышав слова Самеда, его отец обильно вспотел, глаза его потемнели, наполнившись разочарованием. Он положил телефонную трубку на стол и несколько минут сидел неподвижно. Затем приложил трубку к уху, его пальцы слегка дрожали:

— Сын, я очень разочарован твоим безответственным поведением. Разве я так тебя воспитывал? Как ты мог поднять руку на мать своих детей и позволить этим детям родиться вне брака? Для мусульманина так жить просто недопустимо!

Самед снова пустил в ход ложь, чтобы оправдать себя. Он обвинял Эсмиру. Сидя на полу с согнутыми коленками, он потирал глаза:

— Отец, я умоляю тебя, приди и заплати за меня залог. Они посадили меня в камеру с гомосексуалистом.

Эти новости обеспокоили отца.

— Все это время ты жил с женщиной, у тебя были дети, и ты не говорил нам об этом ни слова. А что люди в нашем районе подумают, когда узнают, что мой сын в тюрьме за избиение беременной женщины?

Самед начал трястись, готовый расплакаться. Глаза его наполнились слезами:

— Я все объясню позже, но сейчас, пожалуйста, вытащи меня!

Высокий, широкоплечий милиционер подошел к Самеду и забрал трубку телефона из его рук:

— Эй, тебе пора в камеру.

Самед встал и поплелся, подгоняемый пинками милиционера.

Поговорив с сыном, отец Самеда очень расстроился, но решил не ехать в Баку, а послать двух своих других сыновей на помощь брату. Вскоре Факир и Тимур пришли в отделение милиции, чтобы увидеться с ним. Как только Самед появился в зале для свиданий, они обняли его. Заключенный выглядел похудевшим и небритым.

— Все это время ты жил с женщиной, у вас родились дети, и ты ничего нам не говорил! Как ты дошел до такой жизни? — спросил Факир.

— Отец обеспокоен и расстроен твоей беспечностью. Почему ты избил бедную женщину? — возмущался Тимур.

Самеду было стыдно, и он смотрел в пол. Затем он поднял голову:

— Братья, я знаю, что разочаровал вас. Тем не менее, эта женщина изменяла мне. Она родила мне дочь, и я точно знаю, что она моя, но двое других мальчиков, которые родились потом — не мои. Очевидно, что она забеременела от кого-то другого. Я просто не мог дальше этого терпеть и пытался заставить ее сделать аборт.

Факир качал недоуменно головой:

— Даже не знаю, что сказать. Но раз ты находишься в тюрьме, мы должны что-то предпринять, чтобы вытащить тебя из всей этой переделки.

— Пожалуйста, заставьте ее забрать обвинение против меня, или соберите средства, чтобы заплатить залог! — взмолился Самед.

— Я постараюсь поговорить с твоей женщиной. Может быть, она отзовет обвинение, — сказал Тимур. Самед посмотрел на братьев в полном отчаянии. Перед уходом он дал братьям адрес Эсмиры.

После ударов велосипедной цепью тело Эсмиры ныло от боли. Она взяла несколько дней отдыха на работе, чтобы прийти в себя. Садагет также взяла недельный отпуск, чтобы помочь Эсмире с детьми.

В субботу около 11 часов утра в дверь Садагет позвонили. Она посмотрела в глазок и увидела двух незнакомых мужчин.

— Что вам нужно? — прокричала Садагет, не открывая дверь.

— Мы братья Самеда. Мы хотели бы поговорить с вами, — ответил Факир.

— Убирайтесь! Я не хочу с вами разговаривать! — Садагет почти перешла на визг.

— Пожалуйста, уделите нам двадцать минут, — упрашивал Факир, стоя под дверью.

Садагет открыла дверь.

— Ладно, входите, — она провела их в гостиную. — Эсмира, это братья Самеда.

Эсмира сидела в кресле, читая книгу Сильване и ее братьям. Узнав, кто пришел к ним гости, она перестала читать и подняла глаза. Один из братьев был невысокого роста, с кожей шоколадного цвета, а второй, повыше, был худым, более светлокожим и носил усы.

— Рада знакомству, — сказала она, поднимаясь. Дети смотрели на своих дядюшек с любопытством.

— Мамочка, кто эти люди? — спросил Лачин, прячась за ее платье.

— Это ваши дяди, — ответила Эсмира.

— Значит, вы и есть подруга Самеда, а это ваши дети, — сказал Тимур, разглядывая детей.

— Да, — ответила Эсмира.

Братья не могли отвести глаз от детей, пытаясь увидеть их сходство с Самедом, и от Эсмиры, отмечая ее бесспорную красоту.

— Мамочка, но ты говорила, что у нас нет дядей, — сказала пятилетняя Сильвана, глядя на гостей большими удивленными глазами.

— Сильвана, я тебе потом объясню. Пожалуйста, уведи братьев в спальню.

Сильвана ушла вместе с братьями.

— Мы здесь из-за Самеда. Вы подали жалобу на него.

Можете ли вы ее забрать? — спросил Тимур.

— А вы знаете, что ваш брат вместе со своей шлюхой напал на мою дочь? — сердито спросила Садагет.

— Да, мы знаем, но у него не было выбора. Ваша дочь изменяла ему, — сказал Факир.

Садагет подошла к ним вплотную и приказным тоном произнесла, повысив голос:

— Послушайте! Не смейте приходить в мой дом, чтобы поливать мою дочь грязью! Уходите немедленно!

— Пожалуйста, заберите свою жалобу. Иначе он будет сидеть в тюрьме несколько лет, — настаивал Факир.

— Это не наша проблема. Почему он не подумал об этом, когда избивал мою дочь? — кричала Садагет.

— Ему нельзя в тюрьму. Отец этого не выдержит, прошу вас, будьте милосердны! — сказал Факир, глядя на Садагет изнывающими глазами.

— Никто не толкал вашего брата на путь греха и преступления. По своей воле он причинил вред моей дочери, а сейчас пусть расхлебывает последствия.

Садагет подошла к двери и широко открыла ее:

— Уходите и не возвращайтесь.

Раздосадованные, братья вышли из квартиры.

— Только посмотри на эту скотину! Он избил мою дочь и ждет, чтобы она забрала жалобу на него! — яростно рявкнула Садагет. — Кто дал право этим двум идиотам приходить сюда, в мой дом? С какой целью? Чтобы обвинить мою дочь в неверности?

Внутри Садагет все кипело от злости. Она слишком долго раздумывала о том, как будет правильнее поступить с Самедом. И когда она все же приняла решение простить его, было уже поздно. Дело было передано в суд, и процедуру остановить было уже невозможно. Признав Самеда виновным, его приговорили к трем годам заключения, выслав его за пределы Азербайджанской Республики. Его последняя дочь, Эльнара, родилась, когда он уже был в тюрьме. Он провел три года в колонии на территории РСФСР. Отбыв положенный срок,

Самед встретил русскую девушку в Москве и женился на ней. В этом браке у них родились две девочки и мальчик.

Не в силах простить Эсмиру, равно как и ее мать, за то, что она отправила его на три года в тюрьму, Самед решил стереть ее из памяти вместе с детьми и никогда не возвращаться в Азербайджан. К тому же русская жена поддержала его в этом решении. Когда она узнала, что у мужа есть еще дети, она запретила ему искать с ними встречи. В противном случае она обещала вышвырнуть Самеда из своего дома и из своей жизни.

Так как Самед обманул отца и братьев, рассказав им о том, что Эсмира нагуляла детей, они также навсегда забыли и об Эсмире, и о ее детях. И в разговорах с родней никогда не упоминали об их существовании.

Эсмира оставила работу по управлению книжным магазином и стала работать певицей на свадьбах в составе ансамбля. Вместе с музыкальным коллективом Эсмира выступала в разных уголках Азербайджана, и жизнь ее полностью изменилась. Она оставила детей с матерью и все свое время проводила, встречаясь с друзьями и посещая праздничные мероприятия. Она начала тратить деньги на дорогую одежду и украшения. Садагет не радовали изменения, произошедшие с ее дочерью, и она не одобряла ее общение с новыми друзьями, ведущими разгульный образ жизни. Потому она старалась оградить от них внуков.

Не имея постоянного жилья, Эсмира переезжала вместе с матерью и детьми с места на место, меняя разные квартиры. Однажды, когда Эсмира уехала вместе со своим поющим ансамблем в какой-то город, собственник жилья выселил Садагет вместе с детьми посреди ночи, чтобы заселить там молодоженов — своего сына с женой. Садагет осталась на улице, не зная, куда податься. Ночью она не могла снять другое жилье и не хотела просить друзей о ночлеге. Потому она отвела детей на железнодорожную станцию, переполненную людьми — там было очень шумно. Они разместились на холодных железных сиденьях, пытаясь уснуть. В таком хаосе это было непросто. Но все-таки, опершись друг о друга, дети уснули. Женщина бодрствовала, охраняя своих внуков и пожитки, которые взяла с собой.

На следующий день Садагет попробовала снять квартиру, но безрезультатно. И вместо того, чтобы еще раз переночевать на железнодорожном вокзале, она взяла билет в Грузию. Путешествуя в Грузию и обратно в Баку, они по крайней мере имели место для ночлега.

По возвращении Садагет смогла арендовать жилье в поселке Монтина Наримановского района Баку. Сильване очень нравилось новое место жительства, и именно там она встретила своего лучшего друга Арзу. Вместе с ним она играла, лазила по деревьям и подшучивала над соседом Мусой. Каждый раз, встречая соседа, Сильвана говорила ему, смеясь: «Дядя Муса, не забудьте закрыть рот, не то туда муха попадет!»

Глава 6

Школьная жизнь

Отправляясь на работу, Садагет оставляла своих внуков дома. Младшие дети находились под присмотром старшей, Сильваны, которая справлялась с ними одна в отсутствии взрослых. Но в один из таких дней нежданно-негаданно случилась беда с соседским сыном. На маленького Бейбута напал маньяк. Когда пятилетний мальчик играл на улице, озабоченный мужчина схватил его и потащил в свой дом, обещая ему новые игрушки. Там он попытался изнасиловать ребенка, когда же Бейбут начал сопротивляться, насильник ударил его и, пригрозив, что побьет еще сильнее, заставил мальчика молчать и подчиняться его требованиям.

Когда все закончилось, Бейбут побежал к Сильване, которая в этот момент гуляла на улице. Он жестами объяснил ей, что произошло. Мальчик умолял Сильвану не говорить ничего его родителям.

А в возрасте шести лет сексуальному насилию подверглась и сама Сильвана. В тот день девочка играла возле склада, который использовался в качестве гаража для автомобилей. Тем временем мимо нее проходил молодой мужчина, хищно выискивая возможность для бесплатного удовлетворения своей ненасытной похоти. Прекрасно понимая, что мусульманку невозможно склонить к половому контакту, он решил напасть на невинного ребенка, чтобы насытить свою развращенную плоть, свой разыгравшийся сексуальный аппетит. Раньше этот мужчина уже видел Сильвану, играющей на улице, но ее всегда окружали люди, поэтому этот хищник не мог напасть на невинную голубку. Но вскоре она оказалась одна в безлюдном месте. И как только он обнаружил такое удачное стечение обстоятельств, на его лице появилась грязная усмешка. Юный насильник возник перед ней откуда ни возьмись и попытался вовлечь ее в разговор. Затем схватил девочку за руку и потащил ее за стену гаража, чтобы никто не мог их увидеть. Сильвана была страшно напугана. Она хотела кричать, но ее горло сковало от ужаса.

— Эй, шавка, если хоть пикнешь, я тебя убью! — сказал он, закрывая ей рот своей рукой. Он приблизился к девочке, уже готовый надругаться над ней, но вдруг послышался голос, который приближался и звал Сильвану, голос друга, который искал ее.

— Где ты, Сильвана?

Извращенец спешно скрылся за углом, оставив жертву в одиночестве. Сильвана не понимала, что этот мужчина собирался с ней сделать, но знала, что он хотел причинить ей вред. Когда друг Сильваны наконец нашел ее, она ничего не рассказала ему. После этого случая в сердце Сильваны поселился страх; она перестала верить мужчинам и всегда боялась, что они могут причинить ей боль. Всех мужчин она теперь воспринимала как озабоченных самцов и растлителей.

В возрасте семи лет Сильвана начала ходить в школу, но однажды другие школьники закрыли ее в шкафу, и после этого она боялась возвращаться туда. Пожалев внучку, Садагет забрала ее из школы и оставила дома.

Тем не менее, в сентябре Садагет устроила троих своих внуков в школу-интернат, поместив их в один и тот же русскоязычный класс, Эльнару же определила к соседке, которая согласилась присматривать за ней . Эта школа-интернат отличалась не только тем, что в ней можно было выбрать обучение как на азербайджанском, так и на русском языках, но и тем, что заведение было специально предназначено для сирот, у которых не было хотя бы одного из родителей. В это время Сильване уже было девять лет, Зауру — восемь, а Лачину — семь.

Садагет не считала интернат подходящей школой для своих внуков, но из-за удобного расположения она все-таки предпочла отдать детей именно туда. Кроме того, теперь она не беспокоилась о том, что оставляет своих внуков без присмотра. Они могли заночевать в школе.

Бедная Сильвана не хотела там оставаться, поскольку она не могла забыть день, когда ее закрыли в шкафу в школе, очень похожей на эту. И поэтому, когда Садагет в своем коричневом дождевом плаще и черных сапогах собралась уходить, Сильвана побежала за ней, умоляя бабушку забрать ее домой.

— Бабуля, пожалуйста, забери меня! — упрашивала она. Крошечные слезинки катились по ее лицу. Она вцепилась в бабушкин дождевик, высоко запрокинув голову. — Бабуля, пожалуйста, не оставляй меня в этой школе.

— Нет, Сильвана, возвращайся в школу, — приказным тоном сказала Садагет, подталкивая Сильвану по направлению к интернату. — Там твои братья ждут тебя!

Сильвана схватила ее за руку.

— Нет, бабушка. Я не хочу оставаться в этой школе, — ее лицо стало мрачнее тучи.

Садагет попыталась сделать шаг вперед, но Сильвана крепко держала ее за руку.

— Отпусти!

— Нет, бабуля!

— Ты знаешь, что я не могу увезти тебя домой, — твердо сказала Садагет, отрывая пальцы Сильваны от своего плаща, но девочка снова цеплялась за него.

— Почему? — спросила Сильвана, глядя на бабушку своими заплаканными глазами.

— Я должна работать, и я не могу ездить каждое утро так далеко, чтобы отвезти вас в школу. Когда мы переедем на новую квартиру, ты останешься там со мной, — наконец, ей удалось убрать руки внучки с плаща. — Возвращайся в школу, а то я тебе сейчас уши надеру.

После ухода бабушки Сильвана стояла еще какое-то время, глядя на ее удаляющийся силуэт. Потом она пошла за ней следом, и так до самой автобусной станции. Ей удалось проскользнуть в автобус вместе с Садагет. Бабушка заметила ее и ущипнула за руку, выталкивая из автобуса.

— Послушай меня и вернись в школу сейчас же!

Автобус тронулся с места, оставляя позади расстроенную Сильвану. В том месте, где Садагет ущипнула внучку, у нее появилась ранка, которая болезненно кровоточила. Она тихонько дула на рану, чтобы уменьшить боль. Стоя на автобусной остановке, она вытирала мокрые глаза рукавом пальто. «Почему меня всегда бросают? Что я такого сделала?»

Когда автобус с Садагет исчез из виду, она нехотя поплелась в школу, чувствуя себя несчастной и брошенной. Она глубоко вздохнула, переступив порог здания школы, и начала подниматься по лестнице на третий этаж. Было очень тихо, потому что занятия уже начались, а Сильвана опоздала. Когда она вошла в класс, то увидела своих братьев, стоящих в углу. Сильвана спросила у своей новой учительницы:

— Почему вы поставили моих братьев в угол? Что они сделали?

Учительница посмотрела на нее с подозрением:

— Дорогуша, это не твое дело. Во-первых, ты опоздала, а вовторых, тебе не позволительно задавать какие-то вопросы, кроме тех, что касаются твоих уроков. Иди теперь и вставай в другой угол.

Сильвана присоединилась к своим братьям и провела большую часть дня, стоя на ногах в углу и размышляя, почему учительница наказала ее без всякой причины. Ей едва разрешили выйти в туалет. По окончании занятий Сильване позволили покинуть свой угол и присоединиться к своим новым друзьям. Таким был ее первый день в школе. День, который она никогда не забудет.

Пока Сильвана была в школе, Садагет ехала в поезде на фабрику, где она работала, и думала о своих внуках и дочери. «Какая же она кукушка, нарожала Самеду детей, наплевала на них и оставила на моей шее, как ярмо! Она даже не собирается жить вместе с ними и проводит свою жизнь Бог знает где!»

Сердце Садагет обливалось кровью от мысли, что ее внуки растут без отца и матери. Но больше всего она беспокоилась о Сильване, опасаясь, что без отца она может стать такой же, как ее мать. Поэтому она решила быть твердой и настойчивой с Сильваной, чтобы научить ее не позволять ни одному смертному ранить и унижать себя, либо использовать в своих корыстных целях.

В то же время Садагет хотела дать детям возможность получить хорошее образование, чтобы они не перебивались, как она, с копейки на копейку, но имели хорошее, обеспеченное будущее.

Садагет была рассержена тем, что, вместо поступления в университет, Эсмира разрушила свое будущее, повстречав Самеда, а теперь она продолжала разрушать свою жизнь общением с друзьями, которые ведут себя как паразиты и тунеядцы.

Сойдя с поезда, она неспешно прогуливалась, погрузившись в свои размышления. «Я платила за нее университетские сборы, а она, как дурочка, начала встречаться с этим возмутительным негодяем! Теперь она поет и почти не бывает дома. Она могла бы не только встретить достойного и верного мужа, как любая другая мусульманка, но еще и сидеть дома, пока мужчина зарабатывает деньги и приносит еду в дом. Из-за ее неправильного выбора я вынуждена отдавать внуков в школу для сирот, словно у них никого из родителей нет в живых».

Проходя мимо ряда пятиэтажек, она начала кашлять. Вся дорога была покрыта пылью и разломами и остро нуждалась в прокладке нового тротуара. Несколько пожилых женщин с покрытыми головами, одетых в длинные юбки, сидели на скамейках парка. Этим женщинам ничего не оставалось, как только сидеть на улице, словно ленивые коровы, и плодить сплетни на сплетнях. Садагет задумчиво смотрела на них. В памяти стояла отчаянная просьба Сильваны не оставлять ее в школе. Подойдя к двухэтажному зданию фабрики, женщина тяжело вздохнула. Она вспомнила, что, когда уходила на работу, оставляя детей одних, Заур не раз обрывал обои. Кроме того, арендодатель жаловался на то, что внуки играют слишком громко, пока ее нет дома. Садагет думала: «Им лучше пожить в школе. Я ведь работаю и больше не могу их оставлять дома одних».

***

Первые два года в школе были невыносимыми для Сильваны из-за двух дышащих ядом мстительных учителей, которые имели необоснованно неприязненное отношение к ней и к ее братьям. Сильвана подозревала, что Бахар Мамедова злонамеренно так обращается с ними из-за их матери. В первый год пребывания детей в этой школе Эсмира принесла цветы на день рождения учительницы. И когда она преподнесла ей гвоздики, учительница ответила в отталкивающей и надменной манере:

— Подарите эти цветы кому-нибудь другому. Мне они не нужны.

— Похоже, я зря потратила время и деньги, покупая эти цветы для вас! — сердито воскликнула Эсмира. Она бросила букет в мусорную корзину, стоявшую перед Мамедовой, и тут же ушла, не попрощавшись. После этой стычки Эсмира больше не приходила в школу. Учительница была страшно обижена, что Эсмира проявила свое неуважение на глазах у всех учеников, и теперь жестоко мстила за это Сильване. Она ставила Сильвану с братьями в угол в качестве наказания, специально занижала ей отметки. Садагет не нравилось, как Мамедова обращается с ее внуками, потому она часто ссорилась с учительницей.

В конце первого учебного года Бахар Мамедова направила Садагет письмо, в котором сообщалось, что ее внуков переводят в другую школу. Как только Садагет выяснила, что произошло, она пришла в ярость и договорилась о встрече с учительницей. Пожилая женщина разорвала письмо прямо на глазах у Бахар Мамедовой и бросила обрывки на пол.

— Как вы можете отправлять их в школу для умственно отсталых детей? Они выглядят отсталыми по-вашему? Они такие же умные и здоровые, как и другие ученики! — воскликнула Садагет.

Услышав гнев в ее голосе, учительница отступила:

— Садагет-ханым, пожалуйста, позвольте мне объяснить. Эта школа специализируется на рисовании и живописи. Ваши внуки очень хорошо рисуют; они могли бы в дальнейшем развить свои таланты.

— Нет, они не пойдут в эту школу, и я сделаю все, чтобы они остались в вашей школе до самого конца. С самого начала обучения вы мучили этих детей. В чем проблема? — смело выпалила Садагет.

Услышав громкий голос Садагет, дети в классе притихли и наблюдали за их разговором.

— Прошу вас, успокойтесь, Садагет-ханым. На вас дети смотрят, — сказала Бахар Мамедова, беспокоясь, что другие учителя могут их услышать.

— Не надо затыкать мне рот, — крикнула Садагет. Повышая свой голос, она напряглась всем телом. — Я ухожу, но если мои внуки скажут мне, что с ними обходятся несправедливо, я вернусь и пожалуюсь в министерство образования.

Она хлопнула дверью и поспешила прочь. После ухода Садагет школьная жизнь продолжалась своим чередом. Иногда дети сами нарушали дисциплину. Как-то раз на уроке Заур общался с друзьями, шутил и рисовал забавные рисунки и карикатуры. И эти занятия казались ему более важными, чем сам урок. На картинке Заура был старик с длинным крючковатым носом и большим животом; мальчик показывал картинку своему другу, и они оба смеялись.

Мамедова услышала хихиканье за своей спиной, когда писала мелом на доске. Это разозлило ее, и она посмотрела по сторонам, чтобы найти весельчака. Она подозрительно сощурила глаза, оглядывая класс и всех своих учеников.

— Кто здесь смеется? — строго спросила она. Заур и Эльшан испугались и попытались остаться незамеченными. Наклонив головы, они притворились читающими учебник.

— Заур и Эльшан смеялись, — сказал Рома, который сидел напротив них.

— Ну и тухляк же ты! Зачем ты нас выдал? — зашептал Эльшан.

— Выходите в центр класса и расскажите всем, над чем вы смеялись! — скомандовала учительница.

Оба мальчика встали и пошли к доске. Они стояли молча перед одноклассниками.

— Я жду, — требовательно сказала учительница.

— Заур нарисовал смешную картинку, — сказал Эльшан, глядя в пол.

— Вы оба положите руки на стол! — воскликнула Мамедова.

Как только они положили руки на стол, она ударила по ним линейкой.

— Нельзя рисовать на моих уроках! Садитесь и не шумите больше! — прикрикнула она на детей.

Ребята сели за свои парты, потирая пальцы, ушибленные линейкой учительницы. Когда уроки окончились, детям разрешили пойти в спальню, где они переоделись, немного вздремнули, а потом вышли поиграть. В пять часов вечера дети сели делать домашнее задание, а в половине седьмого пошли в столовую ужинать. После ужина они отправились по своим комнатам, чтобы там провести остаток вечера и лечь спать.

Но в действительности время сна было временем для развлечений. Девочки спали в одной большой комнате, а мальчики в другой — соседней. И вместо того чтобы спать, девочки прыгали на кровати и бросали друг в друга подушками.

А пока подружки кидались подушками, Сильвана придумала, как обмануть учительницу. Она спрятала часть своей одежды под одеялом, а другую часть обернула платком так, чтобы этот комок напоминал голову. Со стороны это выглядело так, словно кто-то, замотавшись шарфом, спит в кровати. Тем временем девочки продолжали накалять обстановку своим шумным поведением и прыганием на кроватях. Фидан бросила подушкой в Сильвану, угодив ей прямо в лицо. Отскочив, подушка упала на пол. Сильвана подняла ее и, смеясь, бросила в лицо Фидан. От удара подруга

Сильваны чуть не упала с кровати, взгляд ее вдруг стал сердитым:

— Ты всегда бросаешь так сильно, я чуть не упала!

— Я не нарочно, — огрызнулась Сильвана.

— Сильвана, давай посмотрим, кто выше прыгнет, — предложила темнокожая коротышка Зейнаб.

Они начали прыгать на кровати. Сильвана старалась прыгнуть выше и смеялась громче других девочек. Когда она прыгала, ее каштановые волосы разметались в воздухе, а ореховые глаза переполнились радостью. Она расправила руки, притворяясь птицей, которая собирается взлететь. Внезапно Сильвана услышала шаги, приближающиеся к двери; сердце ее забилось быстрее; она тут же прекратила прыгать и спряталась под кроватью.

Девочки быстро улеглись, едва успев скрыться в своих кроватях, как в спальню вошла учительница.

— Девочки, разве я не говорила, чтобы вы не прыгали в кровати? — это была Галина Ивановна. Она грозно прорычала, держа в руке палку. — Фидан, вернись в постель! Эльнара, подбери подушку! Зейнаб, убери комнату!

Зейнаб собрала с полу свою одежду, а Фидан легла в постель, стараясь не шевелиться. И только Сильвана смотрела на Галину Ивановну из-под кровати, пытаясь сдержать свое шумное дыхание. Ей было интересно наблюдать за коротенькой, толстой женщиной в тесной сорочке, пытающейся выглядеть серьезной и стройной, но вместо этого похожей на перекормленную корову, которую никак не выгонят с пастбища. Галина Ивановна подошла к кровати Сильваны и посмотрела с улыбкой:

— Поглядите на Сильвану. Она спит, пока все остальные занимаются баловством. Почему бы вам не взять с нее пример? — услышав слова учительницы, Сильвана закрыла рот рукой, едва сдерживая свой смех. Но тут Галина, увидев пару подушек на полу, указала на них пальцем. — Почему эти подушки все еще на полу! Сейчас же подберите их!

Зайнал вылезла из своей постели и положила подушки на пустую кровать. Галина Ивановна выключила свет и сказала ехидно:

— Чтобы больше никакого шума и никаких игр с подушками!

Как только учительница ушла, Сильвана вылезла из-под кровати, убрала с постели импровизированную куклу из одежды и улеглась сама. Девочка чувствовала огромное облегчение от того, что Галина Ивановна не раскрыла ее обман. Вскоре она заснула, ей приснился сон, будто она в Иерусалиме, внутри какой-то синагоги. Раввин открыл Тору и начал читать Сильване: «Ты, овца, пришедшая в мир, чтобы быть принесенной в жертву». Понимая, что этими словами ей было предсказано страдание, Сильвана забеспокоилась. Она проснулась и села прямо на кровати, чувствуя, как сильно забилось сердце.

Увидев, что она проснулась, Зейнаб спросила:

— Что случилось?

— Мне приснился странный сон. Мне сказали, что я овца, которая пришла в мир, чтобы ее принесли в жертву, — сказала Сильвана смущенно.

— Ну и что ты беспокоишься? Это всего лишь сон, — Зейнаб попыталась развеять ее страхи.

— Иисус Христос — Сын Божий был овцой, принесенной в жертву за наши грехи и обреченной на страдание, — объясняла Сильвана, качая головой. Она много читала, поэтому порой обладала куда большим объемом знаний, чем ее сверстницы. — Этот сон предсказывает страдания, а я не хочу страдать.

Девочка говорила шепотом, задыхаясь от эмоций. Зейнаб присела рядом с Сильваной на ее кровати:

— Иисус не был Сыном Бога, Он был пророком. Мой дядя говорил, что у Бога не может быть сына.

Сильвана посмотрела на Зейнаб сердито.

— Твой дядя ошибается. Бог всемогущ и может иметь Сына, если пожелает. Моя прабабушка Мария говорила, что про Сына Божия написано в Библии. Я сама читала.

Глаза Зейнаб округлились:

— Ты ведь мусульманка, ты не должна читать Библию и тем более не должна верить, что Иисус — Сын Божий!

Сильвана зевнула:

— Я не осознаю себя мусульманкой. Я верю в то, чему учила меня прабабушка о христианстве. Я люблю Иисуса Христа, но я не хотела бы в дальнейшей жизни быть несчастной. В моем детстве и так уже слишком много печали и одиночества.

— Тебе не придется страдать. Моя мама сказала, что нельзя обращать внимания на сны, потому что это просто проявления наших переживаний, — сказала Зейнаб, нахмурившись. Она не могла понять, как Сильвана, будучи мусульманкой, может верить в то, что Иисус — это Божий Сын. Сильвана мечтательно опустила голову на подушку.

— А иногда сны приходят как сообщения от Бога. У меня были и другие странные видения, — продолжала она.

Зейнаб снова нахмурилась:

— Что за видения?

— Однажды я видела, как Иисус сидел за моим столом. Я не видела Его лица, но видела Его со спины. У Него были белые одежды и длинные волосы. Он открыл книгу, лежавшую на столе, и ангелы в наручниках вылетели из нее. В следующий раз я видела сон про Его мать — Марию. Она сказала, что я буду спасать людей от бедствий. В другом своем сне я стояла на улице и смотрела на небо. И я увидела облако в форме человека с разведенными перед собой руками. Внезапно послышался голос: «Сей есть Иисус, пришедший в мир ко всем. Спешите высказать ему свои просьбы!».

И я тут же сказала Ему свое желание.

— И что ты пожелала? — спросила Зейнаб, потирая глаза.

— Я попросила Иисуса вернуть моего отца, — ответила Сильвана.

Глаза Зейнаб уже закрывались, и она продолжала зевать:

— Странные сны у тебя...

— Да, а в другом сне я видела сияющие звезды, каждая из которых соединена с другой блестящей золотой линией. И снова голос произнес: «Не каждому дано увидеть звезды такими. Скорее загадывай желание, и оно сбудется!»

— И что ты пожелала на этот раз?

— Чтобы отец вернулся, — ответила Сильвана.

— А я не помню свои сны. И мне странно, что ты помнишь их все, — сказала Зейнаб.

— Да, я помню почти каждый сон, а некоторые из них повторяются. Я часто вижу себя летающей в небе, как птица. В большинстве случаев я покидаю дом, но не могу найти пути назад, и меня преследует охотник, — поделилась Сильвана.

Зейнаб услышала приближающиеся шаги. Она быстро соскочила с кровати Сильваны и легла на свою. Сильвана зевнула: — Все равно уже пора спать.

Девочка лежала на кровати, думая о значении своих снов и об отце. «Я так устала ждать его. Как он может спокойно жить, не задумываясь о том, где мы находимся? Если бы он вернулся, то не только моя жизнь изменилась бы, но и мама перестала бы подвергаться насмешкам и осуждению людей. И тогда бы она осталась с нами».

Субботним утром Сильвана встала в шесть часов, взяла сумку с грязными вещами из-под кровати и вышла из спальни. Испытывая страх перед одиночеством, она дошла до железной раковины и погрузила туда грязную одежду. Намочив и намылив как следует, девочка тщательно постирала и прополоскала вещи. Вернувшись, она развесила одежду на веревке, протянутой через всю комнату.

Позже Садагет приехала за Сильваной и её братьями, чтобы увезти их в город, к себе в квартиру. Дети были невероятно счастливы вернуться домой после двух недель, проведённых вдали от бабушки.Выходные они провели вместе, но, к своему разочарованию, в понедельник они снова поехали в школу. На первом этаже здания школы Садагет встретила учительницу Сильваны и сообщила ей, что, как только она переедет на новую квартиру, то, по всей вероятности, переведет детей в другую школу.

Дни тянулись очень медленно, пока Сильвана с тревогой ждала дня, когда их семья переедет на новое место. Постепенно она начала любить свою школу, хотя ей по-прежнему неприятно было грубое и непредсказуемое поведение учителей по отношению к ней самой и к ее братьям. Бахар Мамедова была слишком строга и часто била линейкой по рукам учеников. Все дети боялись ее, кроме Сильваны. Ей было непонятно, почему дети боятся учительницу.

Однажды, когда Бахар Мамедовой не было в школе, ее заменила учительница из Армении по имени Элона Петросян. Это была тоненькая, высокая, очень красивая женщина с длинным изогнутым носом. Если она слышала чьи-либо разговоры, то била нарушителей дисциплины длинной палкой.

На уроке Сильвана спросила:

— Элона-муаллим, можно я пойду в уборную?

Учительница намеренно наступила Сильване на ногу и сказала:

— Нет, нельзя.

Мочевой пузырь девочки переполнился, она едва сдерживалась, чтобы не намочить трусы. Услышав ответ учительницы, она встревожилась. Сильвана поднялась со своего места и уставилась немигающими глазами в глаза учительницы:

— Но я буду вся мокрая, если вы мне не позволите пойти в туалет. Прошу вас, не позорьте меня!

Элона Петросян подошла к Сильване и какое-то время смотрела на нее внимательно:

— Ладно, Сильвана. Иди, но быстро возвращайся!

Когда Сильвана вышла из класса, учительница сказала:

— У этой девочки слишком длинный язык, но я его укорочу.

Выйдя класса, Сильвана спустилась по лестнице, изо всех сил стараясь успеть в туалет. На лестнице заместитель директора схватил ее за волосы, собранные в «конский хвост» и сердито спросил:

— Почему твои волосы не заплетены?

— Я не знала, что нужно обязательно заплетать.

— Быстро в класс! Ты не должна тут разгуливать во время уроков! — требовательно сказал мужчина.

— Я не просто разгуливаю! Я иду в туалет, — жалобно ответила Сильвана.

Заместитель директора отпустил ее хвост и сказал:

— Ладно, иди в туалет и прекрати бесцельно слоняться!

«Почему твои волосы не заплетены?» — передразнила Сильвана скривленным ртом, отойдя на приличное расстояние. Она сходила в туалет и тут же вернулась в класс.

Глава 7

Переезд в новую квартиру

В школу пригласили парикмахера, и Сильвану вместе с ее братьями направили на стрижку. После того как мальчиков обрили наголо, настала очередь Сильваны, и парикмахер велел ей сесть на стул. От предвкушения новой прически Сильвана сияла от радости. Цирюльник сначала остриг волосы, а затем просто сбрил их. Когда Сильвана поняла, что стала лысой, она посмотрела на парикмахера взглядом обманутого и преданного ребенка.

— Почему вы меня побрили? Теперь я выгляжу уродливо, как мальчишка!

— Мне сказали, что у тебя и твоих братьев вши, — сказал парикмахер с ехидной усмешкой.

Ее глаза увлажнились:

— Нет у нас никаких вшей! Это неправда, — сказала Сильвана, уходя из кабинета вместе с братьями. Ее сердце переполняла обида, потому что она чувствовала, что с ней обошлись невежливо и грубо.

В середине октября Садагет переехала в четырехкомнатную квартиру. Там была кухня, ванная и два больших балкона. Квартира располагалась в местности Дарнагюль, что всего в тридцати минутах от интерната. Впервые после переезда в Баку Садагет чувствовала себя спокойной и уравновешенной от того, что у нее наконец-то появилась крыша над головой. Как только Садагет переехала в новое жилье, она решила привести своих внуков на выходные.

Так, в третью субботу октября Садагет приехала в школу вместе с Эльнарой, и все лишь для того, чтобы подивиться на своих лысых, гладкоголовых внуков. Увидев их блестящие макушки, она потрясенно воскликнула:

— Что случилось с вашими волосами?

— Нам сбрили все волосы, утверждая, что мы вшивые, — ответила Сильвана угрюмо.

Садагет покачала головой, не веря своим ушам:

— В этот раз ваша учительница зашла слишком далеко, — взорвалась она, направляясь прямиком к Мамедовой, чтобы выяснить с ней отношения. Остальные ученики в это время сидели за столами, поедая завтрак.

— Почему вы состригли все волосы у моих внуков? — Бабушка тут же потребовала объяснений, не тратя время на приветствие.

— У ваших внуков были вши, — лицемерно ответила учительница, слегка ухмыляясь.

— Я отправляла внуков в школу с чистыми головами. Откуда, по-вашему, у них появились вши?

— Может, они заразились от одноклассников, — предположила Мамедова. Она ерзала, явно испытывая неудобство, постоянно поглядывая на детей, чтобы убедиться, что они ничего не слышат.

— Эти дети — не сироты, у них есть я и их мать, — громко заявила Садагет, положив руку на грудь. — У вас нет права состригать волосы моих внуков без нашего разрешения.

Глаза учительницы блуждали по столовой, в то время как нижняя губа начала подергиваться.

— Садагет-ханым, пожалуйста, успокойтесь. Вы показываете плохой пример, устраивая разборки перед детьми.

Садагет к совету не прислушалась, она не могла говорить тише, глядя на лысую голову Сильваны.

— Вы только посмотрите на это дитя! Она выглядит нелепо без волос. Можно было предотвратить появление вшей без обривания головы!

— Садагет-ханым, примите, пожалуйста, мои извинения, — умоляла Мамедова.

— Ваши извинения не вернут ее волосы. Я надеюсь, такого больше не повторится. Я их забираю домой до понедельника.

Учительница стояла неподвижно в течение нескольких минут, не сводя глаз с Садагет. «Эти люди бросают своих детей нам на шею только потому, что не хотят смотреть за ними самостоятельно. Потом они удивляются, почему мы обращаемся с ними не так, как положено по их стандартам».

— Пойдем, — сказала Садагет внукам. Выходя из столовой, она намеренно громко хлопнула дверью.

— Сильвана, собери всю грязную одежду — свою и братьев, — скомандовала бабушка.

Сильвана со всех ног помчалась в спальню, чтобы выполнить бабушкино распоряжение. Вскоре они покинули школу. Но вместо того, чтобы пойти на автобусную остановку, Садагет направилась в другую сторону.

— Бабушка, ты куда? — с тревогой спросил Лачин.

— Мы идем в нашу новую квартиру, — спокойно сказала Садагет.

Лачин остановился на минуту с раскрытым ртом:

— Бабуля, ты шутишь?

— Нет, не шучу.

Садагет объяснила внукам, что она переехала на новое место. От этой новости дети запрыгали от радости.

— Значит, теперь мы можем жить в нашей квартире! — Лачин шел вприпрыжку, сияя от счастья.

— И ты разрешишь нам каждый день приходить домой? — спросила Сильвана, которую распирало ликование.

— Я сегодня вас беру домой, но вам придется оставаться в школе еще несколько недель, — сказала Садагет настойчиво.

— Почему? — Заур был явно озадачен.

— Потому что у нас еще нет электричества и газа, в квартире холодно и темно вечерами, — объяснила бабушка.

— Но, бабушка, мы все равно останемся там! — нахмурилась Сильвана.

— Нет, там пока нет кроватей, стульев и даже стола. Но я обещаю, что как только появится электричество и я куплю самые необходимые вещи, вы будете приходить домой каждый день. У меня для вас есть хорошая новость! Ваша прабабушка Мария скоро приедет к нам в гости.

Сильвана, одетая в коричневое платье с длинным рукавом и белый фартук, внимательно смотрела на свою бабушку.

— Она будет жить с нами? — спросила она взволнованно.

— Я не уверена, — сказала Садагет, двигаясь быстрым шагом, — но я надеюсь, она останется с нами надолго. Дело в том, что ее зять плохо с ней обращается. К тому же он не позволяет ей пить водку и курить сигареты.

— Почему? — спросил Лачин, перепрыгивая грязную лужу.

Дорога была неровной, полной выбоин и ям, наполненных водой. Сильвана не сводила глаз с пятиэтажных новостроек.

— Он говорит, что в мусульманском доме, где есть Коран и идет молитва, нет место для харама, в частности, для алкоголя.

«Он просто сварливый человек», — подумала Садагет.

— Но Мария не мусульманка. Она не обязана следовать этим правилам, — сказала невинная Сильвана, закрывая от солнца свои карие глаза.

— А мы мусульмане? — спросил Заур. Он держал бабушку за руку и тянул вперед. Мальчик был ниже Сильваны ростом; у него, как и у Лачина, были глаза чайного цвета, и на нем была белоснежная рубашка.

— Прекрати меня тянуть! — прикрикнула Садагет, останавливаясь, чтобы перевести дух и посмотреть на пробегающих поблизости собак. Она поправила коричневые брюки Заура.

— Раз ваши родители мусульмане, то и вы тоже мусульмане, — сказала она, погладив мальчика по голове.

Услышав рассуждение бабушки, Сильвана нахмурилась.

— Нет, я верю в Иисуса. Значит, я не мусульманка.

— Наверное, ты пошла по стопам своих русских предков, — сказала Садагет. Дальше они шли в тишине, глазея на проходящих мимо людей.

Сильвана была счастлива, что у них появилась новая квартира, ведь это значило, что скоро она сможет приходить домой после уроков. Но, узнав, что им придется еще подождать, она снова почувствовала волнение.

Когда они подошли к новому дому, Сильвана заметила пятиэтажное здание недалеко от него. Оглядевшись, она увидела несколько автомобилей, стоявших перед зданием, две деревянные скамейки и несколько маленьких свежепосаженных елочек. Как только внуки Садагет вошли в квартиру, то сразу принялись ее осматривать. Они заглянули в каждую комнату: в ванную, на кухню и на балконы. В квартире еще было пусто, но им очень понравились розовые обои в мелкий цветочек. Комнаты были необычайно просторные с высокими потолками. Войдя в гостиную, Сильвана увидела две иконы на стене. Она остановилась, молча глядя на образы Девы Марии и Иисуса. Ее глаза округлились, и рот приоткрылся. В руках Святой Девы был младенец Иисус.

— Как красиво! — сказала Сильвана и посмотрела на противоположную сторону, заметив фотографию Каабы.

В квартире была новая плита, две раковины и ванна. Заур прыгал на одной ноге от одного края балкона к другому.

— Какой же он огромный!

Опираясь на перила, он выглянул наружу. Глаза его расширились от удивления, когда он увидел кладбище:

— Сильвана, разве это не странно — жить возле кладбища.

Сильвана пожала плечами:

— Да, это жутко. Я никогда раньше даже не видела кладбище.

Оба они предпочли вернуться внутрь квартиры.

— А где мы будем спать? — спросил Лачин, не заметив ни одной кровати.

— Я постелю на пол матрас. Пойдите на улицу, поиграйте. Но не забывайте, что наша квартира находится в восьмом корпусе на пятом этаже. Не уходите далеко, не то потеряетесь! — строго сказала бабушка.

Садагет дала детям наставления, и они отправились гулять. Как только ее внуки ушли, она достала керосиновую плитку и приготовила большую кастрюлю русского борща. Через два часа Сильвана и ее братья вернулись домой. Они поели борщ и провели остаток дня, играя на балконе.

Внуки Садагет оставались с ней два дня и две ночи, а в понедельник вернулись в школу. Они приехали немного рановато и, войдя в класс, застали Мамедову, сидящей за столом и делающей заметки в своей записной книжке.

— Доброе утро, муалим, — сказала Сильвана, убирая под стол свой рюкзак. — У меня есть хорошие новости.

Учительница подняла голову:

— Слушаю, Сильвана, — сказала она с легкой улыбкой.

Лицо Сильваны сияло от радости:

— У моей бабушки появилась новая квартира, и скоро мы будем уходить домой после уроков.

Учительница сняла очки и протерла их носовым платком.

— Рада за вас. Но когда вы собираетесь покинуть нашу школу? Ваша бабушка сказала, что как только вы переедите в новую квартиру, она переведет вас в другую школу.

— Я думаю, мы останемся в этой школе, — ответила Сильвана, сверкая зубами. Она знала, что по непонятной причине Мамедова не хотела их видеть в этой школе.

— Что ты сказала? — спросила Мамедова, озадаченная смелым и даже немного нагловатым ответом Сильваны.

Храбрая девятилетняя девочка посмотрела в глаза учительницы и ответила:

— Бабушка говорит, что у нас нет причины уходить из этой школы, поэтому мы продолжим учиться здесь.

— Тем лучше для вас. Иди протри доску, — сказала женщина явно раздраженно.

Сильвана поднялась со своего места и протёрла доску до того, как в класс вошли другие дети.

В следующую пятницу Сильвана решила пойти домой, не дожидаясь бабушку. Как только ее учительница отпустила детей, она вместе со своими братьями покинула школу и пошла по знакомому маршруту. Они уверенно шли по грязной дороге, проходя мимо маленького белого магазина с длинным треугольным окном, мимо мусорного контейнера, возле которого валялись разорванные мешки для мусора и рассыпанные отходы. По дороге Сильване встретилось несколько похожих друг на друга зданий, но она никак не могла найти свой дом.

— Заур, ты помнишь, какой дом наш? — спросила Сильвана, глядя на два одинаковых здания.

— Не знаю. Может, нам следует вернуться в школу? — предложил Заур, почесывая голову.

— Нет, мы не можем вернуться, — сказала Сильвана.

Пройдя еще немного, девочка смогла отыскать нужное здание, но сомневалась, в каком корпусе расположена их квартира.

Сильвана заметила женщину средних лет, идущую им навстречу, и подошла к ней поближе.

— Тетенька, мы ищем бабушку Садагет. Вы не знаете, в каком корпусе она живет?

Женщина посмотрела на них с любопытством:

— Детки, у нас есть несколько человек с таким именем. Как ее фамилия?

— Ее фамилия Мехтиева, — ответила Сильвана.

Женщина постояла мгновение с ничего не выражающим лицом, стараясь вспомнить, где живет Садагет.

— Она живет в восьмом корпусе, — ответила женщина и пошла по своим делам.

Прежде чем войти в восьмой корпус, Сильвана высоко запрокинула голову, чтобы посмотреть на балконы. На некоторых из них было видно развешенное на веревках белье. На одном балконе она заметила высокую пожилую женщину, которая сидела и курила. На голове женщины был синий платок; она немного дрожала.

Наконец, они вошли в корпус №8, поднялись по лестнице на пятый этаж и радостно позвонили в дверной звонок. Им открыла прабабушка Мария, которая была сильно удивлена увидеть их.

— Что вы здесь делаете? — спросила она испуганно.

— Мы больше не хотим учиться или оставаться на ночь в той школе, — сказал Лачин, входя в квартиру, не менее удивленный от встречи со своей прабабушкой.

— Бабуля Мария, когда ты здесь оказалась? — спросил Заур, также проходя внутрь.

Она улыбнулась.

— Несколько дней назад.

Мария сказала детям, что она едва успела вернуться от соседки, которая сидела с малышкой Эльнарой.

— Вам повезло, что я вернулась пораньше. Если бы меня не было, вам бы пришлось обратно идти в школу, — пожурила их прабабушка. — Вы такие худющие, видно, Садагет не кормит вас как следует.

— Учителя плохо к нам относятся, они намекают нам, что пора уходить из школы, — вставил Заур.

— Вы должны оставаться в школе. Ни в коем случае не уходите, пока Садагет вас не заберет. Поняли? — сказала прабабушка Мария внушительно.

— Поняли, — ответила Сильвана.

— Ну, идите и обнимите, наконец, свою бабулю! Столько времени прошло с тех пор, как я вас видела последний раз!

Дети обняли ее и затем прошли в гостиную. Мария вернулась на балкон и продолжила курить. Сильвана пошла следом. Стоя, она молча вглядывалась в морщинистое лицо прабабушки. Ее голубые глаза были очерчены красными ореолами, а длинные пальцы скрючились.

— Почему ты приехала? — спросила Сильвана.

Мария смотрела на нее, улыбаясь и выдувая колечки дыма.

— Я здесь не только потому, что хотела увидеть вас, но и потому, что мне надоело жить с этим властным уродом. Он от меня даже сахар и чай прячет, упрекая, что слишком много я расходую. Лучше бы он, как мусульманин, демонстрировал смирение и любовь, — Мария плюнула на землю.

Сильвана улыбнулась, услышав жалобы прабабки. Она заботливо взяла ее руку и сказала:

— В следующий раз, когда он откроет рот, просто попроси его заткнуться.

Мария посмотрела Сильване в глаза, заметив в них глубокую печаль и задумчивость — на это всегда обращали внимание и другие люди. Она глубоко вздохнула. «Я надеюсь, что семейное проклятие не перейдет на Сильвану. Оно должно как-то прерваться», — думала Мария. Она понимала, что три поколения женщин в их семье оказались незамужними.

— Сильвана, иди сюда! Бабушка пришла! — закричал Заур.

Когда Садагет пришла домой, она была поражена, увидев там своих внуков. Она отругала их, что они пришли сами без сопровождения взрослых.

— Бабушка, а где мама? — спросил Лачин.

— Она по подругам шляется, — ответила Садагет.

— С тех пор, как мы начали ходить в новую школу, мы ее ни разу не видели, — сказал Лачин, нахмурившись.

— Когда она сюда придет? — спросил Заур.

— Не знаю, нужно позвонить ей, — раздраженно ответила Садагет и тут же прикрикнула. — Почему вы все еще в школьной одежде? Идите переодеваться, а я позвоню маме!

— Сильвана, бабуля купила новую мебель для квартиры. Иди сюда, посмотри, — сказала Эльнара, дергая Сильвану за юбку.

Эльнара была любимицей Сильваны и везде ходила по пятам за старшей сестрой. Сильвана решила посмотреть комнаты вместе с малышкой, пока Заур с Лачином отправились на кухню. Им было очень любопытно узнать, что купила бабушка. В гостиной они увидели стол с шестью стульями и диван, а в одной из спален был новый шкаф, но не было кровати.

— Сильвана, иди посмотри на наш новый холодильник и стол, — крикнул Заур с маленькой кухни удивленным голосом. Сестры побежали на кухню, где перед холодильником с открытым ртом стоял маленький Заур. Он открыл дверку, чтобы посмотреть содержимое холодильника, но обнаружил, что внутри он наполовину пустой. Обежав все оставшиеся комнаты, дети переоделись и отправились играть на улицу. Когда начало темнеть, они вернулись домой.

— Бабуля, ты маме позвонила? — поинтересовалась Сильвана.

Бабушка махнула рукой, словно пытаясь поймать муху.

— Нет, я ведь ждала, когда вы придете. Пойдите на балкон все вместе, а я позвоню ей потом. Постарайтесь не шуметь — бабушка Мария спит.

— Но я тоже хочу с ней поговорить, — канючил Заур.

— Заур, иди на балкон! Тебе не нужно ей звонить сегодня. На следующей неделе ты уже увидишь свою маму, — сказала Садагет сварливо, толкая мальчика к балкону.

Когда внуки вышли на балкон, Садагет подняла трубку и набрала номер телефона Эсмиры.

— Привет, — сказала Эсмира.

— Когда ты собираешься навестить своих детей? Они спрашивают о тебе, — говорила мать с укоризной.

Эсмира тяжело вздохнула:

— Я приеду на следующей неделе.

— Как только бедные дети начали учиться в интернате, ты ни разу не посчитала нужным навестить их или хотя бы просто купить им одежду или еду. Что ты за мать? Даже собаки не оставляют щенков, а ты их повесила на мою шею, — Садагет отчитывала ее на повышенных тонах.

Эсмира ответила напряженно:

— Мама, я не оставляла их. Просто они не могут жить со мной, так как я постоянно в разъездах. А я не могу жить с вами, потому что вы всегда третируете меня, я не могу это выносить! — выпалила Эсмира. Садагет казалось, что она слышит, как громко стучит сердце дочери.

— Если б ты не опозорила меня, переспав с Самедом, я бы никогда не третировала тебя, — возмутилась Садагет. Она крепко сжала трубку, чувствуя ком в пересохшем горле. Она так много хотела сказать своей дочери, но решила промолчать.

— Вы никогда меня не любили и всегда пытались найти во мне изъяны! — печально заключила Эсмира.

— Я никогда не любила тебя? А кто вырастил тебя? Не я? Кто сидит с твоими детьми? — Садагет заметно трясло, она уже перешла на крик.

Тем временем Эсмира приложила руку к левому глазу, так как чувствовала нестерпимую боль внутри него.

— Мама, пожалуйста, не огорчайтесь. Я привезу продукты и деньги на следующей неделе.

— Тебе не следовало прыгать к Самеду в постель и рожать ему детей, если не хочешь думать о них. Ты только опозорила себя и меня! — Садагет уже не слышала последних слов Эсмиры. Она ударила кулаком по телефону во время разговора.

Лицо Эсмиры, казалось, воспалилось от боли.

— Сколько же еще раз вы мне будете повторять одно и то же? — раздраженно спросила она.

Мысль о последствиях ошибок Эсмиры наполнила сердце Садагет яростью.

— Как только ты ощутила самца между ног, у тебя там все воспламенилось. Тебе захотелось погасить это пламя, — сказала Садагет насмешливо. — Ты что, не понимала, что беспутные отношения с мужчиной вне брака приведут тебя в ад и навлекут позор на твою голову?

— Мама, прошу, прекратите! — сказала Эсмира, пытаясь закурить, но дрожь мешала ей совладать сигаретой.

— Не пытайся заткнуть мне рот! Слушай меня! — кричала Садагет по телефону. — Надо было тебе поставить замок между ног, и тогда ничего этого бы не случилось. Ты привела их в этот мир, так что будь добра, смотри за ними!

— Хорошо. Я уже сказала, что приеду на следующей неделе. Мне пора идти, — сказала Эсмира нетерпеливо и положила трубку, не дав возможности Садагет сказать что-нибудь еще. Ее мать тоже положила трубку и направилась на балкон.

— Бабуля, ты звонила маме? — спросила Эльнара.

— Да, я позвонила ей, — ответила Садагет.

— Когда она придет? — спросил Лачин.

— На следующей неделе. А сейчас пора ужинать.

— Почему она не может прийти завтра? — спросила опечаленная Эльнара.

— Потому что ей не до вас, — съязвила Садагет.

— Это неправда, бабуля. Она любит нас! — сказала Сильвана, глаза ее наполнились слезами.

— Да, но кто заботится о вас? Кто рядом с вами, если вы болеете? Кто защищает вас, когда люди называют вас безотцовщиной?

— Ты, — ответил Заур.

— Ну, теперь вы знаете, кто вас больше любит. Давайте будем есть и прекратим всякие разговоры о вашей матери.

Она налила им борщ. Около девяти вечера Садагет расстелила матрасы на полу и уложила детей спать.

Пока Сильвана спала, ей приснился кошмар. Высокий черный демон с красными глазами и большими рогами на голове преследовал ее. Она убегала, крича: «Бабушка!». Когда демон схватил ее, мокрая от пота, с криком «Бабушка!» девочка проснулась.

В длинной розовой сорочке, с непокрытыми седыми волосами, в спальню вошла Мария:

— Сильвана, ты что кричишь?

Слегка дрожа, Сильвана смотрела на прабабушку Марию:

— Во сне за мной гнался демон. Я уже не первый раз его вижу.

Мария села на матрас и взяла Сильвану за руку.

— Это просто сон. Ложись и спи.

— Нет, я боюсь.

Мария сняла с шеи свою цепочку с крестом и положила Сильване в руку.

— Положи под свою подушку и скажи: «Иисусе Христе, защити меня Твоей бесценной кровью!» И демон больше не придет к тебе.

Сильвана посмотрела на золотую цепь с любопытством и положила ее под подушку. Она легла и сказала: «Иисусе Христе, защити меня Твоей бесценной кровью!»

Мария погладила Сильвану по голове.

— Теперь закрывай глаза и спи. Я буду рядом с тобой, пока ты не уснешь.

Успокоившись, Сильвана закрыла глаза и вскоре уснула.

Сидя на кровати рядом с правнучкой, Мария вспоминала свое прошлое и думала о будущем Сильваны. «Как бы я хотела, чтобы у нее было больше возможностей, чем у детей нашего поколения». В памяти возник день, когда она впервые приехала в Азербайджан.

В 1933 году молоденькой девушкой Мария приехала из Астрахани в Азербайджан навестить свою тетю и больше не вернулась на родину. Здесь мать Садагет встретила своего будущего мужа. Они поженились, и Мария родила от него четырех девочек.

В те времена родители Марии жили в достатке и благополучии. В частности, отец Марии был уважаемым священником в Астрахани. Но когда к власти пришли большевики, они отобрали все семейное имущество и вынудили их переехать в другой город. Во время Второй мировой войны до Марии дошло известие, что ее родителей и братьев убили нацисты в собственном доме, бросив на него бомбу. Думая, что все ее родственники погибли во время взрыва, Мария никогда больше не возвращалась в Астрахань и не пыталась их разыскать.

Когда в 1941 году началась Вторая мировая война, супруга Марии направили в зону военных действий. А в 1943 году она получила письмо о том, что ее муж пропал без вести. После исчезновения мужа Мария осталась одна с четырьмя детьми, тогда она и начала выпивать почти каждый день. Работники социальной службы, заметив, что Мария пьет слишком много и уже не способна заботиться о своих детях, отобрали у нее дочерей и поместили их в детский дом. Чтобы вернуть детей, Мария устроилась на работу сторожем в местной школе и на какое-то время прекратила выпивать. К счастью, служба опеки вернула Марии трех ее дочерей, но не вернула старшую. Когда мать забрала детей, старая привычка взяла верх — и она снова начала пить. Уходя в ночную смену, она укладывала детей и отправлялась на работу, оставляя их одних. Старшая из них приглядывала за остальными, пока мать была на работе.

Когда Мария была трезвой, она вела себя очень строго со своими девочками. Женщина привыкла говорить с ними резко и даже бить в случае непослушания и неповиновения. Бедняжки не знали, что такое материнские объятия, но хорошо знали боль от ударов и затрещин. Они росли без участия каких-либо родственников. У мужа Марии была сестра, но та не хотела иметь ничего общего с ней, особенно после того, как брат пропал без вести на войне. В те дни большинство азербайджанцев отличались старомодными взглядами. Они не уважали одинокую русскую женщину, которая пьет.

Однажды, это было весной, Мария пришла на работу в нетрезвом виде и уснула там во время ночной смены. Пока она спала, кто-то пробрался в школу и ограбил кабинет директора, украв деньги, хранившиеся там. Так как дверные замки были нетронутыми, Марию обвинили в воровстве и отправили в тюрьму на год. Тогда старшая сестра Садагет Фазилия целый год заботилась о младших сестрах, зарабатывая уборкой в чужих домах. Она брала сестер на работу, и те дожидались, пока она не закончит уборку. Это было очень тяжелое время в их жизни. Но через год заключения Марию выпустили, чтобы она растила своих детей.

Пожилой женщине было тяжело вспоминать свою тюремную жизнь, поэтому она прогнала от себя мысли о прошлом. Заботливо укрыв Сильвану одеялом, она направилась в свою спальню.

«Господи Иисусе, пошли Сильване радость и счастье! Дай ей счастливую судьбу, которой у нас никогда не было», — она глубоко вздохнула и покинула комнату своих правнуков.

Однако в три часа ночи Сильвана проснулась от ощущения, что кто-то прикоснулся к ее руке. Позевывая, она приподнялась и увидела Эльнару. Сестра Сильваны стояла рядом в своей длинной ночнушке с полными слез глазами.

— Почему ты плачешь? — удивленно спросила Сильвана.

— У меня болит живот. Потри мне его, пожалуйста, — пожаловалась младшая сестренка, указывая пальцем в район пупка.

Сильвана положила подушку себе на ноги:

— Иди сюда, ложись.

Эльнара положила голову на подушку. Сильвана укачивала Эльнару, двигая ногами из стороны в сторону. В то же время она нежно мяла живот младшей сестренки. Когда та уснула, Сильвана положила голову на матрас и закрыла глаза.

Глава 8

Жизнь под страхом сплетен

Шли годы, и школьная жизнь Сильваны становилась все более увлекательной; у нее значительно прибавилось количество обязанностей, особенно после того, как в школу пошла Эльнара. Эта негодница наотрез отказывалась идти в школу, если только старшая сестра не понесет ее сумку. Так Сильвана шла в школу, неся свою собственную сумку и рюкзачок Эльнары, которая плелась рядом с ней и держала ее за руку. Сильване так нравилось ходить в школу, что она не пропускала ни одного дня, даже когда болела бронхитом. Каждый год в зимнее время Сильвана кашляла целый месяц, потому что бабушка не водила ее к докторам и не давала ей современных лекарств. Садагет предпочитала народную медицину. Она говорила, что доктора и современная медицина делают людей больными и доводят их до могилы.

В очередной раз, когда дороги покрылись снегом и льдом, а в классах заметно похолодало, тринадцатилетняя Сильвана заболела бронхитом. Рано утром Садагет отправилась на фабрику. Сильвана проснулась и тут же начала гладить одежду для младших детей, при этом сильно кашляя. Она приготовила им завтрак и приняла душ. Затем Сильвана надела свое коричневое школьное платье с длинным рукавом и белый фартук и разбудила детей, чтобы они позавтракали. Когда все собрались, Сильвана взяла сумку Эльнары, и они пошли в школу. Отводить братьев и сестру в школу стало ее обязанностью.

Во время уроков она исступленно кашляла, раздражая тем самым Мамедову.

— Сильвана, покинь класс и вернись, когда прекратишь кашлять! Ты мешаешь мне вести занятие, — сказала учительница во время урока.

— Бахар-муалим, я не нарочно. Если я выйду из класса, мой кашель не остановится, — сказала Сильвана, глядя на учительницу слезящимися глазами. Горло ее жгло огнем, заставляя девочку кашлять еще сильнее. В ее грудной клетке скопилась слизь.

— Тогда оставайся дома, пока не поправишься, — предложила Мамедова с явной неприязнью.

— Я не хочу пропускать уроки, — сказала Сильвана, снова закашлявшись.

Девочка осталась в классе, изо всех сил стараясь не кашлять и глотая мокроту, только бы не выходить из класса.

В пятницу, когда снег начал таять, Сильвана отправилась вместе с шестью своими подружками в путешествие на автобусе в поселок Разина. Когда девочки сошли с автобуса, они направились гулять по окрестным улицам. По пути они глазели на проезжающие мимо машины и автобусы, заходили в различные магазины. И хотя у большинства из них не было денег, чтобы что-нибудь купить, им нравилось просто разглядывать красивые вещи в торговых центрах. Во время прогулки Сильвана следила, чтобы с подругами все было в порядке и чтобы они не потерялись. В этой поездке Нармине удалось купить рождественскую елочку, которую она привезла в школу. Однако учительница куда-то убрала ее. Когда Сильвана узнала об этом на следующее утро, она очень удивилась тому, что кто-то считает себя вправе распоряжаться тем, что ему не принадлежит.

Она прямиком отправилась к этой учительнице. Войдя в синий кабинет, она увидела там портреты ученых, висящие на стене, книжную полку и школьную доску. Учительница что-то писала на доске, но обернулась, заметив Сильвану.

— Доброе утро, Элона-муаллим, — с усмешкой сказала Сильвана.

— Привет, Сильвана, — ответила Элона, равнодушно глядя на девочку.

— Не могли бы вы вернуть елочку, которую забрали у Фидан? — требовательно спросила отважная школьница.

— Нет, не могу, так как я использовала ее, чтобы украсить класс, — объяснила учительница.

— Елка вам не принадлежит, а значит, вы не можете ее взять, — сказала Сильвана, не мигая глядя в глаза Элоны. Ее взгляд был глубоким и пронзительным.

Женщина приблизилась к Сильване, в то время как ее шестнадцатилетние студенты застыли за своими партами, заворожено глядя на Сильвану. Испытывая страх перед учительницей, они не могли поверить, что у Сильваны достало храбрости разговаривать с ней подобным образом.

— Вон там на полке, можешь забрать, — рявкнула Элона, подергиваясь от злости.

Сильвана взяла елку и вернула ее Фидан. Позже вечером Мамедова попросила Сильвану и Зейнаб проверить работы других учеников. В четыре часа дня она оставила их в классе. Заперев дверь, учительница отправилась на собрание, а в половине шестого вечера девочки начали задаваться вопросом, почему ее до сих пор нет.

— Зейнаб, уже темнеет, нам пора идти домой, — взволнованно говорила Сильвана, выглядывая в окно.

Серые облака двигались на темном небе. Несколько учеников шли из столовой в соседнее одноэтажное серое здание по сырой от таящего снега земле.

— Мы не можем уйти. Мы заперты, — сказала Зейнаб, пытаясь открыть дверь. В это время Сильвана открыла окно и увидела одноклассника Самира, который шел к противоположному зданию, рассматривая черных птиц на проводах.

— Самир! — крикнула она. Он огляделся, чтобы понять, кто его позвал. — Я здесь! Посмотри в окно!

Она помахала ему рукой.

— Сильвана, что ты там делаешь? — мальчик заулыбался.

— Самир, нас заперли в классе. Пожалуйста, сходи к директору и попроси ключ, — жалобно вопила Сильвана. Через десять минут Самир вернулся с ключами и открыл дверь.

— Спасибо, Самир! Ты наш спаситель! — сказала Зейнаб.

— Запри, пожалуйста, и отдай ключ Бахар Мамедовой. Нам нужно идти домой, — сказала Сильвана.

Подружки боялись идти по темной улице без сопровождения взрослых. Поэтому они преодолели путь домой быстрым бегом сквозь кромешную темноту, окутывающую их. Девочки бежали, шлепая по грязным лужам и вязкой земле. Сильвана постоянно озиралась, чтобы убедиться, что никто не гонится за ними.

***

Прошло несколько лет с тех пор, как Садагет переехала в Дарнагюль, и многое изменилось за это время. Ее любимая внучка действительно выросла и превратилась в самостоятельную пятнадцатилетнюю красавицу. Прежде Сильвана выходила на улицу, чтобы поиграть с друзьями, сестренкой и братьями. Она на равных участвовала во всех играх со своими братьями и их приятелями. В детстве она была настоящим сорванцом, для которого подраться, вскарабкаться на дерево или взобраться на стену было в порядке вещей. В школе на физкультуре она играла в футбол с мальчиками. И настолько Сильвана была хороша в этой игре, что мальчики прозвали ее Лихорадка.

Когда Сильване исполнилось пятнадцать, она перестала играть с мальчиками; ее поведение стало более женственным. Она стала сознательной, перестала тратить время на пустые игры с друзьями, теперь Сильвана большую часть времени проводила дома. Все потому, что она очень стеснялась своего родимого пятна, которое напоминало синяк под глазом. Из-за этого пятна все вокруг думали, что ее кто-то ударил или что она с кем-то подралась. Вплоть до двенадцатилетнего возраста она не придавала никакого значения родимому пятну, потому что тогда она носила короткую спортивную прическу и обожала ходить в штанах. Благодаря короткой стрижке многие принимали ее за мальчика. Когда Сильвана стала подростком, мальчики начали приставать к ней со своими надоедливыми репликами по поводу ее родимого пятна. Однажды днем, когда Сильвана возвращалась из школы, за ней последовали старшие ребята. Один из них догнал ее сзади:

— Эй, Сильвана! Кто поставил засос на твоем прекрасном лице? Покажи мне того, кто тебя обидел!

Сильвана обернулась и посмотрела на мальчиков, кусая губы и сжимая руки в кулаки, готовая наброситься на них. Другой мальчик плюнул на землю и сказал:

— Почему ты всегда ходишь в школу с синяками? Кто тебя бьет?

Сильвана была расстроена настолько, что ей нестерпимо захотелось остаться в одиночестве, чтобы никто не смог ее побеспокоить. Она гневно скрестила руки:

— Идиот. Ты каждый день видишь меня в школе, и мое родимое пятно никуда не исчезает! Неужели тебе непонятно, что это не синяк? Оставьте меня в покое, пока я вам задницы не надрала! — мальчики молча посмотрели на нее и ушли.

А Сильвана погрузилась в раздумья: «Почему люди не могут оставить меня в покое? Как бы я хотела исчезнуть, чтобы никто меня не нашел!»

Теперь Сильвана предпочитала оставаться дома вместо того, чтобы слушать обидные замечания по поводу ее родимого пятна. Она была необычайно красивой девочкой с карими глазами и длинными густыми каштановыми волосами. Ее красота привлекала людей. Но всякий раз, когда она ловила на себе чей-то взгляд, она думала, что смотрят только на пятно на ее лице. В такие минуты она чувствовала, что с ней что-то не так.

Девочка избегала людей, поэтому вместо того, чтобы добираться до школы автобусом, она предпочитала ходить пешком по нехоженым, безлюдным тропкам. Когда друзья звали ее на улицу, Сильвана оставалась дома. Она настолько переживала из-за высказываний по поводу родимого пятна, что не могла простить Эсмиру, которая оставалась безучастной. «У других детей тоже матери-одиночки, но они находят для них время. Почему моя такая безответственная? У нее ведь есть деньги. Так почему она не отведет меня к хирургу, чтобы удалить пятно?»

Тем временем Эсмира оставалась в городе, навещая детей раз в неделю. Но во время этих визитов дети не чувствовали ее любви и привязанности. Она никогда не праздновала с ними дни рождения и не покупала им подарков. На самом деле, Эсмира хорошо зарабатывала, выступая на свадьбах, но большую часть заработка она тратила на дорогую одежду, такси, драгоценности, макияж и еду. И поскольку ее детские дни рождения никто не праздновал, она не считала важным теперь отмечать дни рождения собственных детей.

Всякий раз, когда дети слышали звук автомобиля, останавливающегося возле их дома, они бежали на балкон, посмотреть, не она ли это приехала. Если это была не мать, дети очень расстраивались, потому что они очень скучали и хотели как можно больше времени проводить вместе с ней. Каждый раз, когда Эсмира приходила к ним домой, дети окружали ее и повсюду ходили за ней по пятам.

Как-то в субботу зазвонил дверной звонок. Садагет на кухне приправляла мясо, а Сильвана, сидя за столом, делала уроки.

— Заур, посмотри, кто пришел! — крикнула Садагет.

Заур прервал свою игру и побежал к двери. Он посмотрел в глазок, но не узнал человека, который стоял перед дверью.

— Кто там?

— Заур, открой, это мама, — сказала Эсмира.

Услышав голос матери, Заур немедленно открыл дверь и сердце его наполнилось радостью от встречи с матерью:

— Ребята, мама пришла!

Эсмира вошла с двумя огромными сумками в руках. Сильвана вскочила, чтобы встретить мать, схватилась за ее сумки и попыталась помочь донести их до кухни. Они столпились в маленькой кухоньке, Эсмира поставила сумки на пол.

— Привет, мама! Я принесла продукты для детей. Теперь ты сможешь приготовить все, что они пожелают.

Садагет отставила миску с цыпленком и помыла руки, глядя на сумки:

— Я твоих детей голодом не морю. С твоими продуктами или без них, они все равно хорошо питаются.

Эсмира не посчитала нужным отвечать и вышла их кухни. Она вошла в спальню и присела на край кровати. Дети присели возле нее.

— Мама, я болела. Почему ты не пришла на прошлой неделе? — спросила Сильвана.

— Я была в районе, выступала на свадьбе со своим ансамблем.

Заур взял руки матери и крепко сжал их. Эльнара склонила голову на плечо Эсмиры. Сильвана тем временем смотрела на мать печально:

— Тебя всегда нет, ты так мало времени проводишь с нами! Мы выросли практически без тебя.

— Но если я буду проводить время с вами, кто будет зарабатывать деньги, чтобы покупать вам еду и одежду? — спросила Эсмира, доставая из кармана сигарету. Закурив, она втянула дым и выдохнула его.

— Мама, но если я не чувствую твою любовь, то одежда и еда не сделают меня счастливой.

Сильвана молча смотрела на мать какое-то время: «Бедная мама, она никогда не отдыхает, зарабатывая для нас деньги, и принимает подачки от фальшивых друзей, которые используют ее доброту. Надеюсь, однажды я смогу сделать ее жизнь лучше».

Девочка закашлялась:

— Мама, ты можешь покурить на балконе?

— Но там холодно. Я здесь покурю. А вы пока выйдите из комнаты. Когда я закончу, вы вернетесь, — сказала мать приказным тоном.

Дети решили оставить мать одну и вышли их спальни. Сильвана пошла на кухню, чтобы помочь бабушке, которая в эту минуту стояла у плиты, поджаривая лук с чесноком:

— Чем там мама занимается?

— Курит, — ответила Сильвана.

Садагет убрала сковородку с огня:

— Разве я не говорила этой женщине, чтобы она не курила в моем доме?

Она пошла в спальню к Эсмире и широко раскрыла балконную дверь.

— Зачем так сильно открывать дверь, когда на улице такой холод? — возмутилась Эсмира.

Садагет, почти задыхаясь, подошла к Эсмире, руками пытаясь разогнать клубы дыма:

— Почему ты куришь в моем доме? Ты отравляешь воздух. Ума не приложу, откуда у тебя эта гнусная привычка?

Эсмира встала с кровати, лоб ее напрягся, и она выбросила сигарету через балконную дверь:

— Мама, оставьте меня в покое. Каждый раз, когда я прихожу, вы нападаете на меня.

Эсмира ушла в гостиную, сопровождаемая детьми. Глядя на сокрушенное лицо матери, Сильване стало жалко ее. Она села рядом и обняла ее.

— Не обращай внимания на бабушкины слова. Ты же знаешь, она любит лаяться.

Мать улыбнулась, потрепав дочь по голове.

— Не волнуйся за меня. Все в порядке. Эсмира провела несколько часов с детьми и ушла.

Работа в качестве певицы на свадьбе вынуждала Эсмиру путешествовать по разным городам и селам. На свадебных торжествах она пела азербайджанские и русские песни и пила алкоголь вместе с ребятами из ансамбля. Женщина возвращалась домой уже затемно, будучи в глубоком опьянении. Пару раз Сильвана оставалась на несколько дней с матерью, но, познакомившись с ее подружками, она решила, что лучше жить с бабушкой.

Однажды зимним вечером около 23:00 часов напротив дома Садагет остановилось желтое такси. Эсмира медленно вышла из машины, окутанная запахом алкоголя. Шатаясь из стороны в сторону, она поднялась по лестнице. Хватаясь за перила, Эсмира едва могла держаться на ногах, двигаясь очень медленно. Она достала ключ от входной двери, но не смогла вставить его в замочную скважину. Разозлившись, она позвонила в дверь, и Садагет открыла ей. Эсмира медленно прошла в спальню и сняла с себя пальто и сапоги, бросив их на пол. Распластавшись на кровати, она стонала некоторое время, затем заставила себя приподняться, и тут ее вытошнило прямо на пол и частично на сапоги.

Услышав, что Эсмиру рвет, Садагет поспешила к ней и остановилась рядом с дочерью, молча глядя на нее. Почувствовав запах спиртного, Садагет раскраснелась:

— Я хоть раз напивалась так, как ты, чтобы меня даже вырвало на пол? Ты смущаешь и меня, и детей! Скверная женщина, тебе лучше встать и убрать тут все за собой! — вскричала Садагет.

— Зачем ты кричишь? Все соседи будут знать, что я пришла домой пьяной, — бормотала Эсмира, в то время как глаза ее слипались.

— Соседи уже говорят о твоих приключениях с Самедом. Я не хочу, чтобы о тебе говорили еще хуже, чем сейчас! — съязвила Садагет.

Эсмира подняла сумку с пола и достала нож.

— Пожалуйста, замолчи, или я убью себя, — пригрозила она, приставив лезвие к горлу матери.

Садагет проигнорировала ее слова, заявив:

— Не приходи сюда так поздно пьяной! Лучше оставайся в городе!

— Отстань от меня, — сказала Эсмира раздраженно, прижав руки к ушам и выронив нож. Она терпеть не могла слушать ругань своей матери, потому что это заставляло ее страшно нервничать. Вот и сейчас Эсмира не заметила, как перешла «на ты» и утратила малейшее приличие в обращении к матери. Оставив Садагет одну, Эсмира ушла в гостиную и заперлась там.

Это разгневало Садагет еще больше. Она подошла к двери и ударила ее с криком:

— Открой дверь, шлюшка! Не смей запирать двери в моем доме! Если бы не я, ты была бы на улице со своими детьми!

Эсмира открыла дверь, но Садагет тут же вытолкнула ее. Дочь подобрала сигарету со стола и попыталась ее закурить, но руки ее тряслись, поэтому попытки не увенчались успехом.

— Мама, уже полночь. Вы перебудите всех соседей.

Садагет снова проигнорировала ее слова и продолжала:

— Ты считаешь, что недостаточно опозорила своих детей? Мне жалко не тебя, мне их жалко! Ты знаешь, что люди зовут их приблудами и запрещают своим детям дружить с ними? Еще их называют безотцовщиной и отродьем. Сколько еще эти дети могут вынести?

Эсмира продолжала спокойно слушать Садагет, но ее головная боль нарастала, и она схватилась за голову, кусая свои губы.

— Я перессорилась с соседями, потому что они обижали твоих детей. Из-за тебя я прекратила общаться с друзьями, превратив их во врагов. А знаешь, почему? Потому что они плохо говорили о тебе за твоей спиной!

Эсмира терла руками голову, чувствуя отчаяние:

— Мама, пожалуйста, вернитесь в свою спальню, или я уйду.

— Уходи! И не смей возвращаться сюда пьяной и блевать на мой пол! Если соседи увидят тебя в таком состоянии, как ты думаешь, что они будут про тебя говорить? — заорала Садагет.

Не сказав ни слова, Эсмира встала и вышла из квартиры, оставив Садагет за спиной. Женщина чувствовала себя глубоко несчастной. «Почему она так ненавидит меня? Она никогда не поддерживала меня. Другие родители хвалят своих детей, а она всегда принижала меня».

Обезумевшая от алкоголя, Эсмира шла к автобусной остановке, по пути пытаясь поймать такси. Такси остановилось, и она отправилась в свою квартиру, которая находилась неподалеку от станции метро «Нефтчиляр».

Садагет всегда находила повод, чтобы поспорить с Эсмирой и заставить ее почувствовать себя виноватой. Та, в свою очередь, будучи спокойной по характеру, никогда не вступала в перепалку с ней и не показывала свои чувства, накапливая боль внутри своей души. Ошибки Эсмиры оказали влияние не только на жизнь Садагет, но и на жизнь ее собственных детей.

Садагет стыдилась своей дочери. Если она давала совет другим людям, они обычно отвечали: «Ты лучше своей дочери давай советы!» Те, кого Садагет считала друзьями, на самом деле, смеялись за ее спиной. Большинство ее знакомых по работе переехали в тот же многоквартирный дом, что и она. Они знали всю историю фальшивого замужества Эсмиры и Самеда, а также историю рождения их внебрачных детей. Поселившись по соседству, эти знакомые тут же распустили по округе сплетни о ней и о ее дочери. Садагет было непонятно, почему люди не хотят заниматься собственными проблемами и держать язык за зубами.

Сильвана как-то подслушала злые, пустословные сплетни пожилых женщин, которые говорили об отсутствии отца в ее жизни.

И тогда она впервые осознала, как плохо быть незаконнорожденной. Люди продолжали задавать Сильване вопросы, желая знать, кто ее отец. В действительности она очень смущалась тем, что у нее нет отца. Поэтому как-то раз, когда электрик пришел чинить проводку, она рассказала соседям, что именно он и был ее отцом. В другой раз, когда Эсмира приехала в частном такси, Сильвана сказала друзьям, что водитель такси — это ее отец. Когда девочка видела, что ее друзья ходили повсюду со своими отцами, тетями и дядями, она приходила в отчаяние. «У всех есть двое родителей, двоюродные братья и сестры, тети и дяди. У меня же нет никого! Если бы мой отец вернулся, я бы нашла всех своих родственников», — думала она, печально глядя на этих счастливцев.

Как-то ночью под раскаты грома Сильвана мирно спала, но вдруг ей приснился отец. Она видела себя идущей по темной улице в поисках отца. Девочка увидела, как он прогуливается, даже не замечая ее. Сильвана закричала: «Самед, я твоя дочь!» Ее отец остановился и посмотрел на нее: «Дитя, я не твой отец», — сказал он, убегая. Сильвана побежала за ним с криком: «Папа, подожди, пожалуйста!» Но он скрылся в темноте улицы.

Сильвана проснулась заплаканная, с острым чувством досады. Оставаясь в постели, она начала молиться: «Господи, у каждого есть отец. А у меня нет. Я больше не хочу быть сиротой. Я хочу иметь полную семью, и чтобы мы жили под одной крышей. Пожалуйста, верни моего отца!»

Сильвана вытерла слезы, повернулась на левый бок и, полежав немного с ничего не выражающим взглядом, уснула.

Когда Садагет начала чаще жаловаться на колющую боль в сердце и левом плече, Сильвану охватил страх потерять бабушку. Бедняжка беспокоилась, что пока она спит, бабушка может умереть от сердечного приступа. Поэтому она вставала по ночам и подходила к Садагет, чтобы убедиться, что та еще жива. Перед сном она молилась Иисусу Христу: «Пожалуйста, не забирай мою бабулю. У нас больше никого нет, кроме нее и мамы».

***

Как-то холодным зимним днем Эсмира пришла домой с двумя подружками. Садагет открыла дверь и пригласила войти.

— Здравствуйте, Садагет-ханум.

— Здравствуйте, — ответила Садагет, обнажив свои желтоватые зубы. — Девочки, не стойте в дверях. Проходите в гостиную.

Садагет предложила им чай. Они уселись за столом с чаем и сигаретами. Садагет закашлялась, но ничего не сказала.

— Алия, у тебя есть жених? — спросила она с широкой улыбкой на лице.

— С моим весом не так легко найти молодого человека, — Алия глубоко вздохнула.

Садагет наклонилась к ней поближе:

— Не беспокойся, ты красавица. Скоро ты встретишь свою половинку.

Эсмира сидела молча, наблюдая за поведением матери. Она была удивлена увидеть такую дружелюбность у Садагет. Тем не менее, когда ее подруги ушли, Садагет выпалила:

— Разве я не говорила, чтоб ты не приводила друзей в мой дом? Мне не нужна вся эта дрянь в доме!

—Мама, что вам плохого сделали мои друзья? — спросила Эсмира возмущенно, нервно пытаясь закурить сигарету.

Садагет подошла к Эсмире, забрала пачку сигарет со стола и выбросила в мусорное ведро.

— Зачем ты выбросила мои сигареты? — это был уже второй раз, когда она позволила себе перейти рубеж. Но на этот раз собственная фамильярность осталась незамеченной Эсмирой.

— Убери свою сигарету или иди курить на балкон, — прорычала Садагет.

Эсмира остановила попытки закурить сигарету и посмотрела на мать, качая головой с недоумением:

— Ты всегда говоришь о Боге и считаешь себя святой, но при этом позволяешь себе постоянно осуждать людей. Ты судишь их в то время, как Бог не велит судить других.

Женщины не видели, как в стороне стоит Сильвана и слушает их диалог.

Садагет подошла к Эсмире еще ближе и поднесла кулак к ее лицу:

— Я осуждаю только людей, которые смеются за моей спиной над твоими беспутными и возмутительными отношениями с Самедом. А кроме того, они запретили своим детям общаться с твоими, опасаясь, что это может им повредить.

Эсмира поднялась и выбросила сигарету в ведро.

— Мама, прекратите, или я уйду, — сказала она нетерпеливо, внутри снова почувствовав себя маленькой девочкой, испуганной руганью матери.

— Посмотри на себя! Ты ведь не была такой: не курила, не красилась, не пила. Как только в твоей жизни появились твои так называемые друзья, ты переняла все эти грязные привычки, — в эту минуту Садагет заметила старшую внучку. — Сильвана, ты еще здесь? Иди в свою спальню!

Садагет всячески оберегала Сильвану, опасаясь, что она может стать такой же, как ее мать. Поэтому она уехала так далеко, чтобы никто из родственников-мужчин не смог бы прийти в ее квартиру. Она всегда говорила: «У меня девочки в доме, поэтому мужчинам там не место». Она не принимала друзей Эсмиры из-за их образа жизни. Большинство из них были свадебными певичками, актерами и музыкантами, которые любят покурить, выпить и повеселиться. Садагет запретила Эсмире приводить подобных людей домой и разносила ее в пух и прах, если та нарушала запрет.

— Мама, почему вы не говорите о своих друзьях? — внезапно спросила Эсмира, отходя от Садагет. Она понимала, что вопрос сильно разозлит мать. — Они использовали вас. Вы отдали пенсию Севде, а она не посчитала нужным вернуть вам деньги, хотя знала, что вам нужно содержать четверых внуков. Что же касается меня, вы мне даже рубль не можете дать.

Услышав замечание Эсмиры по поводу ее подруги, Садагет взорвалась от гнева. Она стукнула по столу левой рукой и уставилась прямо в глаза дочери:

— Слушай, оставь в покое моих друзей! И я буду делать со своими деньгами все, что считаю нужным, — кричала она очень громко. После этих слов Садагет вышла из гостиной, хлопнув дверью. Остаток дня она провела в своей комнате. После подобных высказываний 39-летняя Эсмира стала реже приезжать в Дарнагюль.

***

Сильвана была всего лишь девочкой-подростком, которая видела мир глазами бабушки, подверженной влиянию мусульманского общества. Садагет предупреждала Сильвану не ходить никуда с ее друзьями. Однажды, когда они пили чай за столом и беседовали, Садагет сказала:

— Сильвана, друзья бывают нечестными и, как правило, они рядом с тобой, если им что-то от тебя нужно. Остерегайся таких лицемеров. Они постоянно что-то берут у тебя, но никогда не посчитают нужным отплатить тебе. Поэтому тебе надо быть внимательной и не доверять кому попало, потому что в большинстве случаев люди предадут тебя.

— Бабуля, но как я могу прожить свою жизнь, никому не доверяя и не имея друзей? — спросила Сильвана, она слушала бабушку с любопытством.

— Большую часть своего детства я провела в одиночестве. Но больше я не хочу быть одна.

Садагет увидела отблеск уныния в глазах своей внучки.

— Твой лучший друг — это наш Создатель, который никогда не предаст тебя, а друзья могут предать. Но все же ты не переживай. Ты можешь дружить, но прежде удостоверься, что это истинные друзья.

Но как мне узнать, какие друзья заслуживают доверия? — спросила Сильвана в отчаянии.

— Ты узнаешь настоящих друзей по их поступкам по отношению к тебе. Они всегда будут рядом, когда тебе нужна будет их поддержка. Настоящий друг всегда найдет время выслушать твои беспокойства, поддержать тебя морально и найдет добрые слова для тебя. Но в то же время ты сама должна быть хорошим другом.

Сильвана тяжело вздохнула.

— Бабуля, думаю, ты права. Помнишь Зейнаб? Она мой лучший друг. Мы всегда идем вместе в школу и обратно, я всегда помогаю ей делать домашнее задание и защищаю от хулиганов. Но вот когда я прошу ее помочь мне с химией или алгеброй, она всегда занята.

— Значит, она не твой лучший друг, а обычная девочка, которая пользуется твоей добротой, — ответила Садагет, поднимая керамический чайник и наливая чай себе в кружку.

— Сильвана, жизнь — сложная штука, она полна разочарований. Часто люди носят маски улыбки на лицах, а за твоей спиной говорят о тебе гадости. Поэтому ты ни на кого не должна надеяться, кроме Бога. Ведь жить без Бога — все равно, что жить без души. Он один способен укрепить, вразумить, научить, как сделать правильные шаги, чтобы достигнуть своих целей, и помочь в целом. Будь доброй и любящей к окружающим, всегда помогай слабым. И Бог благословит тебя — ты попадешь в рай.

Садагет знала, что этот мир жесток, и, конечно, хотела защитить своих внуков. Поэтому она пыталась научить их всему, что знала сама. Но, как всегда, перестаралась с учением. Сильвана следовала наставлениям бабушки, подкрепляя их собственными правилами и ограничениями, в итоге превратившись в такую же строгую и требовательную особу.

В дальнейшем Сильвана поняла, что отношение бабушки к друзьям Эсмиры и к жизни в целом было ошибочным. Друзья Эсмиры были нормальными людьми, такими же, как все. И Сильвана очень сожалела о своем поведении по отношению к ним. Она поняла, что прежде чем судить и делать выводы, надо сначала побывать в шкуре того человека. Пожить его жизнью. Она также чувствовала свою вину за то, что просила мать избавиться от своей дочери. Сильвана знала, что ее сестра живет где-то у чужих людей, и даже видится с Эсмирой, ничего не зная о том, что это ее мать. Постепенно отношение Сильваны к людям поменялось. Прежде чем судить других, она думала о том, что привело их к такому поведению, хотя и никогда не оправдывала их проступков. Она взращивала любовь и сострадание к окружающим, особенно к отверженным обществом людям, которых притягивало к Сильване словно магнитом.

***

Ближе к концу восьмого класса Сильвана была неприятно удивлена известием, что школьный совет принял решение проводить все занятия только на азербайджанском языке, и расформировать русскоязычные классы. Обучающимся в них детям предложили выбор: перейти в класс с обучением на азербайджанском языке или выбрать русскую школу в другом районе. Не желая переходить в азербайджанский класс, Сильвана признала, что ей придется переводиться в другую школу для русских детей. Расстроенная Сильвана понимала, что она потеряет всех своих друзей.

В один из весенних дней, когда стало совсем тепло и на деревьях появились почки, Сильвана бежала по лестнице, чтобы успеть на математику, и на ступеньках встретила своего директора Рамиза Хачиева.

— Доброе утро, Рамиз-муаллим.

— Доброе утро, Сильвана. Что у тебя под глазом? — спросил директор, глядя на ее родимое пятно.

Лицо Сильваны осветила улыбка:

— Просто родимое пятно. Ради Бога, вы меня уже раз шесть об этом спрашивали!

— Прости, я забыл. Ты отличная ученица, всегда хорошо себя ведешь . Учителя всегда хвалят тебя. Нам действительно жаль потерять такую ученицу, как ты, — сказал мужчина.

— Но, если я такая хорошая ученица, почему вы расформировали мой класс? Я не хочу переходить в другую школу.

— Министерство образования так распорядилось. Я ничего не могу с этим поделать, — говоря это, директор выглядел действительно беспомощно.

В этот момент зазвенел звонок, и Сильвана сказала:

Мне пора на урок, — она побежала вверх по лестнице, рассерженная очередным вопросом о ее родимом пятне.

Учеба в этой школе завершилась для Сильваны 26 мая. В этот день одноклассницы Сильваны написали друг другу пожелания на школьных фартуках, девочки обнимались и обменивались подарками. Все понимали, что в следующем году они окажутся в разных школах. В июне Сильвана забрала документы из интерната и подала их в 145-ю школу.

В начале сентября, когда начались дожди, Сильвана стала посещать новую школу. Поначалу ей было немного тяжело приспособиться не только к новым одноклассникам и учителям, но и к новой системе обучения. В прежней школе она была лучшей ученицей на протяжении восьми лет, а мальчики ее побаивались. В новой школе она ничем не отличалась от других, просто лицо в толпе школьников. Целый год ушел на то, чтобы адаптироваться к этой новой среде. Ее счастье, что Зейнаб перешла в эту же школу. Даже в этой новой обстановке Сильвана продолжала защищать

Зейнаб, когда другие девочки дразнили или издевались над ней. Но Зейнаб предала Сильвану, подружившись с девочкой из другого класса и позабыв о давней подруге.

Годы пролетели, и в мае 17-летняя Сильвана выпустилась из 147-й школы с отличными отметками; она с волнением ожидала праздничной вечеринки.

Все это время она мечтала прийти на выпускной вечер в красивом платье. Задолго до этого Сильвана попросила Эсмиру купить ей платье, но мать решила отложить покупку. За две недели до выпускного Эсмира сломала ногу и оказалась в больнице, потеряв всякую возможность купить дочери платье. Без красивого наряда Сильвана пропустила выпускной вечер, о чем очень сожалела. Несколько дней она постоянно плакала перед сном, думая о своем упущенном шансе.

Несчастная Эсмира оставалась в больнице целый месяц, лишенная возможности встать с постели. По ночам она лежала на больничной койке вся в слезах, одолеваемая беспокойством за детей. Этот месяц был худшим в жизни Сильваны. Находясь в больнице, Эсмира не могла выступать на свадьбах и зарабатывать деньги для собственных детей. Так Садагет и ее внуки остались практически без средств к существованию.

Пока дети занимались поиском работы, Садагет каждое утро уходила из дома в девять утра, чтобы продавать пластиковые пакеты. В один из таких дней она стояла на улице, одетая в длинную черную юбку и кремового цвета блузку с длинным рукавом, с платком на голове, чувствуя невыносимую усталость и назойливую боль в опухших ногах.

— Красивые и модные сумки! Подходите, покупайте! — кричала она, выставляя пакеты на вытянутой руке. Стоя на этом месте, Садагет шутливо общалась с рядом стоящей попрошайкой. Милиционер дважды прогонял их обеих, но, как только он уходил, они возвращались. Несколько пакетов Садагет отдала людям бесплатно. Первые заработанные деньги она пожертвовала старухенищенке. С таким незавидным заработком, достаточным лишь для покупки хлеба, поздним вечером она возвратилась домой. Сильване было очень жаль бабушку, ведь она понимала, что та простояла весь день на улице только для того, чтобы как-то прокормить их, вместо того чтобы отдыхать дома. Через несколько дней Садагет заболела и не смогла выходить на работу. Три дня она готовила суп из воды и муки.

К тому времени, когда Эсмиру выписали из больницы, Сильвану приняли в университет в другом городе. К ее глубокому разочарованию, мать не позволила Сильване переезжать в тот город.

— Ты не можешь ехать туда одна. Там много бабников, которые могут воспользоваться тобой. Ну и, честно говоря, у меня нет денег, чтобы платить за твое обучение, — сказала Эсмира.

У Сильваны закружилась голова от таких слов, и она жалобно сказала:

— Я буду осторожной.

— Если ты до сих пор боишься выходить из дома, как ты можешь уехать в незнакомый город? Ты серьезно не можешь этого сделать.

Выслушав мать, Сильвана почувствовала, как внутри нее чтото умерло. Поступление в университет стало сбывшейся мечтой, и сейчас ее надежда разрушилась.

Она молча смотрела на мать и жалела о том, что они не богаты. «Если у тебя есть деньги, то ты — как королева, и люди слетаются к тебе, как пчелы на мед. А если у тебя их нет, то даже врачи не будут бороться за твою жизнь. Деньги, как наркотик, от которого ты зависишь. Мне нужен этот наркотик, чтобы получить образование и решить проблемы», — думала Сильвана. Она отошла от матери, едва сдерживая слезы. Юная девушка опустила голову, тяжело вздыхая.

Когда в сентябре на глазах Сильваны другие ребята пошли в университеты, она мечтала быть на их месте. Глядя на них, она чувствовала глубокое разочарование. «Мама всегда находит деньги для братьев и сестренки, но не для меня», — думала Сильвана. Она чувствовала себя так, словно ее мать украла у нее ее мечту об образовании.

После окончания школы Сильвана прошла курсы английского языка. Потом она стала искать работу. После долгих поисков Сильвана устроилась помощником управляющего в агентство по подбору персонала. Она наслаждалась этой новой работой, общением с сотрудниками и клиентами. В рамках своей работы она посещала различные организации в поисках подходящих работодателей для зарегистрированных соискателей. Но, отработав шесть месяцев, Сильвана поняла, что ее зарплаты недостаточно. Большая часть денег уходила на ее поездки в другие организации, и порой у нее не хватало денег, чтобы добираться на работу и домой. Сильвана решила оставить эту работу и поискать другую.

В один из дождливых дней она вошла в кабинет управляющего. Ахмед Гусейнов сидел за столом и писал. Увидев его лысую голову, Сильвана заулыбалась:

— Доброе утро, Ахмед-бей, — сказала она весело.

Ахмед медленно поднял голову и с такой же широкой улыбкой ответил:

— Доброе утро!

Она посмотрела на его лицо:

— Это моя последняя неделя здесь. Я ухожу.

Эти слова стерли улыбку с лица директора; он озадаченно наморщил лоб. Склонившись к столу, мужчина сказал:

— Почему вы уходите? Вы так прилежно трудились, мне очень нравилось, как вы обращались с клиентами.

— Ахмед-бей, спасибо вам за добрые слова, но я должна уйти по личным обстоятельствам, — голос ее звучал тихо, но настойчиво.

Он откинулся на спинку своего коричневого стула, а затем встал:

— Я не могу держать вас здесь против вашей воли. Желаю успехов в ваших дальнейших начинаниях. Было очень приятно работать с вами, — он широко улыбнулся, обнажив покрытые желтым налетом зубы.

— Спасибо вам, — сказала Сильвана и вернулась в свой кабинет, чтобы проверить договор с контрагентом.

Глава 9

Сильвана встречает англичанина

Чтобы хоть как-то компенсировать пагубное влияние холодной и суровой бабушкиной натуры, Сильвана пыталась во всем формулировать собственные правила и законы, которыми она будет руководствоваться в своей жизни. И она жила по ним, лелея в душе романтические мечты о принце на белом коне и не позволяя себе никаких встреч с молодыми людьми, но с появлением Марка все изменилось. Ей никогда не хотелось выходить замуж за мусульманина, который бы налагал на нее свои запреты и ограничивал ее свободу, не выпуская из дому и заставляя носить хиджаб. Сильвана строила поистине грандиозные мечты о финансовой независимости, о путешествиях, образовании и карьере. В период взросления она читала не только классическую литературу, но и романы, которые находила у матери, и книги о зарубежных странах. И чем больше она читала, тем больше мечтала о современном прекрасном принце, который приедет из дальней страны и спасет ее от одиночества. Так, в ожидании заморского принца, Сильвана повстречала Марка прямо в Баку, где он работал инженером в нефтяной компании.

Это был высокий тридцатипятилетний мужчина, воспитанник детского дома, у которого уже было двое детей от первого брака. Его бывшая жена ушла от него к другому, забрав с собой обоих сыновей. Бракоразводный процесс, как и измену жены, Марк воспринимал мучительно тяжело; эти события стали причиной многих его бессонных ночей. Сразу после развода Марк заключил трехлетний рабочий контракт с нефтяной компанией и переехал в Баку. Отъезд из Англии помог ему прийти в себя и, наконец, расслабиться после болезненного развода. Но все же переезд в Азербайджан стал для него настоящим испытанием изза языкового барьера и значительных культурных различий. Марку потребовалось много времени, чтобы научиться пользоваться транспортом в стране, где почти никто не говорил по-английски. Но, прожив здесь три года, он научился передвигаться по всему городу самостоятельно и даже завел несколько хороших друзейазербайджанцев.

Проживая в Баку, он многое узнал об азербайджанской культуре. В марте здесь все празднуют Новруз Байрамы — праздник приближения весны. В этот праздничный период все пекут пирожные и выставляют на подносах домашние сладости, орехи и крашеные яйца. По традиции, в середине такого подноса городские жители помещают тарелку с особым видом семян пшеницы, которые прорастают в виде зеленой травки, устремленной к небу. Эту травку обычно обвязывают красной лентой. И дети стучатся в каждую дверь, собирая сладости. А ночью они прыгают через костер.

Некоторые мужчины здесь запрещают своим женам работать, заставляя заниматься домашним хозяйством. Азербайджанцы считают, что место женщины, будь то мать или жена — это дом. Бабушки играют очень важную роль в жизни своих внуков, порой заменяя им родных матерей.

Марку нравилось гостеприимство азербайджанского народа. Какими бы бедными ни были местные жители, они всегда рады встречать гостей в своем доме. Он понял, что может прийти к своему азербайджанскому другу в любое время, и тот всегда угостит его здоровой пищей и чаем с отборными сладостями. Это гостеприимство и изысканная еда просто восхищали его. В Англии он бы никогда не позволил себе прийти к другу без приглашения, а в Баку это было в порядке вещей. Из азербайджанской кухни ему особенно нравилась долма, плов, кебаб и пироги. Но несмотря ни на что, он все еще чувствовал себя одиноко.

Работая в столице, Марк не встречался ни с одной девушкой до тех пор, пока не встретил Сильвану. Из-за культурного и религиозного контраста сотрудницы по работе отказывались встречаться с ним. Но как-то весной его компания приняла на работу двадцатитрехлетнюю Сильвану в качестве помощника управляющего. Она была очень трудолюбивой молодой девушкой, которая из-за своей застенчивости почти не разговаривала и никак не взаимодействовала с сотрудниками мужского пола, избегая их.

Как только Марк увидел Сильвану, он почувствовал, как почва ушла из-под его ног. Он несколько раз пытался подойти к ней, но не знал, как это сделать. От других он узнал, что Сильвана была домашней девочкой, ведущей праведный образ жизни. Поговаривали даже, что она девственница.

В конце весны Марк набрался храбрости и подошел к Сильване, когда она сидела за своим рабочим столом:

— Доброе утро, коллега, — сказал он. Сильвана подняла голову, глядя прямо на него.

— Доброе утро, — ответила девушка с застенчивой улыбкой.

— Меня зовут Марк. Мне сказали, что у вас есть бумаги, которые я должен подписать, — сказал он, смущаясь.

— Как ваша фамилия? — поинтересовалась Сильвана.

— Джонсон, — ответил Марк, глядя в ее обворожительные карие глаза.

Ах да, господин Андерсон оставил для вас документы, — сказала Сильвана на ломаном английском, доставая бумаги из папки и передавая их Марку.

Когда Марк забирал документы, он слегла коснулся своей рукой руки Сильваны. Оба они почувствовали электрический разряд, прошедший через все тело. Марк подписал бумаги и вернул их Сильване. И она спросила:

— Откуда вы? — при этом ее щеки покраснели, а уши горели огнем.

— Из Англии, — ответил он.

— Присаживайтесь, пожалуйста, — Сильвана предложила ему стул. Марк сел напротив нее.

— Как давно вы уже работаете в Баку? — спросила Сильвана, проникновенно глядя в его голубые глаза.

— Я работаю здесь уже год, ответил он, потупив взгляд.

— Вам нравится здесь жить?

— Да, но есть некоторые сложности, которые я пытаюсь преодолеть, — он улыбнулся.

Она немного наклонилась над столом:

— Какие сложности? — Марк заметил, как ее грудь медленно вздымается и опускается вниз от тяжелого дыхания.

— Большинство жителей Баку не говорят по-английски, а мне порой так трудно бывает даже покупки совершать, так как я не могу толком объяснить продавцу, что конкретно мне нужно.

Она снова отклонилась на спинку стула:

— Почему вы не учите азербайджанский?

«Этот иностранец приехал в нашу страну, живет себе преспокойненько и даже не считает нужным выучить наш язык», — подумала Сильвана.

Марк рассмеялся.

— У меня нет способности к языкам. Я пытался учить некоторые иностранные языки, но оставил эту затею.

В этот момент у Марка зазвонил сотовый телефон. Он нервно поднялся со своего стула:

— Сильвана, мне было очень приятно разговаривать с вами, но я должен идти.

Сильвана улыбнулась:

— Я понимаю и надеюсь на скорую встречу.

Как только Марк вышел из кабинета Сильваны, то сразу ответил на звонок: «Прекрати мне названивать, идиот!» Девушка услышала его громкий крик. Спустя некоторое время он успокоился и обнаружил, что мечтает о карих глазах и мягком голосе Сильваны.

За шесть месяцев работы в компании она привыкла к работе с иностранцами, а ее английский значительно улучшился. Все это время Марк пытался пригласить Сильвану на свидание, но его попытки обычно оставались тщетными и не имели результата до тех пор, пока одна из сотрудниц не устроила вечеринку в честь своего дня рождения.

Это был заснеженный, ветреный день, когда приятельница Сильваны по работе Гюльшан пригласила своих азербайджанских и некоторых иностранных коллег, включая Марка, к себе домой на день рождения. Сильвана посмотрела в окно и увидела, как покрывший землю плотным слоем белоснежный снег искрился, словно алмазная россыпь, и все еще продолжал падать с неба. Она в такую погоду предпочла бы остаться дома, нежели идти на вечеринку, но Сильвана не могла пропустить день рождения своей подруги. Девушка надела свое черное платье, красные сапоги и черное меховое пальто, но макияж использовать не стала. Когда она появилась на вечеринке, Марк уже был там. Как только Сильвана вошла, мужчины устремили на нее свои плотоядные взоры.

— С днем рождения, — сказала Сильвана, вручая Гюльшан в подарок флакон парфюмерии и кое-что из косметики.

— Спасибо, Сильвана, — сказала Гюльшан, принимая подарок. — Позволь, я возьму твое пальто.

Сильвана сняла пальто и передала подруге. После этого Гюльшан отвела ее к столу с изобилием блюд и напитков.

— Сильвана, здесь ты можешь есть и пить все, что тебе угодно.

Гюльшан отошла от подруги, чтобы отнести ее пальто и встретить других гостей. Сильвана налила яблочный сок и, обернувшись, увидела, что рядом с ней стоит Марк.

— Ого, Сильвана, ты выглядишь потрясающе! — сказал он с удивлением.

— Спасибо, Марк, — ответила Сильвана, явно смущаясь и отводя глаза.

— И когда же ты согласишься со мной встречаться? — спросил он.

— Может, никогда... Но кто знает? Я могу и передумать, — она подмигнула Марку, при этом щеки ее окрасились в пунцовый цвет.

— Почему бы тебе не встретиться с таким привлекательным мужчиной, как я?

— Из-за разницы наших культур и религий. У нас не подобает девушке встречаться с мужчиной, если только она не собирается за него замуж. Ты не просто иностранец, но еще и христианин. Уверена, что мы никогда не поженимся, — сказала Сильвана, глядя на мужчину задумчиво.

Марк не отводил глаз какое-то время, а затем посмотрел на стоящие на столе бутылки со спиртным. «Надо смочить пересохшее горло. Ни разу не пил с тех пор, как приехал в эту проклятую страну», — подумал он, снова посмотрев на Сильвану.

— Откуда ты знаешь, что мы никогда не поженимся? Если мы полюбим друг друга, то можем и пожениться, — настаивал Марк. — Не думаю, что такое случится, — грустно сказала девушка.

— Сильвана, жизнь полна сюрпризов. Кто знает. Может, ты передумаешь?

— Увидим, — ответила Сильвана с улыбкой.

В то время как другие гости танцевали под медленную музыку, Марк предложил:

— Можно пригласить тебя на танец?

— Конечно, — ответила Сильвана, поставив стакан с соком на стол. Они переместились в центр зала. Марк обнял Сильвану за талию и притянул к себе. Сильвана чувствовала тепло его тела. Она никогда прежде не танцевала с мужчиной, и сейчас просто не отрываясь смотрела на его чисто выбритое лицо и голубые глаза.

«А вдруг он тот самый, которого я давно ждала? Он иностранец и красив. Может, мне стоит с ним встречаться. Одобрит ли его бабушка?» — размышляла Сильвана.

— Ты женат? — спросила Сильвана, танцуя посреди огромного зала с бежево-кремовыми стенами и деревянным полом.

— Нет, я в разводе. Но я в поисках новой любви.

Он шутливо подмигнул, заставив Сильвану покраснеть.

— А дети у тебя есть? — она продолжила расспросы.

— Да, двое мальчиков, но они живут с моей бывшей женой. А ты встречаешься с кем-то? — спросил Марк внезапно.

— Нет, — кратко ответила она, избегая его пристального взгляда.

— И почему у такой красавицы нет приятеля?

Щеки Сильваны стали багряными. «Я не хочу выходить замуж за местного жителя, оказавшись в рабстве, как простая домработница», — подумала она про себя.

— Просто я не спешу, и пока еще не встретила мужчину своей мечты, — застенчиво ответила она, глядя в пол. Она глубоко вдохнула, пытаясь впитать его запах. «Ох, от него так хорошо пахнет!» Сильвана склонила голову ему на плечо, желая, чтобы музыка никогда не кончалась.

— А каким должен быть мужчина твоей мечты?

— Во-первых, благочестивым, — ответила Сильвана.

«Чтобы не был придурком, как мой отец. Мать совершила большую ошибку, переспав с ним, и загубила нашу жизнь окончательно и бесповоротно. Мудрые не повторяют своих ошибок. А мама продолжает натыкаться на одни и те же грабли», — думала Сильвана высокомерно и сердито.

— Что значит благочестивый? — спросил Марк.

— Благочестивый — это тот человек, который живет по заповедям в страхе перед Божьей карой, — объяснила Сильвана.

— Ну а какими еще качествами он должен обладать?

Музыка закончилась, и они перешли в другую часть зала.

— Он должен быть любящим, романтичным, добрым, нежным, почтительным и понимающим. Его любовь должна выражаться не пустыми словами, а поступками и поведением по отношению к женщине. Этот мужчина должен быть моим лучшим другом, страстным любовником и мужем в то же самое время.

— Разве женщина не должна обладать теми же качествами? — Марк не смел поднять глаза.

— Ты прав, женщине тоже нужно обладать этими качествами, потому что в любом партнерстве обе стороны должны жертвовать друг для друга и вносить в него что-то позитивное. Каждый должен не только требовать от другого соответствия своим ожиданиям, но и научиться слушать, понимать и уважать партнера, — высказалась Сильвана.

Когда музыка остановилась, большинство гостей начали пробовать угощение. Сильвана и Марк также пошли к столу. Они сели рядом, передавая пищу друг другу. Сильвана заметила, что гости смотрят на них, но она не посчитала нужным отсесть от Марка. Он смотрел на приглашенных с натянутой улыбкой: «Как я ненавижу эти собрания недоумков», — думал он, переводя взгляд на Сильвану.

— Гуляя по улицам, я часто замечал детей, которые попрошайничают. Почему они не ходят в школу? Разве у правительства не хватает денег, чтобы помочь беднякам? — спросил Марк.

Сильвана откинулась на спинку стула и посмотрела прямо в его глаза:

— У нас развивающаяся экономика, в которой важнейшую роль играют нефть и газ. Правительство также поддерживает сельское хозяйство для снижения уровня безработицы. Но тем не менее некоторые все еще живут в нищете. Родители посылают детей просить милостыню вместо того, чтобы отправить их в школу.

— Печально видеть, как дети выпрашивают деньги, — заключил Марк. «Эти тупые попрошайки повсюду! И почему полиция их не заберет в камеру?»

— Правительство делает все возможное, чтобы им помочь, но они, безусловно, не могут помочь всем, — объяснила Сильвана. — Но какой же тогда выход? — спросил Марк, пригубив вино. — Во-первых, люди должны научиться помогать себе сами. Вместо того чтобы жаловаться на свое положение и ждать помощи от других, они должны действовать. И только если у них ничего не получится, просить помощи.

— По-твоему, люди не должны помогать друг другу? — спросил Марк.

— Нет, люди всегда должны помогать другим, ведь и в Библии сказано, что мы должны любить друг друга, выражая сострадание к ближнему. Наша обязанность перед Богом —

помогать больным, детям, угнетенным, потому что они не могут сами себе помочь. Но всему есть границы, и мы не можем позволять людям становиться иждивенцами. Иначе самостоятельно они не выживут и не смогут сделать никаких шагов в сторону изменения своей жизни.

Сильвана увлеченно рассуждала, а Марк очень внимательно слушал ее, пристально вглядываясь в красивый овал лица, который светился ореолом мира и любви. «Она красивая и умная мусульманка. В общем-то, мусульманки становятся хорошими женами, которые повинуются своим мужьям без вопросов и сомнений. Возможно, мне следует жениться на одной из них», — размышлял Марк.

Взгляд Марка снова задержался на красных лакированных шпильках Сильваны, которые выглядели очень сексуально. Эти сапоги придавали особую осанку, от их вида у Марка почти потекли слюнки — он непроизвольно почесал левое ухо. Его пристальный взгляд снова заставил Сильвану смутиться, и ее щеки залились краской. «Почему он так неотрывно смотрит на мои сапоги? С ними что-то не так?»

— Я согласен с тобой, Сильвана. Люди должны предпринимать какие-то шаги, чтобы помочь себе самим, используя при этом весь арсенал средств, которые им доступны. Но только после их безуспешных попыток мы можем предложить им помощь, — согласился Марк.

«Эти тупые идиоты ждут от нас слишком многого. Но могут ли они хоть что-то дать взамен? Но все-таки только необразованные люди доводят себя до такой ситуации, когда нужно просить помощи у других», — думал Марк, разглядывая гостей.

— Например, если я помогу соседу купить школьную форму для его ребенка, то у ребенка появится возможность пойти в школу. Подчас людям нужно помочь сделать первый шаг, а второй они уже смогут сделать самостоятельно, — Марк продолжал развивать свою мысль.

— А в Англии нет попрошаек? Разве такое возможно, если они есть во всем мире? — спросила Сильвана.

— У нас тоже есть, но я никогда не видел, чтобы попрошайничали дети. Социальные службы не позволили бы детям бродить по улицам.

Гюльшан подошла к столу, положив руку на плечо мужчины:

— Марк, я надеюсь, ты наслаждаешься угощением?

Лицо его засветилось неподдельной радостью:

— Да, спасибо. Должен сказать, что все очень аппетитно, — глаза его остановились на уровне ее высоких каблуков-шпилек черного цвета.

— Сильвана, я могу с тобой поговорить наедине ? — спросила Гюльшан, подмигнув подруге.

— Конечно, — ответила Сильвана. Поднимаясь из-за стола, она вежливо извинилась перед Марком.

Гюльшан увела Сильвану в другую комнату. Когда они уединились, подруга сказала:

— Ровшан предложил мне выйти за него замуж. А я не знаю, что делать, — Гюльшан слегка улыбнулась, но во взгляде ее было отчаяние.

— Ты его любишь?

— Нет. Но он хороший мусульманин. У него есть квартира, машина, солидный доход и небольшой бизнес. Если я выйду за него, я буду жить как королева, смогу посмотреть мир.

«Да, деньги мотивируют людей. Деньги правят миром. Если у тебя нет денег, многие даже не захотят с тобой здороваться. Вот что ты ценишь больше всего?» — думала Сильвана, глядя на подругу неодобрительно.

— Какой смысл выходить за человека, которого ты не любишь? Если нет любви, что бы он ни имел, это не сделает тебя счастливой. Материальные вещи не приносят счастья, — продолжала Сильвана.

— Знаю, но родители вынуждают меня выйти за него замуж.

Они беспокоятся, что я останусь старой девой, — объяснила Гюльшан, лицо ее помрачнело.

Пока они разговаривали, Марк сидел один, нервно ерзая на своем месте. Все разговаривали на азербайджанском, и кто-то смеялся. «Ненавижу большое скопление народа, — досадовал про себя Марк. — Почему она так долго не возвращается?» Он расстегнул две верхних пуговицы на рубашке, задыхаясь и потея, затем поднялся и пошел по направлению к толпе гостей.

— Гюльшан, твое будущее зависит от того, какое решение ты примешь сейчас. Поэтому не позволяй кому бы то ни было давить на тебя и подталкивать к поступкам, о которых ты будешь сожалеть. Позволь Богу и своему сердцу руководить твоей жизнью.

Глаза Гюльшан засветились, и она наполнилась спокойствием.

— Большое спасибо за совет! Ты настоящий друг!

— Всегда рада помочь. Помни, что прежде чем принять какое-либо решение, нужно обдумать все плюсы и минусы. Не спеши и попроси Бога помочь тебе сделать правильный выбор. Без Его руководства и благословения ты можешь совершить ошибки и даже потерпеть неудачу, — сказала Сильвана.

— Я подожду с принятием решения, — сказала Гюльшан, расплываясь в улыбке.

Обе они вернулись к гостям. Марк беседовал с кем-то из приглашенных. Сильвана решила присоединиться. Когда она подошла, то услышала его слова:

— Я провел небольшое исследование об Азербайджане и пришел в восторг от его культуры и истории. Можете себе представить, что в период правления Медиана и персов кавказские албанцы придерживались зороастризма, а потом они обратились в христианство, и только во время арабского господства приняли ислам!

— Да, у нас богатая история, — сказал один из его собеседников.

— Марк, а ты знаешь, что раньше в Азербайджан специально приезжали из Индии, чтобы поклониться огню?

— Правда? Никогда не слышал об этом!

У Сильваны зазвонил телефон, она извинилась, доставая его.

— Алло, — сказала она.

— Сильвана, когда ты придешь домой? Нармин пришла, чтобы увидеться с тобой прежде, чем она вернется в район, — сказала Садагет.

— Я скоро уже ухожу. Марк подошел к ней:

— Сильвана, все в порядке?

— Да, все хорошо. Мне пора уходить.

— Очень жаль, я хотел бы , чтобы ты еще осталась. Мне так нравится говорить с тобой, — по лицу Марка было видно, что он действительно испытывает симпатию.

— И мне. Но дома меня ждет гостья. Увидимся завтра.

Сильвана подошла к хозяйке дома, поблагодарила ее за приглашение и покинула вечеринку. После ее ухода Марк также решил уйти.

***

День за днем Сильвана и Марк общались друг с другом на работе или по телефону. Однажды, когда прошло уже достаточно времени, девушка согласилась поужинать со своим ухажером, чтобы узнать его получше. Откровенный рассказ Сильваны о предстоящем свидании с иностранцем-христианином вызвал недовольство Садагет, обезумевшую от этой новости. Во время одного из чаепитий за столом бабушка сказала:

— Почему ты так хочешь встречаться с иностранцем, когда можешь выбрать любого честного азербайджанского парня?

Сильвана пожала плечами:

— Я еще не встречала азербайджанца, который бы мне понравился, а Марк завладел моим сердцем, — Сильвана откусила маленький кусочек конфеты.

«Почему она не понимает, что я не нуждаюсь в мужчине, который будет меня ограничивать и запрещать, не позволяя учиться, работать, одеваться, как я хочу, реализовать мой потенциал. Жизнь бессмысленна, если ты не можешь жить на полную катушку», — думала Сильвана.

Садагет налила себе еще чашечку чая:

— Я не понимаю, что ты в нем нашла хорошего. Мужчинам с другого края света нельзя верить, и они вдобавок пьющие. Да и кроме того, ты мусульманка, а не христианка!

Сильвана опустила чашку на блюдце:

— Бабуля, ты меня действительно удивляешь! Ты что, забыла, что твоя мать — русская православная женщина. Более того, твой прадедушка был православным священником в России. Следовательно, религиозные убеждения не должны иметь значения для тебя.

— Если бы только религия, это не было бы проблемой. Он воспитывался в другой культуре, — опершись локтем о стол, Садагет положила в рот кусочек шоколадки.

Сильвана разглядывала свою пожилую бабушку: ее седые волосы, морщинистое лицо, словно изрезанное шрамами прожитой жизни и перенесенных страданий. Сильвана жалела ее. Эта старая женщина никогда не перестанет защищать ее от ошибок. С любящим выражением лица девушка встала и поцеловала свою бабушку в макушку.

— Дорогая моя бабуля, когда приходит любовь, то ни религия, ни культура уже не имеют значения. Поэтому различия в верованиях и конфессиях не должны тебя беспокоить, если дело дошло до ухаживаний, свиданий и, в конце концов, до брака, — Сильвана произнесла это ясно и твердо. — Самое главное, что он верит в Бога и что он хороший человек. Я всегда мечтала встретить человека из дальних стран и выйти за него замуж.

Сильвана задумчиво улыбалась. «Он интеллигентный, современный, влюбленный в меня человек, с которым я могу говорить о чем угодно и при этом быть самой собой».

Садагет кивнула:

— Сильвана, ты, как всегда, упрямишься и снова ошибаешься. Брак бывает крепким, когда супруги разделяют социальные воззрения, а зачастую и религиозные убеждения, имеют общую культуру. Факт остается фактом: христиане не понимают и не видят ценности в мусульманской религии, смотрят на нас свысока, считая нас террористами и больше никем. Разница в убеждениях становится причиной скандалов, разногласий в любых формах отношений. Такие пары не могут ни совместно развиваться духовно, ни молиться одной семьей. Да и кроме того, он может не жениться на тебе, — оборвала Садагет властным, командным тоном.

— Бабуля, я знаю, что ты хочешь оградить меня, но я не моя мать. Я вовсе не собираюсь прыгать к нему в постель. Если он на мне не женится, мы просто останемся хорошими друзьями, — ласково сказала Сильвана.

— Не хочу, чтобы ты повторяла ошибки своей матери, которая испортила жизнь и себе, и своим детям, — вздохнула бабушка, потирая лоб рукой.

Слова Садагет огорчили Сильвану, потому что она не любила сравнений с матерью. Эсмира была доброй и хорошей женщиной, но она и правда совершала глупые и необъяснимые поступки. Сильвана винила мать за свое одинокое и грустное детство и не могла простить ее за то, что та привела ее в этот мир для того, чтобы ее дразнили безотцовщиной. Но урок был выучен, и Сильвана знала, что она не последует примеру матери ни в ее поступках, ни в выбранном ею жизненном пути. Уже сейчас она была убеждена, что станет любящей и заботливой матерью, готовой беречь и защищать своих детей.

— Бабушка, я никогда не позволю ни одному мужчине дотронуться до меня без брака. Я слишком люблю себя, чтобы позволить кому-то воспользоваться мною, — сказала Сильвана, нахмурившись. Ее лицо испещрили глубокие морщины, а в голосе слышалось раздражение. Она была счастлива, что бабушка так любит ее и пытается защитить от неверных решений, но иногда ее поведение было чрезмерно подавляющим.

Услышав агрессию в голосе Сильваны, Садагет произнесла успокаивающим тоном:

— Просто пытаюсь тебе помочь. Когда я пыталась давать советы и дисциплинировать твою мать, она всегда говорила, что знает, что делает, и тем не менее оказалась в постели с твоим отцом.

— Бабушка, ну не все же одинаковы. Ты не можешь судить одного по ошибкам другого, — сказала Сильвана, подходя к бабушке. Она тепло обняла Садагет. — Не беспокойся, со мной все будет в порядке.

«Люди удивляются, почему я не слушаю их советы. А причина в том, что у меня есть своя голова на плечах, и я знаю, чего хочу. Хотя Бог знает еще больше, чем я», — размышляла Сильвана.

— Я бы перестала беспокоиться, если бы познакомилась с ним. Ты ведь можешь пригласить его к нам на обед, — Садагет прихлебнула чай.

— Я его приглашу, а сейчас мне нужно приготовиться к ужину.

Сильвана отправилась в свою комнату, чтобы поискать в шкафу наряд. Увидев красивое зеленое платье, она тут же решила его надеть. После душа она нарядилась и вышла из дома. Рядом со зданием стоял микроавтобус. Как она и ожидала, он был полон людей, которые набились туда, словно сардины в консервную банку. Сильвана терпеть не могла переполненные автобусы, потому что некоторые мужчины там намеренно вставали вплотную к женщинам, иногда даже щупали их.

Глядя по сторонам, она пыталась найти свободное место. Молодой человек, сидевший неподалеку, доброжелательно уступил ей место. Сильвана, счастливая, что наконец сможет присесть, стыдливо посмотрела на мужчину и, заняв его место, воскликнула: — О, спасибо вам большое!

Тем временем Сильвана очень волновалась из-за предстоящего ужина. Это было первое свидание в ее жизни. Несколько раз азербайджанские юноши делали попытки встречаться с ней, но Сильвана отказывала, мечтая выйти только за иностранца, своего прекрасного принца из далеких стран.

Автобус ехал на станцию метро «Нефтчиляр», а оттуда Сильвана пересела на троллейбус до станции «Насими». Трамваи в Баку были очень старыми, несовременными и в плохом состоянии. Зато каждая станция метро была красиво оформлена и смотрелась совершенно новой. Станцию «Насими» украшали фотографии в виде маленьких плиток, которые изображали персонажей из сказок писателя Насими.

От станции она прошлась 15 минут пешком до ресторана «Баку». Войдя туда, она увидела Марка, сидящего за столом и пьющего какой-то напиток.

Она подошла к столу:

— Привет, Марк, — сказала она, улыбаясь.

— Привет, Сильвана, — он встал и пододвинул ей стул, приглашая присесть.

Поблагодарив Марка, она спросила, как долго он ее ждал. Он сказал, что пришел совсем недавно. Официантка подошла и спросила, готовы ли они сделать заказ. Сильвана попросила яблочный сок, а Марк — виски. Девушка слегка нахмурилась, услышав, что он заказывает. «Неужели он часто ходит по кабакам и выпивает, как все остальные немусульмане? Надеюсь, что нет. Я не уважаю тех, кто много пьет и не может держать себя в руках, словно животное».

Они замолчали на некоторое время, внимательно изучая меню. В итоге Сильвана выбрала азербайджанскую довгу, а Марк — кюфту. В качестве основного блюда оба они выбрали плов и кебаб. Когда официантка вернулась, Марк сделал заказ, попросив все блюда принести сразу.

Сильвана глазами жадно впитывала красивый интерьер. Ей безумно нравились стены заведения, оформленные в сочетании красного и оранжевого цветов. Посередине зловеще свисала огромная люстра. Несмотря на свои скромные размеры, ресторан был набит людьми.

— Я здесь был несколько раз, мне понравилась местная кухня, — сказал Марк. Он посмотрел на людей вокруг; некоторые из них оглушительно смеялись. «Зачем они ржут, как лошади? Пожалели бы мои уши... Не люблю бывать в людных местах» — думал он про себя.

Сильвана сделала несколько глотков яблочного сока, пока Марк ласково смотрел ей прямо в глаза.

— Сильвана, если бы у тебя была возможность покинуть Баку, ты бы уехала? — спросил он.

— Не уверена. Смотря какая была бы на то причина.

— А что, если бы ты повстречала иностранца и влюбилась в него? Ты бы согласилась переехать в его страну?

Выронив вилку, Сильвана замолчала на несколько секунд, глядя на Марка.

— Если бы мы поженились, я бы переехала к нему на родину, — ответила Сильвана, в то время как ее щеки мгновенно вспыхнули ярким румянцем. «Почему он меня об этом спрашивает? Он что, собирается на мне жениться? Я бы не стала возражать. Он кажется хорошим человеком… И таким милым!»

Официантка привезла их заказ на сервировочном столике и, поставив блюда перед девушкой и молодым человеком, спросила, не желают ли они чего-нибудь еще. Но пока им было достаточно этой еды. Официантка ушла, оставив пару наслаждаться своим супом. Вместе с тем Сильвана чувствовала себя некомфортно из-за прямых вопросов Марка и потому пыталась избегать его взгляда. Она осознавала, что у нее появились особо нежные и романтические чувства к Марку, и потому наслаждалась как самим разговором, так и его мужественным, властным голосом. Марк был хорошо воспитанным мужчиной, который не стал бы говорить о чем-то слишком длинно. Он мог бы получить титул Мистера Угодника, потому что казался душой компании.

— У тебя горячее сердце и прекрасная душа, — произнес он с улыбкой. «А еще ты девственница. Из тебя выйдет отличная жена, которая будет сидеть дома, убираться, приглядывать за детьми и не станет ни пить, ни курить», — думал он про себя.

— Спасибо за комплимент, — застенчиво сказала Сильвана, снова покрываясь румянцем.

— Меня восхищают твои взгляды на жизнь, твоя личность и чистота помыслов, — продолжал Марк. У Сильваны загорелись уши, и она решила сменить тему разговора.

— А мне очень нравится этот суп, — сказала она.

— Да, я пробовал довгу раньше и не могу не согласиться. Это очень вкусно, азербайджанская кухня эксклюзивна, но в то же время она очень дорого обходится, — продолжил Марк. Он посмотрел на пару, которая сидела неподалеку от них. «Почему эти уроды пялятся на меня , как на обезьяну в клетке?» — подумал он. Сильвана доела довгу и отодвинула тарелку.

— Будешь плов? — спросил Марк. Она ответила утвердительно. Тогда он заботливо поставил тарелку с пловом перед Сильваной и перед собой, проделав то же самое с кебабом.

— Марк, моя бабуля хочет встретиться с тобой. Ты сможешь прийти к нам в субботу? — поинтересовалась Сильвана. Марк согласился, выяснив, где они живут. Сильвана предложила встретиться у станции метро «Нефтчиляр», а оттуда прогуляться вдвоем.

Они договорились встретиться в 12:30 у вагона метро, из которого Марк должен будет высадиться.

Официантка вернулась, чтобы спросить, будут ли они заказывать десерт, на что они ответили отказом, а Марк попросил счет. Девушка убрала грязные тарелки со стола и ушла. Через некоторое время она вернулась со счетом, оплатив который, Марк не забыл также оставить чаевые. Они вышли из ресторана и направились на станцию метро. Марк подождал, когда приедет трамвай Сильваны, а потом пошел домой.

***

Рано утром в субботу Сильвана убиралась в квартире и помогала Садагет готовить. Они приготовили дюшпере, плов, жареного цыпленка, баранину со шпинатом; для Марка заранее было куплено виски. Эльнара и Лачин ушли гулять с друзьями на Бульвар-Парк.

В полдень Сильвана пошла на станцию «Нефтчиляр» встречать Марка. Когда она пришла, он уже стоял в ожидании и ловил на себе назойливые взгляды прохожих. Он знал и раньше, что местные жители не привыкли к иностранцам и всегда будут глазеть на них, но ему было крайне неприятно находиться в центре внимания. Как только Марк увидел Сильвану, спускающуюся по лестнице, он вздохнул с облегчением. Она подошла, лучезарно улыбаясь.

— Здравствуй, Марк. Ты давно ждешь меня?

— Да не очень, — сообщил Марк.

— Давай выйдем на остановку, и оттуда доберемся автобусом, — предложила Сильвана, и они направились к выходу из метро.

Сердце Сильваны забилось быстрее, когда она шла рядом с Марком. Девушка очень боялась, что люди плохо подумают о ней, поскольку она встречается с иностранцем. Рядом со станцией метро они сели в микроавтобус, набитый людьми. Им негде было присесть. Они едва протиснулись между другими людьми. Автобус ехал 30 мнут до Дарнагюля. Потом они добрались до нужного здания, вошли в восьмой корпус и поднялись по лестнице. Сильване было лень искать ключи, и она позвонила. Садагет открыла дверь, оказавшись лицом к лицу с Марком. Он увидел женщину с покрытым морщинами лицом, седыми волосами и залысинами на висках. Марк поприветствовал ее, а Садагет пригласила его войти на русском языке. Но Сильвана переводила каждое предложение. Садагет провела их в гостиную и, указав на диван, предложила им сесть.

Бабушка на выбор предложила Марку чай, легкие напитки, виски и водку. Марк попросил виски как неизменное предпочтение, а Сильвана присела рядом с ним. Мужчина огляделся: гостиная была огромной, но обои в ней были очень старыми, а некогда белая дверь явно нуждалась в покраске. Марк отметил, что квартира кажется ему очень большой, и она действительно была такой с четырьмя комнатами и двумя огромными балконами.

Вдруг в гостиную зашел Заур. Это был худощавый паренек среднего роста с короткой стрижкой. Он обнял Марка в знак приветствия, а затем налил водку в стакан и сел за стол.

— Где ты нашла этого клоуна? — спросил Заур на азербайджанском, глядя на Марка с любопытством.

— Мы вместе работаем.

— Он мусульманин? — Заур прищурился, глядя на Марка.

— Нет, он христианин.

Ее глаза покраснели от слез:

— Марк, я ничего не могу поделать с этим. Каждый раз, когда я вижу влюбленную пару или смотрю романтическое кино, мое одиночество усиливается. Я просто хочу быть любимой, нужной и важной для кого-то.

— Сильвана, ты не будешь полностью счастлива, если не перестанешь возвращаться в прошлое и не позволишь своим ранам зажить, — сказал Марк, держа ее руку в своей руке и нежно поглаживая.

Чтобы они зажили, мне нужен кто-то, кто даст мне ту любовь, которой у меня никогда не было, — сказала Сильвана, вытирая свои слезы салфеткой.

Твое счастье не должно зависеть от других. Оно должно исходить у тебя изнутри. Ты должна любить себя и делать то, что сделает тебя счастливой. Когда придет время, в твою жизнь войдет любовь; она распустится, как цветок по весне. Но любовь нужно взращивать и беречь, иначе она умрет.

Сильвана слегка улыбнулась:

— Марк, а ты любил когда-нибудь по-настоящему?

— Я думал, что любил по-настоящему свою жену, но я ошибался. Нет, я еще не любил настолько сильно, — вздохнул Марк. «Эта стерва вечно ругалась со мной, и я рад, что она ушла», — подумал он про себя.

— А ты веришь в настоящую любовь? — спросила Сильвана, глядя на Марка.

— Да, верю. Но порой люди утрачивают любовь, потому что не берегут свои отношения и свои чувства. «Потому что они дегенераты, идиоты и придурки».

— Я посвящу всю свою жизнь поиску настоящей любви и служению Богу. Я буду любить того единственного всем своим сердцем и стану ему лучшим другом, компаньоном и женой одновременно, — грустно сказала Сильвана.

— У тебя отличные планы, и я надеюсь, что в один прекрасный день ты перестанешь грустить, — пожелания Марка были очень теплыми и искренними.

— Да, я пыталась перестать грустить, но не смогла. Эта тоска идет откуда-то из глубины сердца, которое нуждается в любви.

«Только слабохарактерные люди испытывают тоску», — подумал Марк.

— Когда в твое сердце входит печаль, беги от нее и пытайся думать о хорошем. Посвяти свое время тем, кого любишь, и делай то, что приносит тебе радость. Самое главное — поговори с Богом и попроси Его, чтоб Он наполнил твое сердце Своей Благодатью. Только Божья благодать может сделать тебя по-настоящему счастливой, — Марк почти перешел на проповедь.

— Спасибо за поддержку и за совет, — на лице Сильваны появилась легкая улыбка.

Садагет вошла в гостиную с тортом «Зебра». Когда она ставила угощенье на стол, то заметила красные глаза Сильваны. Она спросила, все ли в порядке, намереваясь убрать мусор со стола. Сильвана встала и убрала грязные тарелки. Она отнесла их на кухню и оставила в раковине, чтобы бабушка помыла. Садагет всегда жаловалась, если кто-нибудь моет тарелки вместо нее. Она ворчала, что моющее средство было потрачено впустую и что тарелки помыли не как следует. Сильвана вернулась с блюдцами и вилками для торта. Марк никогда не пробовал торт «Зебра», поэтому девушка предложила ему небольшой кусочек, хотя он уже сильно наелся. Садагет улыбнулась, глядя на Марка, и шутливо сказала:

— Сильвана, переведи, пожалуйста. Если он не съест мой торт, я ему его положу в карман.

Марк, съешь хотя бы маленький кусочек. Бабушка сказала, если не съешь, она тебе положит его в карман, — сказала Сильвана, посмеиваясь.

— Так как мне не нужны никакие тортики в карманах, я, пожалуй, съем кусочек, — Марк подмигнул, смеясь. «Вот дура, прилипла ко мне, как пиявка! Неужели непонятно, что я не хочу этот проклятый торт?!»

Сильвана поставила перед ним блюдце с тортом. Садагет вышла из гостиной, чтобы помыть посуду.

— Вкусный торт, — сказал Марк, закрыв глаза на несколько секунд.

— В нашей стране всегда очень вкусно пекут торты, — с гордостью сказала Сильвана.

— А почему ты не ешь свой кусок? Вероятно, ты все-таки хочешь, чтобы тебе его в карман положили, — сказал Марк.

— Я его съем с чаем. Будешь чай? — Марк отказался. Сильвана ушла и вернулась с одной чашкой чая. Она села за стол и принялась есть торт, а Марк спросил, не хочет ли Садагет присоединиться к ним.

— Она не хочет нам мешать. В большинстве случаев она не одобряет моих друзей или друзей моей матери, но, видно, ты ей понравился, — сказала Сильвана, заливаясь краской.

— Ну а как может не понравиться такой голубоглазый красавчик, как я? — Марк подмигнул, а Сильвана зарделась еще больше.

Она понимала, что Марк прав. Он нравился всем женщинам. Позже Марк спросил о ее планах на предстоящую неделю. Сильвана сказала, что у нее есть два проекта, которые она должна завершить, на которые ей было отведено только две недели. Марк спросил, есть ли у нее планы на субботу, потому что сам он планировал провести этот день на бульваре. Оттуда он хотел пойти в кино и посмотреть «Титаник». Он спросил, не хочет ли Сильвана присоединиться к нему. Девушка заверила, что сделает все возможное, чтобы пойти с ним. Но поскольку Бульвар-Парк был очень большим, она хотела узнать, где именно они могут встретиться. Марк обещал, что будет ждать ее возле ресторана «Хазар» в десять часов утра.

Марк взглянул на часы и заявил, что ему пора уходить.

— Автобус довезет тебя прямо до станции «Нефтчиляр», а оттуда ты знаешь, как добраться, — сказала Сильвана.

Садагет снова вошла в гостиную, удивившись, что Марк уже засобирался уходить. Она попросила его остаться еще, потому что не успела с ним поговорить.

— Уважаемая Садагет, я очень благодарен за ваше гостеприимство и получил огромное удовольствие от изысканной азербайджанской кухни. Большое спасибо, но мне пора уходить, — сказал Марк, а Сильвана все это перевела.

Садагет попросила Сильвану перевести, что Марк может приходить к ним в любое время, когда пожелает. Девушка была очень удивлена, когда поняла, что он затронул бабушку и что она очарована им. Марк поблагодарил за все и попрощался, направившись к двери. Сильвана вместе с Садагет последовали за ним.

Девушка проводила мужчину вниз по лестнице, а потом прогулялась с ним до автобусной остановки и подождала, когда подъедет его автобус. Потом она пошла домой. Когда Сильвана вернулась, Садагет пила чай.

— Он кажется дружелюбным, солидным мужчиной. На лице у него постоянно улыбка, хотя иногда видимость может быть обманчивой, — отметила бабушка.

— Он по-настоящему хороший человек, и еще умный, — сказала Сильвана, улыбаясь.

— Просто не спеши принимать решение, узнай его получше. Иногда люди демонстрируют хорошие качества, которые им на самом деле не присущи.

— Я согласна, бабуля. Я пойду лягу.

Сильвана удалилась в свою спальню.

Глава 10

Свадьба

С появлением Марка жизнь Сильваны преобразилась, так как теперь она больше не чувствовала себя одинокой. Настроение было таким чудесным, что ей хотелось то петь, то танцевать, то еще как-то развлекаться. С одной стороны, она каждый день спешила на работу, потому что именно там, в офисе, она могла увидеть Марка. С другой стороны, у нее возникли некоторые проблемы с матерью, которая не одобряла решение Сильваны встречаться с иностранцем.

Эсмира расстроилась, узнав, что Марк пришел в гости в квартиру Садагет без ее ведома. При ближайшей возможности она высказала Сильване свое недовольство по телефону:

— Сильвана, Заур сказал, что твой приятель-иностранец приходил к нам домой. Почему ты меня не предупредила?

Сильвана глубоко вздохнула:

— Мама, я большую часть своей жизни нуждалась в тебе, но тебя никогда не было рядом. Где ты была, когда я поступала в университет и сдавала экзамены? Студенты пришли с родителями, а я была одна, как сирота.

Прижимая трубку к уху, Эсмира закурила сигарету, крепко затянулась и выдохнула дым:

— Я была в то время в другом городе.

— А когда я болела? Ты тоже была в другом городе? Я звонила тебе, просила тебя прийти, но вместо этого ты отправилась с подругой к доктору. Твоя подруга оказалась важнее, а сейчас ты спрашиваешь, почему я не предупредила тебя? — ответила Сильвана, покачав головой из стороны в сторону.

— Какой смысл говорить о событиях давно минувших дней? — возразила Эсмира раздраженно.

— Да, и правда. Это было так давно. Но по этим поступкам можно судить о том, что тебе наплевать на меня. Ты хоть раз приходила ко мне в школу? Учителя вечно спрашивали о тебе. Они говорили, что уже устали общаться только с бабушкой.

Руки Эсмиры слегка затряслись, когда она услышала надоевшие упреки в свой адрес. Она усердно работала, чтобы у Сильваны была еда и одежда, именно поэтому ее никогда не было рядом. Женщина нервно курила, напряженно скривив лицо.

— Другие родители тоже работали, но они всегда были с детьми. Мне нужна была мать, а не дорогая одежда.

Выслушивая жалобы собственной дочери, Эсмира признала, что она не была хорошей матерью. Но, даже несмотря на то, что она не представляла собой образец для подражания, Эсмира посчитала нужным предостеречь Сильвану, что мужчины чаще всего оказываются лжецами и манипуляторами.

— Иногда иностранец может притвориться, будто хочет жениться на женщине только для того, чтобы перевести ее в свою страну, а потом заставит ее заниматься проституцией, — сказала Эсмира. Она не раз слышала истории о торговле людьми, в которых обездоленные женщины в поисках лучшей жизни и замужества попадали в лапы сутенеров.

Сильвана затрясла головой:

— На твоем опыте с Самедом я уже научилась не доверять мужчинам. Но у тебя нет причин волноваться насчет Марка.

Эсмира напряглась всем телом так, что ее левый глаз начал дергаться.

— Я просто прошу тебя думать головой, а не доверять чувствам и не торопиться вступать в отношения, о которых ты можешь впоследствии пожалеть.

Сильвана сморщилась, услышав совет матери. «Почему ты сама не думала головой, когда встретила моего отца?» — хотела она спросить мать. Но вместо этого сказала:

— Я всегда думаю, прежде чем совершить какой бы то ни было поступок, взвешивая все за и против в любом решении. Только глупцы могут бросаться в огонь, не задумываясь о последствиях. Я сейчас готовлю и не могу оставить кастрюлю без присмотра. Пока! — сказала вдруг Сильвана.

Она положила трубку и пошла в комнату Заура. Брат, не отрываясь, смотрел кино.

— Заур, зачем ты сказал матери про Марка? Теперь она обиделась, что мы не пригласили ее.

— Это вылетело случайно, — сказал Заур, не отводя глаз от телевизора. Он был лишь на год младше Сильваны и любил повсюду совать свой нос.

Она покачала головой:

— Ты никогда не можешь держать язык за зубами. Я ложусь спать пораньше сегодня. Когда суп остынет, поставь его, пожалуйста, в холодильник.

Сильвана приняла душ и легла спать с чувством усталости и собственной вины.

Время шло, а чувства Марка к Сильване все крепли. В течение нескольких месяцев ему удалось познакомиться со всеми членами семьи Сильваны, кроме Эсмиры. Мать Сильваны была совершенно недовольна выбором дочери и опасалась, что Марк увезет дочь в далекую страну и будет истязать ее там или даже заставит заниматься проституцией.

Зная, что Сильвана упряма и не любит следовать чужим советам, ее мать все равно настаивала, чтобы Сильвана вышла замуж за азербайджанского мусульманина, простого и понятного. А Сильвана видела в Марке надежного и хорошего парня, но ценила она не только его вежливость и открытость, но еще и его индивидуальность, а также очаровательную и привлекательную улыбку, такую заманчивую и соблазнительную.

Но однажды она увидела темную сторону личности Марка, которая ее удивила и ошеломила. Когда они были в аптеке, Марк спросил у фармацевта глазные капли, но, поскольку женщина не смогла понять, что именно ему нужно, она принесла не то лекарство.

Марк вышел из себя:

— Проклятье! Идиотка, не понимает элементарных английских слов! Пошли, Сильвана, — он был в ярости, поэтому они оба покинули аптеку. Сильвана была шокирована его грубостью и несдержанностью, однако ничего не сказала ему об этом.

***

В один прекрасный день Марк узнал, что его направляют в Кению, в связи с чем он был вынужден сделать предложение

Сильване. В субботу, когда они вдвоем гуляли по Бульвар-Парку, держась за руки, Марк сказал:

— Я скоро уеду из Баку, но прежде мне нужно кое-что сделать.

Услышав о том, что Марк уезжает, Сильвана почувствовала внезапную слабость во всем теле — она едва могла стоять на ногах: — Когда ты уезжаешь? — спросила она тихим голосом.

— Примерно между 23 и 26 сентября. Но я бы хотел, чтобы ты поехала со мной в качестве моей жены. Ты выйдешь за меня?

Сильвана не ожидала такого предложения и на миг замолчала, раскрыв рот. Она безмолвно смотрела на Марка. И, когда первый шок прошел, ее начала переполнять радость.

— Конечно, я выйду за тебя, но у нас должна быть свадьба! В нашей стране есть традиция, и я всегда мечтала устроить пышную свадьбу, пригласить туда всех друзей и родных, — сердце Сильваны бешено колотилось.

— Я не возражаю против свадьбы. Ты можешь попросить маму все организовать, а я покрою расходы, — распорядился Марк.

— Спасибо, Марк, — сказала Сильвана, готовая кричать и прыгать от счастья. Радость переполняла ее настолько, что она решила немедленно поделиться ею с матерью. Так, стоя на берегу Каспийского моря, она набрала номер телефона матери:

— Мама, у меня есть хорошая новость. Марк сделал мне предложение!

— Что? — спросила пораженная Эсмира.

— Я выхожу замуж, и нам нужно как можно скорее организовать свадьбу, — сказала Сильвана, едва сдерживая себя, чтобы не расхохотаться. — Поговорим, когда я вернусь домой.

— Подожди! — сказала Эсмира, но Сильвана уже отключилась.

Девушка просто не могла поверить, что ее мечта о замужестве с иностранцем сбывается. «Надо же! Скоро я буду жить далеко отсюда, и у меня будут дети, о которых я так мечтала!»

Сильвана любила детей и всегда нянчилась с детьми своих знакомых. Она не могла дождаться появления своих собственных. Ей так хотелось заботиться о них со всей нежностью и любовью, которую не получила сама.

Она была так рада этому неожиданному предложению, что у нее кружилась голова, словно от опьянения. Они подошли к скамейке и присели. Марк взял ее руку в свою, нежно поглаживая. Сильвана слушала шум ветра и звук разбивающихся волн. Легкий бриз раздувал ее волосы, а она неотрывно смотрела на Марка, чувствуя острое желание поцеловать его:

— Марк, ты пригласишь родных?

— Я вырос в детском доме, поэтому я никогда не видел своих родственников. Мы просто пригласим твоих родных, друзей и сослуживцев.

— У нас с тобой такие похожие судьбы. У меня есть дяди, тети, двоюродные братья и сестры, но я никогда их не видела, и это все равно, как если б у меня их и не было вовсе, — сказала Сильвана. Марк спросил, знает ли она, где они живут. Сильвана знала. Тогда он спросил, почему она не пытается их разыскать. Девушка принялась убирать волосы с лица.

— Бабушка не позволяет мне общаться с ними. Когда мы остро нуждались в них , никто из них не пытался нас разыскать.

Они вычеркнули нас из своей жизни. И почему мы должны разыскивать их теперь?

Наблюдая, как Сильвана упорно борется со своими волосами, Марк улыбался. Он отпустил ее руку и медленно отвел волосы от ее лица, заправив за ухо.

— Люди совершают ошибки. И мы должны научиться прощать их и двигаться дальше.

Глубокие морщины пролегли на ее лице, и глаза стали мрачными. Она завертела головой:

— Нет, я больше не ребенок, так зачем мне нужны все эти дяди и тети? Я уже прошла тот этап, и теперь вполне могу обойтись без них. Так давай больше не будем о них разговаривать. Все эти разговоры только переполняют меня злостью.

Марк задышал глубже, его грудь начала вздыматься.

— Раз разговоры о них приводят тебя в ярость, значит, ты все еще живешь прошлым и испытываешь боль от того, что тебя отвергли. Ты позволяешь той боли из прошлого пагубно влиять на твою настоящую жизнь и не можешь простить своих обидчиков. Разве ты не знаешь, что без прощения обид ты не наследуешь Небесного Царствия?

Сильвана задумчиво смотрела на волны и слушала их размеренный плеск, тяжело вздыхая:

— Чего мне не хватает, так это душевного мира...

— Чтобы найти мир, ты должна научиться прощать других. Только так ты сможешь избавиться от злости и быть прощенной Богом.

— Марк, я пытаюсь их простить, но это так сложно — простить тех, кто причинил тебе боль, особенно когда ты помнишь о том, что они сделали или не сделали. Если б они не отказались от меня, у меня не было бы такой жалкой жизни.

Марк нахмурился, задумавшись. «Люди проживают жалкую жизнь потому, что они скучные и пассивные идиоты, не знающие, как устроена жизнь и как сделать ее лучше. Они просто сидят, сложа руки, постоянно жалуясь и ноя о своем тяжком положении».

Марк снова взял Сильвану за руку и посмотрел на нее угрюмо. Его родители отказались от него, и он оказался совсем один.

— Сильвана, хочешь, я открою тебе секрет? Страдание не проходит даром. Оно делает нас мудрее и открывает нам глаза на многое, делая наши сердца добрее. Люди, лишенные опыта, слепы. Они не могут видеть истину, не понимают причину страданий. Каждый учится не по книгам, а только на своем опыте, проживая собственную жизнь. Благодаря своему богатому опыту ты учишься понимать и чувствовать чужие страдания, выстраиваешь отношения с Богом. Ты не думаешь, что твоя жизнь, наполненная тяготами и предательством близких людей, — это благословение Божье, ведь именно проживая ее, ты стала тем, кто ты есть сейчас? — понимая, что Сильвана погружается в грустные мысли, Марк решил сменить тему.

— Давай лучше поговорим о свадьбе. Сможет ли твоя мать организовать ее в такой короткий срок?

Глаза Сильваны заблестели, и она снова оживилась. Она выпрямилась и повернулась лицом к Марку.

— В нашей стране, если у тебя есть деньги, все можно сделать в короткий срок. Как бы это ни было ужасно, но деньги — это власть. Без них никто не захочет иметь с тобой дело. Ладно, я устала сидеть. Пойдем прогуляемся, — предложила она. Они остановились на краю парка, наслаждаясь видом на Каспийское море с одинокими чайками, летающими над волнами. Недалеко от берега стоял корабль, выбросив якорь.

— Так как именно все будет происходить? — спросил Марк.

— Сперва моя мама договорится с рестораном для свадьбы, с регистратором брака, а потом пригласит людей. Тебе нужен черный костюм, а мне придется купить свадебное платье, — перечисляла Сильвана.

— А мы можем сделать это завтра? — поинтересовался Марк.

— Да, я попрошу Заура пойти с тобой в магазин, а я пойду с мамой покупать платье, — ответила Сильвана.

Обсудив свадебные планы, они прокатились на лодке и поехали домой. Сильвана была так взбудоражена, что очень торопилась домой, мечтая поделиться со всеми своими новостями.

Они шли назад к станции метро, а оттуда Сильвана поехала домой одна. Вернувшись домой, она рассказала обо всем своим родственникам.

— Ты знаешь его недостаточно хорошо. К чему такая спешка со свадьбой? — спросила Садагет, стоя на стуле и пытаясь достать тарелку из шкафа.

Сильвана посмотрела на свою полутораметровую бабушку. «Эта женщина такая маленькая и худенькая, но сколько силы заключено в ее словах».

— Он скоро уезжает из Азербайджана и надеется, что мы успеем пожениться, — объяснила девушка.

Садагет спустилась со стула и поставила тарелку на стол.

— Тебе надо провести с ним больше времени, узнать его как человека, посмотреть, как он ведет себя с другими людьми, и только потом подумать о замужестве. Только так ты сможешь увидеть его темные стороны.

— Бабуля, он хороший человек. Тут не о чем беспокоиться. Разговаривая с другими людьми, он улыбается, шутит, он очень дружелюбен. Для меня он просто идеальный мужчина.

— А если он продаст тебя в рабство? Или будет плохо с тобой обращаться? Ты ведь будешь там одна, и некому будет помочь, — сказал Заур, который ел свой первый ужин, сидя за столом. Он опустил в рот длинную лапшу, оставив маленький хвостик свисать на подбородок.

Сильвана не выдержала:

— Заур, ты рассуждаешь как мама и вечно суешь свой нос в чужие дела, куда тебе совать его не надо. Если ты не можешь сказать ничего хорошего, то лучше держи рот на замке. Это моя жизнь и мое будущее. Значит, я сама буду решать, что мне нужно делать, а что нет. Как долго ты собираешься висеть ярмом на материнской шее? Если она умрет, кто тебя будет обеспечивать? Оставь меня в покое и займись поиском работы.

Она вышла из гостиной, оставив там бабушку и брата, и отправилась в свою спальню. «Я уже не ребенок. Они не должны мне указывать, что я должна делать. Пришло время мне стать счастливой, и я не позволю никому разрушить мое прекрасное будущее с Марком».

Сильвана решила сделать то, что считала лучшим для себя, и она надеялась, что ее решение было верным. Она молилась Иисусу Христу, прося Его оградить ее от жизненных ошибок: «Господи, ты знаешь сердце и мысли каждого. Если Ты считаешь, что Марк — тот человек, который мне нужен, пожалуйста, благослови нас. А если Ты считаешь, что он может сделать меня несчастной, то дай мне знак...»

Окончив молитву, она позвонила матери, чтобы обсудить свадебные планы.

— Я не думаю, что тебе надо за него выходить замуж. Он христианин, а ты мусульманка. Ты уедешь отсюда, и, если что-то с тобой случится, мы не сможем помочь тебе, — выговаривала Эсмира.

— Мама, со мной ничего не случится. Пожалуйста, помоги мне со свадьбой. Выбери ресторан и дату и договорись с регистратором браков. После этого мы сможем всех пригласить, — говорила Сильвана взволнованно, накручивая каштановый локон на палец.

— Ты упрямая, прямо как я. Кажется, ты уже не передумаешь. Если ты думаешь, что он сможет сделать тебя счастливой, тогда вперед, планируй свадьбу, но если что-то пойдет не так, не говори, что я не предупреждала тебя. Завтра я поговорю с другом, у которого есть ресторан, и, возможно, мы проведем свадьбу у него.

— Пожалуйста, не забудь, что свадьба должна состояться до 23 сентября, — предупредила Сильвана.

— Не беспокойся, я обо всем позабочусь, но кто это все оплатит?

— Марк заплатит за все, — сказала Сильвана, зевая. — Я так устала, я иду спать.

— Отдыхай, поговорим завтра, — сказала Эсмира и положила трубку.

«Зачем она выходит замуж за мужчину, который старше нее, имеет детей и к тому же христианин. Соседям, чтобы посплетничать, хватило бы и того, что он христианин», — размышляла Эсмира.

Сильвана легла на кровать и попыталась уснуть. Она переворачивалась с боку на бок, но ее возбуждение не давало ей погрузиться в сон. Думая о своей новой жизни и о проблемах матери, которые уже обросли сплетнями, о постоянных ссорах матери с бабушкой, она достигла предела и, не в силах дальше сопротивляться, провалилась в сон.

Ей снилось, что она приехала на свадьбу, которая проходила в шатре. Но когда она дошла до места, палатка сломалась, и все гости куда-то исчезли. Утром Сильвана проснулась в раздумьях о значении собственного сна. Она надеялась, что это не было зловещим предзнаменованием о ее будущем замужестве. Так или иначе, через несколько дней она позабыла этот сон.

В течение следующих четырех дней Сильвана купила белое свадебное платье с перчатками, фату и обручальное кольцо для Марка. А Марк купил красивый черный костюм, обручальное кольцо для Сильваны, которое он собирался подарить в знак помолвки вместе с красивым колье. Он также купил два билета в Дубай и забронировал отель, в котором он хотел бы провести медовый месяц со своей молодой женой. Эсмира переговорила со своим другом и забронировала ресторан «Сабухил» на день свадьбы. Она не только пригласила певца и музыкантов, известного актера-юмориста для развлечения гостей, знаменитый танцевальный коллектив, но еще и заказала лимузин, который привезет невесту, и оплатила комнату невесты в ресторане.

Сильвана обзвонила всех своих дальних родственников, соседей и друзей, приглашая их на свадьбу.

— Да, я выхожу замуж, — повторяла она раз за разом, прикладывая руки к груди.

Поскольку никто из родственников Сильваны не знал о том, что она встречается с мужчиной, они очень удивлялись, когда слышали о ее предстоящем браке, да еще и с иностранцем, с тем самым прекрасным принцем, которого она ждала уже много лет.

В то же время они были рады за Сильвану и собирались посетить свадьбу, чтобы танцевать там всю ночь напролет. К несчастью, за день до свадьбы умер один из дальних родственников бабушки Садагет — Аслан, который до этого долго и серьезно болел. Когда Сильвана услышала о его смерти, она прослезилась, понимая, что большинство из ее родственников не приедут. Когда в мусульманской семье кто-то умирает, люди не посещают ни свадьбы, ни другие празднования в течение года. Смерть может даже послужить поводом для того, чтобы отложить свадьбу.

«И почему он умер прямо на мою свадьбу? — задавалась вопросом Сильвана. — Он всегда говорил всем, что у меня нет отца, и плохо отзывался о моей матери. А теперь он решил испортить мою свадьбу в довершение всего».

Ей хотелось отложить свадьбу до того момента, пока все смогут прийти, но так как Марку нужно было уезжать, она решилась идти вперед к бракосочетанию во что бы то ни стало.

***

Утром в день свадьбы Сильвана проснулась с чувством спокойствия и безмятежности. Ее лицо светилось улыбкой, а глаза сияли от счастья. Как только Сильвана встала с кровати, она запела:

Ты мужчина моей мечты.
Мне так легко, если со мною ты.
И радостью душа моя полна.
Моя мечта исполниться должна!

Она пела и кружилась по комнате, раскинув руки, словно птица в полете. Затем она остановилась напротив зеркала и посмотрела на себя, замечая, что в ее глазах больше нет печали. Улыбнувшись так, что на щеках появились глубокие ямочки, Сильвана произнесла: «Я так счастлива, что хочу танцевать!

Спасибо, Боже, что откликнулся на мои молитвы!» Счастливая невеста посмотрела на свои серебряные часы, размышляя: «Ох, мне пора готовиться. Марк скоро приедет!»

Сильвана приняла ванну и стала быстро собираться, надевая красивое зеленое платье с длинным рукавом, ожидая прибытия

Марка. Он приехал в 11:40 и позвонил в дверной звонок. Сильвана открыла ему, и глаза Марка широко раскрылись, когда он увидел ее.

— Ничего себе! У тебя все лицо сияет! Что ты с собой сделала?

— Я ничего не делала. Просто мое сердце радуется от твоей любви, — сказала Сильвана.

Марк вошел в гостиную, поприветствовав родных Сильваны, которые дружно расположились на диване.

— Марк, мне нужно сходить к стилисту с соседкой. Она меня уже ждет на улице, — предупредила Сильвана. Глаза жениха забегали по комнате, он явно занервничал.

— Я не хочу оставаться здесь без тебя. Я не говорю на твоем языке. Как я буду с твоей семьей разговаривать?

Сильвана засмеялась:

— Не беспокойся, я скоро вернусь.

Она вышла из квартиры и стремглав спустилась по лестнице навстречу соседке.Они вдвоем отправились к стилисту, который должен был сделать Сильване прическу и макияж. Недовольный Марк остался с родственниками невесты, чувствуя себя неловко среди такого количества людей, которые совсем не говорили поанглийски. Он стоял в своем черном костюме, нервно ожидая Сильвану и постоянно вытирая лицо платком. В это время она сидела в салоне, ожидая парикмахера. Свадьба была назначена на четыре часа вечера, и ей надо было вернуться домой вовремя.

— Улькер, почему они так долго не подходят ко мне? — спросила Сильвана напряженно.

— В загруженные дни всегда все происходит дольше, — ответила Улькер, привыкшая посещать салоны.

Наконец, девушка-парикмахер подошла к Сильване. Она представилась как Гюзель и спросила, какую прическу Сильвана хотела бы сделать. На что та ответила, что сегодня у нее свадьба. Гюзель поздравила ее и спросила, кто тот самый счастливчик. Сильвана ответила, что он британец. Она достала белую фату из сумки и передала ее Гюзель.

Дотронувшись до волос Сильваны, парикмахер определила, что их нужно помыть над раковиной. Гюзель обернула полотенце вокруг шеи Сильваны и помыла ей волосы теплой водой. После мытья она причесала волосы, а затем высушила их феном. Все это время Сильвана нервно смотрела на часы. Гюзель собрала длинные волосы Сильваны в пучок, приколола к ним фату и сверху воткнула красивые белые цветочки на булавке. Затем девушка спросила Сильвану, какого рода макияж она хотела бы видеть. И та ответила, что ей хотелось бы замаскировать родимое пятно. Гюзель использовала тональную основу, а затем припудрила лицо Сильваны. Затем подчеркнула глаза черной подводкой и тушью, а на губы нанесла красную помаду.

Как только Гузель закончила с макияжем, Сильвана повернулась к зеркалу.

— Вау! Вы похожи на красивую куклу, — воскликнула девушка-визажист.

Сильвана поблагодарила ее и подошла поближе к зеркалу. Но вместо того, чтобы посмотреть на себя, она уставилась на часы: «Я опаздываю», — подумала она.

Оплатив услуги, она уже собралась уходить, но Улькер решила тоже сделать прическу, раз уж Сильвана оплачивает расходы.

— Улькер, пожалуйста, поторопись. Я опоздаю на собственную свадьбу!

— Успокойся, мои волосы не такие длинные, как у тебя, — сказала Улькер. Парикмахер постригла ее волосы «лесенкой», а потом они спешно покинули салон. Девушки остановились у салона, пытаясь поймать такси. Двое молодых людей окружили Сильвану, интересуясь, кому так сильно с ней повезло.

— Какая красивая невеста! — сказал один из них.

Сильвана улыбнулась и ничего не ответила. Пока они ждали такси, в квартире уже начали собираться гости, и приехали музыканты. Раздражение по поводу отсутствия Сильваны нарастало.

— И где невеста? Почему она так долго не возвращается? — возмущались музыканты. Марк очень сильно нервничал и потел. «Какого хрена она так долго не возвращается? Все уже собрались и ждут только ее», — думал он.

Сильвана с подругой уселась в такси и, назвав нужный адрес, сказала:

— Не могли бы вы ехать побыстрее? Мы опаздываем.

Водитель прибавил скорость, обгоняя другие машины. Через 40 минут такси подъехало к дому Сильваны. Быстро высадившись и поднявшись по лестнице, Сильвана оказалась в квартире. Она открыла дверь, не ожидая увидеть полный дом гостей. Марк подошел к ней в своей мокрой рубашке:

— Почему тебя так долго не было? — спросил он, чувствуя облегчение. Он интенсивно обмахивал себя газетой.

— Мне очень долго делали прическу. Из-за того, что я никогда раньше не делала прическу в салоне, я не подозревала, что это будет так долго. Пойду надену свое свадебное платье, — ответила Сильвана и удалилась в спальню. Там она одела платье, золотое колье, кольцо предложения, серьги и белые туфли с перчатками. Она посмотрелась в зеркало. «Ого, как мне идет белый цвет», — подумала она с гордостью. Впервые в жизни ей было приятно одеться во все белое. Закончив наряжаться, она вышла из спальни. Марк осмотрел ее с ног до головы. Он стоял неподвижно, глядя на невесту. Ему казалось, что она так прекрасна в своем белом наряде, открывающим ее идеальные плечи и подчеркивающим стройную фигуру.

— Ты такая красавица! Я просто счастлив, что у меня такая невеста! — он просто сиял от радости.

Она улыбнулась и взяла его за руку.

— Не теряй голову от моей внешней красоты. Люби меня за то, что есть у меня внутри.

— Я люблю тебя за все, — гордо ответил Марк.

Они прошли к двери. Один из родственников держал золотую свечу. Другой член семьи нес зеркало, Улькер несла красиво украшенную корзину с подарками. Музыканты вышли на улицу, играя азербайджанскую свадебную музыку. Сильвана и Марк прошли через дверь и разбили тарелку на счастье, затем спустились вниз по лестнице. На несколько минут пара остановилась снаружи, позируя фотографу. Они немного потанцевали и сели в белый лимузин, украшенный цветами и большим красным бантом. Остальные родственники расселись по другим празднично украшенным машинам. Эсмира с остальными своими детьми, а также Улькер, тоже сели в лимузин. Только Садагет отказалась ехать, увидев, что Улькер несет корзину Сильваны. Заметив отсутствие бабушки, Сильвана выбралась из лимузина и поднялась наверх, в квартиру.

Она смотрела на Садагет выпученными глазами:

— Бабуля, сегодня такой важный день! Почему ты не идешь?

— Зачем ты пригласила Улькер и позволила ей ехать вместе с тобой? Она принесет тебе несчастье, ее мать говорила плохо и насмехалась над твоей мамой. Ты забыла тот день, когда Улькер отказалась играть с тобой?

— Я не приглашала ее. Она умоляла меня позволить ей посидеть в лимузине.

— Если она поедет, я не поеду, — твердо сказала Садагет.

Сильвана взяла бабушку за руки и посмотрела ей прямо в глаза, чувствуя, что готова расплакаться.

— Пожалуйста, поедем! Это очень важный день для меня, и я хочу, чтобы ты была со мной. Ты мне как мать, — умоляла она.

Садагет одернула свои руки:

— Любой, кто навредил тебе в детстве или обращался с тобой плохо — это мой враг. Я не хочу, чтобы мои враги и всякие лицемеры присутствовали на твоей свадьбе. Пока она не уйдет, я никуда не пойду.

«Бабуля, не надо метать копья и брызгать ядом из своего рта. Богу это не понравится. Лучшие остерегайся, как бы это все не вернулось бумерангом», — подумала Сильвана. Ее сердце наполнилось отчаянием.

— Как бы то ни было, я не могу запретить ей ехать с нами, потому что она уже в лимузине.

— Я тебя просила не приглашать ее, но ты не послушалась меня. Вот теперь и езжай без меня.

— Бабуля, почему ты никогда никого не прощаешь? — сказала Сильвана дрожащим голосом. Она вышла из квартиры, чувствуя себя преданной, но села в лимузин, стараясь выглядеть счастливой.

Автомобиль помчался, сигналя всю дорогу до ресторана. Марк смотрел на невесту и был счастлив и безумно влюблен в нее — такую красивую и чистую. Счастье распирало его, и он пел:

Малышка, малышка, я безумно влюблён.

Кортеж автомобилей остановился возле ресторана «Сабухил» примерно через 50 минут. Музыканты самыми первыми выбрались из машины и заиграли свадебную мелодию. Счастливая пара вошла в ресторан и села в переднем углу за большим столом. На столе стояла восхитительная хрустальная ваза с белыми розами, шампанское, вино, легкие напитки и разнообразные блюда национальной кухни, в том числе черная икра и маринованные огурцы.

Сидя на глазах у всех гостей, Сильвана нервничала, так как она понимала, что все смотрят на нее и на Марка. Ей совсем не нравилось быть в центре внимания. Она посмотрела на окружающих и заметила, что ресторан был переполнен людьми. Пришло очень много народа, но все же невеста была расстроена, что многие родственники с бабулиной стороны отсутствовали из-за недавней смерти в семье. Большинство из присутствующих были друзьями Эсмиры, соседями и друзьями ее братьев и сестры, и это Сильване совсем не нравилось. Гости знали, что Садагет была невесте вместо матери, поэтому все приставали к Сильване с вопросами по поводу ее отсутствия.

Известный азербайджанский юморист поприветствовал гостей и поздравил жениха и невесту. Слушая его шутки, некоторые гости смеялись. Когда он закончил выступать, запела певица: «Жди, и я приду». На ней было красивое, сияющее пурпурное платье, подчеркивающее изгибы ее фигуры; длинные черные волосы спадали на ее плечи. Во время пения она грациозно танцевала с некоторыми гостями мужского пола, которые смотрели на нее с обожанием. Некоторые приглашенные встали со своих мест и начали танцевать национальный азербайджанский танец, а другие бросали в них деньги.

Нармин подошла к Сильване:

— Пойдем, потанцуем.

— Нет, я стесняюсь танцевать посреди людей, — ответила она.

Нармин схватила Сильвану за руку и потащила за собой:

— Это твоя свадьба, и ты должна танцевать.

Сильвана встала со своего места:

— Марк, идем танцевать.

Сильвана очень удивилась, что Марк легко согласился. Он расправил руки по сторонам, словно ветки, и медленно ими размахивал. Он неплохо танцевал, постоянно улыбаясь, но все-таки он явно нервничал. Сильвана могла догадаться об этом по его выражению лица и нелепым движениям. Внезапно ее охватила тревога, и она на мгновение задумалась, глядя на него. «Не совершаю ли я ошибку, выходя за него замуж?» Когда пришло время вновь садиться за стол, заиграла спокойная музыка, и их снова попросили станцевать. Марк обхватил Сильвану за талию обеими руками, и они медленно переместились на сцену, все это время Сильвана смотрела на него с улыбкой. Но вдруг ее чувства диаметрально изменились — с радости на печаль. Она словно почувствовала какой-то сигнал, что совершает ошибку.

Когда музыка остановилась, они сели за стол и начали есть. Под аплодисменты гостей танцевальный коллектив исполнил танец Майкла Джексона. Потом станцевал молодой человек, одетый в обтягивающие кожаные штаны и черную жилетку. Он кружился и качался из стороны в сторону. После этого танцовщица исполнила азербайджанский национальный танец, удерживая в руках большое блюдо с рисом. На ней был национальный костюм с длинной белой юбкой и белой блузкой, а также вуаль и диадема. Во время танца она изящно держала свободную руку над головой. Затем она подошла к столу, за которым сидела Сильвана, и поставила на него блюдо. Взяв невесту за руку, женщина потянула ее танцевать. В это время гости сомкнулись плотным кольцом вокруг Сильваны.

Когда танец закончился, ведущий попросил гостей занять свои места и насладиться угощением, а затем объявил:

— Каждый, кто хочет что-то пожелать невесте и ее жениху, пожалуйста, выходите в центр.

Отец Улькер встал и сказал:

— Сегодня знаменательный день, потому что моя соседка Сильвана выходит замуж. Сильвана сохранила свою девичью честь и стала примером для многих, несмотря на то, что выросла без отца. Ее удивительная бабушка Садагет воспитала ее, но жаль, что она не смогла прийти на свадьбу.

Услышав, как сосед назвал Сильвану безотцовщиной, Эсмира задалась вопросом, кто дал ему право выступать здесь. Он повернулся к невесте с женихом:

— Я хочу поздравить жениха и невесту и пожелать вам счастливой семейной жизни и много детей.

Он передал микрофон ведущему и вернулся на свое место. Эсмира смотрела на него какое-то время, нахмурившись. «Почему ему обязательно нужно было упомянуть, что Сильвана — сирота?» Братья и сестра Сильваны по очереди подходили к ним, чтобы поздравить. Потом гости захотели пофотографироваться с молодоженами. Около 11 часов вечера приглашенные постепенно начали покидать ресторан. Сильвана и Марк оставались до последнего, а затем вернулись в квартиру Садагет. Переодевшись, они прямиком поехали в аэропорт, а оттуда полетели в Дубай.

Они добрались до отеля очень усталыми, но счастливыми от того, что, наконец, остались одни. Они оба переоделись в пижамы и легли спать. Марк осторожно поцеловал Сильвану в губы и в шею. Сначала она засмущалась и напряглась.

— Ты в порядке? Ты, кажется, очень напряжена, — заметил Марк.

— Да, в порядке. Я просто немного стесняюсь.

Сильвана впервые легла в постель с мужчиной. Она медленно сняла пижаму, и Марк продолжил целовать ее. Сильвана возбудилась всем телом, ей очень нравилось, как Марк целовал ее и гладил. Когда любовные игры закончились, они оба уснули и проснулись только в 10 часов утра. Приняв душ и позавтракав, новобрачные отправились на прогулку.

Они гуляли по городу, держась за руки, и посещали различные магазины. Сильвана влюбилась в Дубай. Ей показалось, что это красивый современный город с множеством хороших торговых точек.

Они зашли в ювелирный магазин. Сильвана подошла к застекленному прилавку и уставилась на колье. Указывая на ожерелье с изумрудами, она сказала:

— Марк, это так красиво!

Он склонился над прилавком.

— Да, и правда. Мы можем взглянуть? — спросил он продавца. Девушка-продавец достала колье и передала его Сильване, лицо которой засияло от восторга, как только она увидела украшение вблизи.

Увидев, что ей понравилось ожерелье, Марк вознамерился купить его:

— Сколько оно стоит?

— Пятьсот американских долларов, — ответила работница.

Услышав цену, Сильвана вытаращила глаза:

— О, Господи, как же дорого! — она тут же отдала украшение продавцу.

Марк посмотрел на разочарованное лицо Сильваны:

— Мы его берем, — сказал он.

Он заплатил продавцу, забрал ожерелье и положил его в сумку. Вне себя от радости, Сильвана бросилась ему на шею:

— Спасибо, Марк! Ты удивительный муж!

Он улыбнулся:

— Ты этого заслуживаешь.

Нагулявшись вдоволь, они вернулись в отель и отправились ужинать в ресторан. На следующий день они побывали на сафари в пустыне, где смогли покататься на верблюдах по местам, которых не коснулась цивилизация. Куда бы Сильвана не направила свой взор, повсюду был лишь желтый песок, ветер трепал ее волосы в разные стороны. Наконец, они остановились на верблюжьей ферме, и Сильвана заметила ресторан и отдельные кабинки рядом с ним. Они вошли в ресторан и огляделись. Стены были окрашены в красный цвет, а на полу лежал ворсистый красный ковер. Повсюду стояли маленькие круглые столики и украшения в виде цветов. Несколько иностранцев наслаждались ужином за столиками. Марк заказал стейк с картошкой для них обоих. Во время еды их развлекала женщина, исполняя танец живота.

Сильвана сидела рядом с Марком, положив ему голову на плечо, и наблюдала за красивым танцем, наслаждаясь арабской музыкой. Она чувствовала себя расслабленной. Девушка оказалась в пустыне, которую прежде видела только в фильмах, и всегда мечтала побывать там. И вот ее мечта осуществилась. Она любовалась на яркие звезды, которые были ей видны через окно.

— Марк, мне так нравится здесь. И мне очень понравилась поездка на верблюдах. Спасибо тебе огромное за этот опыт.

— Пожалуйста, — сказал Марк, нежно массируя ее руку.

Когда ужин был окончен, оба они разошлись по своим кабинам. В комнате была одна королевского размера кровать, маленький стол с двумя деревянными стульями и высокая напольная лампа. Устав от поездки, они оба приняли душ и сразу уснули. Они оставались в Дубае еще несколько дней, а затем вернулись в Баку. Сильвана переехала жить к Марку, после чего Марк собрал все документы своей жены, чтобы оформить ей визу в Кению. Он записался на прием в посольство, и они вдвоем отправились туда для оформления визы.

Как только они получили визу, Марк купил два билета на 26 сентября. С приближением этой даты Эсмира становилась все более тревожной и обеспокоенной. Она не хотела, чтобы

Сильвана улетала, но ничего не могла поделать. За день до вылета Садагет пригласила своих сестер и других родственников на ужин. Когда Марк с Сильваной вернулись с работы, квартира была наполнена людьми. Все сидели за столом и пили чай. Войдя в гостиную, молодожены поприветствовали всех и сели на диван.

— Хотите чаю? — спросила Эсмира.

— Да, пожалуйста, — ответила Сильвана.

— А что будет, Марк?

— Не беспокойся, мама, он выберет что-нибудь из того, что есть на столе, — она повернулась к Марку. — Не стесняйся, наливай себе то, что хочешь.

Марк налил в стакан пепси и выпил его, пока остальные разговаривали между собой. В скором времени Садагет поставила пищу на стол и пожелала гостям приятного аппетита. Посередине стола стояли легкие напитки и мелко нарезанные кусочки хлеба. Вокруг них Садагет расставила блюда азербайджанской кухни, включая салат и маринованные огурцы.

Бабушка подняла бокал шампанского и сказала тост:

— Марк, прежде всего, хочу поприветствовать тебя в нашей семье. Я надеюсь, ты сделаешь мою Сильвану счастливой. Тебе повезло с ней, потому что она — чистый бриллиант. Ты должен обращаться с ней подобающим образом!

Марк не понимал ее, но продолжал слушать с улыбкой. Закончив свою речь, она сделала пару глотков шампанского и села.

Затем поднялась Эсмира со своим бокалом шампанского и, повернувшись к Сильване, сказала:

— Дорогая, я очень горжусь тобой. Я желаю вам обоим быть счастливыми в браке и иметь много детей!

— Спасибо, мама, — сказала Сильвана, улыбаясь, но внутри она уже чувствовала печаль от осознания скорого переезда.

Марк тоже встал, держа в руках бокал шампанского, и сказал:

— Спасибо, что приняли меня в свою семью. Я рад, что

Сильвана стала моей женой. Я буду каждый день стараться сделать ее счастливой, — сказал он, глядя на Сильвану с любовью. — Я знаю, что вы переживаете из-за ее отъезда, но я обещаю, что мы будем приезжать сюда.

Он сделал пару глотков шампанского и сел.

— Сильвана, помнишь, как в возрасте семи лет ты сказала мне, что выйдешь за мужчину издалека и уедешь жить в другую страну? — спросила Нармин.

— Да, помню, — ответила Сильвана.

— Вот ты и вышла замуж за мужчину из другой страны. Словно ты сама себе предсказала будущее, — продолжала подруга. Сильвана улыбнулась:

— Я не знала своего будущего. Только Бог знает. Зато я знала, кто я и кем хочу стать, и где я хочу оказаться. Это помогло мне достичь моих целей и осуществить мечты.

— Тебе повезло, что ты получила то, чего хотела. Не каждому так везет, — отметила Нармин.

— Дело тут не в удаче, а в настойчивости, терпении, нацеленности на перемены, — сказала Сильвана, нежно глядя на Марка.

— Думаю, ты права, но не все так упорны, как ты, — прокомментировала Нармин.

Марк внезапно встал со своего места и сказал тревожно:

— Сильвана, нам нужно возвращаться. Мы должны убедиться, что собрали все вещи.

Сильвана поднялась:

— Бабушка, мы уходим. Нам нужно собраться.

— Пожалуйста, останьтесь еще немножко и поешьте, — попросила Садагет.

— Бабуля, мы не можем остаться.

Садагет встала и подошла к Сильване, крепко ее обняв.

— Я больше не увижу тебя. Ты уезжаешь. Я бы так хотела поехать с тобой, — сказала Садагет, в то время как слезы катились по ее бледному морщинистому лицу.

«Это все вина Эсмиры, которая не смогла дать детям лучшей жизни. Тогда бы Сильвана не пыталась сбежать отсюда,

— думала Садагет. — Эта непутевая девка сделала нас всех несчастными».

— Бабуля, не плачь, я приеду к тебе, — сказала Сильвана, натянув слабую улыбку на лицо.

Садагет вытерла слезы, подошла к Марку и также обняла его.

— Марк, завтра я тебя не увижу. Хорошего вам полета и не забудьте навещать нас, — сказала Садагет по-азербайджански, а Сильвана перевела, чувствуя себя полностью разбитой.

— Спасибо, бабушка, — сказал Марк.

— Я приеду с Зауром и Нарминой, чтобы забрать вас из дома в пять утра, — сказала Эсмира.

— Хорошо. Мы пошли, — Сильвана дрожала всем телом. Она должна была уходить, но вместо этого подбежала к бабушке и обняла ее, скрывая слезы. — Бабуля, пожалуйста, береги себя!

— Всем до свидания! — попрощался Марк. Они вышли из квартиры и на автобусной остановке взяли такси. Добравшись до квартиры Марка, они тщательно упаковали все вещи. В десять часов вечера оба они легли спать.

Эсмира приехала в пять утра, и Заур помог Марку спустить по лестнице их багаж. В аэропорту Марк подошел к стойке, чтобы получить посадочный талон, пока Сильвана стояла с матерью.

— Я взял талоны. Пора прощаться с семьей.

— Мама, пришло время нам идти на посадку, — сказала Сильвана, глядя на мать грустными, заплаканными глазами. Эсмира начала всхлипывать.

— Почему ты плачешь? Мы увидимся! Я же не навечно улетаю!

— Ты летишь в чужую страну. И я не увижу тебя еще очень долго.

— Мы, конечно же, будем звонить, — Марк попытался ее успокоить.

Заур обнял Сильвану:

— Я готов расплакаться. Моя любимая сестра уезжает, — сказал он, и на глаза его действительно навернулись слезы.

— А помнишь, два года назад ты обманул моих друзей. Ты им сказал, что я уехала в Германию. Кажется, что твоя неправда стала правдой. Я уезжаю в другую страну, — сказала Сильвана дрожащим голосом.

— Замерзла? — спросил Марк, заметив ее волнение.

— Нет, просто я нервничаю, потому что оставляю свою семью, — ей не хотелось расставаться.

— Ты всегда мечтала посмотреть другие страны, и вот твоя мечта сбылась, — сказал Заур.

— Ты прав, — сказала Сильвана, пытаясь выдавить улыбку.

— Сильвана, нам пора, — твердо произнес Марк, нетерпеливо глядя на часы.

— Мама, мы уезжаем.

Заур и Эсмира обняли Сильвану и Марка.

— До свиданья, доченька.

Марк и Сильвана отправились к трапу самолета, а Эсмира шла за ними.

— Пожалуйста, позвони мне, когда долетите, иначе я буду беспокоиться, — кричала она им вслед, сдерживая рыдания. — Не волнуйся, я позвоню!

С залитым слезами лицом Эсмира вернулась к такси.

Пока они с Марком сидели на своих холодных сиденьях, Сильвана сказала:

— Мне очень жаль мою бабушку. Я была единственной, с кем она могла поделиться своими переживаниями, а теперь у нее нет никого, кто мог бы разделить ее проблемы.

— Ты всегда сможешь поговорить с ней по телефону, выйти в Пэлтолк.

Сильвану одолевало уныние от того, что она покидала свою семью, но в то же время она была счастлива, что вышла замуж за мужчину своей мечты, и именно сейчас у нее начиналась новая жизнь. Они взошли на борт самолета, отправляющегося в Соединенное Королевство, разместили свой багаж в отсеке над головой. Марк проспал весь перелет в Лондон, а Сильвана совсем не могла уснуть. Она не привыкла спать сидя, поэтому постоянно ерзала, пытаясь принять удобную позу, то скрещивая, то выпрямляя ноги. Через шесть часов самолет приземлился в Международном Аэропорте «Хитрово». Марк и Сильвана достали свой багаж и покинули самолет, выходя в транзитную зону.

— Я так устала и хочу спать, — пожаловалась Сильвана, в то время как глаза ее неудержимо слипались.

— Почему ты не поспала в самолете?

— Я пыталась, но не смогла, — ответила она, позевывая.

— Надеюсь, что ты будешь спать в течение следующего полета, потому что он будет немного длиннее.

Сильвана огляделась.

— Этот аэропорт просто гигантский, — сказала она изумленно.

— Да, это так.

— Жаль, что мы не можем задержаться в Лондоне на несколько дней. Я бы хотела увидеть твою родную страну и ее столицу, — сказала Сильвана с сожалением в голосе.

— Не переживай, мы скоро вернемся, и я покажу тебе Лондон. Это действительно очень красивый многонациональный город.

Когда они добрались до терминала, Марк оставил Сильвану ненадолго, чтобы купить что-нибудь выпить. Сильвана смотрела вокруг, удивляясь, что здесь так много чернокожих людей. В своей стране она привыкла видеть только кавказцев. Она смотрела на них с любопытством какое-то время, а потом начала читать книгу. Вскоре Марк вернулся с бутылочкой пепси, которую он вручил жене.

— Спасибо, — сказала Сильвана. Они провели два часа в Аэропорте «Хитрово», а потом сели на самолет Британских авиалиний, который вылетал в Кению. Перелет в Кению по времени был дольше. Сильвана снова устала сидеть так долго, к тому же у нее заболели ноги и расстроился желудок.

Наконец, в 13 часов следующего дня самолет прилетел в Кению. Сильвана почувствовала облегчение от того, что долгий полет завершился. Пройдя контроль, они вышли на улицу, где их уже встречал представитель компании. Он довез их до дома, специально арендованного компанией.

Марк и Сильвана были настолько утомлены долгим перелетом, что просто достали самые необходимые вещи из своего багажа и легли спать. Но из-за расстройства желудка Сильвана проснулась.

В понедельник Марк ушел на свою новую работу, а Сильвана осталась дома распаковывать вещи.

Глава 11

Всплывают грязные тайны

С самого начала их семейной жизни в Кении каждый день проходил по такому сценарию: с утра Марк уходил в офис, а Сильвана оставалась одна-одинешенька в четырех стенах, где ей не с кем было даже поговорить. Привыкшая быть среди людей, теперь она оставалась наедине со стиркой, уборкой и готовкой. Сильване так хотелось вырваться за пределы этого большого и красивого дома, но она боялась в одиночку разгуливать по незнакомому городу, не зная никого вокруг. Хорошо хоть Марк приходил на час во время своего обеденного перерыва.

В целом, Сильване не нравилось жить в Кении, и она очень скучала по семье и по своей жизни в Азербайджане. Здесь она чувствовала себя словно птица в клетке, потому что не могла передвигаться свободно, не зная местности и не будучи уверенной в безопасности поездок на общественном транспорте в чужой стране. С самого детства она была самостоятельной: сама ходила в бакалейную лавку, свободно гуляла по городу и всегда все свои насущные задачи решала без чужой помощи. А теперь она полностью зависела от Марка.

Сидя дома, она пыталась смотреть телевизор, но все каналы были либо на английском языке, либо на суахили. Она бесконечно нажимала на кнопки пульта дистанционного управления, пытаясь найти азербайджанские или русскоязычные каналы, но у нее ничего не получалось. Как-то переключая каналы, Сильвана случайно нажала не на ту кнопку и, сама того не зная, заказала платные каналы. Не найдя ничего интересного, сильно расстроенная, она отложила пульт и выключила телевизор. «Ну почему здесь все только на английском и на суахили?»

Когда Марк получил счет за кабельное телевидение, он был очень удивлен увидеть в нем каналы, которые он никогда не заказывал. Со счетом в руке он вошел в гостиную, где Сильвана сидела на диване, читая книгу:

— Ты баловалась с пультом от телевизора? — спросил Марк, рассерженно повысив голос.

Она отложила книгу и посмотрела на него.

— Я переключала каналы, пытаясь найти что-то на русском, — ответила Сильвана, нервно кусая ногти.

Он бросил счет на диван:

— Взгляни на это, дура! Переключая каналы, ты заказала платные, за которые я теперь должен платить! — прокричал Марк, сурово глядя на жену.

Сильвана посмотрела на его руки и увидела, как он сжал пальцы. Ее сердце учащенно забилось, она притихла и замерла, боясь разозлить его еще больше. «Марк собирается меня ударить».

Сильвана пробормотала:

— Я не нарочно.

Марк подошел к ней и схватил за запястье, больно сжимая его:

— Послушай меня! Не прикасайся к тому, чего ты не знаешь! Теперь я вынужден буду платить деньги из-за твоей глупости! — Марк почти кричал на Сильвану.

В детском доме, где проходило детство Марка, была нянечка — грубая и суровая женщина, которая всегда щипала его руки, если он не слушался, ломал что-нибудь или чинил беспорядок.

— Отпусти мою руку! — сказала Сильвана, пытаясь высвободиться. Он отошел от жены. Ужас глубоко вдавил ее в кресло; она опасалась, что муж может причинить ей вред. Сидя тихо, как мышка, и кусая губы, Сильвана дожидалась, пока он уйдет. Когда он, наконец, ушел, напуганная и взволнованная, она провела остаток дня в спальне, стараясь не шуметь и никоим образом не выводить мужа из себя.

Прошло шесть месяцев, и начали происходить совершенно неожиданные события. Пока Сильвана сидела дома, Марк стал частенько ходить по барам. По меньшей мере раз в неделю он посещал питейные заведения вместе со своими новыми кенийскими друзьями, используя эти совместные пьянки как средство общения. Так Марк начал возвращаться домой в нетрезвом состоянии или даже в сильном опьянении. Глаза его были красными, и от него разило алкоголем. По правде говоря, он пристрастился к выпивке еще задолго до встречи с Сильваной. Живя в Англии, он был управляющим бара в отеле. Во время работы ему часто приходилось пить с клиентами, чтобы расположить их к себе и превратить в завсегдатаев заведения. Именно из-за этой пагубной привычки его и оставила первая жена.

Сильвану, мягко говоря, не радовала его дружба с кенийцами, потому что она перекладывала на них вину за пьянство собственного мужа. Возвращаясь поздно, Марк обычно хватал Сильвану за запястья и, испытывая извращенное удовольствие от ее боли, жестоко смеялся.

Однажды поздно ночью Сильвана сидела на диване и ждала Марка. Постепенно ее стала одолевать сонливость, глаза начали закрываться, хотя она упорно старалась держать их открытыми. Она посмотрела на часы и широко зевнула. «Почему он так долго не идет домой? Что-то мне это не нравится. В моей стране мужчины с работы сразу идут домой. Они не бросают жен и детей дома одних и не пьянствуют. Не надо было мне за него выходить, но я даже не представляла, во что ввязываюсь», — размышляла Сильвана, чувствуя невыносимое разочарование.

Утомленная долгим ожиданием, она уснула прямо на диване. Марк вернулся в полночь. Он вставил ключ в замок, но, поскольку руки его тряслись, он не смог отпереть его. «Проклятый ключ!» — выругался он. Разозленный, он вытащил ключ и дернул за ручку — но безрезультатно. Тогда он несколько раз постучал в дверь.

Услышав стук, Сильвана вскочила с дивана. Страх переполнял ее сердце.

— Открой дверь! — кричал Марк. Услышав его голос, Сильвана почувствовала облегчение и впустила мужа. Вид Марка ошеломил ее:

— Посмотри на время! Почему ты возвращаешься так поздно, да еще и пьяный? — Сильвана принялась отчитывать его. Он приблизился и схватил ее за запястья, тесно сдавливая их.

— Я ничего плохого не делал. Просто выпивал с друзьями, — Марк говорил невнятно, так как язык его заплетался.

Сильвана пыталась освободиться из его хватки.

— Отпусти мои руки! Мне больно!

Он открыл рот и плюнул ей в лицо. Сильвана отвернулась.

— Прекрати плевать на меня! От тебя несет алкоголем, — она потянула руки на себя, пытаясь высвободить их. Марк улыбнулся и отпустил их, после чего удалился в ванную. Сильвана пошла в спальню и легла на кровать, потирая ноющие запястья. Марк наклонился над унитазом, и его вырвало. После этого он забормотал: «Я ничего плохого не делал, просто сидел с друзьями в баре и выпивал. Почему она так расстроилась? Твою мать!»

Из спальни Сильване было слышно, что Марка снова стошнило. Она лежала, презирая его.

Сильвана никогда не одобряла алкоголь и знала, что те, кто склонен выпивать слишком много, рано или поздно превращаются в алкоголиков и разрушают отношения с близкими людьми, а в конечном итоге отдаляются от Бога. Выпивка меняет личность человека и плохо влияет на его семейную жизнь. Сильвана пыталась понять, почему не мусульмане тратят столько времени на кабаки, вместо того, чтобы посвящать свое драгоценное время детям и любимым людям. И вот Сильване пришлось столкнуться с тем, чего она просто терпеть не могла.

В течение одиннадцати месяцев замужества Сильвана оставалась дома, не смея притронуться к компьютеру Марка. Но однажды, чувствуя невыносимую скуку, она решила попользоваться им. Она села перед компьютером и начала смотреть фотографии, сохраненные на нем. Но то, что она нашла, поразило ее, как гром среди ясного неба. Вместо того чтобы увидеть их совместные фотографии, Сильвана обнаружила множество фотографий других женщин и порнографическое видео. Когда она увидела это, то почувствовала, как силы покидают ее, словно вода утекает из раковины в воронку. Сам факт, что женатый мужчина имеет множество фотографий женщин на своем компьютере, вызывал отвращение. Сильвана пришла в такую ярость, что удалила все эти фотографии своими трясущимися от волнения руками. Она буквально потеряла над собой контроль. Но, несмотря на шок, женщина догадалась проверить электронную почту и к своему ужасу, нашла там письма от других женщин.

Сильвана открыла одно из последних писем Марка, адресованное женщине по имени Пенни, и прочитала его: «Когда я сплю с другой женщиной, я думаю о тебе».

Она посмотрела все полученные сообщения и нашла те, которые Пенни написала Марку. В присоединенных файлах она нашла ее фото. Это была красивая женщина с длинными черными волосами, которая сидела на кровати. Слезы обиды и гнева потекли из глаз Сильваны. «Так значит, когда он спит со мной, он думает о ней». Недолго думая, она решила проучить мужа, написав Пенни сообщение, хотя ей было крайне сложно печатать трясущимися руками.

«Дорогая Пенни, ты мне очень нравишься. И именно поэтому я решил сказать тебе правду. Пару лет назад я попал в аварию. Меня здорово придавило в машине, в результате чего я лишился одного из моих яичек».

Напечатав эти слова, Сильвана нажала кнопку «Отправить». Затем она решила посмотреть историю его интернет-активности. Она была шокирована тем, что у Марка был доступ на порносайт. Она почувствовала головокружение и решила прилечь.

«Какой же он негодяй, раз ищет женщин в интернете, когда у него дома есть красавица жена?» — стонала Сильвана.

Вышло так, что все те качества, которые она так презирала в мужчинах, она обнаружила в Марке. Его образ вдруг радикально поменялся, и она больше не могла уважать своего мужа и доверять ему.

Женщина забилась в истерике, лежа на кровати. Она плакала и мечтала вернуться в Азербайджан. «Зачем я согласилась приехать сюда вместе с ним? Надо было оставаться в своей стране! Я просто не хотела быть одинокой и искала любви. И вот я оказалась в ловушке!» — думала она.

С залитым слезами лицом она позвонила Эсмире:

— Мамочка, я хочу домой!

— Что случилось? — спросила Эсмира, услышав ее плач.

— Я узнала, что Марк ведет любовную переписку с женщиной через интернет и посещает порносайты. У него столько непристойных фотографий и видео на компьютере! — сказала Сильвана приглушенным голосом.

— Ах, вот почему ты хочешь уйти от него! — Эсмира была неподдельно удивлена. — Но ведь это делает большинство мужчин.

Ты должна принять этот вид сексуального отклонения за норму.

Сильвана замотала головой:

— Нет! Женатый мужчина не должен флиртовать или интересоваться другими женщинами. Это неправильно и неприемлемо. Я возвращаюсь домой!

— Ты просто не понимаешь, что, если ты вернешься, соседи будут смеяться над тобой и говорить, что Марк отправил тебя назад, потому что ты недостаточно хороша для него.

Сильвана вытерла слезы рукавом.

— Но я здесь несчастна. Временами он так непристойно обзывает меня! — после этих слов слезы снова брызнули из глаз Сильваны.

— Ты вышла за него по свободной воле, а значит, ты обязана остаться там. Ты знаешь, как много мужчин грубо обращаются со своими женами? Если ты вернешься, какой мусульманин захочет жениться на разведенной женщине? Все будут просто сплетничать за твоей спиной.

— Мне надоело думать о том, что люди будут говорить обо мне. Пусть говорят, что хотят. У них просто гнилые душонки и практически нет мозгов, их переполняет лишь зависть и злоба! — Сильвана кричала в гневе. — Пусть они все идут к чертям!

Но все же, после предостережений матери, Сильвана изменила свой внутренний настрой, решив остаться с мужем.

Она не хотела остаться одна, но также не хотела замарать свое честное имя, которое было для нее важнее всего на свете. Ее всегда беспокоило, что другие скажут или подумают о ней. Поэтому она предпочла не думать о том, что делает самую большую ошибку в своей жизни, следуя советам собственной матери.

Сильвана в очередной раз лишила себя возможности прожить свою жизнь полноценно и самостоятельно. Она снова позволила обществу управлять своей жизнью и не последовала зову своего сердца.

После разговора с матерью Сильвана дождалась Марка, искусав при этом все ногти от волнения. Она осознала, что сделала большую ошибку, выйдя замуж за мужчину, которого знала недостаточно хорошо. Теперь она сидела за столом и плакала, приговаривая шепотом:

— Я хочу домой, но я не выдержу все эти сплетни, которые будут сопровождать меня повсюду, как разведенку. Я уже нахлебалась из-за слухов о моей матери. Теперь все будут думать, что я что-то сделала не так, и я снова останусь одна.

Когда в шесть часов вечера Марк вернулся с работы, Сильвана присела на кровать, ожидая, когда он переоденется. Сменив одежду, муж посмотрел на ее лицо:

— Почему у тебя такой озабоченный вид? — спросил он ее. Она хранила молчание. — Что случилось?

— Отойди от меня! — вскрикнула Сильвана, как только Марк попытался подойти ближе. Она вскочила с кровати и открыла шкаф. — Ты отвратительный бабник! Все это время ты держал наше свадебное фото рядом с компьютером, не давая себе забыть, что ты женат, но все же продолжал писать Пенни, что думаешь о ней, когда спишь со мной! Я просто хочу уехать домой, — Сильвана гневно сжала руку в кулак и принялась рьяно вытаскивать одежду из шкафа.

— Эти слова ничего не значат. Прекрати вынимать одежду! — умолял он, глядя на нее слезящимися глазами. По его опечаленному и поникшему выражению лица Сильвана поняла, что он был ужасно расстроен тем, что она раскрыла тайну его виртуальной жизни.

— Зачем ты им писал? — кричала Сильвана непримиримым голосом, изо всех сил сдерживаясь, чтобы не заплакать.

— Просто от нечего делать, — сказал Марк, стараясь выглядеть искренне.

— Почему ты сохранял фотографии каких-то уродин на своем компьютере: чтобы сидеть потом и в одиночку пялиться на них?

— Какие фотографии? — притворялся Марк.

— Хватит изображать невинную овечку. У тебя много фотографий с женщинами на компьютере, я их удалила.

Он приблизился к ней, пытаясь обнять.

— Это не мои фотографии.

Она оттолкнула его:

— Держись от меня подальше. Как насчет твоего профиля на порносайте?

— Не глупи! Тот профиль я создал, когда еще был холостым. А когда мы поженились, ни разу его не использовал.

— Я должна была послушать маму и никогда не выходить за тебя замуж, — сказала Сильвана ошеломленно. Она ушла в другую комнату, оставив Марка одного. В размышлениях о своих дальнейших действиях она ходила из угла в угол. «Господи, ну почему я была так слепа и не увидела его истинную природу?»

Узнав об этой потаенной стороне Марка, она перестала ему доверять. Она просыпалась по ночам, чтобы убедиться, что Марк не смотрит порно и не пишет какой-нибудь женщине, пока она спит. Несколько раз она ловила его за просмотром порносайтов поздно ночью. Он смотрел видео, в котором две женщины занимались сексом и целовали друг другу ступни. У Марка была слабость к женским ступням, и временами он смотрел видео, в котором они были хорошо видны. Как только Марк видел Сильвану, он тут же закрывал видео. Он не понимал, почему его жена расстраивается изза того, что он смотрит порнографию. «Это многие мужчины делают, и совсем не обязательно воспринимать эту привычку как измену», — думал он, не зная, что порнография заставляет его грешить и разжигает его похоть и нечестивые помыслы. Сильвана так переживала из-за этих отклонений Марка, что день за днем она все больше сожалела о том, что вышла за него замуж. Но тем не менее, многие качества Марка ей нравились. Он был интеллигентным, образованным мужчиной, который много работал, чтобы обеспечить и себе, и жене комфортные условия жизни и полный достаток.

Прожив в Кении целый год, Сильвана привыкла смотреть телевизор на английском. Но тот факт, что она вынуждена постоянно находиться дома и мириться с пьянством Марка, приводил ее в отчаяние. Ей хотелось работать и быть среди людей. Только раз в неделю вечером или в выходной день Марк выводил ее куда-нибудь, и это были самые счастливые моменты для нее.

Как-то в дождливый день Сильвана проснулась и, выйдя из спальни, увидела Марка, который сидел за столом. Она подошла к окну и увидела, что перед их домом припарковался огромный грузовик.

— Что этот грузовик делает перед нашим домом? — поинтересовалась Сильвана.

— Гребаная тупорылая идиотка! Откуда, по-твоему, мне знать, что там делает грузовик? — заорал Марк.

Сильвана нахмурилась, чувствуя, как кровь застучала в висках:

— Я просто спросила. Почему ты кричишь, как сумасшедший? На людях ты всегда носишь маску любящего мужа и дружелюбного парня. Кого ты хочешь этим обмануть? Однажды твоя маска упадет, и все увидят твое истинное лицо!

— Не задавай тупых вопросов, и я не буду орать. Вечно ты создаешь проблемы своей тупостью и бесконечными вопросами! — кричал Марк, задыхаясь от гнева. — Я просто не могу больше выносить твою глупость!

Не сказав ни слова, Сильвана вернулась в спальню.

Вспоминая годы своего взросления в родной стране, Сильвана понимала, что люди уважали ее за ее доброе сердце и другие хорошие качества. Она никогда никому не позволяла обходиться с собой грубо или бесцеремонно, а сейчас она столкнулась с тем, что было для нее хуже всего на свете. С чувством возмущения она легла на кровать и, закрыв лицо одеялом, пробормотала: «Господи, он оскорбляет мои чувства! Если бы я только знала, что он такой дебошир, то никогда бы не вышла за него! В Азербайджане он был совсем другим. Он просто притворялся, чтобы одурачить меня?».

Вскоре Сильвана поняла, что в той культуре, которой принадлежал Марк, выпивка считалась нормой, традицией, способом общения между людьми. Тем не менее, переходить границы, за которыми человек в пьяном виде начинает проявлять агрессию, утрачивает способность контролировать собственное поведение и не может вспомнить о том, что было вчера, она считала недопустимым. Сильвана понимала, что подобные признаки свидетельствуют о наличии серьезной зависимости, которая может привести к алкоголизму, насилию и неуправляемости.

Сильвана стала замечать, что Марк в любой ситуации пытается контролировать и манипулировать окружающими, требуя, чтобы все делалось только согласно его указаниям, и никак иначе. Он выходил из себя, если она не повиновалась ему. Было ли такое поведение результатом частого употребления алкоголя или следствием неуверенности, страхов и жажды власти? Сильвана не могла сказать наверняка. Не желая быть заклейменной мусульманским обществом и проживать жизнь в страхе одиночества, она предпочитала оставаться женой Марка.

Глава 12

Вопль души

Английский Сильваны был далек от совершенства, поэтому Марк записал ее на курсы английского языка. Посещение этих занятий стало для нее лучшим времяпровождением.

Изголодавшись по общению с людьми, она завела на курсах пару друзей-испанцев и пригласила их к себе домой. Когда Марк услышал, что к Сильване придут испанцы, он решил удалиться в спальню. В воскресенье в пять часов вечера раздался звонок в дверь. Она посмотрела в глазок и, увидев друзей, открыла им дверь.

— Привет, дорогая! — сказала Мариса на ломанном английском, расплываясь при этом в улыбке. Она вошла вместе с двумя детьми подросткового возраста.

— Привет! Добро пожаловать в мой дом! — сказала Сильвана, так же радостно улыбаясь. Она предложила им присесть на диван. — Что будете пить?

— Не беспокойся. Мы выпьем все, что ты предложишь, — громко сказала Мариса, осматривая дом.

Сильвана ушла на кухню и вернулась с напитками. Угостив ими гостей, она уселась в кресло.

— Было сложно найти наш дом? — поинтересовалась она.

— Не очень. Правда, я пару раз не туда повернула, но когда спросила у прохожих, то легко его нашла.

Мариса достала веер из своей сумочки. Это была типичная испанка среднего телосложения с черными кудрявыми волосами и светлой кожей.

— Мариса, как долго вы собираетесь оставаться в Кении? — спросила Сильвана.

— Мы пробудем здесь еще три недели, а потом вернемся в Венесуэлу, — ответила она беспечно и тут же любопытно спросила. — Твой муж дома?

— Нет, его нет, — обманула Сильвана, чувствуя неловкость и стараясь не смотреть в глаза Марисе.

— Ох, а мы хотели с ним познакомиться, — ответила Мариса разочарованно.

— Вы еще можете встретиться до отъезда из Кении. А твой английский здорово улучшился.

— Ты права. Эти занятия нам очень помогли. Я счастлива, что мы приехали в Кению на праздники, — Мариса поднялась с дивана, блуждая глазами по комнате.

— А где у вас ванная? — спросила она. Сильвана поднялась и пригласила подругу следовать за ней. Они остановились напротив двух одинаковых дверей.

— Прошу сюда, — хозяйка дома указала на нужную дверь. Но Мариса, вместо того чтобы открыть дверь в ванную комнату, открыла дверь спальни. Марк лежал на кровати в трусах и белой футболке и, увидев Марису, вскочил с кровати.

— Простите, — испытывая неловкость, Мариса тут же закрыла дверь.

Сильвана была очень смущена, так как ее ложь открылась.

— Не знала, что он дома. Он, наверное, зашел через заднюю дверь, — снова соврала она.

Ее гости остались всего на двадцать минут и затем ушли. Сильвана чувствовала себя очень неприятно из-за того, что выглядела лгуньей перед ними. Но что ей оставалось делать, если Марк попросил ее солгать?

Через две недели после приема испанских гостей в своем доме Сильвана набралась смелости прогуляться в поисках местной аптеки. Она прошла несколько улиц, пролегающих между ухоженными двухэтажными домами, большинство из которых окружали красивые цветочные клумбы и подстриженные зеленые газоны. Приблизившись к зданию бежевого цвета, Сильвана услышала детские голоса. Она посмотрела во двор и увидела огромный бассейн и темнокожих детей, играющих в воде, а также мужчин и женщин, расположившихся в шезлонгах и потягивающих какие-то напитки.

— Где же аптека? — спросила Сильвана саму себя.

Отчаявшись, она повернула налево и, к своему удивлению,вскоре увидела, что домов стало намного меньше. И вдруг она оказалась на пустыре, заросшем высокой травой.

«Я потерялась», — подумала она расстроенно, пожалев, что не взяла с собой телефон и теперь не может позвонить Марку, чтобы он забрал ее. Она продолжала идти прямо, надеясь найти жилой район, и вот, наконец, она услышала детские крики и вскоре увидела старые маленькие глиняные домики. Крыши некоторых из них покрывали пальмовые листья, а вместо стекол окна были затянуты старым холстом. Она заметила тощую, некормленую козу, привязанную к столбу. Рядом с козой сидел раздетый мальчик, который ел рис из старой алюминиевой тарелки. У него был раздутый живот и очень тонкие кости, а глаза ввалились глубоко в глазницы. Четверо бритоголовых детей в возрасте от 7 до 12 лет подбежали к ней, играя в салочки. Они принялись бегать вокруг Сильваны.

— Эй, мальчики, побегайте где-нибудь в другом месте! — сказала Сильвана.

Один из них улыбнулся и ответил:

— Я не мальчик, я девочка.

— Отстаньте от нее! — Сильвана услышала женский крик. Она обернулась и увидела африканку, стоявшую с коляской неподалеку от глиняного дома, в котором вместо двери был повешен кусок ткани. Дети убежали, смеясь.

Кенийская женщина, толкающая коляску со темнокожим ребенком, направилась прямиком к Сильване.

— Доброе утро, — учтиво сказала женщина, сверкнув белыми зубами.

— Доброе утро, — ответила Сильвана.

— Прошу простить моих детей за то, что побеспокоили вас. Их отец ушел от нас к другой женщины, и с тех пор они стали плохо себя вести, — объяснила африканка.

— О, я сожалею, — сказала Сильвана, глядя на детей.

— Тут не о чем сожалеть. Он избивал меня, а потом сбежал с моими деньгами, которые я заработала тяжким трудом.

Дети подбежали к женщине и тихо встали возле нее.

Из разговора с ней Сильвана узнала, что она пребывает в бедности, выживая на один доллар в день. Иногда она обращалась к людям через интернет с просьбой о финансовой помощи, вызывая тем самым насмешки отдельных индивидов, которые видели в ней африканскую мошенницу.

— Вы не знаете, где мне найти аптеку? — спросила Сильвана озадаченно.

— Идите прямо через две улицы, на третьей повернете направо, пройдите еще немного, а затем поверните опять направо. Как только повернете, увидите аптеку с левой стороны.

Сильвана беспомощно посмотрела на улицу напротив нее:

— Столько поворотов! Я могу забыть направление и потеряться, — пожаловалась она.

— Я вас провожу, — ответила женщина.

— Спасибо. Это так мило. Как вас зовут?

— Рехема, — ответила африканка.

Во время прогулки Сильвана смотрела на Рехему, высокую, худую африканскую женщину с короткими черными кудряшками; на вид ей было примерно 33 года, а на лице уже отпечатались следы ее тяжелой жизни. Они проходили мимо больших домов, в которых жили богатые люди. А затем они увидели несколько старых домов кенийских жителей.

— Откуда вы? — спросила Рехема.

— Из Азербайджана, — ответила Сильвана.

— Как давно вы здесь? — женщина продолжала интересоваться по-приятельски.

— Почти два года.

— Вам нравится жить в Кении?

— Да, — солгала Сильвана.

Они повернули налево.

— Вот и аптека, — сказала Рехема, показывая на маленькое старое здание.

— Спасибо! — сказала Сильвана со счастливой улыбкой на лице.

— Вы сможете найти обратную дорогу? — спросила Рехема, глядя ей в глаза.

Сильвана пожала плечами:

— Мы столько раз повернули, что я забыла дорогу.

— Тогда я вас подожду, а потом вернемся вместе, — предложила африканка.

— Спасибо, Рехема. Вы так добры!

— Да ничего особенного!

Сильвана зашла в аптеку и, оглядевшись, увидела местного жителя в рваной одежде, который просил денег. Она дала ему пару кенийских шиллингов и после покупки диклофенака, покинула аптеку.

Они шли вместе до самого дома Рехемы. Остановившись, женщина начала искать что-то в своей старой и облезлой коричневой сумке. Наконец, она достала кусочек бумаги и написала на нем свое имя и номер телефона.

— Я присматриваю за чужими детьми и убираюсь. Если вам понадобится помощь, пожалуйста, позвоните мне, — сказала Рехема, протягивая обрывок Сильване. — Мне очень сильно нужна работа, потому что пара, у которой я работаю в данный момент, решила вернуться в США. Если у меня не будет работы, я не смогу купить детям еду и отдать их в школу.

— Я позвоню, если мне будет нужна помощь. Спасибо. Отсюда я смогу добраться и одна, — сказала Сильвана, и отправилась домой.

***

После двух лет брака Сильвана и Марк решили, что им пора иметь детей. Она перестала принимать контрацептивы, желая забеременеть. Но, несмотря на это, в течение года их попытки зачать ребенка оставались безрезультатными. Неспособность забеременеть очень расстраивала Сильвану. Как-то утром, когда

Марк ушел, она встала на колени, чтобы помолиться Богу.

«И почему те люди, которые отдают детей или пренебрегают ими, беременеют быстро и легко? А я так люблю детей, но не могу зачать. Господе Иисусе, пожалуйста, дай мне дитя». Глубоко в сердце она чувствовала, что Бог ответит на ее молитвы. Сильвана встала, переполненная радостью, и напевая, начала уборку дома.

После многочисленных неудачных попыток и разочарований Сильвана заметила задержку менструации и рассказала об этом Марку. Он предложил ей сделать тест на беременность. В тот день он рано вернулся с работы и дал Сильване тест-полоску. Сделав тест, она ждала появления линий, и когда проявились две линии, она запрыгала от радости.

— Ура! Бог услышал мои молитвы! Я беременна. У нас будет ребенок! — кричала Сильвана, ликуя.

— Тебе надо сходить к гинекологу, чтобы убедиться, что ты получаешь с едой все нужные витамины, — предложил Марк.

Сильвана видела радость в его сияющих глазах.

— Боже, я не могу поверить, что я беременна!

— Не переборщи с радостью. На ранней стадии ты можешь его потерять, — предупредил Марк.

Сильвана нахмурилась, глядя на него:

— Почему ты всегда негативно настроен?

— Не негативно. Я просто знаю жизнь.

Сильвана глубоко вздохнула, покачав головой. «Он никогда не изменится». Женщина отправилась в спальню, села на кровать и взяла книгу, чтобы почитать.

С утра довольный Марк отвел Сильвану на проверку к гинекологу, который провел ультразвуковое обследование, чтобы подтвердить беременность, а также выписал витамины. После нескольких дней Марк, чувствуя себя по-настоящему счастливым, решил посетить магазин детской одежды, чтобы посмотреть цены на детские товары. Осматривая все подряд, он увидел симпатичные детские башмачки белого цвета, которые тут же решил купить. Когда он принес их домой, Сильвана была крайне удивлена его покупке.

— Марк, ты не должен ничего покупать ребенку, пока беременность не достигнет пятимесячного срока. Сейчас слишком рано, и всякое может случиться с плодом в этот период, — сказала она, уставившись на белые башмачки. Марк еще раз взглянул на них и передал жене.

— Они настолько красивые, что я не мог устоять, — он светился радостью.

Сильвана спрятала башмаки и решила, что ничего не будет покупать, пока ее беременности не исполнится пять месяцев. На третьем месяце у Сильваны появились судороги и небольшое кровотечение. Обеспокоенный Марк отвез ее к врачу, чтобы сделать УЗИ.

— С ребенком все в порядке? — спросил Марк гинеколога.

Глядя на монитор, женщина-врач ответила:

— Я пытаюсь увидеть его сердцебиение, но не могу.

Она измерила размер плода; он был меньше, чем обычно.

Обернувшись к Марку, она сказала:

— Мне очень жаль, но эмбрион начал разлагаться. Вашу жену нужно положить в больницу, чтобы очистить ее матку как можно скорее, пока продукты распада не отравили ее кровь.

Слушая слова гинеколога, Марк чувствовал, что становится все более слабым, а Сильване казалось, будто мир рухнул. Она смотрела на доктора усталыми глазами, чувствуя слабость во всем теле:

— Вы уверены? — спросила она с надеждой.

— Да, уверена. Сердце не бьется, а плод уменьшился в размере. В матке я заметила фиброидную ткань, которая должна быть удалена. Если вы ее оставите, то и в дальнейшем она может провоцировать выкидыши, — объяснила доктор Мбуки.

— Когда вы сможете сделать операцию по удалению фиброидной ткани? — озабоченно спросил Марк, едва сдерживая слезы.

Доктор Мбуки посмотрела на календарь:

— Процедуру можно назначить на 23 октября. Вам нужно приехать к 10 часам утра в Кенийскую Клинику Здоровья. После десяти вечера ничего не ешьте и не пейте.

— Спасибо, доктор Мбуки, — сказала Сильвана и слегка улыбнулась.

Оплатив услуги врача, они вернулись домой, удрученные и расстроенные. Марк достал детские башмачки и, посмотрев на них, заплакал. Сильвана посмотрела на Марка, пытаясь сдержать слезы; ей было очень жаль мужа. Охваченная горем и в то же время испытывая злость, она продолжала молча смотреть на него, чувствуя комок в горле.

— На прошлой неделе я увидел красивую резную колыбельку, и я даже запланировал купить ее, а теперь ребенка нет, — он разрыдался, закрыв лицо крошечной парой детской обуви. Сердце Сильваны переполнилось жалостью, и она обняла его.

— Марк, не плачь. Мы снова попробуем, — она и сама была готова расплакаться, недоумевая, почему все в жизни дается ей с таким трудом.

После процедуры удаления узелков со стенок матки Сильвана чувствовала серьезную слабость и депрессию. Она просто лежала в кровати и ничего не делала, только задумчиво смотрела в потолок. «Почему я? Почему именно у меня ничего не получается?»

Видя немощь жены, Марк предложил:

— Мы должны нанять тебе помощницу. Я поспрашиваю у знакомых насчет домработницы.

— Я знаю кое-кого, — сказала Сильвана. Она встала с кровати, взяла свою сумку и начала искать номер телефона Рехемы. Когда она, наконец, нашла нужный обрывок бумаги, то сразу же взяла в руки телефон и, присев на кровать, набрала номер Рехемы. После взаимных приветствий Сильвана напомнила, что они познакомились, когда она искала аптеку. Потом она спросила ее, может ли она убирать, гладить и готовить. Рехема, разумеется, могла, поэтому Сильвана продиктовала ей адрес: улица Страусы, дом 18, голубой, с серой крышей. Она попросила женщину приехать к восьми утра и положила трубку.

В понедельник Рехема прибыла ровно в восемь часов, позвонила в дверь, и Сильвана открыла ей.

— Доброе утро! — сказала Рехема, счастливая, что наконец, она нашла работу.

— Привет, — ответила Сильвана. — Пожалуйста, входи.

Рехема вошла, глядя по сторонам.

— У вас красивый дом!

— Ох, спасибо! — Сильвана показала ей все комнаты, включая кухню. — Я бы хотела, чтобы вы подметали, мыли полы, приводили в порядок ванную комнату, а также иногда мыли окна и гладили. Как — справитесь?

— Конечно, без проблем. Где я могу переодеться? — спросила домработница.

— В ванной.

Рехема зашла в ванную комнату и надела старую блузку и короткие штанишки, после чего исполнила все свои обязанности.

Африканка приходила пять раз в неделю и учила Сильвану готовить кенийскую еду, убиралась и даже ходила с Сильваной в магазин. Через некоторое время они стали лучшими подругами. Сильвана была в восторге, что у нее появилась подруга, с которой она могла выйти погулять, поговорить о том, что ее беспокоит, включая ссоры с Марком, который иногда ругал Сильвану прямо на глазах у Рехемы.

Видя грубость Марка, служанка очень сильно жалела Сильвану и не могла понять, почему Марк с такой хорошей женой обращается таким постыдным образом. Иногда, переодеваясь в ванной, она плакала, думая о тяжкой участи Сильваны. Она и сама боялась Марка.

Прошло шесть месяцев, и Сильвана неожиданно узнала, что она снова беременна. Супружеская пара снова стала счастливой, но в то же время Сильвана очень волновалась, что снова не выносит ребенка. На ранних сроках беременности Сильвану тошнило. Она страшно хотела соленых огурцов и не выносила запах рыбы, от которого ее рвало. На пятом месяце ее ноги начали отекать. На шестом месяце беременности Марк купил все необходимые для ребенка вещи, включая кроватку, детскую одежду нейтральных цветов и бутылочки для кормления. Он был так возбужден, с нетерпением ожидая, когда наконец сможет взять своего ребенка на руки.

Однажды на седьмом месяце беременности, около десяти часов вечера, когда Сильвана уже спала, ее воды отошли. Она проснулась, почувствовав себя мокрой, и подумала, что она случайно обмочилась. Потом она поняла, что у нее отошли воды.

— Марк, просыпайся! — сказала она, пытаясь его разбудить.

Как только Марк понял, что у жены отошли воды, он вскочил с кровати и спешно натянул брюки и рубашку.

— Переодевайся, бери сумку с детскими вещами. Мы едем в больницу.

Сильвана быстро переоделась и взяла чемодан, который упаковала еще месяц назад. Когда они приехали в больницу, медсестра направила их в палату. Это была комната с одной кроватью, телевизором и стулом. Сильвана легла на кровать, а Марк уселся рядом на стуле. Через час медсестра пришла с кресломкаталкой.

— Я вас отвезу в родовую.

Сильвана села в кресло.

— Можно и мне пойти? — спросил Марк.

— Да, но наденьте, пожалуйста, халат.

Медсестра дала Марку шапочку, халат и большие хлопчатобумажные носки, которые он надел поверх своих туфель. Когда он переоделся, Сильвану повезли в родовую комнату. Сильвана села на кровать, и врач сделал ей эпидуральную анестезию. Увидев размер шприца, Марк чуть не потерял сознание. Чувствуя слабость, он сел на стул. Гинеколог Мбуки сделала надрез внизу Сильваны живота и достала ребенка. Медсестра положила ее на грудь Сильване. Счастливая мать, не чувствуя половину своего тела, обняла новорожденного младенца.

— Почему ее голова такая липкая? — спросила она, дотронувшись до головки ребенка.

— Ребенок был в мешке, наполненном жидкостью, — ответила врач-педиатр. Она забрала младенца, чтобы проверить его жизненно важные органы, а Марк все это время не сводил с них глаз.

— Девочка в порядке, — сообщила женщина-педиатр. Марк подошел к ней.

— А сколько она весит? — спросил он.

— Два килограмма двести семьдесят грамм, — ответила доктор.

— Ого, какая малюсенькая. Можно мне подержать ее? — спросил Марк.

Медсестра дала малышку Марку, и он недолго подержал ее в своих руках, передав потом медсестре. Когда девочку одели и завернули в пеленку, ее отнесли в детскую комнату.

Сильвана села в кресло-каталку, чувствуя боль в области ниже пупка, и медсестра отвезла ее в палату. Там она помогла Сильване лечь на кровать и ушла, но скоро снова вернулась с малышкой. Передав ее на руки матери, она удалилась. Сильвана была вне себя от счастья, когда держала свою крошечную дочь Мари в своих руках.

— Марк, я так рада, что теперь она у нас есть. Когда у меня не получалось забеременеть, я поначалу думала, что не смогу иметь детей. Все это время я боялась, что у меня будет выкидыш.

Марк забрал Мари у Сильваны, глядя на дочь любящими глазами.

— Она такая бледная и хрупкая, — сказал он, укачивая малышку. Его лицо подобрело. — Я рад, что мы все купили заранее. И теперь нам не о чем беспокоиться.

— Ты прав. Но, пожалуйста, купи ей подгузники.

— Я их куплю сразу, как только уйду отсюда.

Марк ушел из больницы, обещая вернуться вечером. Он отправился в магазин и купил четыре упаковки подгузников. Он всегда хотел быть уверен, что его жена ни в чем не нуждается, но, к несчастью, никогда не поддерживал ее эмоционально. Он вернулся в девять часов и расположился на стуле, чтобы немного вздремнуть.

Глядя на него, сидящего на стуле в неудобной позе, Сильвана снова почувствовала жалость к нему. Она велела ему идти домой.

Марк встал со стула и поцеловал Сильвану в лоб.

— Ты молодец, — сказал он, уходя.

Сильвана пыталась заснуть, но не могла. Она слышала детский плач и гадала, не Мари ли это. Ей хотелось встать и пойти в детскую. При попытке двинуться ее боль усилилась. «О Господи, эта боль меня убивает. Почему медсестры не смотрят за детьми?»

Сильвана снова попыталась сесть, но из-за резкой боли не смогла. Тогда она решила сползти и уже почти спустила ноги. Держась за кровать, она оперлась на ноги и встала. Медленно Сильвана делала маленькие шажки. Ей было трудно вынести эту чудовищную боль, так что слезы потекли по ее лицу. Она медленно дошла до двери, открыла ее и с трудом добралась до детской. Войдя туда, она посмотрела вокруг в поисках своего дитя. Сильвана нашла Мари в задней части комнаты в маленькой кроватке. Девочка спала, а кричал совсем другой ребенок. Она постояла немного, глядя на дочь, а потом ушла обратно. Она медленно подошла к приемной, пытаясь найти медсестру. Увидев там ее, она сказала:

— Ребенок плачет в детской.

После этого Сильвана пошла в свою палату.

Женщина осталась в больнице еще два дня, а потом ее отпустили домой вместе с новорожденной дочкой.

С появлением Мари жизнь закрутилась, словно вихрь. Сильвана вставала по ночам, чтобы покормить дочку, а днем чувствовала себя усталой. Как только солнце садилось, Сильвана укладывала Мари в коляску и гуляла с ней по окрестностям. Девочка росла красивым ребенком, и большую часть дня она спала. Но уж если она была голодной или мучилась от газов, то плакала беспрерывно. В такие моменты Марк ходил с ней по ночам из угла в угол, ожидая, пока она срыгнет. Он очень любил дочку и старался дать ей все необходимое. Сильвана очень ценила в нем это качество. Постепенно она снова стала доверять мужу и перестала просыпаться по ночам, чтобы проверить, чем он занимается. Он продолжал пить сверх меры, но, по крайней мере, перестал смотреть порно и писать женщинам.

Однажды субботним вечером Марк пошел выпить с друзьями, оставив Сильвану одну с Мари. Сильвана отчаянно боролась со сном, ожидая Марка. Она посмотрела на часы — уже была полночь. Она не могла понять, как Марк мог оставить ее одну с ребенком. Мари проснулась и начала плакать. Сильвана нежно положила ее на свою кровать, чтобы покормить, и спустилась вниз по лестнице. Расстроенная тем, что для Марка выпивка важнее, чем безопасность собственной семьи, она вылила все содержимое его бутылки «Джонни Уолкер Блэк» в раковину, а потом приготовила молоко для ребенка и вернулась с бутылочкой к Мари.

По обыкновению Марк пришел домой изрядно пьяный, и в таком виде он вошел в спальню.

— Я вернулся, — сказал он самодовольным голосом.

— Почему ты так поздно оставляешь нас одних? К нам могут вломиться преступники и убить нас, — отчитывала его Сильвана.

— Отстань!

— Я вылила весь твой «Джонни Уолкер».

Марк нагнулся, поднял с пола тапочку Сильваны и запустил в нее, но промахнулся.

Сильвана взяла Мари с подушки:

— Я ведь кормлю ребенка. Как ты можешь бросаться в меня тапком? Ты же мог попасть в нее!

Марк сделал шаг вперед и упал. Медленно поднимаясь, он прокряхтел:

— Если б не вылила мой виски, я не стал бы бросать тапком в тебя, дура!

Пошатываясь, он пошел в ванную, где его, как обычно, стошнило.

— Я просто зря трачу свои деньги на нее, — мямлил он.

Мари росла счастливым ребенком, который любил гулять вокруг дома и открывать дверки, особенно у кухонных шкафчиков. Она приходила на кухню и доставала все контейнеры из шкафа. Если Сильвана видела вещи разбросанными, она оставляла Мари в детском манеже. Когда Мари сидела там, мать заучивала с ней буквы, цифры, фигуры и даже включала для нее классическую и детскую музыку.

В два с половиной года малышка уже была приучена к горшку и знала буквы, числа и фигуры. Но она была достаточно шумным ребенком, и если что-то ее расстраивало, то она плакала очень громко.

Как-то в один из нестерпимо жарких дней Мари тоже пострадала от характера своего отца. Она была активна и шумлива как никогда. Когда Марк вернулся с работы, девочка бегала вокруг него и кричала. Марк посмотрел на Сильвану неодобрительно:

— От нее слишком много шума. А я жду важного телефонного звонка. Уведи ее наверх сейчас же!

— Но она же просто играет. Когда тебе позвонят, мы уйдем, — ответила Сильвана, позволяя девочке играть в гостиной.

Марк сел за стол в ожидании звонка. И когда телефон зазвонил, он ответил, глядя на Мари с досадой:

— Добрый вечер.

Дочка подошла к нему, громко разговаривая. Марк поднял ногу и пнул Мари. Она упала и заплакала. Сильвана подбежала к ней, жалея о том, что не унесла девочку наверх. Она обняла Мари, стараясь успокоить ее, и затем покинула гостиную вместе с малышкой. Поплакав немного, Мари начала прыгать на кровати, громко смеясь. Марк неожиданно появился в дверях.

— Почему ты позволяешь ей прыгать на кровати? Если ты не можешь совладать с ней сейчас, что же из нее вырастет? Дрянь?

Разгневанная Сильвана встала с постели и подошла к мужу, нахмурившись:

— Но она же просто маленький ребенок! Большинство детей шумят, прыгают и бегают. Зачем ты ее пнул? Ты мог покалечить ее!

— Это твоя вина. Если бы ты последовала моим указаниям и ушла с ней наверх, ничего этого бы не случилось.

— Когда ей был год, и я кормила ее из бутылочки, ты бросил тапком в меня! И это тоже была моя вина?

— Да! Ты должна была держать свой рот закрытым и не трогать мою выпивку! — ответил Марк.

— Ты всегда заставляешь меня чувствовать себя глупой или виноватой, и я вынуждена стоять за себя. Я же не могу все время стоять с закрытым ртом, позволяя тебе унижать меня раз за разом. — Если ты не будешь делать глупых вещей, я не буду заставлять тебя чувствовать себя тупой и несообразительной.

Сильвана взяла Мари с постели:

— Ничего я глупого не делаю! Твоя проблема в том, что ты всех считаешь тупыми, а себя умнее всех.

Раздраженная Сильвана выбежала из спальни.

***

Спустя некоторое время Марк и Сильвана решили завести еще одного ребенка. После двух выкидышей Сильвана забеременела и родила Питера. Когда она лежала с Питером в больнице, Рехема оставалась с Мари. Марк снова накупил кучу одежды для Питера. С того момента, когда в его жизни появились дети, он очень полюбил делать покупки для них. Он даже купил еще одну колыбельку и коляску для Питера.

Дети Сильваны стали ее чудом и радостью; она была чрезвычайно благодарна Богу за них. Позже она родила еще двоих: дочь Айгюн и сына Давида. Когда дети немного подросли, Сильвана отдала сначала Мари, а потом и Питера в детский сад; Айгюн и Давид остались вместе с ней дома. Дети Сильваны были ярче и талантливее других детей в садике. К трем годам все они уже умели читать, так как Сильвана проводила много времени, занимаясь с ними.

Когда Мари исполнилось пять лет, Марк отдал ее в Британскую международную школу. Позже Питер, Айгюн и

Давид присоединились к ней. Сильвана понимала, что будущее ее детей зависит от хорошего образования. Поэтому она следила за тем, чтобы они прилежно учились, и тратила огромное количество времени, помогая им делать домашние задания. Проводя столько времени с детьми и занимаясь домом, Сильвана была перегружена. Она чувствовала, что на ее плечах лежит слишком много обязанностей, и не понимала, почему Марк совсем не хочет ей помочь. Его помощь заключалась только в оплате счетов и покупке еды.

Каждый день, когда дети возвращались из школы, Сильвана проверяла их сумки, просматривала каждый учебник, кормила их, выходила с ними гулять, а потом делала с ними уроки. Даже когда Сильвана болела, она не могла позволить себе остаться в кровати, потому что понимала, что Марк и пальцем не пошевелит, чтобы помочь ей, и не сделает домашнее задание с детьми. Марк даже не утруждался, чтобы заменить лампочку в доме, а просил Сильвану сделать это. И даже обязанность контролировать работу садовника он перекладывал на свою жену.

***

Время шло, и Сильвана понимала, что она несчастна в своем браке, а Марк продолжал измываться над ней. Когда она оставалась дома присматривать за детьми и делать работу по дому, Марк гулял со своими друзьями, неизменно возвращаясь за полночь. Ей было неприятно, что он грубо с ней обращается и воспринимает как простую домработницу. Сильвана беспокоилась, что если дети и дальше будут видеть, как он издевается над ней, они сами могут в будущем превратиться в таких же неполноценных родителей или будут позволять другим людям также грубо обращаться с ними, не имея другого примера перед глазами. Потому ей хотелось выбраться из этого брака и начать новую жизнь. Без работы она не смогла бы этого сделать, не будучи финансово независимой и обеспеченной. Как она будет растить детей и давать им нормальное образование без средств? Куда ей податься в чужой стране, где нет ни родных, ни друзей, на которых можно опереться? Все эти вопросы не давали покоя Сильване.

Ей бы очень хотелось сказать ему о том, что она думает, и о том, чего ей не хватает для счастья. Но из-за его холодности и недоброжелательности она все держала в себе, и внутреннее раздражение нарастало день за днем. Она не могла простить Марка за непризнание ее способностей, за отсутствие эмоциональной поддержки. Да и как она могла простить его, если он намеренно оскорблял ее раз за разом? Так она была сыта по горло выходками своего тирана-мужа и стремилась обрести свободу жить счастливо, быть собой и не выслушивать постоянные упреки и обвинения в собственной никчемности.

Когда дети пошли в начальную школу, Сильвана начала искать работу и параллельно ходить на курсы вождения. В течение двух месяцев она научилась водить автомобиль и сдала экзамен по вождению. Марк купил Сильване машину, но прежде чем позволить ей ездить самостоятельно, он решил проверить, как она умеет водить.

Погода была ветреная, и повсюду летали высохшие листья деревьев. Марк сидел на пассажирском сиденье рядом с Сильваной. Стараясь не нервничать, она не спеша завела двигатель, и машина медленно начала двигаться.

— Пока все хорошо, — сказал Марк.

Она с гордостью улыбнулась. Приближаясь к светофору, она замедлила ход.

— Почему ты останавливаешься посреди дороги? Езжай давай, идиотка! — закричал разозленный Марк, сильно ударив жену по руке.

От внезапной боли она замолчала на миг, пытаясь сохранять спокойствие.

— Зачем ты ударил меня?

— Я столько денег выбросил, чтобы ты научилась ездить. Как ты могла остановиться посреди дороги? — рявкнул он.

— Я не остановилась, просто затормозила из-за светофора, — сказала Сильвана кротко.

— Вечно ты делаешь глупые ошибки. Если бы я знал, что ты такая глупая, я бы никогда не привёз тебя сюда. Лучше бы я оставил тебя с твоей бедной семьёй.

Сильвана продолжала ехать медленно, стараясь не показывать ему слезы. Она решила, что больше не будет ездить вместе с ним и найдет работу как можно скорее. Работа была шансом для получения свободы и надеждой на новую жизнь. Она была амбициозной женщиной, которая хотела построить карьеру мотивационного спикера. Она знала, что с Божьей помощью, благодаря своей настойчивости и знаниям, она сможет этого достичь.

После долгих поисков Сильвана нашла работу помощником руководителя в строительной компании. Возможность работать и быть среди людей стала настоящим счастьем для нее.

Поначалу сотрудники не были дружелюбно к ней настроены, но, узнав Сильвану получше, они приняли ее как свою. Вскоре она нашла хорошего приятеля в лице своего коллеги по имени Джабари. С ним она иногда ходила в банк или покупала еду во время обеденного перерыва. У Джабари были проблемы с его властной командиршей-женой, которая постоянно подкалывала его, заставляя чувствовать себя дураком в глазах окружающих. Сильвана начала подбадривать Джабари, чтобы он научился стоять за себя.

Как-то во время ланча она спросила:

— Джабари, почему ты позволяешь жене обращаться с тобой с таким неуважением? Она постоянно выставляет тебя перед всеми недоумком. Тебе нужно поставить ее на место, — Сильвана сделала небольшой глоток колы.

— Моя жена очень завистлива ко всем и ко всему. Если я буду обращаться с ней так же, как она со мной, я опущусь до ее уровня.

— Но если ты продолжишь молчать, она будет и дальше позорить тебя перед всеми. Ты мужчина и не можешь позволять женщине обращаться с тобой, как с половой тряпкой. Иначе люди перестанут тебя уважать, — сказала Сильвана, подцепляя вермишель вилкой.

— Мне все равно, что скажут обо мне люди. У меня хорошая работа, дети, а остальное меня не заботит.

Сильвана задумчиво нахмурилась. «Я просто не могу понять, зачем ему оставаться с этим монстром-повелителем? Он остается с ней из-за денег или социального статуса?»

— А ты знаешь, что моя жена знает твоего мужа? Я слышал, они вместе учились в университете в Великобритании.

Сильвана удивлённо посмотрела на Джабари, поперхнувшись едой. Она закашлялась так сильно, что на глазах выступили слёзы.

— Ты в порядке?

— Да, но ты меня поразил этой новостью. Я никогда не думала, что они знакомы. Как ты узнал?

— Я подслушал, как она говорила с ним о тебе, — объявил Джабари.

Сильвана посмотрела на свои серебряные часы:

— Поспеши, а то не успеешь забрать ее от доктора, прежде чем она откроет свой большой рот.

— Я не буду спешить, потому что она все равно найдет причину раскрыть свой дышащий ядом рот, — сказал Джабари, заканчивая свой обед. «Провалиться бы этой ведьме под землю!»

Он пытался подавить в себе напряжение и успокоиться. Иногда он был настолько возмущен поведением своей жены, что испытывал желание побить ее, как собаку. Но он был слишком неуклюжим и неуверенным в себе, чтобы хоть как-то постоять за себя.

Телефон Джабари зазвонил, но первые секунды он не реагировал на звонок.

— Ответь. Я уверена, это она тебе звонит, — посоветовала Сильвана.

Ее коллега посмотрел на телефон и увидел, что это действительно звонит Бапото — его жена.

— Да? — ответил он.

— Ты где? — через трубку Сильвана услышала ее крик.

— У меня перерыв на обед, — ответил Джабари раздраженным голосом.

Мужчина сжал руку в кулак, выразив в этом жесте напряжение, которое переполняло его тело. «Я, как идиот, повелся на ее деньги и вот теперь расплачиваюсь за это». Он нетерпеливо покачал головой и закашлялся.

— Придурок! Почему ты так долго не едешь за мной? — прокричала Бапото.

Джабари посмотрел на часы.

— Ты велела мне приехать в 14:20, а сейчас только 13:30, значит, ты увидишь меня только через 50 минут.

Вне себя от злости жена Джабари бросила трубку.

Сильвана неодобрительно покачала головой.

— Ну а теперь ты видишь ее истинное лицо? Она обращается с тобой как со слугой. Твоя жена работает генеральным директором в международной компании, и у нее более высокая зарплата и престижная работа, чем у тебя. С теми, у кого есть деньги и власть, она говорит более приветливо, но с простаками, типа тебя, она властная и нетерпеливая — бросает трубки, когда ей вздумается, — закончила Сильвана.

— Ты права, но она — моя жена, и я не могу изменить ее и не хочу ссориться с ней, — он поморщился. «Она настоящий вампир, и обращается со мной так, словно я ее игрушка», — подумал он про себя.

— Что ж, мне тебя жаль. Как ты можешь забыть свою честь, достоинство, свободу и терпеть унижение от женщины ради комфортной жизни? Если бы у меня не было детей, я бы лучше лишилась этого комфорта, боролась бы за свои права и выступала против такого насилия. Я бы добилась того, чтобы со мной обращались с любовью и уважением. Но сейчас я вынуждена учитывать интересы детей в первую очередь. Если ты позволяешь людям обращаться с тобой, как с дерьмом, ты всегда и будешь в дерьме, позволяя им использовать тебя и помыкать тобой. Ты должен научиться стоять за себя, мужик!

Джабари встал из-за стола и выбросил остатки еды. Они оба вышли из закусочной и остановились между «ниссаном» Сильваны и «маздой» Джабари.

— Почему ты всегда терпишь ужасное поведение своего мужа? Его деньги так важны для тебя? — внезапно спросил Джабари.

Удивленная и возмущенная его вопросом, она посмотрела на приятеля.

— Как ты мог предположить, что я остаюсь с ним из-за его денег? Ни деньги, ни его дом не делают меня счастливой. В любом случае, он не дает мне денег, — Сильвана сощурилась.

— Разве ты не знаешь, как я ненавижу эту тюрьму? Да пропади они пропадом, этот дом и его деньги! Я остаюсь с ним только из-за детей. Мне некуда пойти и не на что их содержать. Я вынуждена ставить потребности детей в приоритет над своими.

— Я не имел в виду, что ты остаешься с ним из-за денег. Я просто не могу понять, почему ты не пытаешься выбраться из этих унизительных отношений? — сказал Джабари, сожалея, что заговорил о невыносимом муже Сильваны. Он посмотрел на часы.

— Жена уже ждет меня. Я должен как можно скорее быть в клинике.

— Но совсем недавно ты не собирался торопиться...

— Знаю, но сегодня у меня болит голова. Я не вынесу споров, а ты знаешь, какая она бывает, — сказал Джабари.

Сильвана нахмурилась:

— Я не понимаю таких женщин, как твоя жена. Она принимает участие в церковной деятельности, никогда не пропускает мессы и так мила со своими друзьями. Но когда речь заходит о простых людях, она ведет себя как последняя стерва. Она лицемерка, которая думает, что сидение в церкви приведет ее в рай. Я видела много людей, подобных ей, в англиканской церкви, потому я перестала ходить туда с Марком. Они только обманывают и себя и окружающих, думая, что если будут ходить в церковь и молиться, то спасутся. А они, в первую очередь, должны проявлять любовь, сострадание и уважение по отношению к бедным и простым людям. Это и есть настоящее следование заповедям Божьим.

Джабари глубоко вздохнул и опустил глаза.

— Я люблю ее и не могу без нее жить. Ну а у тебя все не так безнадежно, как ты думаешь. Ты можешь попросить помощи в приюте для женщин, подвергшихся насилию, или в своей церкви.

Они помогут тебе, — сказал Джабари.

— О какой церкви ты говоришь? О той, в которой священниклицемер отказал мне в помощи в гораздо худшие времена? Он сказал, что у него куча своих проблем, и я не должна свои тяготы переносить на него. Я больше даже порога этой церкви не переступлю. Я не доверяю таким людям, и я не могу пойти с детьми неизвестно куда. Разве ты не слышал о случаях насилия над детьми в подобных приютах? — жаловалась Сильвана.

Она вспомнила ночь в лагере, где она проводила летние каникулы, когда ей было девять лет. Сильвана проснулась от того, что почувствовала чью-то руку, трогающую ее ягодицы. Она вскочила и увидела молодого человека, который стоял рядом с ней со спущенными штанами. Увидев, что девочка проснулась, он убежал, оставив Сильвану с клокочущим от страха сердцем. После этого у нее появилось недоверие к мужчинам. Именно поэтому для нее было так важно быть уверенной, что ее дети и каждый ребенок на ее попечении были в безопасности, и она никогда не оставила бы их одних с посторонними людьми, а тем более с мужчинами. Она передернула плечами, стараясь отогнать воспоминание.

Джабари снова посмотрел на часы, открыл дверцу машины и сел за руль.

— Мне пора.

— Хорошо. Увидимся завтра, — сказала Сильвана.

Приехав домой, она поприветствовала Рехему.

— Добрый день, мисс Джонсон. Ваш муж звонил. Он хотел съездить с вами в банк. Так что он уже на пути сюда.

Сильвана глубоко вздохнула.

— А я так хотела отдохнуть до прихода детей.

Сильвана услышала звук подъезжающего автомобиля Марка.

— Он уже здесь. Я даже не успела сменить свою рабочую одежду. Когда дети придут, дай им что-нибудь поесть и попить. Не позволяй им играть на улице без присмотра, — распорядилась Сильвана.

— Хорошо! Идите, пока он не начал ругаться, — сказала Рехема.

Сильвана села в машину к Марку.

— Как прошел твой день? — спросил он.

— Нормально, — ответила она. — А у тебя?

— Не очень хорошо. Моей тупой помощницы вечно нет на месте, но мы не можем ее уволить. Сегодня она, как обычно, не появилась в офисе, и мне пришлось делать ее работу в нагрузку к своей собственной.

Они остановились напротив банка. Проходя по кафельному полу, Сильвана звонко цокала высокими шпильками. Марк посмотрел на Сильвану и неодобрительно покачал головой. После оплаты телефонного счета Марк пошел обратно к машине в сопровождении Сильваны.

— Неужели ты не можешь ходить менее шумно? Ты, наверное, как-то неправильно ходишь, — сказал Марк раздраженно, когда они ехали в машине.

— Я нормально хожу.

— Нет, не нормально. Твои туфли слишком громко стучат, когда ты идешь.

— Все женщины, надевая высокие каблуки, громко стучат, когда идут по кафелю, — заметила Сильвана.

— Слушай меня, гребаная овца! Если я говорю, что ты ходишь странно, не пытайся меня переспорить! — закричал Марк, слегла подергиваясь.

— Но ты не прав! — защищалась Сильвана.

Марк внезапно остановил машину.

— Гребаная овца! Я работаю с женщинами и могу сказать, что они не делают столько шума при ходьбе. Выходи из моей гребаной машины!

Увидев, что Марка трясет, Сильвана испугалась, что он ударит ее. Она продолжала молча сидеть в машине, и Марк снова поехал.

***

Марк так полюбил жизнь в Кении, что решил обосноваться здесь серьезно; для этого он купил двухэтажный дом у одной английской четы. Этот дом находился в том же самом районе, где они привыкли жить в съемном жилье. На первом этаже здесь была кухня с зелеными стенами и белыми шкафчиками, гостиная с телевизором, окрашенная в нежно-кремовый цвет, и ванная комната. А на втором этаже было четыре спальни, ванные и учебная комната для детей.

Перед переездом Сильвана подобрала красивые занавески в каждую комнату. Ей очень нравился новый дом, но почему-то она никогда не считала его своим, чувствуя себя гостем. Марк также постоянно напоминал Сильване, что этот дом не ее. И сама она чувствовала, что однажды оставит это место. В планы молодой женщины входила усердная работа, накопление денег — все для того, чтобы когда-нибудь купить свой дом. И тогда никто не сможет сказать ей, что этот дом не ее.

Как-то дождливым утром Сильвана отправила детей в школу и вместо того, чтобы пойти на работу, нанесла визит кардиологу. Она постоянно страдала от высокого давления и боли в груди. Перед посещением доктора она решила убраться в доме. У Рехемы был выходной, поэтому Сильвана сама помыла посуду и убралась на первом этаже. Во время уборки она пела на своем родном языке. Сильвана любила петь, потому что во время пения она чувствовала себя счастливой. Закончив уборку внизу, Сильвана приняла душ и собралась на прием к доктору.

В клинике врач проверил грудную клетку, сделал тест на уровень стресса и увидел, что все в порядке. После приема Сильвана прибыла домой и продолжила уборку в спальнях и ванных комнатах. Закончив уборку наверху, она села перед компьютером, чтобы сделать видеослайды из детских фотографий, продолжая напевать.

Марк вернулся домой неожиданно рано. Войдя в спальню, он сказал:

— Я не знал, что ты не ходила на работу.

— Я тебе говорила, что у меня сегодня прием у врача. Вот поэтому я и дома.

— Что врач сказал? — поинтересовался Марк.

— Сказал, что с моим сердцем все в порядке, — отчиталась Сильвана.

— Сколько ты заплатила за обследование?

— 4000 шиллингов.

— Значит, ты выбросила эти деньги просто чтобы узнать, что все в порядке? Опять транжиришь мои деньги, идиотка! — сказал Марк и вышел из комнаты. Сильвана спустилась вниз и начала гладить белье.

— Почему моя ванная мокрая? — закричал Марк сверху.

— Я там убиралась, — ответила Сильвана.

— Я не могу зайти в ванную, потому что здесь мокро! Мои носки промокли! Мне нужно полотенце на пол положить! Прекрати гладить и принеси мне полотенце из шкафа! — командовал Марк раздраженно.

— Я вешаю рубашку, почему бы тебе не взять полотенце самому?

— Нет! Ты принеси! Я не могу ходить по мокрому полу!

Сильвана поднялась наверх, взяла два маленьких полотенца из шкафа и дала их мужу. Он схватил полотенца из ее рук и резко толкнул дверь ванной, ударив тем самым Сильвану.

— Зачем ты толкаешься? — спросила Сильвана огорченно.

— А зачем ты принесла мне такие маленькие полотенца? Они слишком малы, чтобы закрыть весь пол, — рявкнул Марк.

— Почему ты не можешь взять одно полотенце и вытереть им пол, вместо того чтобы разбрасывать полотенца по полу? — удивилась Сильвана.

— Не мой полы в моем доме, гребаная дура!

— Если я не буду убираться в своем доме, здесь будет грязно! — огрызнулась Сильвана.

— У тебя нет никакого дома.

Он заглянул в шкафчик в ванной комнате и увидел в нем дезодорант и туалетную воду Сильваны. Марк достал их оттуда и выбросил в мусорную корзину.

— Зачем ты выбрасываешь мои вещи?

— Я тебе сказал, тупица! Не клади свои вещи рядом с моими! — кричал Марк.

— Но они не занимают много места, — сказала Сильвана, готовая расплакаться.

Сдерживая слезы, чтобы Марк не увидел ее плачущей, она ушла из ванной и продолжила гладить белье. Он подошел к шкафу и целенаправленно взял несколько полотенец с полок, а затем разбросал их в ванной.

До прихода Марка Сильвана была в хорошем настроении, но как только он открыл рот, сердце Сильваны переполнилось отчаянием и злостью. Она была так разгневана, что едва сдерживала себя, чтобы не пойти на кухню и не разбить там окна голыми руками, в надежде, что ее изрезанные руки будут истекать кровью, пока она не умрет. Так ей больше не придется терпеть его унижения и ворчание. Но мысли ее зашли в тупик, когда она подумала о том, какое будущее ждет ее детей, если она покончит жизнь самоубийством. Она знала, что без нее они будут одиноки и несчастливы. «Если я умру, он будет обращаться с ними как с животными», — подумала она.

Эмоционально она очень устала и мечтала выбраться из всего этого кошмара, но не могла. Она стояла у гладильной доски, шепча молитву, умоляя Бога о помощи. «Пожалуйста, избавь меня от этого, я больше не могу это все выносить!» Из глаз брызнули слезы и намочили рубашку, которую она гладила. «Ты слышишь меня, Господи? Я больше не могу так жить! Почему ты не поможешь мне найти выход?» Она чувствовала себя одинокой и преданной. Сильвана перестала плакать и вытерла слезы рукавом. Внезапно она снова испытала непреодолимое желание покончить с жизнью, чтобы убежать от Марка и от своего несчастного, бессмысленного существования. Сильвана отправилась на кухню и взяла нож, твердо решив покончить с собой и прекратить свои страдания. Она гневно посмотрела наверх, будто пытаясь увидеть там Создателя. «Вот этого ты ждешь от меня? Почему ты не слышишь мой крик о помощи? Почему?»

На память пришли слова ее подруги, которая рассуждала, что в случае ее смерти дети будут расти без любви и думать, почему она их бросила. Слезы потекли из глаз. «Я даже не могу покончить со своей бесполезной жизнью. Дети будут страдать, а я попаду в ад. Дьявол только этого и ждет». Она отложила нож и пошла наверх, намеренная жить и бороться за своих детей, чтобы выйти из данной ситуации победителем. «Придет день, когда я поднимусь с колен. И никто не унизит меня. Все мои обидчики придут ко мне просить прощения!»

***

Работая, Сильвана поступила в университет Самсона, чтобы получить степень бакалавра. Она платила за обучение своей зарплатой. Каждую субботу Сильвана посещала занятия, а Марк оставался с детьми. Ей было очень тяжело учиться, работать и следить за домом и детьми. Она была истощена и не высыпалась. Как-то субботним утром Сильвана решила пропустить занятия. Она приготовила завтрак для детей, проследила, чтобы они приняли душ. Потом поиграла с ними в саду до обеда. Они играли в футбол, бегали и прыгали, а потом их нужно было отвезти на занятия по карате. После обеда Сильвана заставила Питера, Айгюн и Давида переодеться, а Мари разрешила остаться в той же юбке.

Тем временем Марк проводил время с друзьями в пабе, а в три часа дня он приехал домой, чтобы отвезти детей на занятия. Когда он прибыл, Сильвана гладила в гостиной. Гладильная доска перекрывала путь к лестнице на второй этаж. В руках у Марка были канистры с водой, а Сильвана оказалась у него на пути, чем немало его прогневала.

— Идиотка! Убирайся с дороги! Вечно все делаешь не вовремя! — заорал он. Сильвана даже не думала ему отвечать, но доску все-таки убрала и прекратила гладить. Ее больно ранили его слова и тот факт, что ему невозможно угодить. Что бы она ни делала, было плохо для него. Даже когда она мыла пол, он всегда жаловался, что она делает это в неподходящее время.

Когда Марк отнес воду наверх, он вернулся и спросил Сильвану:

— Ты собрала детей на занятия?

— Да.

Марк посмотрел на Мари и нахмурился:

— Тебе мама дала другую одежку, чтобы переодеться? — спросил он Мари, но та не ответила. Вместо нее ответила Сильвана: — Я только поменяла ей блузку, а юбку оставила прежнюю.

— Сука! Гребаная овца! Вместо того, что торчать у компьютера, убедись, что дети готовы ехать на занятия! — вопил Марк.

— Я не торчала перед компьютером. Пока ты пил, я играла с детьми на улице, убиралась в доме и гладила. Я не поменяла ей юбку, потому что в этом нет никакой необходимости.

— Твоя мать не знает, как нужно одеваться. Там, откуда она приехала, их не учили, как одеваться подобающим образом, — сурово выговаривал Марк, глядя на Мари.

Не зная, что сказать в ответ, девочка молчала. Услышав эти слова, Сильвана спросила:

Почему ты всегда порочишь меня перед детьми? Просто оставь меня в покое.

— Пошла ты на хрен! — сказал Марк. Разгневанный он удалился.

На глазах Сильваны навернулись слезы, но она пыталась не показывать эмоции перед детьми. Ее настолько распирало от возмущения, что хотелось кричать. «Убирайся из моей гребаной жизни!» Она научилась сквернословить от своего мужа, и ей бы очень хотелось, чтобы он испытал то же, что она испытывала, когда он употреблял эти слова по отношению к ней. Но, дабы не гневить бога и не развращать своих детей, она держала рот закрытым.

Со слезами на глазах тихим голосом Мари сказала:

— Мама, почему папочка так груб с нами? Он нас не любит и всегда ругает на людях. Мне стыдно иметь такого отца. Мы можем переехать из его дома в другой, отдельный дом? Я не люблю его. Он позвал меня в спальню и ударил меня там без причины. А когда я хотела уйти, он снова позвал меня и снова ударил. Я ведь ничего плохого не сделала. Почему он меня ударил? — говоря это, Мари постепенно повышала голос, под конец она начала нервно дрожать. — Он всегда придирается ко мне и обращается со мной как с чужой.

Видя, как сильно Мари рассердилась, Сильвана обняла дочку.

— Он любит тебя и всегда старается сделать все, чтобы у тебя была крыша над головой и хорошее образование. Но выпивка меняет его поведение, — сказала Сильвана, слабо улыбнувшись. Она едва сдерживала слезы. — Когда вырастишь, не пей, пожалуйста, алкоголь. Это разрушит твою жизнь.

Айгюн обняла мать и сказала:

— Мама, если он любит нас, почему он называет придурками, идиотами и говорит нам другие плохие слова, которые говорит тебе?

Поначалу Сильвана не нашлась с ответом, но потом она выпалила:

— Просто он живет без Бога! С такими, как он, лучше вообще не связываться.

Мари присоединилась к объятиям со словами:

— Мамочка, не слушай его, ладно? Он просто грубиян, а ты не идиотка. Просто не обращай внимания, — она нежно погладила мать по голове.

— Спасибо, родная, — сказала Сильвана, ее сердце переполнялось тоской и печалью.

— Почему контейнер с едой стоит на столе? — крикнул Марк из кухни. — Почему он не в холодильнике?

Сильвана смутилась еще больше и уже готова была расплакаться, но ее окружали дети, и она изо всех сил старалась спрятать слезы.

— Я оставила его на столе, потому что после глажки я собиралась пообедать, — ответила Сильвана. Она одновременно чувствовала и боль, и злость на мужа.

— Ты всегда выбрасываешь еду, а сама не заработала даже доллара! — выкрикнул Марк.

— Разве я не работаю и не зарабатываю деньги?

— А разве ты их тратишь на что-то еще, кроме себя? — спросил Марк.

— Как я могу тратить деньги, когда вынуждена платить за учебу в университете? — сказала Сильвана, нервно дрожа.

Марк проигнорировал ее последние слова:

— Гребаная овца, если ты не можешь убираться в своем доме, я найму кого-нибудь еще.

Сильвана пришла к нему на кухню:

— А разве не ты всегда говоришь, что этот дом не мой?

Услышав эти слова, Марк пришел в бешенство. Он швырнул контейнер с рисом на пол, затем подошел к посудной стойке и, увидев на краю стола тарелку, бросил ее в раковину, разбив стакан, который там лежал.

— Ты даже не можешь заработать денег, чтобы что-то купить. Ты лентяйка! Разве я не говорил, чтобы ты ничего не ставила на край стола? Черт! В прошлый раз я тоже разбил стакан из-за тебя, тупая скотина!

— Ты только что разбил гребаный стакан! Значит, это ты тупая скотина, а не я! — закричала Сильвана.

Потом она посмотрела на рассыпанный рис на полу, который она недавно помыла. Сильвана больше не могла выносить эту несправедливость, и только мысли о помощи Божьей не давали ей окончательно отчаяться. Вера в Бога давала ей надежду, что скоро все кончится, и она начнет новую счастливую жизнь. Сильване лишь осталось подождать, пока она накопит немного денег и сможет развестись.

— Возьми веник и убери этот беспорядок! — приказал Марк.

— Я не собираюсь убирать твой беспорядок, — ответила Сильвана, гневно сжимая ладонь в кулак и поднимая руку. Она развернулась и убежала наверх, оставив рассыпанный рис на полу. Марк не потрудился убрать беспорядок, а просто ушел из дома вместе с детьми.

Пока Марк вел машину, он продолжал кричать:

— Ваша мать — дура. Я не хочу, чтобы вы стали такими же тупыми, как она. Поэтому завтра вы должны выиграть свое соревнование по карате. Вы даже не занимались, а все еще надеетесь на победу.

— Почему ты ворчишь на нас? Мама сказала, что нужно быть всегда позитивными, тогда в жизни будет происходить только хорошее. Она верит, что мы победим, — сказала Айгюн.

— Дура! Если не тренироваться, невозможно выиграть. Зря я послушал ее тупые советы и направил вас на это соревнование. Вы просто тратите время на этих занятиях, а соревнование вы проиграете.

Мари смотрела на отца влажными глазами:

— Почему ты всегда зовешь маму дурой? Отстань от нее!

Марк посмотрел на Мари в зеркало заднего вида:

— Заткнись! Или будешь такой же тупорылой, как твоя мать! — закричал он. Девочки начали плакать без остановки. И, увидев их состояние, Марк решил вернуться домой.

Как только он ушел, Сильвана зашла в детскую спальню. Встав напротив полки с иконами и распятиями, она молила Бога о помощи. Сердце Сильваны скорбело от грусти, отчаяния и одиночества. Она начала горько плакать:

— Господи, помоги! Я умоляю тебя, — она так нуждалась в ласке и добром слове, но, как всегда, оставалась в полном одиночестве в четырех стенах огромного дома. Ее душа и сердце умоляли о помощи, но никто не слышал этот вопль. Ее непреодолимо тянуло закричать как можно громче, чтобы весь мир услышал ее, почувствовал ее боль и узнал, как она одинока и несчастна.

Сильвана продолжала стоять перед иконами, глядя на них, и тихо плакать на протяжении 40 минут. Как обычно, пока она плакала, ее сердце наполнялось гневом. Она была сердита прежде всего на себя за то, что вышла замуж за Марка, и за то, что не в силах разорвать этот брак. Раньше она гневалась на Бога, думая, что это Он уготовал ей такую жизнь. Но чем больше религиозной литературы она читала, тем больше понимала, что Бог любит Своих чад и не заставляет их страдать. Он дал людям свободную волю, чтобы делать выбор, а Сам отошел в сторону. Но так как люди чаще всего совершают неразумные поступки и грешат, они сами ставят себя в неблагоприятное положение. По своей собственной свободной воле Сильвана решила выйти за Марка и недостаточно трудилась для того, чтобы покончить с этим браком. И она понимала, что совершает серьезную ошибку, позволяя цепям страха сковать себя по рукам и ногам.

В то же время она задавалась вопросом, почему Бог ничего не делает, чтобы помочь ей. Друзья говорили, что Бог ответит на ее молитвы, но в нужное время. И все же Сильване казалось, что Бог слишком медлит с ответом.

Она продолжала плакать, а злость на мужа все возрастала. Ее раздражал тот факт, что никто из людей не мог ей помочь. «Почему никто не придет мне на помощь так же, как я прихожу на помощь им?» Она пыталась остановить поток рыданий, но не могла.

— Иисусе Христе, Сыне Божий, помилуй меня, грешную! — кричала она ревностно. — Я умоляю тебя, Боже, спаси меня! Пожалуйста, пошли мне работу лучше, чем эта, чтобы я смогла развестись. Я не хочу иметь дело с лицемерными людьми, как мой муж. Он только сеет зло вокруг себя.

День был солнечный, но внезапно подул сильный ветер и полил дождь. Сильване показалось, что Бог заплакал вместе с ней. Она опустилась на колени и горячо зашептала: «Отец Небесный, Иисус Христос, Матерь Божия, святой Нектарий, прошу, услышьте мои молитвы. Укажите мне путь. Разве вы не видите, как я несчастна? Я больше не могу выносить унижения, — она подняла руки к небу. — Святой Нектарий, умоляю тебя, пожалуйста, помоги мне поскорее найти хорошую работу. Матерь Божия, разве у тебя нет сердца? Почему ты не отвечаешь на мои молитвы? Почему ты не поможешь мне? Я так одинока, мое сердце изболелось. Всевышний Боже, яви милость Свою на мне!»

Вдруг Сильвана разозлилась не на шутку. Она прекратила молиться, взяла телефон и позвонила мужу. Как только он ответил, она сказала:

— Пропади ты пропадом! Я жалею, что вышла за тебя. Однажды Бог тебя накажет за каждую мою слезинку, и ты останешься один! — она положила трубку и попыталась умерить гнев. Она вытерла глаза, чтобы муж не увидел ее слез, и решила написать письмо адвокату. Сильвана была у адвоката несколько месяцев назад, чтобы собрать информацию о разводе. Защитник попросил ее написать обо всем, что делал с ней ее муж. Сильвана начала печатать на компьютере. Чем больше она печатала, тем более расстроенной становилась.

«Мой муж Марк годами эмоционально издевался надо мной, и я решила развестись. Подавая на развод, я выступаю против насилия и пытаюсь защитить свое право на нормальное обращение. Я, как и все люди, хочу, чтобы со мной обращались с уважением, пониманием и любовью. Для моего мужа я полный ноль, сука, тупая домработница, гребаная овца, кто-то, кто достоин питаться помойной жижей. Он говорит, что меня уволят с любой работы, и что моя семья в Азербайджане — это отбросы, которые питаются на помойке.

Например, недавно он долго устанавливал клавиатуру для детей. Я нажала клавишу на клавиатуре, случайно изменив тем самым ее настройки. Мой муж пришел в бешенство и ругался самыми вульгарными словами, распыляя на меня спрей от насекомых. Однажды он ударил меня о столешницу. Он беспрерывно проклинал меня больше двадцати минут, когда дети были дома и слышали каждое его слово. В итоге я плакала на глазах у детей, и они плакали вместе со мной.

Как-то он ушел, попросив меня подождать, когда придет специалист и починит интернет. Специалист починил интернет, и он работал, но, как только мастер ушел, внезапно работать перестал. Ночью, когда муж вернулся, я не могла уснуть и ждала его. Когда он пришел, первыми словами его были: «Интернет починили?» Я ответила утвердительно, но интернет перестал работать, тогда он стал меня материть последними словами: сука, гребаная тупица. Я пожалела, что вместо того, чтобы лечь спать, я сидела и ждала его. С тех пор я больше никогда не ждала его возвращения.

В другой раз наш сын Питер играл в игру без разрешения; эту игру отец планировал подарить ему через две недели. Когда муж вернулся из кабака, он узнал, что сын играл в эту игру. Он взял пластмассовую палку, пошел в детскую спальню и начал наносить удары по всему телу сына, который уже лег спать, называя его гребаным мудаком, тупицей, спрашивая его, как он посмел взять игру без разрешения. Ребенок был напуган, он плакал и просил прощения. А я так испугалась, что просто стояла и смотрела, как Марк избивает Питера. Потом он поднял мальчика с кровати и продолжил бить его, вытолкнув его на лестницу, выставил его на голый пол и заставил спать прямо на полу. Когда Марк ушел, я положила спальный мешок, чтобы Питер мог спать в нем. Сначала сын очень боялся, что Марк будет бить его, если увидит, что он спит в спальнике, поэтому он оставался лежать на голом полу. Я еле смогла уговорить его лечь в спальный мешок. После побоев у ребенка остались всевозможные синяки и ссадины по всему телу».

Закончив печатать, Сильвана была переполнена гневом, потому что она помнила каждую мелочь, словно все это было вчера. Она утерла слезы и продолжила печатать.

«Я больше не хочу сносить унижения от кого бы то ни было. Я бы хотела начать бракоразводный процесс как можно скорее. И я, и мои дети достойны того, чтобы с нами обращались с любовью, заботой и уважением.

С благодарностью, Сильвана Джонсон».

Ей очень о многом хотелось написать, но нужно было сохранять краткость. Сильвана закончила письмо, убрала беспорядок на кухне, который устроил Марк. Несколько дней она была зла на него, но он, как обычно, вел себя так, словно ничего не произошло и словно он ничего плохого не сделал. Когда ее гнев прошел, она поняла, что как бы он ни обижал ее, она не может его ненавидеть. Хотя, когда сердце было переполнено гневом, простить его было действительно очень сложно.

Глава 13

Неожиданные перемены

Проработав целый год в строительной компании, Сильвана уволилась. Ее руководитель Эрик был страшным бабником, который чрезмерно любил все контролировать. Женщинам работалось с ним несладко, потому что он постоянно придирался, ворчал и лапал их, когда ему вздумается. Его неприемлемое поведение заставляло работников уходить с этой работы. Сильвана не могла понять, как женатый мужчина, у которого красавица-жена и двое детей, может вести себя как полный ублюдок.

Однажды во время обеда Сильвана осталась на своем рабочем месте, чтобы закончить ввод информации в систему. С самого утра у нее кружилась голова, а к обеду появилась слабость, и в глазах все расплывалось. Неспособная продолжать работу, она решила пообедать. Но только Сильвана собралась выйти из-за стола, как Эрик оказался рядом с ней.

— Ты закончила ввод информации? — спросил он.

— Нет, я закончу после обеда, — сказала Сильвана.

Эрик схватил ее за руку, но она оттолкнула его.

— Мистер Эрик, пожалуйста, держите свои руки подальше от меня!

Эрик разозлился и решил наказать Сильвану за то, что она отвергла его.

— Ты не можешь обедать, пока не закончишь свою работу.

— Но все остальные работники уже на обеденном перерыве. Мне нужно дать отдых глазам. У меня кружится голова, поэтому все плывет перед глазами, — в отчаянии воскликнула Сильвана.

— А если ты больна, то оставайся дома. Ты не делаешь ничего важного, следовательно, любой может сделать твою работу.

После этих слов Эрик достал телефон из кармана и, глядя на него, сказал:

— Почему ты используешь эту картинку в качестве фото профиля? Глядя на нее, я понимаю, что ты пытаешься скрыть свой большой живот.

Глаза Сильваны расширились, она замерла на мгновенье, не зная, что ответить. «Он что, слеп?» — думала она. Все вокруг расточали комплименты по поводу ее стройной и красивой фигуры. Как он мог подумать, что Сильвана пыталась скрыть живот? На фотографии она просто позировала, сцепив руки перед собой, чтобы продемонстрировать мускулы. Кусая губы от обиды, она изо всех сил старалась промолчать и не нагрубить в ответ. Ей очень хотелось сказать: «Протри глаза, ублюдок! Размер моего живота — не твое собачье дело!»

Сильвана встала из-за стола и в сильном волнении направилась прочь из кабинета. Эрик посмотрел ей вслед и вдруг выпалил:

— Почему ты носишь эти большие туфли? Они на тебе выглядят смешно!

Сильвана сильно сжала руку в кулак и толкнула дверь. Она вышла из кабинета, не проронив ни слова Эрику. Она понимала, что стоит ей открыть рот, из него посыплется брань, а это будет совсем непрофессионально. Вернувшись с перерыва, Сильвана тут же погрузилась в работу, так как она очень спешила закончить ввод данных. Но в конце рабочего дня она выяснила, что Эрику эта информация не понадобится в ближайшие несколько дней.

Через несколько дней Сильвана снова осталась на рабочем месте во время обеда. Эрик подошел к ней и сказал:

— Что ты здесь делаешь? Ты не можешь обедать на рабочем месте.

— Но я не обедаю, поэтому я здесь, — ответила она.

— Не могу войти в свой электронный ящик. Не могла бы ты мне помочь? — сказал Эрик, не сводя глаз с огромной груди Сильваны.

Поймав его взгляд, женщина почувствовала смущение, но все-таки встала и прошла в его кабинет. В кабинете Эрик попросил ее сесть за его стол. Сильвана села и посмотрела на экран. Он склонился над ней, приблизившись лицом к лицу и двигая мышью. Начальник открыл страничку Yahoo и попытался войти, но выскакивающее сообщение показывало, что пароль введен неправильно. Внезапно он дотронулся до волос Сильваны.

Сильвана оттолкнула его и встала со стула. Она посмотрела на него с отвращением и залепила пощечину.

— Мистер Эрик, в этот раз вы зашли слишком далеко. Я подам жалобу в полицию о вашем вульгарном поведении.

Эрик поморщился.

— Ты потеряешь работу. И со своими связями я сделаю все, чтобы ты нигде не смогла устроиться.

Услышав это, Сильвана разозлилась. Ее унижали дома, теперь на работе тоже. Она едва сдерживалась, чтобы не обругать его. Если бы поблизости не было других работников, Сильвана сказала бы ему: «Ублюдок, держи свои грязные руки подальше от меня!». Но вместо этого она сказала:

— Я могу работать где угодно. А вот вы не можете ни управлять подчиненными, ни руководить компанией. Значит, вам следует поучиться тому, как эффективно управлять персоналом и проявлять к нему уважение, а еще тому, как прекратить сексуальные домогательства.

Сильвана вышла из его кабинета и села на свое рабочее место. Разъяренная наглостью Эрика, она решила, что больше не будет терпеть его гадкое поведение. Она упаковала все свои вещи и посмотрела вокруг, пытаясь охватить взглядом всех сотрудников.

— Девочки, я ухожу. Я сюда пришла не затем, чтобы позволять такому ублюдку, как Эрик, трогать меня своими грязными руками и издеваться надо мной.

Сильвана понимала, что если она и дальше будет поддаваться подобным нападкам и продолжит терпеть несправедливость, люди так и будут обходиться с ней по-хамски, поэтому она решила постоять за свою честь.

— Тебе не стоит уходить. Просто не обращай на него внимания, как и мы, — предложила Тони.

— Зачем мне оставаться? Только чтобы позволять ему класть на меня свои грязные лапы или оскорблять меня только потому, что он платит мне зарплату? Мое благополучие и порядочность важнее для меня, чем работа.

Сильвана собрала вещи со стола и встала.

— Ладно, девочки, я пошла.

Она вышла из офиса и поехала домой. Приехав, она позвонила Рехеме и рассказала обо всем, что произошло.

— Рехема, я ушла с работы.

— Что случилось? — спросила Рехема.

— На этот раз Эрик зашел слишком далеко. Он намеренно позвал меня в кабинет, а там стал трогать мои волосы своими грязными руками.

— О боже! — воскликнула Рехема. — И что ты сделала?

— Я дала ему пощечину и ушла с работы.

Сильвана начала чувствовать, как головная боль постепенно становится все более мучительной.

— Надо было пнуть его по яйцам, это стало бы хорошим уроком для него, — заметила Рехема.

Сильвана начала тереть свою голову.

— Эта головная боль меня убивает. Поговорим позже, — сказала Сильвана и положила трубку.

Она прилегла на кровать, но вскоре Марк приехал домой с детьми, поэтому она встала, чтобы их встретить.

— Привет, ребятки. Как прошел ваш день ? — спросила она.

— Хорошо, — ответила Мари.

— Идите ко мне, мои чудоньки, — Сильвана принялась обнимать их одного за другим. — Кого я люблю больше всех на свете?

Женщина сияла от любви к своим детям.

— Своих чудонек и Бога, — ответил Давид.

Сильвана погладила сына по голове:

— А кто мои чудоньки?

— Мы, — сказала Айгюн, обнимая мать.

— Ладно, бегите наверх и переодевайтесь. А потом назад — кушать, — распорядилась Сильвана.

Марк посмотрел Сильване в лицо, понимая, что что-то не так.

— Что произошло? — спросил он.

— Эрик полез ко мне, и я уволилась, — объяснила Сильвана.

— Ты сама виновата. Я просил тебе оставаться дома, потому что мужчины будут домогаться тебя, но ты меня не слушала.

Ожидая поддержки от Марка, Сильвана была в очередной раз разочарована и опечалена. Она смотрела на мужа слезливыми глазами, чувствуя головокружение. Она вздохнула, и глубокие морщины пролегли у нее на лбу.

— Но я ведь ничего плохого не сделала . Почему ты всегда обвиняешь меня, а всех остальных поддерживаешь? Я никогда не прощу тебя за это. Я не флиртовала с ним, и я не давала ему повода флиртовать со мной.

С трудом преодолевая навалившуюся слабость, Сильвана присела на диван. Вскоре она услышала голоса детей, спускающихся по лестнице. Марк стоял рядом с ней, глядя безразлично. Недолго думая, Сильвана встала и ушла из гостиной, оставив Марка в одиночестве.

Испытывая безумное негодование из-за обвинений Марка, она решила выключить компьютер и лечь спать. Однако ее внимание привлекло всплывающее окошко сообщения. Присмотревшись, Сильвана увидела, что ей написала ее приятельница — 32-летняя женщина из Найроби.

— Привет, мамуля, как у тебя дела? — печатала Хава.

— Все хорошо, спасибо. Немного странно, что мы с тобой практически одного возраста, а ты зовешь меня мамулей, — ответила ей Сильвана. Откуда-то из глубины вырвался вздох. «Я убеждена, что она собирается попросить у меня денег. Я не понимаю, почему она продолжает считать, будто у меня их куры не клюют. Если бы это было так, я бы давно ушла от Марка вместе с детьми».

— Потому что ты мне не просто хорошая подруга, но и как родная мать. Ты успокаиваешь меня и даешь надежду, даже больше, чем моя мать, — добродушно ответила Хава.

— Хорошо, можешь продолжать звать меня мамулей. Как твои дети?

— Дети прогуливают школу, потому что я не могу купить им книги и одежду. Они голодают, мамуля. Не могла бы ты послать денег для моих детей? — спросила Хава.

— Я постараюсь послать тебе немного денег скоро, — напечатала Сильвана, опечаленная нищенским положением Хавы. — Но ведь ты не можешь всегда просить денег у людей. Ты должна найти работу.

— Но, мамуля, я пытаюсь изо всех сил, я больше не хочу жить! — сказала Хава в отчаянии.

«Думаешь, я хочу жить? Я тоже держусь из последних сил», — думала Сильвана, и глаза ее наполнились слезами от осознания, что денег у нее совсем нет.

— Хава, держись. Как только я найду хорошую работу, я помогу тебе. Не теряй веры. Бог тебя не оставит.

— Мне пора идти, мамуля, — напечатала Хава и ушла из чата. Сильвана выключила компьютер и начала молиться:

«Господи, я смотрю на этот падший мир и ужасаюсь. Дети по всему миру подвергаются насилию, а женщины страдают. В мире такой беспорядок, и я даже не представляю, что будет дальше. Я хочу помогать людям, даже несмотря на то, что моя мама запретила мне даже думать о помощи другим. Как она говорит, все вокруг неблагодарные паразиты. Но я не могу измениться и просто закрыть глаза на страдания окружающих. Это уже буду не я!»

Глубоко вздохнув, Сильвана накрылась одеялом и закрыла глаза. «Почему все вокруг зависит от денег?»

Позже Сильвана пожалела, что оставила работу, потому что все попытки найти хорошую работу оставались безуспешными. Ее переполняли отчаяние и злость на бывшего босса. Она не могла простить Эрика за то, что он вынудил ее уволиться. Ведь несмотря на то, что он устраивал ей нелегкую жизнь, ей очень нравилось общаться с другими сотрудниками, зарабатывать деньги, на которые потом она покупала книги и другие необходимые вещи через интернет. Так или иначе, теперь она оказалась без средств и полностью зависела от Марка.

***

Прапрадед Сильваны был хорошо известным православным священником в России. Наверное, благодаря такому родству, теперь она заинтересовалась именно этой ветвью христианства. В частности, Сильвана хотела узнать, чем отличается православие от англиканства.

В один из дождливых дней, просматривая информацию в интернете, Сильвана зашла на сайт Русской православной церкви. Люди здесь могли общаться с православными наставниками при помощи аудио- и видеоустройств. У каждого наставника был свой раздел для общения. Получилось так, что Сильвана попала в чат к Владимиру.

Наблюдательная Сильвана заметила, что у этого человека красивая улыбка и доброе лицо, но очень грустные глаза. Несколько дней она посещала чат, чтобы задавать разнообразные вопросы о православной вере. От других участников группы Сильвана узнала, что Владимир служит помощником священника, также что он женат и имеет троих детей. О нем говорили как о человеке мудром и рассудительном, имеющем большой жизненный опыт. Она решила написать ему, чтобы узнать, как развод с Марком отразится на ее жизни и жизнях ее детей.

Она села за компьютер и принялась печатать электронное послание:

«Уважаемый Владимир, я узнала, что вы обладаете большим опытом, и хотела бы услышать ваше мнение. Я застряла в несчастливом замужестве с агрессивным мужчиной, которого я хочу оставить. Но боюсь, что если я это сделаю, жизнь моих детей, да и моя собственная, станет намного хуже. Насколько я понимаю, Православная Церковь рассматривает брак как пожизненный союз и не поощряет развод, за исключением серьёзных обстоятельств, таких как супружеская неверность. Простит ли меня Бог, если я разведусь с мужем? Не могли бы вы посоветовать мне, как лучше поступить в данной ситуации?»

Сильвана улыбнулась и отправила сообщение, надеясь на скорый ответ. Каждый день Сильвана беспокойно проверяла электронную почту, ожидая весточку от Владимира. Ответ пришел через восемь дней. Она открыла долгожданное послание и начала читать:

«Основываясь на предоставленной вами информации, я пришёл к выводу, что греховное поведение вашего отца и ошибки вашей матери повлияли на всю вашу жизнь. Ваш отец пренебрегал вами так, словно вас никогда не существовало. Ваша мать не дала вам той ласки и любви, в которых вы нуждались. Молитесь Богу, чтобы Он простил их.

Разные христианские церкви рассматривают развод как великую трагедию и призывают супругов стремиться к исцелению и примирению. Однако, если унизительное и агрессивное поведение одного супруга становится невыносимым и бесконечным, и даже угрожает жизни другого, а тем более нравственному здоровью детей, было бы слишком жестоко требовать от страдающей стороны продолжать оставаться в таких нездоровых отношениях. Думаю, Бог простит тебя. Но тебе не следует уходить от мужа, пока не найдешь работу. После развода обязательно оставайся с ним в дружеских отношениях. Он отец твоих детей и всегда им останется».

У Сильваны по коже бежали мурашки, потому что она не понимала, откуда этот человек так много знал о ее жизни. У нее появилось еще больше вопросов, и она решила поискать

Владимира на Пэлтолке. Набрав его имя в поиске, Сильвана скоро его нашла и отправила запрос на добавление в список контактов. На следующий день она вместе с лэптопом прошла в гостиную и, усевшись на большом кожаном диване белого цвета, позвонила ему.

— Доброе утро, Владимир. Не уверена, помните ли вы меня, но я та женщина, которая писала вам по электронной почте с вопросами о разводе.

— Добрый день, дорогая. Чем я могу помочь сегодня? — спросил Владимир, открыто улыбаясь.

— Вы сказали, что Бог простит меня, но...Будет ли у меня когда-нибудь счастливый брак?— сказала Сильвана, глядя на его спокойное лицо.

— Ты уже замужем, — утвердительно сказал Владимир спокойным голосом.

— Да, но мой брак несчастливый. Муж морально издевается надо мной, — жаловалась Сильвана.

— Какой религии ты принадлежишь, милая? — поинтересовался Владимир.

— Я мусульманка, но верю, что Иисус — это Божий сын, — ответила Сильвана.

Владимир вскинул брови:

— Я удивлен, потому что мусульмане считают Иисуса пророком, а не Божьим сыном.

Лицо Сильваны расползлось в улыбке.

— Мой прапрадед был русским православным священником. Поэтому я подверглась влиянию христианской культуры.

— Ты молишься Богу, моя дорогая? — спросил Владимир, излучая радость.

— Молюсь, но не часто, — ответила Сильвана, глядя в его серые глаза.

—Если ты жаждешь положительных изменений и счастливого замужества, нужно молиться

Ему каждый день и покреститься, чтобы очиститься от грехов. Когда ты это сделаешь, жизнь твоя радикально поменяется, хотя и постепенно. Но не жди больших чудес прямо сейчас. Хорошо, милая? — спросил он мягким голосом.

— Я пыталась покреститься два года назад в англиканской церкви, но они мне отказали, потому что я не посещала церковную школу. Я очень расстроилась, потому что в сердце я всегда чувствовала, что христианство мне ближе, чем ислам. И в тот момент я почувствовала, что церковь оттолкнула меня.

— Тогда ты пошла в церковь, созданную людьми. И я рад, что они отказались покрестись тебя. Ты должна креститься в православной церкви.

Глядя на него, Сильвана заметила, что он часто поглядывает куда-то налево. Она поняла, что это были настенные часы. Проговорив около двадцати минут, Владимир сказал:

— Теперь ты знаешь, в каком направлении двигаться.

Значит, все будет в порядке. Моя дорогая, у тебя есть еще вопросы?

— Нет, — ответила Сильвана, почувствовав умиротворение.

— До скорой встречи. Я должен идти.

И он вышел из Пэлтолка.

***

Сильване очень хотелось изменить свою жизнь и избавить детей от пагубного влияния их отца. Поэтому она решила покреститься как можно скорее, чтобы очиститься от греха. Поговорив с Владимиром, она стала искать возможность покреститься, не посещая церковную школу.

Она взяла телефон и набрала номер Рехемы.

— Доброе утро, Рехема, у меня для тебя есть новости. Мне сказали, что если я приму крещение, моя жизнь изменится, — глаза Сильваны излучали радость, и она чувствовала себя невероятно счастливой. — Ты можешь в это поверить? Скоро у меня начнется новая жизнь!

— Кто тебе это сказал? — спросила Рехема.

— Человек, который видит будущее.

— Я тебе говорила, чтоб ты прекратила ходить к экстрасенсам, потому что они все лгут, и ты будешь гореть в аду за это. Каждый раз, когда ты идешь к ним, ты выбираешь демона вместо Бога.

Сильвана скрестила ноги:

— Он не экстрасенс, а человек, который служит Богу. И свой дар он получил от Бога. Он провидит. Хотя не афиширует это, а я поняла это сама из нашего разговора.

— Только Бог видит будущее. И каждый, кто утверждает, что видит будущее — от беса, — утверждала Рехема.

— А если его дар от беса, почему он хочет, чтобы я крестилась?

— Не знаю, — не нашлась с ответом Рехема.

— Мне нужна надежда, что моя жизнь изменится, и Бог — моя последняя надежда. Если православие — путь к таким изменениям, тогда я приму крещение, — рассуждала Сильвана, в то время как глаза ее уже переполняли слезы, а сердце распирало от отчаяния.

— Крещение приблизит тебя к Богу и направит на верный путь. Но ты и сама должна делать шаги, чтобы изменить свою жизнь. Если будешь сидеть и ждать, то ничего не произойдет само собой, — заметила Рехема.

— Ты можешь найти для меня церковь, куда я могла бы прийти и покреститься без подготовки? Я бы хотела сделать это, как можно скорее.

— Ладно, я попытаюсь, — согласилась подруга.

После того, как Сильвана получила обещание, беспокойства оставили ее.

— Рехема, а ты до сих пор испытываешь проблемы со своей матерью?

— Да, она заставила меня сделать аборт и уйти от мужчины, которого я любила. Если бы не она, у меня был бы пятый ребенок и второй муж. Я бы не нанималась домработницей. Я не могу простить ее, — жаловалась Рехема.

— Ты должна простить её. Если ты не простишь, тебе не будет прощено. Бог пошлёт тебе новый шанс. Постарайся начать всё сначала и забыть прошлое.

— Но она до сих пор давит на меня и злится, когда видит нас вместе, — продолжала Рехема.

— Не обращай внимания на мать и выходи за него замуж. Не позволяй кому-либо встать между вами. Ты заслуживаешь быть счастливой, будем надеяться, что он сможет прокормить твоих детей. Мне пора идти готовить, поговорим позже, — сказала Сильвана.

— Ладно. Пока, — ответила ей Рехема.

После разговора с Рехемой Сильвана чувствовала себя такой счастливой, что начала петь во весь голос: «Слава Тебе, Господи! Я люблю Тебя всем сердцем! Ты Тот, кого я славлю и восхваляю. Ты — моя надежда, мой Спаситель, моя радость!» — она была настолько переполнена ликованием, что не могла остановиться.

Вечером она написала Владимиру сообщение, в котором просила выйти на связь в Пэлтолке. Не успела она отправить его, как он отозвался:

— Привет, моя дорогая.

— Добрый вечер, — ответила Сильвана с радостной улыбкой. Она чувствовала его сияющую ауру, которая успокаивала ее. Сильвана посмотрела на экран и заметила, что сидел он в зеленой комнате, а на стене висела картина с изображением молодой пары. — Красивая картина! — громко прокомментировала она.

— О, да. Я купил ее на Кубе, — ответил он, глядя на изображение. — Ты сказала, что хочешь мне что-то сообщить. Так что?

— Я говорила с подругой, и она обещала, что скоро организует для меня крещение, — сказала Сильвана чувствуя, как щеки ее краснеют, а кожа покрывается потом.

— Отличная новость, милая! Я счастлив за тебя, но в какой церкви ты собираешься креститься?

— В англиканской.

Услышав ее ответ, Владимир изменился в лице. Улыбка его исчезла, он выглядел расстроенным.

— Я говорил тебе ранее, что тебе следует креститься только в православной церкви.

Сильвана нахмурилась.

— Ну какая разница, в какой церкви я крещусь? Самое важное — покреститься.

— Разница огромная. Православная церковь — изначальная церковь, которую создал Сам Иисус Христос. «В этом мы знаем, что присутствует благодать Божия. Другие религии не обладают полнотой этой благодати, хотя Святой Дух всё же может действовать способами, превышающими наше понимание. Узнай, есть ли в Кении православная церковь, а затем вернись ко мне, — распорядился Владимир и посмотрел влево. — Мне пора, нужно ещё кое с кем связаться.

***

Позже, когда Сильвана уложила детей, она выключила свет и попыталась заснуть но время шло, а заснуть все не удавалось, потому что мысли о крещении одолевали ее. «Почему я должна креститься именно в православной церкви? А что будет, если я не найду здесь такую?» Позже она вспомнила, как одна ее знакомая упоминала, что посещает православную церковь, в которую ходят местные жители. Она решила, что утром узнает номер телефона этой церкви и позвонит им.

Сильвана, наконец, уснула, но в 4 часа утра уже проснулась, чтобы найти телефон православной церкви. Она смогла найти только одну — Эфиопскую православную церковь. Выписав номер телефона, женщина решила позвонить туда сразу, как только отправит детей в школу. Она сделала зарядку, приготовила завтрак и разбудила детей. В 7:25 дети уже были собраны, поэтому отец увез их в школу, оставив Сильвану одну. Тут же Сильвана набрала выписанный номер телефона. Ей ответил женский голос, который сообщил Сильване адрес православной церкви. Скоро приехала Рехема, и вместе они отправились в церковь.

Попав туда, Сильвана была удивлена тем, что на стенах висело так мало икон, а Иисус изображен в виде чернокожего человека. Священник в черной одежде подошел к ним:

— Доброе утро. Я — отец Эммануэль. Чем могу вам помочь? — спросил он, обнажив белоснежные зубы.

— Доброе утро. Я мусульманка, и я хотела бы принять православие. Какова процедура?

— Три месяца вам нужно посещать занятия, а потом вы можете принять крещение, — объяснил священник.

— Сколько раз в неделю мне следует приходить?

— Наши занятия дважды в неделю, — ответил он.

Сердце Сильваны беспокойно забилось, потому что она не знала, позволит ли ей Марк посещать занятия.

— Я подумаю об этом и решу, смогу ли приходить на занятия.

— Никаких проблем. Двери Бога открыты для каждого, — голос священника был добрым и приветливым.

Лицо Сильваны засияло от радости. Она понимала, что скоро сможет пройти обряд крещения. Но когда она сказала об этом Марку, он вовсе не был счастлив от осознания, что его жена будет ходить в церковь для черных.

— Не позорь меня. Ты не можешь туда ходить! — воскликнул Марк.

Взволнованная Сильвана вскочила с кровати:

— Почему?

— Тупица! Потому что белые не ходят в ту церковь, и, если ты пойдешь, люди будут показывать на тебя пальцем! — фыркнул Марк.

— Я не делаю ничего плохого. Я просто хочу прийти в дом Божий. Почему люди должны обо мне говорить плохо?

— Есть определенные вещи, которые местные светлокожие люди не делают. Они не ходят повсюду, как ты в поисках работы. У них есть деньги, и они работают на себя.

— Я устала от этой дискриминации и разделения между людьми. Почему людей волнует только социальный статус, цвет кожи и содержимое карманов?

— Сильвана, ты не местная и ничего не знаешь о здешних людях.

Она закусила губу и сердито посмотрела на Марка:

— Я достаточно долго живу здесь, и за это время встречала несколько странных людей. Некоторые такие самодовольные, что разгуливают по округе, словно напыщенные павлины, не замечая никого вокруг. Они строят гигантские дома и проживают свои жизни в заботах о деньгах и создании лживого имиджа. Почему я должна беспокоиться о том, что эти высокомерные лицемеры скажут о моем религиозном выборе?

Чувствуя сильное волнение, Сильвана вышла из спальни. На следующее утро она набрала сообщение Владимиру: «Доброе утро, Владимир. Могли бы вы мне позвонить? Я бы хотела поговорить с вами о православной церкви».

Через пять минут он позвонил.

— Привет, дорогая моя. Я получил сообщение. Ты нашла церковь? — спросил он, протирая очки влажной салфеткой.

— Да, я нашла церковь, но эфиопскую, и мой муж сказал, что я не могу ни креститься там, ни посещать службы.

— Ты пробовала найти греческую православную церковь?

— У нас есть только Эфиопская православная церковь, — угрюмо сказала Сильвана. Ей так сильно хотелось изменить свою жизнь, что она очень спешила принять крещение как можно скорее.

— Тогда тебе нужно поехать на свою родину и принять крещение там. У тебя такие большие, красивые глаза, Сильвана. А глаза — это зеркало души, — сказал он неожиданно.

Прежде чем она успела еще что-то сказать, Владимир вышел из Пэлтолка.

После этого разговора Сильвана решила, что любым путем накопит деньги на билет и полетит в Азербайджан ради крещения. Вечером она рассказала мужу о своих планах, но он, как обычно, не поддержал ее.

С тех пор как Владимир предсказал Сильване, что ее жизнь изменится, она стала чуточку счастливее. Через несколько дней он прислал ей сообщение: «Привет! Ты здесь? Ах, нет. Значит, ты занята. Жаль, что мы не можем поговорить».

Как только Сильвана получила это сообщение, она тут же набрала в ответ: «Привет! Да, я занята. Но только не для тебя». Он ответил: «Хорошо, тогда позвони мне».

Она тут же вызвала Владимира в Пэлтолк, и они начали обсуждать проблемы Сильваны и возможные пути их решения.

Во время беседы Сильвана пыталась выудить информацию о его семье, но когда она задала вопрос напрямую, он ответил:

— Это слишком личное. Ты можешь задавать вопросы только о своей жизни и о своих проблемах, но не обо мне и о моей семье.

Эти слова возмутили Сильвану, и она сказала:

— А я устала говорить только о себе и о своих проблемах. Когда я говорю о своих проблемах, я зацикливаюсь на них, создавая негатив вокруг себя. Я хотела бы поговорить на другие темы, чтобы у нас был двухсторонний разговор, но когда мы общаемся, большей частью говорю только я. А ведь дружба подразумевает двустороннюю связь.

— Но мы не друзья. Я твой наставник. Когда ты встанешь на верный путь, я уйду из твоей жизни. Я не верю в дружбу. Хороших друзей не существует, — сказал Владимир с серьезным выражением лица.

— Ты ошибаешься. Такое явление, как хорошие друзья, существует. И у меня они есть.

— Это ты ошибаешься. У тебя нет друзей. Те, кого ты считаешь своими друзьями, в твоей жизни только для пустых разговоров.

Несмотря на то, что Сильвана знала, что Владимир прав, она не хотела принимать эту правду.

— Я тебе не верю. У меня есть хорошие друзья, — грустно сказала она, готовая расплакаться.

— Покажи мне того друга, который в чем-нибудь тебе помог или поддержал тебя в нелегкие времена, — сказал Владимир суровым голосом.

Сильвана молча смотрела на него.

— Я говорю тебе: таких нет. Но, если ты не можешь принять этот факт, то это твоя проблема, — продолжал Владимир все так же серьезно.

— Как может служитель Бога вроде тебя так негативно воспринимать дружбу?

Он не ответил на вопрос.

— Пока, милая моя, — Владимир попрощался и оставил расстроенную Сильвану одну.

Тем не менее, узнав Сильвану получше, через какое-то время Владимир начал говорить о своей семье и даже представил ее своей жене. После разговора с женой она отправила ему сообщение: «А жена не ревнует из-за того, что мы общаемся?»

«Нет, ведь она же знает, что я здесь для того, чтобы помогать и наставлять тебя. Я разговариваю с многими женщинами и помогаю им. Моя жена понимает этот аспект моего служения и принимает мое призвание. Мы доверяем друг другу, а я просто делаю свою работу».

«Я хочу быть уверенной, что не создаю проблем в твоей жизни, — напечатала Сильвана. — Что касается меня, я никогда не позволила бы мужу общаться с другими женщинами по какому бы то ни было поводу».

«Ты должна научиться доверять и не ревновать. Счастливое супружество должно быть основано на взаимном доверии», — напечатал Владимир.

«Когда мужчина и женщина общаются, часто у них возникают чувства друг к другу, может начаться флирт», — заметила Сильвана.

«Если человек хочет сохранить свой брак, он будет воздерживаться от таких проступков», — напечатал Владимир.

«Согласна с вами», — написала Сильвана, улыбаясь, и вышла из чата.

***

Через несколько недель у Сильваны вдруг развилась пневмония и тяжелый бронхит. У нее появился коклюш, который не давал ей спать по ночам.

— «Ты сегодня идешь в офис?» — спросила она Марка однажды утром.

Он посмотрел на нее с нахмуренным выражением лица. — «Да, иду».

Сильвана высморкалась. Марк строго смотрел на нее, словно ненавидел.

— «Слушай, я не сижу дома, ничего не делая, как ты. У меня полно работы. Держись от меня подальше со своим гриппом. В прошлый раз ты испортила мне отпуск».

— «Это не моя вина, что я заболела гриппом», — возразила Сильвана, раненая холодностью и безразличием мужа. — «Я ведь тоже не сижу без дела. Кто же убирает, готовит, гладит и заботится о детях?»

— «У тебя есть горничная».

— «Но она приходит не каждый день», — заметила Сильвана.

— «Разберись с этим и найми другую горничную», — сказал Марк, уходя из спальни.

Она вздохнула с покорностью. Каждый раз, когда она болела, было одно и то же: он говорил ей держаться от него подальше.

Она вышла из спальни.

«Почему он смотрит на меня так, словно ненавидит? Я что-то сделала не так? Он никогда не поддерживает меня, даже когда я больна».

Две недели она оставалась дома одна днем. Однажды Марк приказал ей сменить постельное белье, хотя она едва могла стоять на ногах. Он также спросил, погладила ли она его белую рубашку. Когда она сказала, что не может этого сделать, Марк ответил:

— «Если ты не можешь гладить мои рубашки, у меня есть деньги. Я могу заплатить кому-то другому. Мне не нужно, чтобы ты что-то делала».

Несмотря на болезнь, Сильвана все равно вставала, чтобы убирать дом, гладить и заботиться о детях, потому что знала, что никто этого за нее не сделает. Поэтому после его жалоб она погладила рубашку.

Во время болезни Сильвана впала в депрессию. Когда Марк был на работе, а дети в школе, она отдыхала в постели, чувствуя отчаяние. Она начала горько плакать и молиться:

— «Отче, я так устала нести свои бремена. Иногда я задаюсь вопросом, зачем я вообще пришла в этот мир. Жизнь — это благословение, если ты живешь её полноценно, имеешь любимую работу и любящего партнера, участвуешь в занятиях, которые приносят радость. Но я закована в этих четырех стенах. Я не могу найти покоя. Помоги мне выбраться из этой клетки. У меня больше нет сил продолжать».

Она села и подняла руки вверх, слезы катились по лицу. — «Пожалуйста, услышь меня, Господь. Я больше не хочу страдать. Отче, помоги мне достать деньги на билет. Мне нужно поехать в свою страну, чтобы креститься».

Сильвана задавалась вопросом, слышит ли Бог её молитвы. — «Отче, Ты слышишь мои молитвы? Что, если моя жизнь не изменится?»

Сомневаясь в себе и в Боге, она снова обратилась к гадалкам. Включила компьютер и зашла на сайт Life Readers. Один гадатель был онлайн и общался с другими.

Сильвана написала ей: — «Не могли бы вы погадать для меня?»

— «Без проблем, просто войдите в приватный чат».

Сильвана оплатила приватное гадание и вошла в чат. Гадалку звали Мелла.

— «Добрый вечер, Мелла. Можете сказать, изменится ли моя жизнь?»

Мелла закрыла глаза, дрожа. — «Мой хранитель говорит, что ты полна страхов и всегда принимаешь поспешные решения, не думая. Ты сама создаешь себе проблемы. Я вижу за тобой Мать Марию и Мать Терезу. Они хотят, чтобы ты продолжала их работу. Я вижу развод в будущем, а после него ты встретишь новую любовь». — «Хорошо, но мне нужно знать, когда произойдет развод».

— «Процесс развода начнется через шесть месяцев».

— «А когда я найду хорошую работу?»

— «Ты найдешь её через четыре месяца», — произнесла Мелла.

Кредиты Сильваны закончились. Она увидела сообщение с просьбой заплатить больше, чтобы продолжить гадание. Окно чата исчезло, гадалка ушла.

На следующий день Сильвана отправила СМС Владимиру:

— «Доброе утро, Владимир. Я так счастлива. Гадалка сказала, что моя жизнь скоро изменится, и после развода я встречу новую любовь».

— «Моя дорогая, ты меня разочаровала. Я предупреждал тебя, что эти гадания исходят от зла, но ты снова побежала к гадалке. Разве ты не понимаешь, что они питают твои надежды и лгут? Они говорят тебе то, что ты хочешь слышать», — ответил Владимир.

— «Как может простое таро исходить от дьявола?» — спросила Сильвана.

— «Никто не может предсказывать будущее, кроме Бога. Дьявол хочет, чтобы ты отвернулась от Бога и полагалась на таких гадателей. Каждый раз, когда ты обращаешься к ним, ты создаешь связь с демоном. Скоро это повлияет на твою жизнь и на детей».

Слова Владимира вселили в нее страх. Она не хотела, чтобы что-то влияло на детей.

— «Но если они от зла, почему они обещают хорошие исходы?»

— «Чтобы ввести тебя в заблуждение. Если ты не перестанешь ходить к гадалкам, твой конец будет в аду. Бог дал тебе инструменты: Библию, духовное наставление и Его заповеди. Ты можешь читать о жизни православных святых. Когда же ты поймешь, что следует идти за Ним, а не за медиумами, целителями или гадалками? Покайся и перестань предавать Бога, пока не поздно. Пройди крещение и молись. Твоя жизнь начнет меняться. Только Он может изменить твою жизнь, а не гадалки».

— «Я знаю это, но иногда, когда мне тяжело, я задаюсь вопросом: есть ли Бог со мной?» — сказала Сильвана.

— «Он с тобой, но ты должна научиться терпению. Всё устроится».

Сильвана начала кашлять без остановки.

— «Владимир, мне плохо. Поговорим позже».

Во время болезни и депрессии Владимир часто общался с ней. В одной из бесед Сильвана снова жаловалась:

— «Владимир, почему Бог позволяет мне страдать, вместо того чтобы дать мне то, что нужно?»

— «Возможно, то, о чем ты просишь, не всегда возможно в этом сломанном мире, или это не полезно для тебя», — сказал Владимир.

Глубокие морщины покрыли ее лоб. — «Как счастливая семья и душевный покой могут быть вредны для меня?»

— «Я не знаю, но Бог не является источником зла и страдания. Мир повреждён грехом, и страдания приходят из-за падшего состояния человека. Но даже в страданиях Бог не оставляет нас. Он может попустить трудности ради нашего спасения, чтобы через них мы научились смирению, доверию Ему и состраданию. И даже скорби Он обращает ко благу для тех, кто любит Его.

Сильвана покачала головой в несогласии. Речь Владимира о страданиях разозлила её.

— «Если Иисус любит меня, как Он мог позволить мне страдать с детства? Почему Он позволил, чтобы меня обижали и мучили в детстве? Почему забрал у меня отца? Я молилась, я была близка к Нему с шести лет. Все эти годы я просила Бога помочь выйти из этой несчастной семьи. Почему Он не помог мне?» — спросила Сильвана, плача. — «Это любовь?»

— «Дорогая, слезы тебе не помогут. Ты должна винить родителей и себя за ошибки и выборы, которые сделала. Так что перестань обвинять Бога! Помни, Господь дал нам свободную волю для правильных или неправильных решений. Он помогает тебе, но ты этого не видишь. Думаю, я здесь по Его воле, чтобы ты приблизилась к истинной вере и нашла путь к Царству Небесному».

Сильвана продолжала плакать, вспоминая все свои детские страдания.

— «Ты плачешь, как ребенок. Я дал тебе указания. Ты знаешь, что делать. После крещения продолжай причащаться и исповедоваться».

Телефон Владимира зазвонил. — «До скорого, моя леди».

— «Пока», — сказала Сильвана.

***

Прошли недели, и произошло то, что вновь разожгло веру Сильваны. Она не могла поверить, что Бог услышал её молитвы. Марк купил для неё билет, чтобы она могла полететь в Азербайджан!

Сильвана была так счастлива, что помолилась: «Слава Тебе за всё. Я так благодарна Тебе, что Ты услышал мои молитвы».

На следующий день Сильвана собрала вещи.

Она договорилась, чтобы Рехема присматривала за детьми в течение трёх недель, пока её не будет.

В день отъезда дети Сильваны были грустными. Они не могли понять, почему не могут поехать с ней. Впервые в их жизни мать будет отсутствовать так долго. Они сидели рядом с ней на диване, умоляя взять их с собой.

Айгун положила голову на колени Сильваны. «Мама, пожалуйста, возьми и нас!» — умоляла она.

«Я не могу взять вас с собой», — сказала Сильвана, поглаживая её по голове.

«Почему?» — спросил Питер.

«Вы не можете пропускать школу, да и слишком дорого вас взять. Вы останетесь с папой, а Рехема будет присматривать за вами, пока папа не вернётся с работы», — ответила она, с сожалением думая о том, что дети не получат достаточно любви от отца.

«Ты самая добрая и сострадательная мама на свете. Я буду скучать по тебе», — сказала Мари, обнимая Сильвану.

«Кто мои чудеса и радости?» — спросила Сильвана с полным любви сердцем.

«Мы», — ответил Дэвид.

«Да, вы. Я так вас люблю!» — Сильвана обняла их.

Рехема вошла в спальню. «Ваш муж готов отвезти вас в аэропорт».

«Спасибо, Рехема», — сказала Сильвана с благодарной улыбкой. «Пожалуйста, не позволяй детям играть на улице одних». «Я люблю их как своих собственных детей. Не волнуйся, я не отпущу их из поля зрения».

Она подошла к Сильване и обняла её. «Счастливого полёта и не забудь наслаждаться отпуском. Пусть ничто не тревожит тебя».

«Спасибо, Рехема».

Сильвана обратилась к малышам. «Ладно, дети, я ухожу. Пожалуйста, слушайтесь папу и Рехему».

Она снова обняла их и поспешила выйти, оставив детей с гувернанткой.

Марк отвёз Сильвану в аэропорт, и после двадцати минут вместе он обнял её на прощание. Он протянул ей конверт с деньгами.

«Эти деньги — для твоих расходов там. Но тратить их все необязательно».

«Спасибо», — сказала Сильвана. Она ещё раз его обняла и пошла прочь.

***

Сильвана с нетерпением хотела вернуться домой. Из Кении она полетела в Англию, а оттуда — в Азербайджан. Когда она приехала в Баку, она не могла поверить, что снова оказалась в своей стране. Она была в восторге от того, что снова увидела своих людей и услышала родной язык.

Пройдя иммиграцию, она направилась к выходу, чувствуя себя легче. Снаружи её ждали мать и сестра. Они обняли её, а затем перенесли её багаж к ожидающему такси. Сильвана села на заднее сиденье рядом с матерью, а Элнара — впереди.

Эсмира была в красной куртке, красных серьгах, чёрных брюках и чёрных туфлях. Сильвана заметила, что мать постарела и похудела, но сохранила свой хороший вкус.

— Как прошёл твой полёт? — спросила Эсмира.

— Неплохо, но мне пришлось ждать три часа в аэропорту Хитроу, прежде чем сесть на следующий самолёт.

— Почему ты не взяла с собой детей? — спросила Эсмира.

— Билеты слишком дорогие, да и они не могут пропускать школу.

Эсмира закурила сигарету, глядя на Сильвану. — Ты поправилась. Лицо у тебя круглое.

Сильвана закатила глаза и бросила матери резкий взгляд.

Как ты думаешь, я могу не поправляться в такой ситуации? Когда я тревожусь или грущу, я ем.

Вдруг Сильвана закашлялась и попыталась отмахнуться от дыма сигареты.

— Мама, когда ты перестанешь курить?

Она повернулась к окну и посмотрела наружу. Хотя было темно, Сильвана заметила значительные изменения в Баку. Она увидела много высоких зданий. Когда они подъехали к своей улице, Сильвана заметила новые дома, которых не было, когда она уезжала. Такси остановилось у их дома, и все вышли.

Сильвана осмотрелась. Ничего не изменилось.

Здания выглядели старее, краска облупилась, а сосны подросли — вот и всё. Они поднялись на пятый этаж и остановились перед дверью Садагет.

Сильвана заметила новую дверь из стали. Хорошо, что они заменили деревянную дверь.

Она позвонила в звонок. Дверь открыла Садагет.

— Привет, бабушка! — воскликнула Сильвана.

— Ты вернулась! — радостно сказала Садагет, двигаясь, чтобы обнять внучку. — Подойди, обниму тебя. Я тебя почти не вижу. С тех пор как ты уехала, у меня глаза стали хуже.

Сильвана подошла к бабушке и обняла её. Она была счастлива увидеть её, и слёзы радости скатились по её лицу. Они прошли в гостиную. Сильвана села на стул рядом с Садагет.

— Твоя мать ослепила меня, — пожаловалась Садагет.

— Как она это сделала?

— У меня была глаукома, и я немного видела, но эта глупая женщина настояла на операции. Я пошла на операцию, а после неё перестала видеть. Врачи испортили мне глаза.

— Твои глаза испортились потому, что ты не следовала инструкциям врача. Они дали тебе капли после операции, но ты ими не пользовалась. Так что хватит жаловаться. Сильвана устала, — сказала Эсмира, пытаясь закурить сигарету.

— Не заставляй меня замолчать. Я в своём доме и могу говорить сколько хочу, — сказала Садагет, размахивая кулаком в воздухе.

Сильвана посмотрела на бабушку. Бедная Садагет была бледной, а её лицо было покрыто морщинами. На глазах у неё были солнечные очки.

Она приблизилась к матери и тихо шепнула, чтобы бабушка не услышала:

— Почему бабушка носит очки дома?

Эсмира поморщилась при мысли о необходимости иметь дело с капризами матери.

— Она боится, что если люди увидят её глаза, она ослепнет.

— Бабушка всегда верила в такие вещи. Она просто не может измениться.

Садагет нахмурилась. — О чём вы говорите? — громко спросила она.

— Ничего, — ответила Эсмира.

Сильвана быстро осмотрела гостиную. До её отъезда стены квартиры были оклеены обоями, но теперь их не было. Вместо этого стены были покрашены в уродливые серые и светло-коричневые цвета.

— Почему вы заменили обои краской? — спросила Сильвана. — Я думала, что краска будет смотреться лучше. Но когда я вернулась домой, поняла, что нанятый рабочий покрасил стены в неправильные цвета. У меня не было денег, чтобы исправить, — объяснила Эсмира.

— Но у тебя достаточно денег, — сказала Сильвана.

— Деньги, которые я зарабатываю, идут либо на еду, либо на счета, либо на долги. У меня нет лишних средств, чтобы переделать квартиру.

Сильвана встала и осмотрела все комнаты. Состояние квартиры бабушки огорчило её.

— Квартира была в таком хорошем состоянии, когда я уезжала. Твой выбор уродливых цветов всё испортил. Как только я устроюсь на работу, я постараюсь исправить это.

Она всегда хотела дать Эсмире полноценную жизнь, но не могла этого сделать.

— Ты никогда нам не рассказывала о друзьях. У тебя вообще появились друзья в Кении? — спросила Эсмира.

— Да, у меня есть друзья, но их немного. Большинство друзей — онлайн.

— Ты всегда находила много друзей. Я удивлена, что у тебя всего несколько, — сказала Эсмира.

— Я сталкивалась с лицемерами со всего мира. Они ходят, напыщенные и самодовольные, а внутри — как гнилые яйца, полные зависти и ревности. Я ценю простых людей, которые знают цену настоящей дружбы, понимают доброту и относятся ко всем с уважением и равенством. Лучше иметь несколько настоящих друзей, чем общаться с лицемерами, — объяснила Сильвана.

— Тебе вообще не надо было уезжать из страны. Тут у тебя хотя бы было много хороших друзей, — сказала Эсмира.

— Мама, первый раз в жизни я должна согласиться с тобой. Я сделала большую ошибку, уехав из Баку, и теперь расплачиваюсь за это. Ты можешь себе представить, в школе, куда ходят мои дети, я даже встретила расистов. Для них цвет кожи, приверженность к религии и социальный статус — важнее всего. Если у тебя не тот цвет кожи или религия, они даже рот не откроют, чтобы поприветствовать тебя, зато с радостью открывают его, чтобы распространять лживые слухи о других людях.

В тот день Сильвана до трех часов дня общалась с матерью и сестрой. Ее братьев не было, потому что оба они женились на иранках и переехали в Иран.

Разговаривая с матерью, Сильвана вдруг услышала бабушкин громогласный вопль:

— Вы глупые идиоты! Я уже сорок лет живу без мужчины. И вы называете меня шлюхой? Это ваши дочери шлюхи!

Смутившись, Сильвана посмотрела на свою мать:

— С кем это бабушка ругается?

— Каждый день она клянет соседей, а они слушают ее. А мне так стыдно, что я не хочу выходить из дома, — объяснила Эсмира.

— А почему она ругает соседей? — озадаченно спросила Сильвана.

— Ей кажется, что они сплетничают о ней. Даже когда она слышит радио, то думает, что люди говорят о нас.

— Это ужасно. Тебе нужно сводить ее к психиатру, чтобы ей назначили лечение, — сказала Сильвана.

— Напрасная трата времени. Она не будет принимать лекарства, — уверенно сказала Эсмира.

Бабушка начала кричать:

— Заткнитесь лучше по-хорошему! О Боже, пусть потолок обвалится на их головы! Они хотят прийти и убить нас всех!

Эсмира поднялась со своего стула и сердито одернула свои волосы:

— Сильвана, заставь ее замолчать, пока я ей не вмазала! Она настоящий вампир, всю мою душу высосала!

— Мама, успокойся, она твоя мать, и она нас всех вырастила, — сказала Сильвана.

— Хватит курить, Эсмира. Мне нечем дышать! — крикнула бабушка с балкона. — Они меня закрыли в моем доме!

— Я думаю, у нее деменция, и она помнит, как люди сплетничали о тебе и Самеде. А теперь это ее преследует, — уверенно сказала Сильвана.

Эсмира выбежала из гостиной прямиком на балкон, сжав руки в кулаки:

— Зайди внутрь, старая ведьма! Люди спят!

— Нет, я останусь здесь. Мне нужен свежий воздух, — бормотала Садагет.

Эсмира схватила Садагет за руку и потянула ее внутрь.

— Вызовите полицию! Меня избивают! — закричала Садагет.

Она достала из лифчика нож и подняла его, пытаясь ударить Эсмиру. Мать Сильваны упала на пол, а Садагет снова подняла руку.

— Не запирай мою дверь. Дай мне ключ. Мне нужно выйти, — вопила Садагет. Ее губы покрыла пена.

— Сильвана, помоги мне! Эта ведьма хочет меня убить! — кричала Эсмира, закрываясь руками.

Сильвана бросилась на балкон и увидела свою худую, словно скелет, бабушку, нависшую над матерью с ножом в руке. Не теряя ни секунды, она подбежала к Садагет, схватила её за запястье и попыталась вырвать нож. Но та вцепилась в нож так отчаянно, словно от него зависела её жизнь, и Сильвана не смогла вырвать его из её руки.

— Отпусти мою руку! Я вырастила тебя, а не твоя мать! А сейчас ты на ее стороне, неблагодарная.

— Бабушка, никто не говорит о тебе. Демоны заставляют тебя слышать голоса, поэтому ты не можешь успокоиться. Пожалуйста, прекрати проклинать соседей, — умоляла Сильвана.

Садагет пыталась оттолкнуть ее руку.

— Нет! Ты не понимаешь, о чем говоришь. Я слышала, как они говорили, что ты — приблудный ребенок. Я должна защитить тебя! — кричала Садагет.

Эсмира оттолкнула нож, а Садагет ушла с балкона. Рука Эсмиры слегка кровоточила, а Сильване было безумно жалко и мать, и бабушку. Она смотрела на порез:

— Мам, ты как?

— Нормально. Идите в ее комнату, и пусть эта ведьма утихнет.

— Мама, у нее деменция, и она не понимает, что делает. Мне искренне жаль бабушку. Она не может найти покоя. Тем более, что наши свиньи-соседи всегда сплетничали о нас. Они заслуживают ее проклятий, — высказала свое мнение Сильвана.

— Ты должна жалеть меня, а не ее, — сказала Эсмира, выходя с балкона. Она забинтовала рану и ушла в свою комнату, чтобы покурить. Потом она выпила таблетку от высокого давления.

Сильвана прошла в спальню бабушки. Она села на кровать и обняла ее.

— Кто моя самая лучшая бабушка? Я люблю тебя, бабуля. Пожалуйста, опусти свою головушку и попытайся уснуть.

— Но я не хочу спать. Почему они до сих пор болтают? — сказала Садагет, поворачивая голову к окну.

— Бабуля, постарайся не беспокоиться, и ты скоро уснешь, — сказала Сильвана, нежно поглаживая бабушку по голове.

Садагет взяла руку Сильваны и зевнула.

— Когда я держу твою руку, мне спокойнее, так я могу уснуть.

В тебе есть что-то доброе.

Сильвана продолжала гладить бабушку по голове:

— Это любящий и милостивый Господь. Ложись, а я посижу с тобой.

Садагет легла, но продолжала говорить. Сильване бабушка казалась малым ребенком. Чувствуя любовь к ней, Сильвана улыбнулась:

— Бабушка, не надо разговаривать. Пора спать.

Прошло немало времени, прежде чем бабушка уснула. Сильвана вышла из спальни и проверила, все ли в порядке с матерью. И только после этого она приклонила голову на своей постели, устало зевая.

Сильвана проснулась в десять утра. После завтрака она рассказала матери о своих планах насчет крещения.

— Ты мусульманка и не можешь просто стать христианкой. Это грех — предавать свою религию. Тем более, что скоро все станут мусульманами, — сетовала Эсмира.

— Мама, но я никогда не чувствовала себя мусульманкой. Христианство мне всегда было ближе.

— Если ты примешь другую веру, твоя жизнь изменится в худшую сторону. У меня есть друзья, которые стали христианами, а после этого у них в жизни пошла полоса неудач.

— Я в это не верю. Я всегда верила, что христианство — единственно правильная религия. Я приму крещение.

— Ты делаешь огромную ошибку, — Садагет вклинилась в разговор.

— Как ты можешь предавать свою религию? — спросила Эсмира.

— Мама, то, что я родилась в мусульманской семье, не делает меня мусульманкой. То, во что я верю и чему следую, делает меня самой собой. Мусульмане верят в то, что Иисус —

лишь пророк Божий. Но я верю и всегда знала, что Иисус — Его возлюбленный Сын и наш Спаситель.

— У Бога не может быть сына, — сказала Садагет.

— Ты хочешь сказать, что Бог недостаточно всемогущ? У Бога может быть все, что Он захочет. Мы можем спастись, только приняв Иисуса как Божьего Сына и нашего Спасителя, который умер за наши грехи, — декламировала Сильвана.

Эсмира разочарованно смотрела на свою дочь.

— С тех пор, как ты уехала из Баку, ты очень изменилась и стала более сердитой.

— Я просто пытаюсь изменить свою жизнь.

Сильвана решила, что не будет обращать на них внимание и последует зову своего сердца. Примерно в одиннадцать утра она вместе с сестрой отправилась прогуляться по городу. Сильвана была удивлена увидеть такое количество многоэтажек, маленьких магазинчиков и новых автомобилей на дорогах. Наблюдая такие значительные изменения городского облика, Сильвана не могла поверить, что она пропустила все это развитие. Вместе с Эльнарой они посетили русскую православную церковь. Сильвана поговорила о крещении с матушкой, которая пригласила ее прийти утром с двумя белыми простынками, которые необходимы для крещения. Она вернулась в сильном возбуждении и рассказала матери о договоренности. Но Эсмира не обрадовалась этим новостям. Она не хотела рассказывать друзьям, что ее дочь предала свою религию. Мать снова попыталась повлиять на Сильвану. Выслушивая целый вечер комментарии Эсмиры, Сильвана задумалась о том, как ей правильно отнестись к этим советам.

Перед сном Сильвана беспокойно молилась: «Отец Небесный, у меня проблемы. Владимир сказал, что мне нужно перейти в православие, но мать говорит, что если я так поступлю, то моя жизнь станет хуже. Я не знаю, что делать. Прошу Тебя, Отец, дай мне знак. Ты хочешь, чтобы я стала православной?»

После молитвы взволнованная Сильвана смогла уснуть лишь на пять минут, и ей приснился странный сон. Во сне она лежала на полу со скрещенными на груди руками, и к ней приближался сияющий голубой круг света. Глядя на свет, Сильвана понимала, что он исходит от Бога, который совершает крещение над ней. В то же время Сильвана услышала предостережение матери о том, что случится, если она предаст свою религию, и ей стало страшно. Она не хотела, чтобы ее жизнь стала еще хуже. Но свет приблизился к Сильване и окутал ее.

В этот момент она проснулась и засмеялась от радости, потому что поняла, что во сне она наблюдала свое крещение, и этим сном Бог дал ей понять, что Он действительно хочет, чтобы Сильвана приняла крещение. Единственное, чего она не могла понять, этот тот факт, что свет был не желтым и не белым, а голубым. Позже она выяснила, что голубой цвет связан с Божественной Премудростью.

Когда Сильвана встала, она посмотрела на ту часть комнаты, в которой во сне она видела голубое свечение. Ей казалось, что в том месте комната была слегка окрашена в оттенок голубого.

Услышав смех Сильваны, Эсмира вошла в спальню.

— Сильвана, почему ты смеялась? — спросила она.

— Мама, посмотри на окно. Ты видишь голубой оттенок?

— Нет, — ответила Эсмира.

— Я молилась Богу и просила Его дать мне знак, хочет ли Он моего крещения. Во сне он ответил, окрестив меня Своим Светом. Завтра я пойду в церковь, и меня покрестят, и очень скоро моя жизнь изменится.

— Делай, как хочешь, — сказала мать, выходя из комнаты.

Эсмира была недовольна решением своей дочери, но решила поддержать ее. Утром она взяла две новых белых простыни из шкафа и вместе с Эльнарой они втроем направились в церковь. Несмотря на то, что Эсмира была мусульманкой, она часто ходила в храм, чтобы помолиться и зажечь свечу, хотя и совершенно не собиралась становиться христианкой. Когда они втроем вошли в храм, то сразу же купили три свечи и с молитвой зажгли их перед иконой

Богородицы. После этого матушка позвала их в другое помещение. Оно было маленькое, внутри него располагалась маленькая купель и несколько икон на стене. Сильвану попросили снять одежду и обернуться простыней. Когда Сильвана была готова, пришел священник и начал молиться. Он велел ей сказать Господню молитву и войти в купель. Как только ступни Сильваны коснулись воды, она поняла, что эта вода очень холодная. Матушка смотрела на Сильвану:

— Пожалуйста, зайдите в воду полностью.

— Но она холодная, — ответила Сильвана, дрожа от волнения и от холода. Медленно она погрузилась всем телом в ледяную воду. Ее зубы стучали. Потом ее попросили погрузиться с головой под воду три раза.

Проделав все это, Сильвана вышла из купели. Мелко дрожа, она прошла за священником вокруг купели со свечой в руке. Когда обряд был закончен, Сильвана была очень рада узнать, что теперь она православная христианка. Внезапно ей стало ясно, что быть православной — это ее предназначение. Долгие годы в квартире у бабушки Сильвана видела Библию и Закон Божий. И только теперь она поняла, что эти книги были куплены для нее.

***

Приехав в Баку, Сильвана посетила родственников и маминых подруг. Перед ее приходом они спрашивали, какую еду ей хотелось бы поесть. Они готовы были приготовить гостье все, что она ни пожелает. Сильване было так радостно находиться среди людей, которые заботятся о ней и хотят угодить, что она даже не скучала по детям и не желала возвращаться домой.

Но на четвертый день после крещения она очень сильно заболела, и ей пришлось остаться дома. Она понимала, что простыла из-за холодной воды во время крещения. Мать дала ей лекарства, растирала ее и приносила еду в постель. Во время этой болезни впервые с тех пор, как она уехала из Баку, Сильвана расслабилась и почувствовала настоящую заботу. Она не оставалась дома одна, ее никто не ругал, ей позволяли отдыхать и лежать в постели.

Когда Сильвана пошла на поправку, она снова вышла гулять по городу с матерью. Ее глаза сияли, а лицо выглядело спокойным и счастливым. Печаль исчезла из ее глаз. Она рада была побыть вдали от следящего за всем Марка и от своего дома, который напоминал ей клетку. Сильвана наслаждалась ощущением свободы и чувствовала себя независимой. Она могла выйти из дома и пойти, куда только ей захочется, навещать друзей или ходить в магазин. Ей так хотелось, чтобы такая жизнь была у нее всегда. Но в то же время ее удручали проблемы между матерью и бабушкой.

***

Как-то ночью Сильвана проснулась от бабушкиного крика. Она быстро вскочила с кровати и помчалась к ней. В коридоре она остановилась, увидев, как бабушка держит в руке нож и бросает туфли в Эсмиру. Мать Сильваны стояла у двери, не выпуская Садагет из дома.

— Отойди от двери и дай мне уйти, сука! — кричала Садагет.

— Нет, ты никуда не пойдешь! — воскликнула Эсмира.

— Пусти меня, или я тебя на кусочки порежу! — выкрикнула Садагет, орудуя ножом в воздухе прямо над своей дочерью.

— Что происходит? — спросила Сильвана, чувствуя нервную дрожь.

— Эта старая ведьма дерется со мной, посмотри, что она сделала с моими руками, — сказала Эсмира, показывая изрезанные руки, покрытые капельками крови.

— Бабушка, иди спать, пожалуйста, — взмолилась Сильвана.

Садагет подняла ботинок и бросила его в Сильвану.

— Не указывай мне, что делать!

Ботинок угодил Сильване прямо по голове. Она потерла ушибленное место, глядя на нож в руках бабушки.

— Мама, зачем ей нужно на улицу?

— Она думает, что соседка говорила о ней. Она хочет поругаться с ней. Я больше не могу это выдерживать, я звоню в полицию.

— Нет, ты не можешь! — сказала Сильвана. — Бабушка, прошу, иди в свою комнату, или я уеду в Кению прямо сейчас!

— Давай езжай. Ты такая же, как мать!

Пожилая женщина отошла от двери и плюнула на Эсмиру, а после этого она вернулась в свою комнату.

— Теперь ты видишь, как я живу, — сказала Эсмира.

Сильвана сочувствовала матери, но она понимала, что бабушка не унижала ее постоянно, как это делал Марк, а только кляла соседей, которые прекрасно знали об ее старческих проблемах с головой. Значит, Эсмире нечего было стыдиться. На самом деле, какая разница, что они подумают?

Посмотрев на тяжелую жизнь Эсмиры и поговорив с детьми, Сильвана начала тосковать по дому. Ей захотелось назад к детям, а особенно когда она увидела в Пэлтолке, как они плачут. Она с нетерпением ждала день отлета. И в конце апреля Эсмира с Эльнарой проводили ее в аэропорт.

— Я надеюсь, до следующего твоего визита не придется так долго ждать. В следующий раз привези моих внуков.

— Я постараюсь прилететь к вам в ближайшие два года, — сказала Сильвана, счастливая от того, что возвращается к своим детям, но все же не желая снова попасть в свою домашнюю тюрьму. — Как бы Марк ни поносил тебя, не обращай внимания. Наоборот — радуйся! Ведь чем больше он ругает тебя, тем лучше для твоей души.

— Это тяжело. Но я попытаюсь.

Сильвана глубоко вздохнула. «Мне просто не нравится жить в той стране. Я испытала там много боли, а кроме того, я не имею возможности свободно передвигаться там, поэтому провожу большую часть времени дома».

Эсмира обняла Сильвану и ушла, глубоко опечаленная. Сильвана провела два часа в аэропорту на холодных железных сиденьях, разговаривая с турчанкой. Наконец, они вошли в салон самолета турецкой компании. Сильване понравился самолет. Он был огромный и имел удобные кресла. Ей дали небольшой мешочек с носками, маленькую зубную щетку, зубную пасту и принесли вкусную еду. Во время перелета в Англию Сильвана думала о прекрасном времени, проведенном в Баку. Поведение бабушки ее очень печалило, но в то же время Сильване очень нравилось то внимание и забота, которую она получала у себя на родине. Поэтому она была бы не прочь переехать в Баку с детьми.

В Кении ее дети были лишены полноценной жизни также, как и она. Их существование заключалось в том, что они ходили в школу, делали домашнее задание и иногда посещали кинотеатр. В Азербайджане она могла бы их повести куда угодно, например, кататься на лодках, каруселях или гулять по парку. Но даже несмотря на то, что Сильване хотелось остаться в Баку, она рада была вернуться к своим детям, которые были единственной радостью и смыслом ее жизни. Бог дал ей детей, и теперь она была обязана окружить их любовью, следуя Божьему повелению, и привить им высокую нравственность и моральные ценности. Сильвана знала, что без этого ни она, ни ее дети не попадут в рай.

Прошло несколько дней после ее возвращения домой. Ее дети были безумно рады увидеть свою мать и получить от нее подарки. Сильвана привезла двух розовых медвежат для дочек, электронные машинки для сыновей. Распаковав вещи, она приступила к привычным рутинным делам. И уже через две недели Сильвана пожалела, что вернулась.

В тот день Марк, как обычно, отправился выпивать с друзьями. Сильвана осталась дома проверять домашнее задание у детей, готовя их к экзаменам. В девять часов вечера Марк пришел домой в хорошем настроении. Он вошел в спальню, Сильвана уже была в постели.

— Я принес мороженное детям. Где они?

— Они спят, — ответила Сильвана.

Марк спустился вниз:

— Сильвана, поставь воду в холодильник! — рявкнул он.

Сильвана встала и пошла вниз. Она достала несколько бутылок из коробки и поставила их в холодильник.

— Зачем ты рассказываешь людям о том, что у нас происходит дома? То, что ты говоришь подругам, распространяется повсюду.

Сильвана смотрела на него, не моргая:

— Что я опять сделала не так?

— Ты — кусок дерьма. Зачем ты рассказываешь своим подругам, что я агрессор и грубиян? — воскликнул Марк.

Сильвана почувствовала, как силы покинули ее.

— Кто тебе сказал, что я говорю о тебе?

— Ты сказала подруге, а она другому человеку, а этот человек — мне. Не распускай обо мне сплетни, иначе я найму человека, чтобы тебя убить, — предупредил Марк.

— Давай, убивай меня, — Сильвана сморщилась, но продолжала смотреть ему прямо в глаза.

Она пропустила мимо ушей его предупреждение и не сводила с него глаз, думая о том, кто из ее подруг мог предать ее.

— Я ничего плохого не говорила про тебя. Все, о чем я говорю, касается меня и моей жизни. Я, что, из-за этого стала куском дерьма? Можешь убить меня, если хочешь, но я не буду держать рот закрытым, как делают другие женщины, когда их унижают мужья. Они так боятся потерять свой статус и деньги мужа, что молчат, продолжая вести себя так, будто все в порядке. Для них носить драгоценности и водить Prado важнее, чем собственное достоинство.

— Нормальные люди не обсуждают с другими свои проблемы. Держи свой рот закрытым! — закричал Марк.

— Меня не волнует, что делают нормальные люди. Я просто презираю тех несчастных, которым ничего не остается, как только сплетничать о том, что я сказала.

Она вышла из кухни и отправилась в свою спальню. Сильвана легла на кровать, чувствуя обиду. Она была расстроена тем, что кто-то из ее подруг предал ее. Глубоко огорченная, она тихо плакала.

Глядя на икону Девы Марии, Сильвана молилась: «Матерь Божия, другие люди молятся Тебе и получают просимое. А когда молюсь я, Ты ведешь себя как бессердечная. Я не вижу Твоей любви. Господи, я чувствую, что Ты меня оставил. Ты видишь мои страдания, но ничего не делаешь, чтобы помочь мне».

Сильвана взяла в руки телефон и написала сообщение своей матери: «Марк пришел домой пьяным и угрожал, что убьет меня, если я не перестану болтать о нем».

«Сильвана, ну ты же знаешь, что, когда он пьян, он несет чушь, которая ничего не значит. Ты вообще не должна воспринимать всерьез его слова. Я тебе уже говорила об этом раньше. Не говори о нем никому».

«Я говорю о нем не ради сплетен. Просто, когда мне больно, мне становится легче, если я поделюсь с кем-то и расскажу о том, что он делает со мной. Но эта злая женщина не имела права передавать ему мои слова. Зная, что эти люди способны на такое, я теперь потеряла всякое желание общаться хоть с кем-то. Один человек мне даже сказал, что я сама виновата, что остаюсь с этим тираном. Все они не способны понять, что остаюсь с ним из-за детей, я просто не хочу, чтобы они остались без еды, образования и крыши над головой. У меня нет денег на все это, мне негде приютиться с ними».

«Уповай на Бога, Он поможет тебе», — уговаривала Эсмира. «Я вчера положилась на Него, и посмотри, что получилось».

«Он помнит о тебе и поможет тебе. Веруй в Него и молись», — напечатала Эсмира.

Сильвана отложила телефон и посмотрела на икону Спасителя, опечаленная поступком подруги-сплетницы. Из-за нее Сильвана подверглась гневу своего мужа, который даже угрожал убить ее .

«Отец, я всегда стараюсь всем помогать, но почему люди ко мне так злы и жестоки? Зачем эта женщина передала то, что я сказала? Чего она хотела добиться? Я просто устала находиться среди таких людей!»

Она закрыла глаза, пытаясь уснуть, но ни с того ни с сего почувствовала тошноту. Она встала и пошла в ванную. В голове появилась тяжесть и боль, как будто кто-то сжал ее мозг. После этого она отключилась. Открыв глаза, она обнаружила, что лежит на полу. Голова нещадно болела. Медленно поднявшись, Сильвана направилась обратно в спальню.В полной тишине она лежала в постели, пока не уснула.

Глава 14

Невыносимые унижения

С каждым днем у Сильваны росло ощущение, будто по рукам и ногам ее сковали тяжелые цепи, которые ей так хотелось разорвать. Враждебное отношение Марка оставляло незаживающие раны в душе Сильваны. Она чувствовала, что ее предали самым чудовищным образом. Если бы чужой человек так жестоко обращался с ней, Сильвану это не задевало бы настолько сильно и не ранило так глубоко. Тот факт, что ее муж не просто подвергал ее непрестанным унижениям, но и лишал моральной поддержки в любой ее деятельности и в любом начинании, безмерно печалил ее. В своих мечтах Сильвана представляла Марка не только любящим и нежным мужем, но и лучшим другом.

Мечтая заниматься интересной и полезной деятельностью, Сильвана начала оказывать волонтерскую помощь местной благотворительной организации, поддерживая их веб-сайт. Но рассказывать об этом Марку она боялась, так как понимала, что он не одобрит этого. Скрывать от собственного мужа факты своей жизни было отвратительно для Сильваны, поэтому однажды она все-таки решила ему все рассказать.

Когда он сидел за своим компьютером, она подошла к нему и воскликнула:

— Марк!

— Чего тебе? Не видишь, я работаю?

«Вечно она меня отвлекает... беспрерывно. Беспрестанно. Даже звук ее голоса раздражает меня и распаляет мои нервы».

А я работаю веб-дизайнером в благотворительной организации, — спокойно сказала Сильвана.

Он посмотрел на нее безразлично.

— И сколько они за это платят?

— Я работаю волонтером. Мне не платят.

Марк неодобрительно покачал головой:

— Ты, как всегда, глупо поступила, устроившись на бесплатную работу, просто тратишь свое время. Лучше бы посвятила его поиску нормальной работы.

— Но Бог хочет, чтобы мы помогали другим, — ответила она, слегка нахмурившись.

— Ты даже себе не можешь помочь, а хочешь помогать другим? Ладно, я занят. Оставь меня в покое! — внезапно сказал Марк. Жалея, что рассказала ему о своей работе, разочарованная Сильвана вышла из комнаты.

Через пару часов в дверь позвонил чернокожий попрошайка, которому Сильвана не раз оказывала помощь. Поскольку она не смогла быстро подойти к двери, он продолжал звонить.

— Гребаная дура! Ты не видишь, что я работаю? Иди и посмотри, кто пришел! — закричал Марк. Сильвана вышла и увидела нищего африканца.

— Мисс, мой дом сгорел, меня приютили добрые люди.

Не могли бы вы дать мне что-нибудь поесть?

Сильвана улыбнулась:

— Мне известно, что твой дом не сгорел. Но я тебе все равно помогу.

Она быстро зашла в дом и втихаря сложила в сумку сок, крекеры, чипсы и банку кукурузы. Складывая продукты, она опасливо поглядывала на лестницу, надеясь, что Марк не увидит этого. Он не любил попрошаек и обычно прогонял их.

Выбежав на улицу, она передала сумку бедняку.

— Спасибо, мисс! Благословит вас Господь! — сказал он с благодарностью.

«Жизнь так несправедлива. После развода у меня даже не будет собственного жилья, и я буду такой же, как этот попрошайка. Но между домом-клеткой и свободой я лучше выберу свободу», — подумала она.

Сильвана стремилась обрести независимость и найти интересную и полезную работу. Как-то она обсуждала свои проблемы с подругой Алфридой при помощи мессенджера.

«Мне кажется, что я трачу свою жизнь впустую в этом доме. Я так упорно училась, получала специальность, чтобы устроиться на работу и применить свои знания, продолжая познавать жизнь с новых сторон. Но я остаюсь бесплатной домработницей в своем доме».

«Не сдавайся и не теряй надежды. Делай все, что в твоих силах, и ты получишь то, что хочешь», — писала ей Алфрида.

«Я хочу руководить, мотивировать работников, посещать семинары и принимать участие в различных проектах», — поделилась Сильвана.

«Я прекрасно тебя понимаю, но ты не предпринимаешь никаких шагов, чтобы уйти от мужа. Ясно, как день: если ты продолжишь жить с Марком, то никогда не осуществишь свои мечты», — рассуждала Алфрида.

Сильвана тяжело вздохнула.

«Да, но также ясно, как день, что я не могу уйти от него, пока не найду работу. Когда Марк узнает, что я ухожу, он оставит меня без телефона, интернета и кредитки — я буду совершенно беспомощна. Куда я поведу детей? Я лишу их комфортной жизни, к которой они привыкли», — от безысходности Сильвана пришла в отчаяние.

«Надейся на Бога, но и сама проявляй настойчивость и стремление уйти от Марка, и однажды твои мечты и надежды исполнятся», — написала Алфрида, испытывая жалость к Сильване.

«Но ведь сколько лет ты сама терпела унижения Стива?» — спросила Сильвана.

«Он столько раз обижал меня, прежде чем я решилась и попросила его уйти. И ты, видно, тоже дорожишь таким оскорбительным отношением. Вместо того чтобы оправдывать своего мужа, лучше оставь его», — настаивала Алфрида.

«Тебе легко давать советы, ты не была в моей шкуре. Я не могу делать поспешных шагов и принимать необдуманные решения без учета всех «за» и «против».

«А ты продолжаешь посещать молитвенные собрания?» — Алфрида вдруг сменила тему.

«Нет, я прекратила туда ходить из-за плохого совета, который я там получила», — пожаловалась Сильвана.

«Какого совета?» — нетерпеливо спросила Алфрида.

«Когда я рассказала духовной наставнице суть своих проблем, она указала, что я должна в первую очередь спрашивать Бога, угоден ли Ему мой развод, а кроме того еще и молиться в надежде, что Марк изменит свое злое поведение. Вдобавок она сказала: многие женщины считают, что их мужья должны соответствовать определенному шаблону. И если они не оправдывают таких ожиданий, большинство женщин сразу пытаются развестись, а это не христианский путь. Эти слова ввели меня в замешательство, и я вскипела от гнева, потому что все, чего хотела я — это чтобы он перестал морально меня унижать и проявил уважение и любовь».

«Просто эта женщина сама никогда не сталкивалась с подобными унижениями, поэтому она не смогла понять, насколько это тяжело», —сочувственно прокомментировала Алфрида.

«Я бы никогда не предложила женщине, оказавшейся в подобной ситуации, сохранять такой неблагополучный брак, особенно если супруг не собирается изменяться. Я бы посоветовала ей найти выход и забыть о таком человеке навсегда, — твердо написала Сильвана. — Ты ведь знаешь, какие у меня бывают депрессии от его издевательств, я чувствую себя одиноко. И только моя вера в Бога помогает мне. Пребывая в полном отчаянии, я плачу и молюсь Господу, чтобы Он помог мне выбраться из этого одиночества, зависимости и озлобления. С тех пор, как я начала молиться и возложила свои проблемы, надежды, обиды на Господа, мне стало легче. Он знает, что лучше для моих детей и для меня, и Он избавит меня от страданий».

«Бог милостив. Он действительно избавит тебя от твоих страданий. Начни ходить в православную церковь. Ты найдешь там благодать и душевный покой. Сейчас покупатели пришли посмотреть мой дом. Поговорим позже», — написала Алфрида.

«Удачи тебе и всего хорошего», — ответила ей Сильвана.

***

Как только Сильвана осознала, что ее жизнь не изменится, пока она не начнет действовать, она впала в глубокие раздумья. А сможет ли она вообще быть счастливой, и какой жизнью они заживут после развода? Именно поэтому она колебалась подавать заявление на развод, испытывая страх перед своим будущим. Дело в том, что Сильвана хотела знать ответы на свои вопросы. Но вместо того, чтобы ждать ответа от Бога, она продолжала искать их не в тех местах. Сильвана нашла веб-сайт, на котором смогла получить бесплатные предсказания от медиумов. Она верила в предсказания, не осознавая, что они лишь дают ложные надежды. Сильвана впала в такую зависимость от этих гаданий, что каждый день она пыталась получить очередное бесплатное предсказание, задавая одни и те же вопросы.

«Когда я найду работу?»

«Когда моя жизнь изменится?»

«Какая жизнь ждет меня и моих детей после развода?»

Каждое лжепредсказание обещало ей хорошую работу, хорошую жизнь и настоящую любовь. Срок для изменений гадатели давали изрядный. Эти мошенники говорили ей то, что ей хотелось слышать. Однако, когда их предсказания не сбылись, Сильвана испытала очередное разочарование. Она пыталась прекратить это общение, но ее словно магнитом тянуло в компанию экстрасенсов. Сильвана утопала в грехе суеверия, продолжая обращаться к оккультным техникам, вместо того, чтобы стойко верить во всемогущего Бога, пока, наконец, не поняла, что только Бог может видеть ее будущее.

Наступил момент, когда она взмолилась к Богу: «Отец, я предала тебя, обращаясь к экстрасенсам, и сейчас я хоть и пытаюсь избавиться от этой вредной привычки, в минуты отчаяния и уныния опять иду к ним. Пожалуйста, помоги мне остановиться!» Вскоре после этого отчаянного вопля о помощи Сильвана вдруг поймала себя на том, что у нее не возникает желания обращаться за предсказаниями. С тех пор ее словно отвернуло от суеверия раз и навсегда.

Измученная страхами и беспокойством за свое будущее, Сильвана нуждалась в мудром совете и в доброй поддержке друга. Все это она нашла в лице Алфриды — женщины, с которой они никогда не встречались в реальности, но стали добрыми друзьями по интернету. Алфрида помогла Сильване посмотреть на свою жизнь с другой стороны, она учила ее тому, как быть свободной от чужого мнения, не волноваться о том, как воспримут люди ее поступки. Она советовала Сильване всегда делать только то, что приносит ей радость, жить полной жизнью и следовать зову сердца. В свои 58 лет Алфрида не могла понять, как молодая, полная любви женщина может жить с таким негодяем, как ее муж.

Как-то во время онлайн-общения она написала:

«Кажется, тебе доставляет удовольствие, когда с тобой обращаются как с рабыней».

«Нет, мне это не нравится», — нахмурилась Сильвана.

«Если тебе не нравится, почему ты остаешься в браке с ним столько лет?» — спросила Алфрида, пытаясь направить ее ход мыслей в нужное русло.

«Я не раба, но я пока не могу уйти. Я в первую очередь думаю о детях, мне нужно найти работу и жилье».

«Вечно ты находишь оправдания. А выглядит это так, словно ты даже не пытаешься сделать шаг в сторону развода. Но ведь если уж ты решила уйти, половина его имущества по праву принадлежит тебе, и после развода тебе достанется куча денег».

Сильвана вздохнула:

«Мне никогда не нужно было его имущество. Я просто хочу уйти и забрать детей с собой».

«Не глупи. Ты не можешь уйти, ни на что не претендуя. У тебя есть дети. Ты что, хочешь, чтобы пришла другая женщина и присвоила себе то, что принадлежит твоим детям?»

Сильвана отрицательно покачала головой, забывая, что собеседница не видит ее в данный момент. Она была расстроена этим разговором о материальных проблемах.

«Почему все всегда только вокруг денег крутится? Мне нет никакого чертового дела до его вещей».

Алфрида была огорчена упрямством Сильваны, поэтому она покинула чат, даже не попрощавшись. Ей было очень неприятно, что Сильвана только жалуется на свои проблемы, не предпринимая ничего, чтобы их решить. Сама она испытала множество трудностей на своем нелегком жизненном пути, но она никогда не позволяла никому унижать себя. После ухода Стива из ее жизни она не смогла начать новые отношения.

***

За несколько дней до наступления Рождества Сильвана вместе с Марком были приглашены на рождественский ужин. Мероприятие было запланировано на семь часов вечера. Когда домработница в кенийском доме Сильваны узнала о том, что вечером предстоит праздничный ужин, она предложила присмотреть за детьми на протяжении всего дня, чтобы дать возможность Сильване подготовиться.

Сильвана участвовала в благотворительной работе Кенийского Центра «Жизнь», который предоставлял кров женщинам, подвергшимся жестокому отношению своих мужей, и их детям. Время от времени Сильвана вместе с Рехемой ездила в Центр и проводила там несколько часов с детьми, читая им книги и играя с ними. Ей очень нравилось быть среди детей, которые также получали удовольствие, общаясь с Сильваной. Когда она бывала с детьми, ее сердце наполнялось радостью, потому что она могла подарить им любовь, которую сама недополучила в детстве. В то же время Сильвана сочувствовала униженным женщинам и хотела им помочь. Она выслушивала их проблемы и старалась дать совет.

И вот накануне Рождества Кенийский Центр «Жизнь» организовал благотворительный ужин, на который Сильвана собиралась пойти. Задолго до этого события она купила длинное фиолетовое платье и блестящие фиолетовые туфли на высоком каблуке. Она словно чувствовала, что будет повод их надеть. После того, как Рехема забрала детей, Сильвана осталась вдвоем с Марком в их огромном двухэтажном доме. Во время обеда они разговорились на своей зеленой кухне о выдающихся отметках и многообещающем будущем их детей. Но вскоре Марк завел речь о тех вещах, которые сами они уже не смогут достигнуть. В этот момент голубые глаза Марка стали хмурыми. Сильвана осознавала, что не только он жалеет об упущенных возможностях, но и сама она похоронила в этом браке свою молодость, красоту и таланты.

Она смотрела на мужа задумчиво. «Может, именно поэтому он всегда пытается занизить мою самооценку и вечно контролирует меня. Может, он считает, что я виновата в его неудачах?»

Уголки губ Марка поползли вниз, и глаза потемнели. Его голос стал мрачным.

— Теперь уже слишком поздно, и мы ничего не сможем сделать со своими упущенными возможностями.

Сильвана была не согласна с ним. Она верила, что никогда не бывает поздно изменить свою жизнь и воплотить свои мечты в реальность. Она знала, что люди могут осуществить мечты в любом возрасте и в любое время. Но в то же время она тоже винила Марка в том, что столько лет потратила впустую.

«Мне надо держаться подальше от негативно настроенных людей, потому что они мешают моему развитию. Я должна окружать себя только позитивными людьми, которые не только верят в хорошее и борются за свои мечты и за свое счастье, но и вдохновляют других. Скептики же вместе с собой тянут на дно и других людей».

— Мне не следовало выходить за тебя, тогда бы я не упустила тех шансов, которые у меня были, и достигла бы гораздо большего в жизни. Брак удерживал меня от многого! — внезапно выпалила она.

В душе Сильвана хорошо понимала, что именно пессимистичный взгляд супруга, а также его постоянный контроль и унижения повлияли на нее, не позволив построить карьеру и достичь своих целей. Страхи, недостаток уверенности в себе и веры в Бога сковывали ее. Вместо этого она провела большую часть своей замужней жизни дома в качестве уборщицы, выслушивая порицания своего мужа, его удручающие пророчества, касающиеся ее достижений и будущей жизни. Но себя она также винила за то, что позволяла ему унижать себя и не предпринимала шагов к изменению своей жизни. Как только он начал вести себя с ней так жестоко и бесцеремонно, ей нужно было положить этому конец в ту же секунду.

Услышав слова Сильваны, Марк свел брови, а морщины на его лбу стали еще глубже.

— Ты обвиняешь меня в своих неудачах? Я сделал твою жизнь хуже, дрянь ты такая? — Марк внезапно вскипел от гнева. — Да ты даже работу не можешь найти! Ты — ничтожество, и всегда такой будешь!

Видя его бешенство, Сильвана отстранилась.

— Без меня ты бы ела с помойки, тупая азербайджанка! Что у тебя за проблемы? Ты даже не можешь правильно говорить поанглийски . Кто тебя наймет с таким поганым английским?

Глаза Сильваны наполнились слезами:

— Почему ты всегда так критичен ко мне? Я образована, у меня есть специальность и множество дипломов, поэтому люди возьмут меня на работу.

— Но ты не можешь ничего сделать правильно, поэтому если даже тебе и повезет, и кто-то возьмет тебя на работу, тебя незамедлительно уволят! — Марк продолжал говорить гадости назло своей жене. Его обидные слова разжигали злобу и больно ранили Сильвану в самое сердце. Она стояла молча, боясь произнести хоть слово в ответ, но взгляд ее был мрачным. Ей было невыносимо больно слышать подобные слова от собственного мужа, человека, который должен любить ее.

— Ты говоришь, что я испортил тебе жизнь? Ну, ты и правда безмозглая! — закричал Марк, дрожа от злости.

Несчастная Сильвана стояла посреди кухни, изо всех сил пытаясь не расплакаться. Она слушала эту заезженную пластинку уже много лет, и эти слова разрушали ее уверенность в себе и веру в собственные способности.

Сильвана посмотрела Марку в глаза.

— Если бы не твои пессимистичные реплики, которыми ты постоянно пытался меня запугать, я бы достигла большего, но наш брак не позволил мне этого сделать!

Лицо Марка стало пунцовым, и он закричал еще громче:

— Ты неблагодарная свинья! Это я-то испортил твою жизнь?! А кто платил за твою учебу? Когда ты прилетела сюда, у тебя не было ничего! Кто покупает тебе одежду и возит тебя по разным странам? Неблагодарная дрянь! Убирайся из моего дома и из моей жизни!

Марк прокричал последние слова, указывая на дверь. Сильване было неприятно это слышать. В то же время она боялась, что соседи услышат и подумают, что она и правда дрянь. Пока Марк клял свою жену на чем свет стоит, она безмолвно стояла у белой плиты и смотрела на его разъяренное лицо. По движениям Марка Сильвана могла догадаться, насколько сильно он разгневан, и у нее возникли серьезные опасения, что он может ударить ее подручным предметом. Она знала по опыту, на что Марк способен в гневе, поэтому стояла молча, боясь пошевелиться. Она склонила голову в раздумьях: «Мне не стоило ничего ему говорить. Он прав, без его денег я бы не смогла пройти занятия по английскому языку и побывать в других странах. Но за образование я заплатила сама, — Сильвана покачала головой. — Мне не нужны ни его деньги, ни его дом. Мне нужен муж, который будет меня поддерживать не только материально, но также и морально».

Ей так хотелось, чтобы он назвал ее любимой, дорогой, крошкой, милой, но вместо этого она испытывала тоску и одиночество при одном взгляде на своего мужа. Сильвана понимала, что для того, чтобы построить хорошие отношения, нужны усилия двоих человек, а уж она-то очень хотела их построить.

— Марк, откуда в тебе столько ненависти? Что я тебе сделала?

— Это не ненависть. Я просто не люблю тупых людей, — огрызнулся Марк.

Сильвана не смогла сдержать слезы, и они покатились по ее щекам.

— Разве ты не видишь, что своим скотским поведением ты убиваешь мои чувства к тебе? Когда ты смотришь на меня дома, у тебя всегда выражение лица такое, словно я сделала что-то не так или вызываю твою неприязнь. Но с другими ты всегда говоришь любезно, улыбаешься и шутишь. И со мной ты разговариваешь приветливо, только если мы на людях. Зачем ты притворяешься?

— Слушай, но ведь другие люди не такие тупые или глухие, как ты. А чтобы ты поняла, с тобой нужно обращаться как со скотиной. Тогда ты слушаешься и следуешь указаниям. Сколько раз я просил тебя выключать свет? Но ты забывала. Ты берешь продукты из холодильника, не спросив меня. Ты позволяешь детям выбрасывать еду и воду. Ты сушишь одежду в машинке, когда на улице солнце! Ты живешь здесь столько лет, но твой английский до сих пор ужасен. Мне просто неприятна твоя тупость! — ответил Марк.

Нижняя губа Сильваны начала дергаться. Ее сердце пронзила острая боль.

— Да, ты прав. Я глупая, что вышла замуж за тебя. Я была молоденькой домашней девушкой, которая никогда ни с кем не встречалась. Любой бы женился на мне. Но нет. Я позволила своей бессмысленной романтической мечте определить всю мою дальнейшую жизнь. Я просто хочу вернуться в свою страну.

— Пакуй свои гребаные вещи и вали в свою страну! Никому ты здесь не нужна! — Марк продолжал ругать Сильвану до тех пор, пока его запас бранных слов не иссяк. Он выскочил из дома, громко хлопнув дверью, оставив ее одну с полными ненависти глазами.

Она понимала, что он пойдет в бар, и гадала, прибудет ли он на рождественский ужин после всего случившегося. Сильвана была очень расстроена, но все еще хотела туда пойти. Ей хотелось надеть свое прекрасное фиолетовое платье и оказаться среди людей, которые осыпали бы ее комплиментами.

Сильвана убралась в доме, не переставая плакать, затем приняла душ. Она покрасила ногти на ногах серебристым лаком и, когда он подсох, начала подшивать фиолетовые занавески в детскую спальню, а после этого стала ждать возвращения Марка.

Марк пришел домой пьяным в семь часов вечера. Ввалившись в дом, он проскользнул в маленькую голубую комнату с телевизором, где Сильвана занималась шитьем, и начал сыпать на нее проклятия:

— Твоя гребаная жизнь стала хуже? Ну так убирайся к черту из моей жизни! Ты меня поняла? — он плевался на жену после каждого слова. Сильвана сидела неподвижно на диване, где она подшивала занавески.

— Что ты делаешь? Уходи отсюда и прекрати плевать на меня! Почему ты приходишь домой пьяным и начинаешь ругать меня? — сказала она раздраженно.

— А если тебе не нравится, убирайся к черту отсюда! Никому ты тут не нужна.

Сильвана набралась мужества и приготовилась на случай, если он ударит ее, хотя она и не хотела драться. Она тайком включила диктофон. Ей нужны были доказательства, которые она сможет предъявить в суде при разводе. Сильвана знала, что в большинстве случаев женщинам, которые жалуются на жестокое обращение, никто не верит, в особенности, когда их мужья на людях проявляют все свое обаяние. Более того, обвиняемой в таких случаях зачастую становится женщина.

Для окружающих людей Марк был очаровательным, любящим мужчиной и идеальным мужем. От своих подруг, которые терпели такое же отношение от своих мужей, она знала, что это характерно для всех деспотичных мужчин.

— Я не говорила, что все мои проблемы из-за тебя. Прекрати плеваться. Я лишь сказала, что твой негативный настрой повлиял на меня, — оправдывалась Сильвана, пытаясь защищаться. Ей было неприятно видеть Марка пьяным. Он обижал ее и без алкоголя, но, выпивая, становился еще более жестоким.

— Я не чувствую никакой жалости к такому ничтожеству, как ты, учитывая все, что ты мне сказала, тупая сука, — сказал Марк, снова плюнув на нее.

Сильвана уговаривала себя успокоиться.

— Я лишь хотела тебе сказать, что ты постоянно называешь меня тупой, пустышкой, говоришь, что я ни на что не способна, тем самым лишая меня уверенности в себе. Когда я поступала в университет, ты говорил, что я провалюсь из-за плохого английского и что я только напрасно трачу деньги. Ты знаешь, как сильно меня расстраивают твои негативные прогнозы? — гневно спросила Сильвана. Теперь ее руки перестали трястись, и она пришла в бешенство. — Я так боялась, что я провалюсь и ты разозлишься на меня за потраченные зря деньги. Из-за твоих замечаний я хотела все бросить, но, слава Богу, не сделала этого.

— Отстань от меня, пустышка. Ты мерзкая дрянь! — прорычал Марк.

— Нет, это ты мерзок. Прекрати плевать на меня! — закричала Сильвана в отчаянии.

Марк посмотрел на диван и увидел ноутбук Сильваны.

— Ты пользуешься моим интернетом! — он забрал ноутбук и попытался разбить его. — Я сломаю твой компьютер.

Помня о том, что Марк уже разбил два предыдущих ноутбука Сильваны во время очередного приступа ярости, она выхватила устройство из его рук.

— Не надо! Ты уже разбил два компьютера. Там мой проект и другие важные файлы, — она захлопнула ноутбук и отложила его в сторону. После этого он начал угрожать, что изорвет ее паспорт. Марк действовал по одному и тому же шаблону.

— Я тебе говорю: если со мной тебе плохо, иди к другому, — проревел Марк и ударил Сильвану по руке. До этого момента Сильвана терпела ругань и проклятия Марка, но она никому не позволяла поднимать на себя руку. Она шлепнула его по той руке, которой он ее ударил.

— Пошел вон, идиот! Ты — маньяк! Ты думаешь, после твоих унижений мне вообще нужен мужчина? Мне не нужен еще один тиран!

— А если я маньяк, уходи из моего дома. Тупой кусок дерьма! Потаскуха! — орал Марк.

— Не называй меня так. Потаскуха — это женщина, которая спит с другими мужчинами. А я не позволяла ни одному мужчине прикасаться к себе, и ни с кем не спала, кроме тебя! — Сильвана пыталась сдержать слезы и возмущение. «Всю жизнь я пыталась делать то, что правильно, но не то, чего я хочу. Я была красивой девушкой, и мужчины хотели встречаться со мной. Я отказывала им всем, потому что я ждала и хранила свою девственность для того единственного, за которого выйду замуж. Как он может звать меня потаскухой?»

— Да ты даже хуже, чем потаскуха. И ты, и вся твоя семья!

— Не трогай мою семью, — холодно выдавила Сильвана.

— Твоя семья питается с помойки, и очень скоро ты к ним присоединишься.

— Моя семья не ест с помойки. Бог тебя накажет за такие слова, — Сильвана разъяренно зарычала.

— Я не такой, как ты — без гроша в кармане. У меня есть деньги, и я заплачу людям, которые будут ухаживать за мной, — сказал Марк с гордостью.

Он оторвал от пола высокий белый вентилятор, стукнул им Сильвану по левой руке так сильно, что боль заставила ее вздрогнуть от неожиданности. Когда он попытался снова ударить ее, Сильвана схватилась за вентилятор, но Марк не выпускал его из рук. Тогда она толкнула Марка, прижав вентилятор к его груди. Марк упал и остался лежать на полу, выложенном бежевой кафельной плиткой, с вентилятором на груди.

Сильвана не давала ему подняться, прижимая вентилятором:

— Я устала от твоего издевательства! Ты много лет обращаешься со мной как со скотиной, не замечая ничего доброго во мне. Все эти годы ты зовешь меня пустышкой, дурой и редкостной тупицей, бессмысленным куском дерьма. Ты говорил, что если б я нашла другую работу, мужчины приставали бы ко мне из-за цвета кожи или даже изнасиловали бы. Я ненавижу тот день, когда я переехала в Кению! Я не хочу, чтобы ты продолжал меня оскорблять и унижать за все, что бы я ни сделала!

Сильвана была так разгневана, что не могла остановиться. Она кричала, снова и снова высказывая мужу накопившиеся обиды:

— Такие, как ты, не заслуживают, чтобы в их жизни была такая женщина, как я. Знаешь, кого ты заслуживаешь? Настоящую потаскуху! — ей хотелось рыдать и вопить из-за переполнявших эмоций, но она сдерживалась.

Прекрати орать. Соседи услышат. Отпусти вентилятор! — взмолился Марк. Сильвана послушалась и отошла, позволив Марку подняться.

— Мерзкая тварь, ты сказала, что зря потратила на меня свое время, но тебе только мои деньги и были нужны, — продолжал Марк, поднимаясь.

— Какие деньги? — рассмеялась Сильвана. — Ты мне давал деньги? Я всегда выхожу из дома одним долларом в сумке. Я остаюсь с тобой только из-за детей. Я не хочу, чтобы им жилось тяжело .

— Забирай гребаных детей, и чтобы в этом доме тебя не было к завтрашнему дню. Езжай в свой любимый Азербайджан. А если не уедешь, я найму кого-нибудь, чтоб прикончил вас всех.

— Я не боюсь умереть. Думаешь, я хочу жить? Какой смысл жить, если нет счастья? Так что вперед — нанимай кого-нибудь!

Сильвана действительно не хотела жить; она устала и была разочарована во всем. Иногда, когда Марк ругал ее, она думала о том, чтобы порезать вены только для того, чтобы убежать от него. Но в то же время она не хотела, чтобы дети оставались без матери. Без нее они не будут счастливы и никогда не почувствуют себя любимыми. Марк любил детей, но не умел показать им свою любовь. Он проявлял ее лишь в виде материальной поддержки и комфортной жизни.

— Я не полечу в Азербайджан! Я останусь в Кении, сколько захочу, — твердо произнесла Сильвана.

— Я позвоню в иммиграционную службу, чтобы они депортировали тебя с детьми.

— Иди и звони. Я не сделала ничего плохого и не скрываюсь тут нелегально. Так что они не смогут депортировать меня.

Марк вышел из комнаты и отправился в спальню. Сильвана слышала, как он продолжал ругать ее там. Когда брань прекратилась, по характерным звукам Сильвана догадалась, что его рвет. Она обнаружила мужа, лежащим на полу в туалете. Ей было жаль Марка, но она оставила его лежать, удалившись в другую спальню. Там Сильвана горько заплакала. «Если бы моя мать не переспала с моим отцом, я бы не родилась. Из-за них я родилась вне брака, и моя жизнь такая несчастливая! Я не должна была выходить замуж за Марка. Надо было послушать мать. О-о-о-ох-х!» Левая рука Сильваны, которую Марк ударил вентилятором, пульсировала. Драка с мужем стала последней каплей, переполнившей чашу терпения, и Сильвана, наконец, решила хоть что-то предпринять, чтобы уйти от Марка. Она была материально зависима от мужа, и с тех пор, как она вышла замуж, Сильвана работала очень короткий период времени, за который не сумела скопить никаких денег. Все заработанное она потратила на свое образование. И сейчас Сильвана была в чужой стране без денег и без родни. Куда она могла пойти с детьми, не имея ни денег, ни пристанища? Если б у Сильваны не было детей, ей было бы куда легче. Тогда бы она не боялась остаться одна без помощи близких. Но с детьми ей приходилось думать, как ее решение повлияет на них; она тщательно оценивала все возможные последствия и не предпринимала поспешных решений.

Детей Сильвана любила больше, чем кого бы то ни было в целом мире. Они были благословением, посланным ей Богом. Дети наполняли ее сердце любовью и радостью. Без них жизнь была бы пустой и бессмысленной, и она хотела бы защитить их от жестокого обращения, дать им хорошее образование и благополучную жизнь. По мере взросления она видела, как ее матери трудно было растить своих детей, и у нее едва хватало времени, чтобы видеться с ними, потому что все свое время она отдавала работе. Сильвана заботилась о детях и не выпускала их изпод своего присмотра. Она понимала, что после развода ей придется работать и оставлять детей с чужими людьми. Но ей не хотелось оставлять детей с кем-то, кроме Рехемы и собственной матери. Она обычно так и говорила Рехеме: «Как я могу работать, если некому смотреть за моими детьми?».

Но сейчас она твердо осознавала, что больше не может оставаться в этом несчастном браке. Этот брак постепенно уничтожал все хорошее в Сильване, меняя ее как личность, и пагубно влиял на психику ее детей. Ей не хотелось проводить жизнь в постоянном беспокойстве о том, что Марк может не одобрить то, что она делает, или разозлиться.

Подравшись с женой, Марк помылся, улегся в постель и уснул. А Сильвана позвонила Рехеме.

— Добрый вечер. Не могла бы ты привезти детей обратно? — сказала она в трубку грустным голосом.

Что случилось? Почему ты все еще дома? — спросила озадаченная домработница.

— Мы подрались, и поэтому никуда не пошли.

— Что случилось на этот раз?

— Он разозлился из-за того, что я сказала ему, что наш брак помешал моему развитию.

— Ну ты же знаешь его характер. Зачем ты вообще ему что-то говоришь? Просто приспосабливайся к нему и делай так, чтобы все было в порядке к его приходу, чтобы дети не шумели и не разбрасывали вещи. Проверяй, чтобы свет был выключен и чтобы сотовый телефон не был подключен к сети. Тогда он не будет раздражаться, — наставляла Рехема.

Сильвана не могла поверить своим ушам.

— Почему я должна подстраивать под него свою жизнь? Я что, рабыня? Да, иногда я могу допустить ошибку и не выключить свет или не отключить от розетки телефон, но это не дает ему право вести себя, как сумасшедший.

— Я согласна, что ему не следует так себя вести. Но ты могла бы предотвратить многие подобные ситуации, делая так, как он хочет, приспосабливаясь к его образу жизни. Например, он называет тебя воришкой, когда ты берешь напитки или его шоколадки без спроса, или готовишь, не спросив его разрешения. Ну почему бы тебе сначала не спросить его? — рассуждала Рехема.

Сильвана снова не могла поверить, что слышит подобное от Рехемы.

— Но я не ребенок, не гость в этом доме и не уборщица. Я его жена и имею такие же права, как он. Так почему я, жена, которая живет в этом же доме, должна спрашивать его разрешения приготовить что-то или съесть, или выпить в этом доме?

— Потому что это предотвратит ссору.

— Рехема, ты не была в моей шкуре. Поэтому тебе легко судить и раздавать советы. Когда люди женятся, они делят все пополам. Конечно, если я залезу в его бумажник или возьму какуюто его личную вещь, я должна буду спросить разрешения. Но если я как жена беру продукты из холодильника, я не должна спрашивать разрешения. Я вышла замуж не для того, чтобы проводить свою жизнь в страхе и раздумьях, что я могу сказать или чем я могу попользоваться. Брак не для этого создан, я на такое не соглашалась.

— Не обижайся. Я просто пыталась помочь тебе, — уговаривала Рехема. — Он дает тебе пищу, одежду и содержит детей. Что тебе еще надо?

Сильвана не ожидала, что ее подруга будет поддерживать Марка и окажется настолько бесчувственной. Рехема рассуждала в точности как ее брат, который говорил все то же самое, что она много раз слышала раньше.

— Рехема, ты ничего не понимаешь, — сказала Сильвана с раздражением. — Ты думаешь, что деньги без эмоциональной поддержки сделают меня счастливой? Нет, не сделают.

— Но он любит тебя. Он делает все, чтобы ни ты, ни дети ни в чем не нуждались.

— О какой любви ты говоришь, когда мой муж постоянно меня унижает и оскорбляет? Мать всегда покупала еду и одежду, но никогда не обнимала меня и не проводила время со мной. Но без удовлетворения насущной потребности в любви и душевной близости эта еда и одежда не делали меня счастливой. Я была одиноким ребенком, который нуждался в материнской ласке и внимании. Но для матери наше материальное обеспечение было проявлением любви. И Марк делает то же самое, но он не прав. Если ты действительно кого-то любишь, ты проводишь с ним время, слушаешь, делишься мыслями, вы вместе что-то делаете, стараетесь понимать друг друга. Ты эмоционально поддерживаешь этого человека, уважаешь его и воодушевляешь. От Марка я этого не вижу, а именно это могло бы сделать меня счастливой.

— Я понимаю тебя, но сейчас, пожалуйста, потерпи ради детей. Самостоятельно ты их не поднимешь, поэтому тебе надо оставаться с мужем.

— Нет! Ни за что. Я уйду, когда будет подходящий момент, — Сильвана вздохнула. Она чувствовала себя все более усталой от этой перепалки с Рехемой. — Я верю, что Бог поможет, я выживу самостоятельно. Я образована и амбициозна, значит, я получу работу и начну новую жизнь. Я сыта по горло ролью марионетки, которую постоянно контролируют и используют в качестве прислуги.

— В любом случае, только ты сама знаешь, что будет лучше для тебя и твоих детей, — согласилась Рехема.

Мы, люди, не знаем, что для нас лучше. Только Бог знает. А мы просто пытаемся получить то, чего хотим больше всего, — назидательно объяснила Сильвана. У нее разболелась голова, и ноги ныли от долгого стояния. — Пожалуйста, привези детей. Поговорим завтра.

Повесив трубку, Сильвана почувствовала, что исчерпала все свои силы. Через двадцать минут Рехема привезла детей и сразу же уехала.

— Ну что, хорошо провели время с Рехемой? — спросила Сильвана, обнимая Айгюн.

— Да, мамочка, мы играли с ее щенками. Они такие милые! Ты можешь нам одного купить? — спросила Айгюн.

— Попрошу папу купить. Идите мойте руки перед едой, — скомандовала Сильвана. Она приготовила детям ужин, накормила, а потом уложила в постель. Немного поиграв с ними перед сном, она выключила свет и вышла из спальни. Когда дети уснули, Сильвана легла в постель рядом с Марком, одолеваемая грустными мыслями о своем несчастливом браке и о грубых словах своего мужа. Сильвана пыталась понять, как она оказалась в такой ситуации. Размышляя о своем жалком существовании в чужой стране, где нет ни одного человека, который смог бы ее поддержать или хотя бы понять, Сильвана снова заплакала: «Отец, люди так черствы к женщинам, над которыми издеваются мужья, они не понимают, каково это. Я больше так не могу. Я не хочу и дальше нести этот крест».

Она глубоко вздохнула и запела песню, которая лилась прямо из ее переполненной горем души.

О Боже, как одинока моя душа,
Мой плач о помощи никто не слышит.
Я заперта в клетке.
Прошу, открой её!

О Боже, исцели мою отчаявшуюся душу,
Осуши мои слёзы,
Помоги мне разорвать свои цепи,
И тогда я полечу, словно птица!

О Боже, я устала бороться,
Я лишь хочу освободиться,
Но что-то держит меня так крепко.
Исцели меня и выпусти на волю!

О Боже, я каждый день молюсь Тебе сквозь слёзы.
У меня больше нет сил это выносить.
Услышь мои молитвы и крик о помощи
И больше не испытывай меня!

О Боже, я иду сквозь темноту,
Освети мой путь Своим светом!
Мне нужен Ты и Твой свет в моей жизни —
Без Тебя я не смогу жить...

Я больше не могу бороться!
Я потерялась в пустоте и увязла в колее.

Пытаюсь убежать, но цепи крепко держат.
Разорви мои цепи и выпусти меня.
Позволь мне уйти подальше!

— Что ты там бормочешь? — рявкнул Марк сквозь сон.

— Я пою, — ответила Сильвана как можно спокойнее. Она не привыкла показывать другим свои чувства и обиды.

— Заткнись! Не хочу слышать никаких звуков!

Сильвана поднялась, переполняемая гневом:

— Если не хочешь слышать мой голос, заткни уши! Каждый раз, когда я разговариваю или пою, ты велишь мне заткнуться.

Но пока я еще жива, я не замолчу!

Она вышла из спальни, оставив Марка одного, и расположилась в гостиной на диване.

События дня все еще бередили ее душу. Продолжая безмолвно молиться, Сильвана начала плакать: «Отец Небесный, прошу, услышь мои молитвы! Зачем Ты испытываешь меня, Отец?

Почему ты не можешь принять меня со всеми моими ошибками и дать мне то, в чем я так нуждаюсь? Ты разве не видишь, как он обижает меня? — Сильвана утерла слезы салфеткой. — Я устала от боли и одиночества. Ты ведь знаешь, меня никогда не любили, но всегда бросали. Ни отец, ни мать никогда не обнимали меня и не говорили, что любят меня. Отец бросил нас, люди были несправедливы ко мне, и мое сердце просто иссохло. Господи, окутай меня Своей любовью. Обними меня, как отец обнимает дочь. Я бы так хотела, чтобы Ты меня погладил по голове, как отец гладит дочку...»

Слезы заливали лицо Сильваны. Она старалась плакать негромко, чтобы ни дети, ни муж ее не услышали. «Отец, я так благодарна тебе за четыре чуда, которые ты мне подарил, но я несчастна в этом браке. Почему я прикована цепями к этому союзу, который приносит мне столько зла? У меня внутри столько злости и отчаяния, а ведь это грех в Твоих глазах. Но как я могу избавиться от этого состояния, если он продолжает мучить меня? Он вечно ругает меня, винит во всем, никогда не проводит время вместе со мной и не разделяет мои переживания. С каждым днем я все больше боюсь разозлить или спровоцировать его. Я часто задумываюсь, действительно ли я такая глупая, делаю все неправильно и у меня ничего не выходит хорошо? Другие люди видят мою доброту и таланты, но только не он. Для него все, что я ни сделаю, бессмысленно, даже моя вера и молитвы. Когда я болею, он велит мне держаться подальше от него, чтобы не заразиться. Помнишь тот случай, когда у меня кружилась голова, я не могла ходить сама, но он оставил меня одну с детьми и пошел на работу? А я едва смогла подняться с постели и собрать детей в школу. Как он мог меня оставить одну в таком состоянии? Его беспокоит только его работа, а не я. И все-таки мне жаль его, потому что он сам явно страдает. Пожалуйста, прости его и помоги ему найти настоящее счастье без меня».

После молитвы она попыталась уснуть, но воспоминания прошлых обид, детских лет и историй из жизни ее родителей не давали ей погрузиться в сон. Она вспоминала все события своего детства, и сердце ее наполнялось грустью и сожалением, особенно когда она думала о своем отце Самеде. Сильвана не могла понять, как он мог растить других своих детей и при этом не вспоминать о ее существовании. Сильвана также чувствовала обиду на мать за то, что та никогда не пыталась с ней сблизиться душевно. Хотя она и понимала, что Эсмира все свои силы отдавала на то, чтобы материально обеспечить своих детей. К тому же Эсмира и сама никогда не чувствовала себя любимой, поэтому она не знала, как показать свои чувства своим собственным детям.

«Отец, прошу, не забирай детей у меня, огради их от зла и от жестоких людей. Дай им счастливое будущее и помоги мне наставить их на верный путь. Я люблю тебя, Отец, всем своим сердцем!» — молилась Сильвана.

Всякий раз, когда Сильвана говорила Богу: «Я люблю Тебя», ее сердце наполнялось любовью к Создателю и ко всему человечеству. Она чувствовала, как тепло исходит из груди, и распространяется по всему телу.

Помолившись, Сильвана почувствовала некоторое облегчение и перестала плакать. «Я верю, что однажды Ты изменишь мою жизнь и дашь мне то, что я прошу. Прости меня за мое уныние», — сказала Сильвана с надеждой в сердце. Она верила, что с Богом все возможно. Сильвана понимала, что в нужное время Он откликнется на все ее молитвы. Он — Любящий Отец, который не забывает Своих детей. Он дает им то, что будет для них полезно.

Таким образом, Сильвана решила быть терпеливой и продолжать молиться, возлагая свои надежды на Небесного Отца.

Глава 15

Разорванные цепи

Следующей осенью Сильвана заболела желтой лихорадкой, самой тяжелой в ее жизни болезнью. Все ее тело ныло, поднялась высокая температура. Сильвана сдала кровь на анализ, который подтвердил, что у нее желтая лихорадка. Несмотря на свою болезнь, ей не удалось надолго остаться в постели. На беду, ее домработница Рехема также заразилась. Так, весь дом тяжелей ношей висел на шее Сильваны. У детей на носу были экзамены и кроме Сильваны больше некому было заниматься их подготовкой. Лежа на диване, страдая от лихорадки, Сильвана из последних сил проверяла их знания по шести предметам.

Она приподняла голову и попросила свою старшую дочь:

— Принеси, пожалуйста, учебник по социологии, — при этом в глазах у нее стояли слезы.

Когда двенадцатилетняя Мари принесла книгу, Сильвана попыталась вытянуть ноги.

— О, Господи, не могу выносить эту боль! Мне так жарко! — проговорила она, сморщившись.

Мари смотрела на мать озабоченно.

— Мама, что с тобой? Что мне сделать для тебя?

— Я хочу, чтобы ты повторила все пройденные темы и получила хорошую оценку, — улыбаясь через силу, ответила Сильвана.

Она взяла учебник у Мари и начала читать. После чтения ее глаза закрылись, и она остановилась, позабыв то, о чем читала.

— Вы купили цветы? — резко и неожиданно спросила она детей.

Айгюн посмотрела на Мари, пожимая плечами — она не понимала, почему мать спрашивает про цветы.

Сильвана снова открыла глаза:

— Ах, да, я же читала, — но вскоре глаза ее снова закрылись. — Мари, скажи, когда мы празднуем День Труда? Ктонибудь, включите вентилятор, пожалуйста! Я больше не могу выносить этот жар.

Ее лицо обливалось крупными каплями пота. Девятилетний Питер, сидевший за столом, включил вентилятор.

— Я жду. Когда мы празднуем День Чая... простите... День Труда?

— Первого мая, — ответили девочки.

Сильвана задремала и уронила книгу на пол. Увидев, что она спит, Мари решила помочь сестренке и братьям с их заданием. Пока она проверяла домашнюю работу, Сильвана бормотала про себя: «Мама, я хочу домой. Я несчастна здесь». Через какое-то время Сильвана поднялась и посмотрела по сторонам. Вдруг тело ее задрожало, и она простонала:

— Я не могу терпеть такую боль.

Шестилетний Дэвид подбежал к ней:

— Мама ты в порядке? — спросил он, беря ее руку.

— Я очень больна. Но надо продолжить проверку, — ответила Сильвана.

— Не беспокойся, мы сами проверим и вызубрим все. Ляг и расслабься, — сказала Мари, поглаживая мать по голове.

Сильвана снова легла на диван, чувствуя жажду; ее все еще трясло. Увидев, что мать дрожит, Питер поднялся наверх и принес одеяло, укрыв им Сильвану.

— Мари, помоги детям повторить пройденный материал, а потом и сама займись обществознанием. Дети, позовите меня, когда у вас будут вопросы, — распорядилась она.

Дети пошли в учебную комнату, а Сильвана осталась в гостиной одна.

— Бабушка, что ты готовишь? — спросила Сильвана в забытьи и отключилась на несколько секунд.

Пораженная болезнью, Сильвана должна была лежать в постели, но это ей никак не удавалось. К ее глубокому сожалению, Марк ей совсем не помогал. Он даже не интересовался ее самочувствием и не беспокоился о том, нуждается ли она в чем-то. Ее возмущал тот факт, что она была замужем за бесчувственным эгоистом, который не обращал на нее никакого внимания. Она не могла простить Марку то, что он оставлял ее дома одну.

В понедельник ночью у Сильваны разболелись суставы. Боль была настолько нестерпимой, что она не могла встать с постели или даже пошевелить ногами. Бедняжка Айгюн, младшая дочь, которой только что исполнилось семь лет, видя мучения своей матери, массировала ей ноги:

— Мама, тебе лучше? — спрашивала она тихим голосом, глядя на Сильвану озабоченно.

— Да, немножечко лучше, но все-таки ноги очень сильно болят.

Из глаз ее текли слезы от боли. Айгюн возложила руки на мать со словами:

— Во имя Господа, вся боль да уйдет из тела моей мамочки!

— Мама, не плачь, — сказал Давид. Он тоже делал массаж Сильване, стараясь уменьшить ее боль.

Сильвана обняла детей, в то время как сердце ее переполняла любовь, и произнесла:

— Спасибо за массаж. Вы показали на деле, как сильно любите меня. Сказать кому-то: «Я тебя люблю» — недостаточно, нужно в делах проявлять то, что мы чувствуем по отношению к другому человеку, чтобы сделать его счастливым.

— Почему папа так долго не возвращается из бара? — спросила Айгюн, нахмурившись.

— Ему совсем наплевать на тебя. Как он мог оставить тебя одну в таком состоянии и пойти выпивать с друзьями? — спросила Мари с серьезным видом. Она была высокой и стройной девочкой, ум которой был развит не по годам. Ей не нравилось поведение отца по отношению к матери.

— Когда вы станете взрослыми, обязательно проявляйте любовь к близким своим поведением, не ограничивайтесь произнесением пустых слов, — сказала Сильвана, пытаясь подвигать ногами.

— А сейчас мы как делаем? — спросила Айгюн.

— Вы не только всегда говорите, что любите меня, но в то же время пытаетесь помочь мне, просто чтобы порадовать, — боль в суставах стала настолько сильной, что Сильване было сложно не только двигаться, но и разговаривать.

— Папа тебя тоже любит. Он постоянно что-то покупает для тебя и для нас, — сказал Питер.

— Да, он делает нашу жизнь комфортной, но в то же время он никогда не дает нам моральной поддержки и постоянно говорит мне уничижительные слова. Любовь познается не деньгами, а заботой, пониманием, нежностью, терпением и моральной поддержкой, — ответила Сильвана.

Так как боль усилилась, она захотела выпить болеутоляющее, но не смогла встать с кровати. В девять часов вечера, когда дети легли спать, Марк вернулся домой. Услышав его шаги, Сильвана крикнула:

— Марк!

— Что случилось? — спросил Марк пьяным голосом, заходя в спальню.

— Боль усилилась, я не могу пошевелиться. Дай мне, пожалуйста, одну из своих болеутоляющих таблеток.

Марк улыбнулся:

— Видишь, Бог наказал тебя за то, что ты ела мои шоколадки без разрешения.

— Православие учит, что болезнь — не наказание, а благословение, потому что она очищает душу и приближает человека к Богу, — ответила Сильвана, корчась от боли.

Марк не успел ничего ответить, как в следующую секунду она простонала:

— О! Принеси таблетку, пожалуйста. Я больше не могу терпеть!

— Ну, раз Бог тебя очищает, пусть Он тебя и исцелит, — ответил Марк, гримасничая, и покинул спальню, так и не дав Сильване болеутоляющее. Чувствуя отчаяние, Сильвана попыталась хоть как-то отвлечься. Она набрала на телефоне сообщение своей матери, надеясь найти утешение: «Мама, как дела у бабушки?»

«Ей хуже, она отказывается от еды. Большую часть времени она сидит на балконе, проклиная меня и нашего соседа Сафара. Ей кажется, что он хочет ее убить. Сегодня я целый день ничего не ела, а сидела рядом с ней на балконе, не давая ей ругаться на него. Она сказала, что мечтает о моей смерти. Мне надоела такая жизнь. У меня нет денег, и я погрязла в долгах. Чем жить в такой нищете, лучше умереть», — жаловалась Эсмира, чувствуя безнадежность своего положения.

Сильвану переполняло беспокойство, но она пыталась напечатать слова успокоения:

«Мама, пожалуйста, не думай о самоубийстве, иначе вечно будешь гореть в геенне. Однажды я смогу тебе помочь, но не жди помощи от Марка. Ему наплевать на тебя».

«Но моя жизнь — все равно что ад. Мать ненавидит меня и выбрасывает мою еду. Она постоянно позорит меня перед людьми. Ночью она во весь голос проклинает людей и бросается вещами в меня», — сокрушалась Эсмира.

Сильвана знала, что Садагет обвиняла Эсмиру в несчастьях своих внуков.

«Будь сильной и следи, чтобы она ела. Если она умрет, я не представляю, что со мной будет. Да и где ты возьмешь деньги, чтобы ее похоронить?»

«Я не могу заставить ее. У меня очень высокое давление. Поговорим позже», — написала Эсмира.

Сильвана лежала в постели и плакала от невыносимой боли; она переживала, что бабушка скоро умрет. Ей так хотелось провести с Садагет еще немного времени, пока она жива. И она очень хотела помочь Эсмире, но сама была беспомощна. Беспокоясь о бабушке и изнемогая от боли, Сильвана каким-то образом умудрилась уснуть. Но и во сне она увидела похороны бабушки. А увидев смерть родной бабули, она расплакалась так сильно, что ее всхлипывания раздались на всю спальню. Но Марк был сильно пьян и крепко спал, не услышав ни звука. Сильвана окончательно проснулась и решила отправить матери голосовое сообщение: «Мама, будь терпеливой и сильной. Бог не оставит вас, и я, как только найду работу, обязательно помогу вам».

После отправки сообщения Сильвана успокоилась и смогла заснуть.

Через четыре дня лихорадка прошла, а боль в суставах осталась. От постоянного гнева, который поселился в ее душе, Сильвана чувствовала боль в груди. Она едва сдерживала себя, чтобы не кричать на детей, и раздражалась всякий раз, когда они бывали непослушны.

***

Время шло медленно, но неизбежно приближался декабрь. Сильвана готовилась к Рождеству, ожидая возвращения Рехемы на работу. У кенийской домработницы Сильваны заболела мать, поэтому она оставалась дома. Готовясь в Рождеству, Сильвана просыпалась рано утром и мыла окна, протирала стены, двери и красила дом снаружи. Наведя в доме порядок, она купила новые зеленые занавески и повесила их в гостиной. Потом она вызвала маляра, который помог ей покрасить стены дома. Несколько раз она выходила из дома, чтобы проверить работу подрядчика. И когда он закончил, она еще раз посмотрела на результат его труда и вдруг заметила, что он некачественно прокрасил заднюю стену дома.

Она вошла в дом и сказала Марку:

— Прежде чем платить маляру, выйди и проверь стены.

— А что не так? — рявкнул Марк.

— Он не аккуратно покрасил.

Марк вышел и посмотрел на стену. Увидев, что работа сделана небрежно, он стал обвинять Сильвану:

— Ты все это время была дома. Почему ты не проверяла его работу, пока он еще не закончил?

— Я проверяла, но пока краска не высохла, это было незаметно. Должна ли я заплатить ему полную стоимость за такую работу? — ее голос заметно дрожал.

— Да, заплати этому дебилу и скажи, что я его больше не хочу здесь видеть. Пусть уходит из моего дома, — Марк нахмурился, повысив голос.

Разгневанный Марк подошел к маляру:

— Ты испортил мне стену вместо того, чтобы сделать ее лучше, ублюдок! Забирай свои деньги и вали! Сильвана, дай ему денег!

Сильвана заплатила работнику, и он ушел. Вскоре к Марку пришел друг, и они решили пойти в пивную. Уходя, хозяин дома заметил, что маляр оставил растворитель и канистру с краской снаружи дома.

— Почему ты не сказала работнику, чтобы он это убрал?

Теперь иди и убирай сама! — приказал он командным голосом.

— Я уберу позже, — ответила Сильвана.

Марк ушел вместе со своим другом. Сильвану приводил в бешенство тот факт, что пока она вкалывала дома, Марк приятно проводил время с другом, поэтому она решила не трогать краску и канистру. Вечером пьяный муж вернулся домой и, увидев канистру на том же месте, пришел в ярость:

— Почему ты ничего не убрала? Я не хочу, чтобы что-то стояло перед моим домом на глазах у всех! Ты вообще не можешь ухаживать за домом. Иди и убери сейчас же! — сказал он твердым и нахальным голосом.

— Иди и сам убери, — сказала Сильвана, не поднимаясь с дивана.

Марк вышел на улицу, поднял бутылки и швырнул их в дом.

Растворитель разлился по полу:

— Возьми швабру и приберись здесь, — приказал он.

— Ты наделал беспорядок, вот ты и убирай за собой, — Сильвана продолжала сидеть на диване и шить платье.

Марк убрал все сам. Но когда он наткнулся на стремянку, которая стояла у него на пути, то намеренно уронил ее на ногу

Сильване и после этого ушел. Женщина почувствовала, как ступня запылала нестерпимой болью. Она посмотрела на свою ногу и увидела, что из раны сочится кровь. От сильной боли Сильвана пришла в ярость. Она встала с дивана и закричала:

— Придурок, ты мне ногу поранил!

Чем сильнее разгоралась боль, тем злее становилась Сильвана. Она подняла корзину с бельем и бросила ее в мужа, но промазала.

— С меня хватит твоих унижений! Целую неделю ты доставал меня. Все то время, пока я усердно трудилась, стараясь подготовить дом к Рождеству, ты только расслаблялся и выпивал с друзьями. Еще раз ты обидишь меня, и я отвечу тебе тем же! — она крепко сжала кулаки, едва сдерживаясь, чтобы не ударить его.

Сильвана прошла в ванную комнату, открыла кран над ванной и промыла рану. Она сморщилась от невыносимой боли. «Господи, сколько же он будет мучить меня? Я никогда прежде не просила покарать моих обидчиков, но сегодня я прошу Тебя наказать каждого, кто когда-либо обидел меня».

После этого Сильвана пошла в детскую. Увидев ее ушибленную ногу, Мари побежала ей навстречу:

— Что случилось с твоей ногой? Это папа сделал?

Сильвана не любила врать, и она всегда говорила все, как есть:

— Да, папа бросил стремянку на меня и поранил мне ногу.

— Почему он это сделал? — спросил Дэвид, глядя на ногу своей матери.

— Он разозлился, что я не убрала канистру с краской снаружи.

— А почему ты не убрала? — спросила Мари.

— Потому что мне надоело делать все на свете, пока он пьет в пивной. Когда вырастешь, если хоть один мужчина проявит неуважение к тебе, сразу же уходи от него, — предупредила Сильвана, все еще чувствуя негодование.

Айгюн подошла к матери, глядя на рану на ее ноге. Она испытывала чувство вины от того, что не могла помочь своей матери.

— Я слышала, как он кричал на тебя, но я побоялась заступиться за тебя. Прости, что осталась в спальне, — сказала младшая дочка, виновато глядя на мать.

— Не беспокойся, со мной все в порядке, — сказала Сильвана, глубоко вздохнув и стараясь не расплакаться.

Поговорив недолго, они вместе стали молиться Богу.

— Мама, какие грехи могут привести человека в ад? — спросил Дэвид.

— Жестокое обращение с людьми, любовь к материальным ценностям, ложь, гордость, хвастовство, неучастие в церковных службах и неучастие в таинстве Причастия.

— Папа пьет, мучает тебя и не исповедуется. Он попадет в ад? — продолжал интересоваться Дэвид.

Услышав это, Айгюн приуныла еще сильнее:

— Я не хочу, чтобы папа попал в ад. Я надеюсь, он покается.

— Молись за папу, и Бог выведет его на верный путь, — сказала Сильвана, пытаясь успокоить свою дочь.

«...Но без меня», — подумала она.

— Мама, Бог накажет его за то, что он тебя обижал? — спросил Питер.

— Обычно то, что мы сеем, то и пожинаем. Как добро, так и зло. Да, каждый получит наказание за свои неверные поступки, если только не покается и не изменится. Но наказание не всегда изменяет человека. Когда случается что-то ужасное, человек порой не понимает, что это его наказание. Поэтому у него нет стимула меняться. Идите в свою спальню, мальчики. Уже пора спать.

Выключив свет, Сильвана пошла в свою спальню. Марк вошел в комнату и извинился:

— Сильвана, я не хотел поранить тебя. Это произошло случайно.

— Нет, ты намеренно уронил стремянку на мою ногу. Оставь меня в покое!

Марк вышел, оставив Сильвану лежать в постели с гематомой на ноге. Лежа на мокрой от слез подушке, она задыхалась от отчаяния и испытывала непреодолимое желание закричать громко, во весь голос, чтобы ее вопль из самой глубины сердца, наконец, был услышан: «Господи, Сыне Божий, я так устала! Я словно птица в клетке. Я так хочу выбраться на свободу. Но мне жаль его, потому что он не способен быть счастливым! И он так далеко от Тебя!»

***

Наступило Рождество, но Сильвана была настолько истощена, что не хотела вставать с постели. Но дети разбудили ее, чтобы раскрыть подарки, которые лежали наверху, под елкой. Пока дети разворачивали свои подарки, Марк с Сильваной фотографировали их. Марк подарил Сильване красивую золотую цепочку, но она не испытала радости от этого подарка и отдала его мужу назад. Она не могла забыть, как он бросил стремянку ей на ногу неделю назад. А дети были безмерно рады своим подаркам и потратили остаток дня, играя с ними. День прошел мирно. Но ночью Сильвана продолжала гневаться на мужа и думать о разводе. Она решила уйти не только для того, чтобы положить конец унижениям, но также и для того, чтобы дальнейшую жизнь проводить в спокойствии. Лежа в постели, она написала СМС Владимиру:

«Я не только терпела всякую гадость от людей ради Господа, но еще и пыталась не ранить их чувства. Я больше не буду мириться с несправедливостью».

«Что ты собираешься делать?» — спросил он.

«Я решила поступать так же, как эти люди поступают со мной. Я поняла, что пока ты мягкая, дружелюбная и добрая, люди не уважают тебя», — объяснила Сильвана.

«Иисус Христос сказал своим ученикам в Евангелии от Луки 6.20-22: „Блаженны нищие духом, ибо ваше есть Царствие Божие.

Блаженны алчущие ныне, ибо насытитесь. Блаженны плачущие ныне, ибо воссмеетесь. Блаженны вы, когда возненавидят вас люди, и когда отлучат вас, и будут поносить, и пронесут имя ваше как бесчестное за Сына Человеческого». Когда люди плохо с тобой обращаются, они помогают тебе попасть в Царство Небесное».

«Но я не хочу попадать в рай таким путем. Я хочу попасть Царство Небесное, проживая праведную жизнь, следуя Божьей воле и обращаясь с людьми с любовью и уважением, оставаясь скромной. И если я не стану защищать себя, то мне будет становиться только хуже, а люди и дальше будут еще больше пользоваться моей добротой. Я просто скромная женщина, которая всех вокруг встречает с открытым сердцем. Но когда со мной обращаются несправедливо, я прихожу в бешенство и начинаю ставить их на место», — ответила Сильвана.

Владимир продолжил:

«Евангелие от Матфея 5.39: Я говорю вам: не противься злому. Но кто ударит тебя в правую щеку твою, обрати к нему и другую". Это означает, что когда кто-то причиняет вам боль, не следует отвечать ненавистью или местью. Но это вовсе не значит, что ты должна продолжать терпеть мучения, в которых нет никакого смысла.

Бог видит несправедливость и страдания и близок к тем, кто ранен. Насилие причиняет вред и является грехом. Вы не призваны принимать жестокое обращение. Бог желает истины, достоинства и мира для всего человечества. Когда страдание переносится в истине и уводит нас от греха и лжи, Бог может преобразить его и приблизить нас к Себе.

Если ты видишь, что он становится только хуже и исправляться не собирается, его пример — не полезен для детей, а постоянная злоба и обида в сердце разъедает тебя, ты должна сказать „довольно", и удалиться от такого человека и от тех условий, в которые он тебя поставил. Пока он думает, что ты слишком наивна, чтобы сделать выводы и прекратить эту вопиющую несправедливость, он будет продолжать паразитировать. Чтобы выжить, ты должна постоять за себя, не прибегая к насилию, не причиняя вред другим».

Разговор был интересен и очень важен для Сильваны, но постепенно сон стал одолевать ее все сильнее, поэтому она решила, что пришло время попрощаться с Владимиром:

«Давай продолжим этот разговор в другой раз? Огромное спасибо за дружескую поддержку. Если бы в мире было больше таких людей, как ты, наше общество процветало бы . Но пока оно наполнено завистью, гордыней, самодовольством, расизмом, мы никогда не увидим изменений к лучшему. Мы так и будем видеть унижения, ложь, голод и невинную смерть».

***

Сильвана продолжала искать работу, и вот, к своему удивлению, она получила целых два предложения. Первое было от компании «Метромакс» на позицию помощника менеджера, а второе — менеджер по недвижимости. Сперва Сильване было трудно сделать выбор, но на второй работе ей предложили гибкий график, поэтому она решила стать менеджером по недвижимости. Вне себя от радости, она позвонила Рехеме, чтобы поделиться новостью:

— Рехема, я нашла хорошую работу! Они предложили мне достойную зарплату и гибкий график!

— Я рада за тебя. Теперь ты можешь быть независимой и иметь собственные деньги, — сказала Рехема, чувствуя облегчение от такой хорошей новости.

— Да, это так. И еще я смогу развестись! — ликовала Сильвана.

— А ты уверена, что хочешь развестись?

— Я не понимаю, почему все задают мне один и тот же вопрос, — огрызнулась Сильвана. — Конечно, я хочу развестись и избавиться от унижения. Разве я что-то получаю от этого замужества?

— Он может измениться, — предположила Рехема тихим голосом, чтобы не раздражать Сильвану.

— Я слишком долго ждала его изменений, но он не переменился, лишний раз доказывая, что такие, как он, не меняются к лучшему. В любом случае, разве он сможет убрать ту боль, которую причинил? Разве он может стереть воспоминания о своих издевательствах?

— Нет, не может, — ответила Рехема, жалея, что она заговорила о разводе.

А значит, нет пути назад. Даже если Сам Господь попросит меня остаться с ним, я не останусь, — гневно сказала Сильвана. — Но после развода я попытаюсь простить его.

Всякий раз, когда кто-то предлагал Сильване остаться со своим мужем, она преисполнялась ярости.

— Не обижайся, я просто пыталась сохранить вашу семью ради ваших детей.

— Такой брак, в котором нездоровая обстановка и постоянные оскорбления, не даст моим детям ничего хорошего. Ты не была в моей шкуре, поэтому ничего не понимаешь. Я поработаю два месяца и подам на развод, — убежденно заявила Сильвана.

— Делай, как хочешь.

— Мне пора идти. Потом поговорим, — сказала Сильвана и положила трубку.

Счастливая, что получила новую работу, Сильвана целую неделю выбирала одежду для офиса. В первый понедельник марта она надела черный костюм с черными туфлями и отправилась на работу. Как только она появилась в офисе, директор представил ее другим работникам.

— Это Сильвана, ваш новый менеджер.

— Привет всем, — сказала Сильвана с теплой улыбкой на лице.

— Доброе утро, — ответили сотрудники.

Сильвану провели в ее кабинет, который поразил ее своим размером. Там был большой черный стол, компьютер, принтер, телефон и удобное кресло. Обрадованная удобством своего рабочего места, Сильвана погрузилась в мягкое кресло, испытывая благодарность. Она посидела так некоторое время, пытаясь познакомиться со своими обязанностями и устанавливая перед собой новые задачи.

***

Наступила весна. В один из ветреных субботних дней Сильвана захотела остаться дома и отдохнуть. Но ей пришлось ехать за детьми на занятия по карате, потому что Марк отвез их туда и поехал выпивать. Сильвана сидела снаружи на скамье вместе с другой родительницей и ждала, пока занятия закончатся. Через два часа приехал Марк. Увидев, что Сильвана разговаривает с женщиной, он покачал головой, посмотрев на нее со злостью. Но, приблизившись, он уже улыбался. Как только родительница ушла, он начал выступать:

— О чем ты тут болтала, дрянь?

— Ни о чем, мы просто о детях разговаривали.

— Ты не знаешь, о чем и когда можно говорить, поэтому лучше держи свой рот закрытым . Вечно ты болтаешься с нищебродами!

Рот Сильваны задергался:

— Но она не нищеброд. Бог велит нам быть смиренными и общаться с всеми на равных.

— У тебя нет никакой религии. Что ты знаешь о Боге?

— У меня есть религия, и я предпочитаю разговаривать с бедняками, чем с фальшивыми богачами, у которых гнилые душонки.

Внутри Сильваны кипела злость, и ей хотелось кричать на мужа. Но, несмотря на обиду, она изо всех сил старалась не расплакаться и не начать унижать его в ответ.

— Ты не хочешь общаться с богачами, потому что сама вышла из нищеты. Вот почему тебе некомфортно среди богатых людей, — отвечал Марк.

— Я пришла не из нищеты.

Марк подошел к мусорной корзине и указал на нее:

— Ты будешь вот отсюда питаться, тогда как у меня всегда будут деньги, — заявил он.

Услышав эти полные ненависти слова, Сильвана отошла от него и встала в сторонке, дожидаясь, пока дети выйдут. Когда они вернулись домой, Сильвана была в таком состоянии, что она не хотела ни разговаривать, ни заниматься чем бы то ни было. Своими словами Марк снова толкнул ее в депрессию.

Спустя некоторое время Сильвана, без ведома Марка, посетила свою знакомую, которая была адвокатом, и попросила ее начать бракоразводный процесс.

— Ты уверена, что готова к разводу? Это будет тяжелая борьба, поскольку ты претендуешь на его дом, — спросила адвокат, сидя перед Сильваной лицом к лицу. Это была высокая чернокожая женщина с пышными кучерявыми волосами в строгом голубом костюме.

— Да, я готова. Он постоянно подавлял меня, но я вынуждена была мириться с этим из-за моих детей. Но когда человек начинает поднимать руку на меня, наступает предел, — твердо сказала Сильвана, вспоминая инцидент со стремянкой.

— Я беспокоюсь о твоей психической устойчивости. Ты страдаешь от депрессии и гнева. Сможешь ли ты эмоционально выдержать эту битву? — спросила адвокат.

Сильвана наклонилась вперед, напряженно держа спину:

— Ты считаешь, что женщина, которая терпела невыносимые унижения так долго, недостаточно сильная? Лулу, я хочу прекратить свою несчастливую жизнь и начать другую — счастливую, без унижений. Ради этого я готова выдержать любые испытания и битвы.

— Я прекрасно тебя понимаю. Итак, мы начнем бракоразводный процесс как можно скорее, — ответила Лулу ободряющим голосом. — Значит, мне нужны свидетельства рождения всех твоих детей и свидетельство о браке. Как только я все это получу, то сразу подам заявление о разводе вместе с твоим письмом, в котором ты должна описать все факты жестокого обращения. Также сделай копии с выписки его банковского счета и с документов на его права собственности. Будь осторожна с ним, — сказала Лулу, удобно располагаясь в своем кресле.

— Спасибо, Лулу. Я постараюсь собрать все эти документы к следующей неделе, — Сильвана улыбалась.

— Будь осторожна, мы скоро увидимся, — попрощалась Лулу. Сильвана вышла из кабинета, чувствуя облегчение. На неделе она откопировала все необходимые документы, пока

Марк был на работе и не имел возможности ее контролировать. Когда документы были готовы, Сильвана отвезла их Лулу и принялась с нетерпением ждать от нее новостей.

***

В середине июня адвокат позвонила Сильване, пока та была на работе в офисе.

— Алло, — сказала она.

— Доброе утро, Сильвана, — ответила адвокат. — У меня для тебя хорошие новости. Я направила твое заявление о разводе, поэтому тебе лучше поговорить с Марком самой, прежде чем ему придет повестка из суда.

— А что будет после того, как ему придет повестка? — спросила Сильвана.

— У него будет тридцать дней, чтобы составить отзыв и нанять адвоката, который будет представлять его интересы. Во время бракоразводного процесса суд может принять решение о временном назначении опеки над детьми и о выплате алиментов. Вам обоим нужно будет сообщить суду информацию о себе, о состоянии банковского счета и предоставить справки о доходах. И если вы не придете к взаимному согласию, тогда суд назначит дату, когда вы оба будете отстаивать свои права на судебном заседании.

Сильвана слушала Лулу, затаив дыхание, стараясь ничего не упустить; при этом нервное напряжение ее росло по мере перечисления всех тех шагов, которые ей предстояло совершить.

— Как много времени это займет?

— От шести месяцев до года, в зависимости от того, к какого рода соглашению вы с Марком придете. Если он не примет твои условия, то процедура затянется, — объяснила Лулу.

Сильвана поджала губы и отчаянно выдохнула:

— Я надеюсь, что это не займет много времени. Я бы хотела встретить новое будущее как можно скорее.

— Я постараюсь ускорить процесс, но это не от меня зависит. Сейчас мне пора встречаться с другим клиентом. Поговорим позже, — сказала Лулу.

— Хорошо, — ответила Сильвана.

После разговора с адвокатом Сильвана затаилась в ожидании реакции Марка, когда он узнает о ее заявлении о разводе. «Он может напиться, а потом покалечить меня. Может, мне стоит уйти из дома с детьми, прежде чем он узнает, — но потом она передумала. — Нет, я останусь, и я смогу постоять за себя. Во что бы все это ни вылилось, я справлюсь. Больше я не буду жить в страхе».

После недолгих размышлений о разводе Сильвана заняла свои мысли новой работой.

***

В середине лета работодатель Сильваны нанял на работу нового адвоката из Канады. Она работала на своем месте, когда в кабинет вошел ее начальник с высоким смуглым мужчиной.

— Доброе утро, Сильвана, — сказал руководитель.

Доброе утро, мистер Смит, — ответила Сильвана, широко улыбаясь.

— Как дела? — спросил Джон Смит.

— Отлично. Стараюсь закончить отчет, который вы запросили, — ответила Сильвана.

— Я заглянул, чтобы представить вашего нового работника, — интригующе сказал Джон. — Это Андрей Константин из Канады. Он будет новым защитником нашей компании. Сильвана посмотрела на нового сотрудника и очень удивилась, увидеть мужчину с длинными волосами и усами. Что-то в его облике напомнило ей жгучих мускулинных брюнетов-

азербайджанцев с горящими глазами, которых она так часто видела на родине. Она заметила, что у него были карие глаза. На вид ему было около 45 лет. Сильвана встала и пожала ему руку.

— Рада видеть вас здесь, мистер Константин.

В это время зазвонил телефон мистера Смита:

— Да, попросите их подождать, пожалуйста. Я скоро буду, — сказал он торопливо. — Мне нужно спешить, поговорите, пожалуйста, без меня.

Когда руководитель ушел, Сильвана предложила присесть новому работнику, приветливо улыбаясь.

— Прошу, садитесь. Как давно вы пребываете в Кении?

— Около двух недель, — ответил он.

— Долго ли вы планируете здесь работать?

— Я пока не уверен. Вы спрашиваете меня так, словно хотите поскорее избавиться от меня, — заметил Андрей, обезоруживающе улыбаясь.

— Совсем нет! — Сильвана смутилась от того, что он неправильно ее понял.

— Простите, я просто пошутил. Сильвана, а откуда вы приехали?

— Из Азербайджана, — она расслабилась, услышав, что это была всего лишь шутка. На ее щеках вспыхнул яркий румянец.

— О! Как интересно, — удивился Андрей. — Значит, ваши родители жили в СССР? Мои родители тоже жили в СССР, они приехали в Канаду из Румынии. Я родился уже в Оттаве. А почему вы покинули Азербайджан? — спросил он, с любопытством заглядывая в ее ореховые глаза.

— Я вышла замуж за британца, который решил обосноваться

здесь. Но сейчас я нахожусь в процессе развода.

Андрей не сводил с нее глаз, он даже забывал моргать. Сильвана погрузилась глубоко в свое кресло, словно пытаясь спрятаться в нем.

— Я так сочувствую вам. Это очень болезненная процедура.

— Да, это так. Но все к лучшему. А что насчет вас? Вы женаты? — в ее глазах читалась боль разочарования.

— Я холост, — в этот момент Андрей услышал чей-то голос и словно бы вспомнил о чем-то важном. — Мне нужно идти, но мы поговорим позже. Очень приятно было познакомиться с вами.

Он пожал Сильване руку. Ощутив это рукопожатие, Сильвана почувствовала, как электрический разряд пронзил все ее тело. Когда Андрей ушел, Сильвана некоторое время сидела без движения, изумленная этим странным ощущением.

Через две недели после разговора с адвокатом Сильвана, наконец, набралась смелости поговорить с Марком про свое заявление. Марк сидел на диване и смотрел телевизор.

— Марк, мне надо поговорить с тобой.

— Не сейчас, я кино смотрю, — рявкнул он раздраженно.

— Но мне нужно с тобой кое-что обсудить.

Марк обернулся и посмотрел на Сильвану:

— Я же тебе говорю: не сейчас. Вечно ты всех беспокоишь.

Тебе надо четко усвоить, что и когда ты можешь делать, а когда нет.

— Я подала на развод, — выпалила Сильвана негромким голосом, глядя прямо ему в глаза.

— Что? — От удивления челюсть Марка отпала, а шея сильно напряглась.

— Я решила, что больше не буду терпеть твои унижения. Поэтому я начала бракоразводный процесс, — сказала Сильвана решительно.

Ошеломленный, Марк встал с дивана, уронив пульт дистанционного управления.

— Но зачем ты это сделала? — спросил он глухим голосом.

— Потому что мне надоело, что ты обращаешься со мной как с прислугой, не уважаешь меня и не ценишь. Неужели ты не видишь, что в наших отношениях нет никакой любви. Мы не проводим время вместе и не общаемся. Живем в одном доме, словно два чужака. Ты часами просиживаешь в барах, общаясь с пьяными друзьями. А всякий раз, когда я подхожу к тебе, чтобы что-то сказать, ты говоришь мне или «Я занят, оставь меня в покое», или «У меня нет времени слушать твою чепуху», или «Научись сначала правильно разговаривать», — выговаривала Сильвана, и оба они знали, что список фраз можно было продолжать еще очень долго.

Марк приблизился к Сильване, его слегка потряхивало. Он не ожидал такого поступка, для него очень важен был его образ прекрасного семьянина. Марк понимал, что развод обнажит его агрессивную личность и разрушит его имидж и репутацию.

— Ты никогда не видишь во мне ничего хорошего и никогда не поддерживаешь меня. Ты считаешь, что все, что случается плохого, происходит по моей вине. Ты всегда пытаешься заставить меня почувствовать себя глупой неумехой. И я даже не могу быть откровенной с тобой и рассказать, что меня беспокоит и что я чувствую. Потому что я заранее знаю, что ты скажешь мне что-то негативное, чтобы я почувствовала себя ничтожеством. Что бы я ни сделала, я постоянно думаю, не разозлю ли я этим тебя. Почему я должна бесконечно переживать об этом? Я хочу спокойно жить, без постоянного нервного напряжения, — жаловалась Сильвана.

Марк медленно опустился на диван.

— Если бы ты не испортила мой компьютер, все бы не стало так плохо.

— Твой компьютер сломался, потому что там было слишком много женских фотографий. Шокированная этим, я стерла файлы, случайно повредив этим компьютер. И это не дает тебя права унижать меня.

— А те случаи, когда ты забывала выключить свет ночью? Я плачу за электричество. И как, по-твоему, я должен не разозлиться? Кроме того, ты берешь продукты из холодильника и готовишь еду без моего разрешения, ешь мои шоколадки, — перечислял Марк.

— Да, я помню об этом. Но все эти проступки не дают тебе права оскорблять меня. Я живу в этом доме так же, как и ты. Я не служанка, а твоя жена. Так почему я должна спрашивать твоего разрешения, чтобы готовить еду в своем собственном доме? Вспомни-ка лучше, сколько раз ты орал на меня без повода, в то время как с друзьями общался дружелюбно? Все вокруг считают тебя очаровательным мужчиной, хотя на самом деле дома ты настоящий монстр и тиран!

— Я стану другим. И детям нужны двое родителей. Прошу, поменяй свое решение, — сказал Марк, угрюмо глядя на Сильвану. Его била мелкая дрожь.

— Сколько раз ты обещал измениться? Ты никогда не изменишься. И в большинстве случаев ты даже не извиняешься за свое отвратительное поведение. И дети будут чувствовать себя вместе со мной великолепно, потому что они больше не будут смотреть, как их мать постоянно унижают. Ты так сильно ранил мою душу, что я не могу забыть ни одного слова, которое ты мне говорил, ни одного твоего мерзкого поступка, — голос Сильваны задрожал, и слезы покатились по ее лицу. — Знаешь, сколько слез я пролила, стараясь ничего не показывать ни тебе, ни детям? Почему ты так обращаешься со мной? Что я тебе сделала плохого? Марк подошел к Сильване и взял ее за руку:

— Я знаю, что ты умная женщина и способна достичь большего. Я всегда был груб с тобой, чтобы ты научилась чему-то и стала другим человеком.

Сильвана оттолкнула его руку и отошла в сторону.

— Отстань от меня со своими оправданиями.

— Я надеюсь, ты понимаешь, что без меня и без денег ты не выживешь. Тебе негде жить. Куда ты пойдешь? Ты разрушишь будущее своих детей, — сказал Марк, пытаясь запугать Сильвану.

Она подошла к нему поближе.

— Не беспокойся обо мне. Я не боюсь сложностей и проблем. Все это в любом случае лучше, чем сносить от тебя унижения.

С этими словами Сильвана вышла из спальни, оставив Марка одного.

«Если он считает, что сможет повлиять на мое решение, то он сильно ошибается».

***

Время шло, а Сильвана продолжала жить в одном доме с Марком, ожидая повестки в суд. Марк прекратил свои отвратительные выходки. Он не оставлял попыток предотвратить развод, пытаясь заставить Сильвану думать, что она не выживет без него. Но его уловки не работали. В этот раз она решила окончательно и бесповоротно, и ничто не могло изменить ее решение.

Ожидая судебной процедуры, Сильвана все больше времени проводила с Андреем, постепенно привязываясь к нему. Они обедали вместе, разговаривая обо всем подряд. Однако нерасторгнутый брак с Марком не позволял ей начать серьезные отношения с мужчиной, который, в свою очередь, также наслаждался компанией Сильваны. Он постоянно шутил, только чтобы услышать ее смех. Ему очень нравилось, как она смеется, как блестят при этом ее глаза, нравилась ее простота и одновременно мудрость. Он терпеливо ждал, когда Сильвана получит решение о разводе, чтобы пригласить ее на свидание.

В конце лета Сильвана решила рассказать детям о грядущем разводе. Она собрала их в гостиной, усадила рядом друг с другом.

— Мы с отцом собираемся развестись, — начала она.

— Почему? Ты его больше не любишь? — озадаченно спросила Мари.

— Милая, люди разводятся не потому, что перестают любить друг друга. Они разводятся, потому что их брак исчерпал себя.

— Зачем тебе нужен развод? — удивилась Айгюн.

— Я устала от папиных издевательств. Никто не должен оставаться с тираном, — уверенно заявила Сильвана.

— Куда ты пойдешь после развода? — Питер учащенно моргал от растерянности.

— Перееду в съемное жилье.

— А мы? — спросил взволнованно Давид, закусив нижнюю губу.

— Вы все пойдете со мной.

— Но я не хочу идти с тобой. У тебя нет денег. Ты не сможешь купить мне то, что я захочу, — сказал Питер еще более обеспокоенно.

— Вещи для тебя важнее, чем добрая и любящая мама? — удивленно спросила Мари, строго глядя на брата.

— Нет. Хотя папа лучше знает математику, а мама не очень хороша в этом. Если я уйду от папы, кто мне поможет с математикой? — Питер озабоченно нахмурился.

— Вечно ты думаешь только о себе, — отметила Мари, скрестив руки на груди.

— Мама плохо знает английский, и она не образована. Кто ее возьмет на работу с плохим английским? — спросил Питер.

Мари поднялась с дивана и сощуренно уставилась на брата.

— Ты повторяешь слова отца! Мамин английский неплохой, и у нее есть университетское образование и много других дипломов.

— Оставь его, — сказала Сильвана. — Питер, я не собираюсь позволять тебе оставаться с отцом. Если ты останешься с ним, ты станешь таким же, как он. А теперь вы все просто сосредоточьтесь на своей домашней работе, и все будет хорошо. Помните, что я вас люблю. И Господь вас тоже любит, — сказала Сильвана, одарив детей своей теплой, ласковой улыбкой. Она обняла их и поцеловала, а затем отправилась на кухню, чтобы приготовить ужин.

***

В середине осени Марк получил документы, в которых сообщалось, что у него есть тридцать дней, чтобы оформить отзыв. Когда он держал эти бумаги, его руки тряслись от нервного напряжения. Он присел на диван и медленно прочитал то, что в них было написано. Затем он дождался, пока Сильвана придет с работы. Когда она вернулась, он сообщил ей, что получил документы из суда.

— Сильвана, прошу, останови процесс. Я люблю тебя и не хочу терять, — умолял он дрожащим голосом.

Сильвана не мигая глядела в его глаза, наполненные слезами.

— Когда мне так нужна была твоя любовь, ее не было. Мне нужны были твои объятия и поцелуи, нежные слова; я хотела, чтобы ты ценил меня. Но ты этого не делал. Больше мне не нужна твоя любовь.

Она оставила Марка внизу, а сама поднялась наверх, чтобы переодеться. Прочитав документы еще раз, Марк, наконец, решил сдаться и дать Сильване то, что она попросит. Позже он нанял адвоката и предоставил в суд информацию о своем финансовом положении, чтобы определить, что Сильвана может получить после развода.

Наступил день суда. Во время заседания Сильване было предложено предъявить доказательства жестокого обращения ее мужа. Она передала адвокату флешку с аудиофайлом, содержащим его унизительные фразы. Адвокат вставила фляжку в компьютер и включила запись для судьи, которая надела наушники, чтобы прослушать ее. Сильвана смотрела на лицо судьи во время прослушивания. Увидев огорченное выражение лица, Сильвана догадалась, что судье не понравилось то, что она услышала. В это время Марку было очень любопытно узнать, что же там записано.

— Я послушала запись в течение десяти минут. И должна сказать, что все это очень печально. На ней записаны чудовищные унижения, которые выносить невозможно. Однако я не могу использовать эту запись в качестве доказательства. Кроме того, суду потребуется время, чтобы пересмотреть все имеющиеся в деле доказательства, предоставленные сторонами, в хронологическом порядке.

Судья отложила заседание на более поздний срок. Так, Сильвана и Марк посетили несколько слушаний. На последнем из которых судья приняла решение о расторжении брака, в результате чего оба родителя получили право совместной опеки. Детей было решено оставить с матерью, а Марку суд разрешил посещения детей. Судья заявила, что в случае, если издевательства продолжатся, то суд будет вынужден вынести запрет на посещения.

Суд также присудил Марку выплачивать алименты на своих детей и покинуть дом, предоставив Сильване право проживания там с детьми.

Когда судья объявляла решение, лицо ее ничего не выражало. Она невозмутимо смотрела на Марка.

Адвокат Марка прошептал ему:

— Вы согласны с решением?

— Да, у меня нет выбора, потому что детям нужно жить в безопасности. Мой дом — лучшее место для них. А она должна растить детей. Со своей работой я просто не смогу присматривать за ними, — сказал Марк, опечаленно.

— Мистер Джонсон, вам понятно решение суда? — спросила судья.

— Да, понятно.

— Стороны вправе обжаловать данное решение, однако теперь, после подписания документов, вы считаетесь официально разведенными.

Сильвана и Марк подписали бумаги и отправились домой, при этом Сильвана чувствовала себя невероятно счастливой, а

Марк — потерянным. Остаток дня он провел в спальне, а Сильвана была с детьми.

После того, как первое потрясение от развода стало рассеиваться, Марк начал искать съемное жилье. Наконец, он остановил свой выбор на двухкомнатной квартире, куда и решил переехать. Утром в воскресенье он упаковал свои вещи в коробки, все это время дети стояли и наблюдали за ним.

— Папа, зачем ты складываешь вещи в коробки? — спросил Дэвид

— Я переезжаю в другое место.

— А нас с мамой возьмешь?

— Нет, мы больше не муж и жена. Вы останетесь с ней, — объяснил Марк.

— Но я не хочу, чтобы ты уезжал. Пожалуйста, останься! — упрашивала Айгюн, плача и обнимая отца.

— Я не могу остаться. Но я буду вас навещать. А теперь идите поиграйте или делайте что-нибудь еще, только не мешайте мне собираться.

Его губы скривились, и нервная улыбка появилась на его лице. Дети ушли, оставив Марка одного. Упаковав свои вещи в коробки, Марк погрузил их в машину. Закончив с вещами, Марк пришел к гостиную, где дети смотрели телевизор. Он подошел к ним поближе:

— Я уезжаю. Давайте обнимемся.

Они встали и по очереди обняли отца.

— Когда мы теперь тебя увидим? — спросил Питер.

— На следующей неделе, — ответил Марк

— Почему мы должны так долго ждать? — воскликнула расстроенная Айгюн, надувая свои пухлые губки.

— Так случается, когда люди разводятся, — грустно объяснил Марк, чувствуя слабость во всем теле.

Сильваны не было рядом, и он не посчитал нужным подойти к ней персонально:

— Сильвана, я ухожу, — крикнул Марк, вытирая слезы рукавом.

— Ладно. Не забудь закрыть дверь, — крикнула она в ответ с кухни.

Марк вышел из дома, чувствуя опустошение; он понимал, что виной всему его оскорбительное поведение. Он оставлял за спиной своих детей и бывшую жену, сожалея, что ничего не предпринял в свое время, чтобы измениться.

Неделя прошла спокойно, но дети спрашивали об отце практически каждый день. Им было грустно от того, что его нет рядом, зато Сильвана чувствовала себя счастливой и свободной.

После развода из-за чувства одиночества Марк стал еще чаще бывать в кабаках без ведома Сильваны. Когда Марк сидел в баре с одним из своих друзей, Стивеном, тот посмотрел в красные глаза друга и заметил, как сильно за два месяца после развода он постарел, похудел, и теперь его взгляд всегда выглядел понуро.

— Марк, когда ты собираешься бросить пить? Разве не пьянство стало решающим фактором в вашем разводе с Сильваной? — спросил его друг.

— Я бы хотел прекратить, но я не могу, потому что мне одиноко без детей, — сетовал Марк.

— Я понимаю, но тебе нужно что-то делать с этой зависимостью. Иначе ты можешь оказаться на улице, как обычный бродяга, — предостерег его Стивен.

— Теперь, когда я потерял семью, меня уже ничего не волнует, — обреченно пожаловался Марк. Он чуть не выплеснул спиртное, крепко сжав пластиковый стакан.

— А должно волновать. У тебя есть дети, и они нуждаются в отце. Тебе лучше походить на собрания анонимных алкоголиков, там ты получишь помощь. Я сам тебя туда отведу, а сейчас иди домой. Ты уже здесь третий раз за неделю, — посоветовал ему подвыпивший друг.

Марк встал:

— Официант, принесите мне мой счет! — крикнул он, едва стоя на ногах. Увидев, как он качается из стороны в сторону, Стивен решил подвезти его домой. Счет принесли, и после оплаты они оба покинули бар. Стивен довез Марка до его квартиры, а автомобиль Марка так и остался на парковке у бара.

Марк преодолел несколько ступенек и трясущимися руками открыл дверь. Когда Стивен убедился, что его друг вошел в свою квартиру, то сразу ушел.

Через несколько дней Стивен повел Марка на собрание анонимных алкоголиков. На первой встрече все сидели в кругу и представлялись друг другу, обозначая свою основную проблему. Когда очередь дошла до Марка, он захотел встать и уйти, но, увидев, что окружающие пристально смотрят на него, передумал. Несмотря на стыд, он произнес:

— Меня зовут Марк, и я здесь, потому что друг попросил меня прийти сюда за помощью.

— Какая помощь вам нужна? — спросила женщинаорганизатор с распущенными темно-каштановыми волосами.

Марк сперва не знал, что сказать. Его глаза забегали по сторонам. Он молчал, спрашивая себя: «Зачем я здесь? Со мной что-то не так?».

— Марк, мы ждем вашего ответа. Зачем вы здесь? — повторила она.

— Я здесь, потому что мой друг думает, что я алкоголик, — он бросил унылый взгляд себе под ноги.

— А вы с ним согласны? —поинтересовалась руководительница.

— Нет, я не каждый день пью. Я выпиваю примерно три раза в неделю.

— Совсем немножко, — сказал мужчина в черном с угрюмыми красными глазами.

— Где вы пьете? — прозвучал вопрос.

— В барах, как большинство из нас, — пробормотал Марк, съежившись на своем стуле.

— Сколько времени вы проводите в барах?

— Четыре-пять часов, — на губах мелькнула улыбка стыда.

Одна из женщин в круге молча смотрела на Марка прищуренными глазами и вдруг хлопнула себя по ноге:

— Поверить не могу! Ты проводишь пять часов с выпивкой и все еще говоришь, что у тебя нет проблемы! — сказала она с усмешкой.

— Марк, я не смогу вам помочь, пока вы не признаете, что у вас есть проблема с выпивкой, — настаивала организатор.

Марк усмехнулся:

— Но у меня нет проблем.

— Марк, могу я задать тебе личный вопрос? — спросил толстый мужчина по имени Мачура. — Ты женат?

— Недавно развелся.

— Какова была причина развода? — темноволосая руководительница снова вступила в разговор.

Марк отвел взгляд:

— Я не хочу обсуждать здесь личную жизнь, — отрезал Марк, капельки пота потекли по его вискам.

— Но каждый член группы обсуждает здесь свою личную жизнь. Я как организатор могу оценить вашу ситуацию и помочь вам справиться с ней только в том случае, если узнаю, что происходит в вашей жизни. Учитывая все это, какова причина развода? — настаивала брюнетка.

Взгляд Марка блуждал, переходя от одного члена группы к другому, остановившись на девушке-организаторе. Казалось, все его тело сжалось от нестерпимого стыда.

— Жена обвинила меня в том, что я издевался над ней, — сказал Марк, стараясь ни на кого не смотреть. — Но я не считаю, что издевался над ней. Я просто хотел, чтобы она стала лучше, и хотел предостеречь ее от ошибок.

— Как ты исправлял ее? — спросил Мачура.

— Ругал, говорил ей о том, что она ничего не может нормально сделать. Это для ее же блага, чтобы она слушалась меня, — оправдывался Марк.

— Что? Как можно сделать кого-то лучше, ругая его? Ты совсем глупый? — сказал Мачура, чуть привстав. Марк молча смотрел в его покрасневшее и слегка подергивающееся одутловатое лицо.

— Пожалуйста, воздержитесь от обвинений. Мы здесь не для того, чтобы осуждать друг друга, а для того, чтобы помочь, — оборвала его организатор.

— Иногда, чтобы человек повиновался, мы вынуждены применять силу, — сказал Марк, показывая кулак.

Одна из членов группы покачала головой, не соглашаясь с ним.

— Марк, вы не можете заслужить преданность и уважение человека, применяя силу или обращаясь с ним как со скотиной. Если вы хотите, чтобы вас уважали, заслужите это и проявите уважение к другим.

— Марк, приведите, пожалуйста, нам пример ситуации, в которой вы пытались чему-то научить свою жену, — попросила организатор.

— Несколько раз моя жена забывала выключить свет или отключить телефон от розетки. Сперва я просил ее не повторять этих ошибок. Но она продолжала игнорировать мои просьбы.

Поэтому мне пришлось кричать на нее и обзывать проклятой свиньей. После этого она никогда не забывала выключить свет или отсоединить телефон от сети.

— Парень, да ты больной. Так ты ничему не научишь и никого не сделаешь лучше. Это лишь доказывает, что ты деспотичная личность, которая пытается руководить своей женой, — сказал Симба, глядя на Марка с пренебрежением.

— Я должна согласиться с Симбой. Это пример оскорбительного отношения, а иногда такое отношение появляется вследствие алкогольной зависимости, — сказала брюнетка с холодным лицом. — Когда вы бываете более агрессивным — перед выпивкой или после?

Марк задумался. Он нервно сжимал пальцы, его левая нога дергалась, а спина горела словно огнем.

— Я более агрессивен после выпивки. В таком состоянии я просто не могу контролировать свой гнев.

— Марк, сегодня мы поняли, что у вас есть проблема с выпивкой. Вы должны подумать об этом, принять этот факт и попытаться его изменить. Продолжайте приходить сюда, и мы поможем вам справиться с этой зависимостью. И если вы не избавитесь от этой пагубной привычки, она продолжит влиять на ваши мысли и поступки, — сказала организатор. Она подошла к следующему участнику.

Марк остался на собрании до самого конца, размышляя над услышанным.

После этого он продолжил посещать встречи — это помогло ему понять, что его отношение к жене было неприемлемым, и он действительно превратился в безжалостного тирана. Постепенно он прекратил ходить по барам, делая все возможное, чтобы бросить пить.

***

После развода Сильвана чувствовала себя так, будто цепи, которые столько лет ее сковывали, наконец разорвались и освободили ее, выпустив, как голубку, в свободный полет. Она решила, что больше не будет ни от кого зависеть и что ей нужно переехать в другую страну, а возможно, вернуться в Азербайджан. Поначалу ей было нелегко привыкнуть к новой жизни без Марка. Несмотря на то, что он постоянно обижал ее, он всегда сам оплачивал счета, ходил по магазинам и на рынок за продуктами. Теперь ей пришлось взять эти обязанности на себя, и помочь ей было совершенно некому, хотя материально Марк продолжал помогать Сильване. Однако Марк отказался платить Рехеме, поэтому Сильване пришлось ее отпустить.

Много времени прошло после развода, когда Сильвана обнаружила положительные изменения в поведении Марка. Посещение встреч анонимных алкоголиков помогло ему бросить пить. К ее удивлению, он выглядел счастливым, когда они встречались. Сильвана жалела его, но все еще хорошо помнила, как он обращался с ней, пока они были женаты. Однако вместо того, чтобы совсем вычеркнуть его из своей жизни, Сильвана решила простить его и остаться друзьями. Так или иначе, она все еще залечивала внутренние душевные раны и боль, которую причинили ей издевательства Марка. Вместо того, чтобы постоянно испытывать гнев и обиду, она решила освободиться от них. А для этого нужно было прекратить зацикливаться на прошлом. Ей было сложно простить, потому что обидные слова Марка никак не хотели уходить из памяти. Но она знала, что тот, кто не прощает, не может наследовать Царство Небесное.

Сильвана позволила Марку посещать детей в любое время. Все же детям нелегко было привыкнуть к отсутствию одного из родителей. Они каждый раз спрашивали, когда он снова придет. Но постепенно дети адаптировались к тому, что каждый день они не могут видеть отца рядом, и даже казались счастливыми без его травли и нытья.

Бывшая жена Марка, которая работала юристом, ненадолго прибыла в Кению, чтобы представлять интересы своей английской компании в судебном процессе по делу о дискриминации на работе. Она связалась с Марком, как только приехала в Кению со своими двумя сыновьями. Увидев, как сильно Марк изменился, очарованная его вниманием, бывшая жена снова испытала теплые чувства по отношению к нему, и так они начали встречаться. В то время как Марк встречался со своей бывшей женой-англичанкой, Сильвана ходила на свидания с Андреем, который водил ее в кино или в ресторан на обед, постепенно влюбляясь в него так же сильно, как и он в нее. Каждый день, уложив детей в постель, Сильвана созванивалась с ним в Пэлтолке, испытывая просто щенячий восторг от его преданного отношения. Она не могла уснуть, не услышав его голос.

***

Как-то в пятницу Сильвана легла в постель, ожидая звонка Андрея. Она поставила ноутбук рядом с кроватью и уставилась на него. Ее глаза слипались, а рот раскрывался от широкой зевоты. «И почему он не звонит?»

Пэлтолк зазвонил, и она тут же ответила.

— Добрый вечер, моя кареглазка. Я тебя разбудил, малышка? — сказал Андрей умиротворяющим голосом. Он убирал рукой пряди мокрых каштановых волос, спадающих на его лицо.

Сильвана ослепительно улыбнулась и повернулась на левый бок.

— Не разбудил, я не могу уснуть, не услышав тебя.

Он смотрел на Сильвану с любовью.

— Надо же! Ты с каждым днем все краше! Что ты с собой делаешь, чтобы быть такой красивой?

Сильвана шутливо подмигнула:

— Бог меня создал такой, а ты делаешь меня счастливой.

Он взял гитару и заиграл, а Сильвана положила голову на подушку, глядя на экран.

— Ты прекрасна не только снаружи, но и внутри. Я вижу красоту в твоих глазах, в твоем сердце и душе.

Сильвана приподняла голову, наслаждаясь комплиментами.

— Кроме того, ты умна. Я встречал столько женщин по всему миру, но никто не сравнится с тобой. Я действительно люблю тебя. Всем сердцем.

Сильвана была так счастлива услышать эти слова, что слезы ручейками потекли из ее блестящих глаз.

— Я тебя тоже люблю.

— Надеюсь, ты не огорчилась, что наш обед не состоялся. Я не ожидал, что встреча так затянется.

— Андрей, да мне плевать на обед. Просто видеть тебя и слышать твой голос каждый день — счастье для меня. После стольких лет унижений я и представить не могла, что Бог пошлет мне такого доброго и хорошего мужчину, как ты.

Андрей пододвинул стул ближе к компьютеру и заиграл на гитаре красивую мелодию.

— Сильвана, я чувствую то же самое по отношению к тебе. С тобой я могу быть самим собой и говорить о чем угодно. У тебя доброе и заботливое сердце и красивая душа, — нежно проговорил он.

Услышав эти слова, Сильвана покраснела. Она очень боялась того, что это неожиданное счастье будет мимолетным. «Любит ли он меня или играет со мной? А что, если он найдет кого-то еще и бросит меня?»

Она отогнала негативные мысли и сконцентрировалась на позитивных.

— Я хочу восполнить несостоявшийся обед. Давай возьмем завтра детей и пойдем в кино? — предложил Андрей.

— Мы не можем. Марк придет завтра к детям. Может быть, мы что-нибудь придумаем на неделе после Дня святого Валентина? — Сильвана зевнула.

— О, следующий четверг — праздник! Мы можем взять детей на сафари, — воскликнул он.

— Они будут в восторге от животных, особенно от жирафов, — сказала Сильвана.

— Малышка, я должен прочитать некоторые отчеты, прежде чем лягу спать, а тебе уже пора спать. Поэтому прощаемся.

Спокойной ночи, — сказал Андрей.

— А можешь спеть мне еще одну песню, пока не ушел?

Мужчина покрутился из стороны в сторону в своем вращающемся кресле, держа в руках гитару. И наконец, Сильвана услышала звуки гитарных переборов, и мягкий, певучий голос Андрея запел:

Мелькает в небе яркая звезда,
Вокруг другие звездочки горят,
Та ярче быть старается всегда,
Чтобы ее заметил чей-то взгляд,
Ведь так нужна любовь и доброта Той звездочке.
Сильвана имя ей.
Она моя заветная мечта.
Я с каждым днем люблю тебя сильней.

Сильвана заснула.

Увидев ее спящей, он улыбнулся. Посидев какое-то время, любуясь на свою возлюбленную, Андрей тихо сказал:

— Спокойной ночи, крошка, — и выключил свой компьютер.

***

В День святого Валентина Сильвана пришла на работу раньше обычного. К своему удивлению, в кабинете она обнаружила огромный букет роз на своем столе. Она смотрела на него, слегка нахмурившись. «От кого они?» Она подошла поближе, пытаясь отыскать подсказку. В цветах она нашла карточку. Сильвана взяла ее двумя пальчиками и прочитала:

«Моя прекрасная Сильвана, будешь ли ты моей Валентинкой сегодня? Твой Андрей».

Она положила карточку на стол и счастливо улыбнулась, вдыхая аромат роз. «Господи, я так рада этим переменам в моей жизни. Пришло время оставить прошлое позади и двигаться дальше».

Она снова посмотрела на розы.

«Боже, когда я уже подумала, что никогда не буду счастлива, Ты послал мне его».

Она села за стол и просмотрела документы, оставленные секретарем. Около 8:30 Андрей вошел в кабинет в красной рубашке с длинными рукавами, черных брюках и при галстуке. Он подошел к ней вплотную и поцеловал сидящую Сильвану в макушку.

— С Днем святого Валентина, дорогая, — сказал он.

Она застенчиво улыбнулась.

— И тебя с Днем святого Валентина. И спасибо за прекрасные цветы!

— Все для тебя, любимая. Ты можешь прийти ко мне на ужин сегодня в шесть часов вечера?

Сильвана замолчала и задумалась, стоит ли ей идти к нему домой. Ей хотелось избежать искушений. Но тем не менее она решила все-таки пойти.

— Да, я могу, если ты меня заберешь. Я не хочу сегодня ехать за рулем.

Он потер руки с ликованием:

— Я заеду за тобой около шести, — он посмотрел на часы. — У меня сейчас встреча с боссом. Увидимся позже.

Андрей торопливо покинул кабинет.

Сильвана решила позвонить Рехеме и попросить ее посидеть с детьми. Она набрала ее номер:

— Доброе утро, Рехема.

— Доброе утро, Сильвана. С тех пор, как я перестала у тебя работать, я теперь ничего не знаю о тебе.

— Надо было позвонить тебе, но после развода у меня появилось столько обязанностей, что совсем ни на что не хватает времени. А ты нашла новую работу?

— Да, я сейчас работаю у одной белокожей пары, — ответила Рехема. — Как ты живешь после развода?

Сильвана улыбнулась и откинулась на спинку кресла.

— Нелегко быть матерью-одиночкой. Но я предпочитаю роль одинокой матери, с трудом справляющейся с навалившимися обязанностями, роли замученной деспотическим отношением замужней женщины.

— Да, согласна с тобой. Никто не заслуживает унижений. Давно надо было тебе его оставить, — сказала Рехема.

— Лучше поздно, чем никогда. Теперь я довольна своей жизнью. Я стала независимой и теперь работаю. К тому же я начала встречаться с Андреем, — сообщила Сильвана.

— Да, я его помню. Он с твоей работы. Но я не предполагала, что у вас могут быть отношения.

— А почему нет? — Сильвана наклонилась вперед.

— Я думала, что после унижений, которые ты перенесла, ты никогда не поверишь мужчине и не сможешь вступить в новую связь, — ответила Рехема.

— Иногда я себя ловлю на мысли об этом, но стараюсь не позволять прошлому неудачному опыту определять мою дальнейшую жизнь. Если я встретила негодяя, это не значит, что любой следующий мужчина в моей жизни тоже будет негодяем. Да, я уязвима, и потому могу стать легкой добычей для тех хищников, которые охотятся за слабыми женщинами. Но я сильная, и я теперь смогу распознать хищника. Как у тебя дела с Зубери? — спросила Сильвана, резко поменяв тему разговора. Она взяла карандаш и начала рисовать маленькие сердечки на бумаге.

— Все в порядке. Он пригласил меня к себе, чтобы познакомить с родителями, — ответила Рехема.

— Похоже, у него серьезные намерения. А я сегодня иду на ужин в гости к Андрею. Не могла бы ты посидеть с детьми пару часов? — задавая этот вопрос, она нарисовала большое сердце и в нем написала слово «любовь».

Рехема не могла поверить своим ушам.

«Ах ты, Боже мой! Ты никогда не встречалась ни с одним мужчиной, кроме Марка. И ты не боишься идти в его дом? Но это опасно для вас обоих! Подумай, чего вы там можете натворить!

Сильвана покачала головой:

— Рехема, ты уже так давно меня знаешь. Ты должна понимать, что я не позволю искушениям подтолкнуть меня к каким-то неверным поступкам.

— Когда мне прийти? — уточнила Рехема.

— Приди, пожалуйста, к пяти вечера, — попросила Сильвана, написав внутри сердца имя «Андрей».

— Конечно, хорошо, — согласилась подруга.

Сильвана положила трубку и снова погрузилась в работу. Она покинула офис около четырех часов вечера, чтобы забрать детей из школы. Во время вождения она сказала детям:

— Сегодня вечером я встречаюсь с другом, а вы останетесь с Рехемой. Пожалуйста, слушайтесь ее и делайте свою домашнюю работу.

— А кто твой друг? — любопытно спросил Питер.

— Его зовут Андрей. Мы вместе работаем, — на ее лице заиграла улыбка.

— Он твой парень? — спросила Айгюн.

Сильвана посмотрела на дочь в зеркало заднего обзора.

— Да, он мой возлюбленный. Но ты задаешь слишком много вопросов, любопытная моя!

— Ты выйдешь за него замуж? — спросил Питер.

— Не знаю, — ответила Сильвана.

— А мы можем с ним познакомиться? — спросила Мари.

— Хорошо, вы увидитесь сегодня, — сказала Сильвана, слегка раздраженно.

Рехема пришла в пять часов вечера.

— Добрый вечер, — сказала она.

— Добрый вечер. Достань,пожалуйста, ужин из холодильника, разогрей его и накорми детей. Проследи, чтобы они сделали домашнюю работу. Я схожу в душ и буду собираться, — распорядилась Сильвана.

Оставив Рехему с детьми, она отправилась в душ. Закончив водные процедуры, Сильвана надела свое голубое платье, белые туфли и нанесла макияж. К тому времени, когда Андрей появился у дверей, она была полностью готова.

Как только зазвенел дверной звонок, она ринулась к двери, чтобы поскорее открыть долгожданному гостю:

— Добрый вечер, — сказал он, одарив ее своей очаровательной улыбкой.

— Добрый вечер, Андрей. Входи, пожалуйста. Дети хотят познакомиться с тобой.

Она провела Андрея в гостиную.

— Добрый вечер, — сказала он, глядя на детей Сильваны.

— Привет, — сказала Мари, разглядывая его с любопытством. — Садись, пожалуйста, в кресло, — предложила Сильвана.

Он сел в кресло, обтянутое кремовой кожей. Сильвана подошла к нему и положила руки на плечи. Улыбка на лице стала еще шире.

— Ребята, это мой друг Андрей Константин.

Сильвана села рядом с детьми и представила каждого своему ухажеру. Он с интересом разглядывал их:

— У тебя красивые дети.

Сильвана гордо окинула взглядом своих детей.

— Они не просто красивые, но еще и очень умные. В школе они учатся лучше всех.

— Я впечатлен! — сказал Андрей. — Мари, а какой у тебя любимый предмет в школе?

— Математика и обществознание, — ответила она прямо, не избегая его пристального взгляда.

— А я никогда не любил математику. Питер, ты любишь играть в футбол? — спросил Андрей с улыбкой, озарившей его радостное лицо.

— Да, я каждую неделю играю в школе.

— Может быть, если мама не будет возражать, я как-нибудь приду поиграть с тобой, — мужчина подмигнул Сильване.

Айгюн подошла к Андрею поближе:

— Ты что, станешь нашим отчимом?

Столь неожиданный вопрос поразил его. Он растерянно посмотрел на Сильвану, и она решила прийти ему на помощь.

— Андрей, нам пора идти. Я бы предпочла уйти пораньше, чтобы вернуться до того, как дети лягут спать.

Андрей поднялся:

— Дети, я был рад знакомству. Еще увидимся.

— Рехема, прошу, не забудь покормить их и убедиться, что они подготовили домашнее задание, — напомнила Сильвана.

— Не волнуйся об этом. Иди и хорошо проведи время. Ты это заслужила, — весело сказала Рехема.

Сильвана поблагодарила старую подругу и обняла детей:

— Не причиняйте беспокойства Рехеме. Я ухожу, но скоро вернусь. Пойдем, Андрей.

— Сильвана, Бог наградил тебя прекрасными детьми. Ты счастливица, — Андрей сделал ей комплимент, усаживаясь на водительское сиденье своего автомобиля.

Сильвану распирала гордость:

— Да, я счастливица.

Примерно через тридцать минут Андрей остановился напротив дома, в котором он жил. Он вышел из автомобиля и открыл дверцу для Сильваны. Ухажер проводил ее в гостиную, оформленную в нежных бежевых тонах:

— Присаживайся, я скоро вернусь.

Сильвана присела на диван и осмотрелась. Она увидела небольшой круглый стол, накрытый белой скатертью, свечи, бокалы для вина и вазу с розами. Андрей вернулся со спичками и зажег свечи.

— Сильвана, прошу за стол.

Он включил проигрыватель, и Сильвана услышала свою любимую песню:

Когда смотрю в твои глаза, я в них тону.

Я уже не одинок, ведь я нашел тебя одну.

Мою любовь. И от твоей улыбки замирает сердце вновь.

Андрей снова ушел на кухню. Там он достал из печи две тарелки, поставил их на большой поднос и понес в гостиную. Сильвана помогла ему поставить блюда на стол. Затем он налил вино себе и Сильване.

— Малышка, передай мне свою тарелку, — сказал он. Андрей положил ей немного риса, картофельный салат, шпинат и брокколи.

Поставив перед ней тарелку, он обслужил себя самого.

— Я так рад побыть с тобой наедине, моя милая. У меня такое ощущение, что я знаю тебя всю жизнь, — сказал Андрей.

Щеки Сильваны покраснели. Она смотрела на него застенчиво, часто моргая ресницами:

— Я чувствую то же самое. До встречи с тобой мне было очень плохо и одиноко, а сейчас я по-настоящему счастлива.

Андрей встал со своего кресла и достал из кармана маленькую красную коробочку. Он аккуратно открыл ее и подошел к Сильване. Встав на одно колено, он преподнес коробочку своей возлюбленной. Сильвана увидела прекрасное бриллиантовое кольцо:

— Моя звездочка, ты выйдешь за меня замуж?

Некоторое время Сильвана была ошарашена и не могла поверить своим ушам. Она замерла на мгновенье, переводя взгляд то на кольцо, то на Андрея. «О Боже, он просит меня стать его женой? Я что, сплю?» Андрей посмотрел на ее испуганное лицо и, не услышав ответа, спросил ее:

— С тобой все в порядке?

— Да, — наконец вымолвила она. — Я не ожидала, что все произойдет так быстро. Да, я выйду за тебя.

Он достал кольцо и надел ей на палец. Сильвана подняла руку, любуясь им. «Такое красивое! Спасибо тебе большое!» Она крепко обняла Андрея на мгновение и тут же отпустила. Мужчина подошел к проигрывателю и поставил медленную музыку.

Подойдя к Сильване, он спросил:

— Не согласитесь ли потанцевать с будущим мужем?

Сильвана улыбнулась:

— Конечно.

Она подошла к Андрею, он нежно обнял Сильвану за талию, а она обвила руки вокруг его шеи. Они медленно задвигались в танце. Она впервые за много лет почувствовала спокойствие и любовь по отношению к себе. Но, тем не менее, сомнение закрадывалось в ее голову. Положив голову ему на плечо, Сильвана задумалась. «А что, если он такой же, как Марк? Притворяется хорошим, а внутри такой же деспот?» Она пыталась отогнать беспокойство. «Нет, не будь дурочкой. Не позволяй своему прошлому неудачному опыту влиять на настоящие отношения».

Они продолжали танцевать. Сильвана смотрела на Андрея, страстно желая, чтобы он поцеловал ее. «Может, попросить его? Вперед, трусость всегда ведет к поражению!» — подбадривала она себя.

— Андрей, поцелуй меня.

Он обласкал ее нежным взглядом и соединил свои губы с ее. Его язык проник в ее рот, а руки нежно гладили ее спину. Она мягко обнимала его руками за шею, страстно отвечая на его поцелуй.

Музыка остановилась.

— Милая, присядь, пожалуйста, на диван. Я скоро вернусь.

Сильвана села. Андрей убрал еду со стола. Затем он принес два бокала с вином для себя и для нее.

— Это тебе, — он протянул ей бокал.

— Спасибо, но мне сегодня вина достаточно, — уверенно сказала она.

Он опустил бокал на стол.

— Когда, по-твоему, нам лучше пожениться? — внезапно спросил он.

— Когда тебе будет удобно. Просто выбери день. Для меня лишь важно, чтобы мы повенчались в церкви, — настояла Сильвана. — Это не проблема, солнышко! — ответил Андрей.

— Пока мы не женаты, я должна кое-что прояснить. У меня дети на первом месте. Я хочу убедиться, что ты сможешь их полюбить, как своих собственных. Ты готов нести ответственность за детей, которые тебе не родные?

Андрей улыбнулся:

— Сильвана, я люблю детей и не вижу проблемы в том, чтобы заботиться о твоих детях. Человек, который любит тебя, готов принять и полюбить и твоих детей.

— Спасибо, Андрей.

Он достал телефон из кармана и посмотрел на календарь.

— Как насчет второго мая? — спросил он.

— Хороший день. Но помни, что сначала венчание, — настаивала Сильвана.

Он поцеловал ее в лоб.

— Милая, не волнуйся. Я обо всем позабочусь.

Она придвинулась к Андрею и склонила голову ему на плечо. Он обнял ее, и так она сидела молча, наслаждаясь его близостью.

Она всегда мечтала вот так сидеть рядом с кем-то любимым и обнимать его. Ее глаза увлажнились. Но это были слезы счастья. Андрей гладил ее по голове, легко играя с волосами, совсем не замечая слез Сильваны. Ей было так спокойно и безопасно в его объятиях, что хотелось сидеть рядом с ним часами. Но, посмотрев на часы, она увидела, что уже половина девятого. Сильвана отпрянула:

— Уже поздно, довези меня до дома, пожалуйста.

На обратном пути к дому Сильваны Андрей спросил:

— Реши, пожалуйста, хочешь ли ты пышную свадьбу или просто пригласим нескольких друзей?

— Мне все равно, будет ли свадьба пышной. Самое главное — повенчаться. Без этого Бог не благословит наш брак, объяснила Сильвана, наслаждаясь прикосновением его руки к своей.

— Нужно хотя бы некоторых друзей позвать, чтобы отпраздновать, — сказал Андрей, поглаживая ее руку.

— Хорошо, я не против, — согласилась Сильвана.

Андрей остановился возле ее дома. Взяв ее за руку, он сказал: — Спасибо, что пришла на ужин. Не сомневайся, пожалуйста. Я не Марк. Весь остаток жизни я посвящу тому, чтобы сделать счастливыми тебя и твоих детей.

Сильвана ласково дотронулась до его лица:

— Я знаю. Я тоже сделаю тебя счастливым. До свиданья, — сказала она и пошла по направлению к дому. Открыв дверь, она постояла немного, опершись на нее, со счастливой улыбкой на лице.

Через пару дней Андрей вошел в кабинет Сильваны и, подойдя поближе, поцеловал ее в лоб.

— Доброе утро, солнышко. Я договорился со священником, он может обвенчать нас 2 мая.

— О! Отличные новости. Всего три месяца осталось, а еще столько всего предстоит сделать! — Сильвана встала и начала расхаживать по кабинету. — Надо пригласить друзей, решить, где мы будем праздновать, а еще мне нужно купить свадебное платье.

Увидев, как она засуетилась, Андрей улыбнулся. Он подошел к Сильване, положил свои руки ей на плечи и указал на стул:

— Дорогая, присядь, пожалуйста, не беспокойся. Я обо всем позабочусь.

— Я просто хочу, чтобы на нашей свадьбе все было идеально, — сказала Сильвана.

— Так и будет. У тебя будет платье, ты пригласишь друзей. Остальное оставь мне.

Сильвана улыбнулась и мягко ущипнула его за подбородок:
— О, ты такой милый!

— Это все из-за тебя, — ответил он, восторженно глядя на Сильвану.

— В любом случае нам надо прощаться, так как меня ждет клиент, — сказал он и покинул офис.

В субботу Сильвана решила сказать детям о предстоящей свадьбе и взять их за покупками. Пока они вместе сидели в машине, она объявила:

— В мае я выхожу замуж за Андрея.

— Он будет жить с нами? — удивленно спросила Айгюн.

— Да, — ответила Сильвана, улыбка не сходила с ее полного блаженства лица.

— Но ты всегда говорила, что незнакомцы могут оказаться насильниками. А теперь ты приводишь в дом незнакомца, — сказал Питер.

— Но он не незнакомец, и я бы никогда не привела в наш дом того, кто мог бы вам чем-то навредить, — объяснила Сильвана.

— Мы должны называть его отцом или просто по имени? — спросила Мари, кусая ногти.

— Можешь называть его так, как считаешь нужным. Сегодня мы едем покупать свадебное платье для меня и красивую одежку для вас.

— Я смогу выбрать себе платье? — обрадовалась Мари.

— Да, конечно, крошка.

Они подъехали к магазину для новобрачных и, припарковавшись, вместе зашли внутрь.

— Ого, сколько красивых платьев! — сказала Мари, глядя на стойку с платьями из шелка.

— Вам помочь? — спросила продавщица.

— Да, пожалуйста. Я ищу свадебное платье, два платья для моих девочек и костюмы для мальчиков.

— Прошу за мной, — продавщица отвела их к отделу с огромным количеством белых свадебных платьев. У Сильваны от изумления увеличились глаза.

— У вас есть другие цвета? — спросила она с надеждой.

— Да, много разных. У нас есть прекрасное розовое платье, которое должно вам понравиться, — заинтриговала работница магазина. Она отошла от Сильваны и вернулась с длинным розовым платьем.

— Вау! Это платье великолепно! — воскликнула Сильвана. — Я могу его померить?

— Конечно, — женщина передала платье Сильване.

— Дети, подождите меня здесь, — распорядилась она, входя в примерочную. Когда она вышла в розовом платье, глаза Мари восторженно округлились, а брови удивленно поползли вверх, образуя маленькие морщинки на ее по-детски гладком лбу.

Розовый шелк струился по голой коже. Мягкая ткань подчеркивала женственные линии тела Сильваны, а фиолетовая шнуровка красиво обрамляла ее грудь. Рукава нежно ниспадали до локтя.

— Ого, мама, ты смотришься как принцесса! — Мари очарованно трогала платье.

— Спасибо, Мари!

— Ты будешь самой красивой невестой в мире, — сказал Питер.

— Пойду сниму его, — улыбаясь, промурлыкала Сильвана.

Она переоделась в свою одежду и, подойдя к продавщице, сказала:

— Я беру это платье.

Потом она принялась искать подходящую одежду для детей. Она купила два прекрасных розовых платья для девочек и белые костюмы для сыновей. Счастливые, они вышли из магазина.

Проходили недели. За это время Андрей договорился со священником, купил себе белый свадебный костюм и украшения для невесты. Еще он успел пригласить несколько друзей на свадьбу и забронировать ресторан. Сильвана также пригласила несколько сослуживцев и хороших друзей. Она даже думала о том, чтобы пригласить Марка, но все же решила не делать этого. Тем не менее, она позвонила Марку и сообщила ему о предстоящей свадьбе.

Марк не был обрадован. Разговаривая по телефону, он повысил голос:

— Ты не можешь приводить чужого мужика в дом, где живут

мои дети!

— Но я больше не твоя жена. И ты не вправе указывать мне, что делать, — возражала Сильвана.

Возмущение Марка росло.

— Ты что, не читаешь в газетах, как мужчины насилуют детей?

— Марк, ну ты же знаешь меня. Я не доверяю мужчинам, и — да, среди них много насильников. Следовательно, я учитывала все это, и Андрей — отличный парень. Он никогда не причинит им вреда.

— Ладно. Но я тебя предупредил!

Сильвана терпеть не могла его негативный настрой. «Вечно он меня о чем-то предупреждает».

— Марк, мне пора.

С этими словами она положила трубку, жалея, что позвонила ему. В ту ночь она не могла уснуть от переполнявших ее чувств и ожидания наступающей свадьбы. Сильвана представляла, как она идет по проходу в церкви в своем розовом платье навстречу к Андрею, а Айгюн и Мари следуют за ней. «О, Господи, я наконецто повенчаюсь в церкви. Спасибо Тебе, Боже!» Вскоре она заснула, чувствуя благодарность за то, как ее жизнь изменилась в лучшую сторону.

Наступил день свадьбы, 2 мая. Сильвана поднялась рано, с пением «Слава в вышних Богу!». Радость переполняла ее, и она пела, не останавливаясь.

— Мама, ты мне спать не даешь! — крикнул Питер из своей спальни. Сильвана вошла к нему, продолжая петь.

— Питер, вставай, нам надо приготовиться к свадьбе!

— Я хочу спать. Разбуди сперва Дэвида, — недовольно простонал он.

Айгюн и Мари встали со своих постелей и тоже пришли в спальню мальчиков.

— Вставай, не ленись, — сказала Мари, потянув его за руку.

— Отстань!

Он медленно поднялся с кровати. Услышав его голос, Дэвид тоже встал.

— Мама, как пройдет сегодняшний день? — спросила Мари, сонно позевая.

— Сперва мы поедим, примем душ, наденем новую одежду и подождем моих друзей. Они отвезут нас в церковь. Когда священник нас с Андреем обвенчает, мы поедем в ресторан, — рассказала Сильвана.

— Но что мы будем делать в церкви? — спросила Айгюн.

— Вы будете идти за мной и нести кольца. А потом сядете рядом с Рехемой. А теперь — завтракать. Потом идите в душ и хорошенько почистите зубы. Сегодня вы будете много улыбаться. — Мама, а у тебя будет медовый месяц? — спросила Мари.

— Больше никаких вопросов! Идите завтракать. Все на столе.

Дети вышли из спальни, а Сильвана пошла в душ. Но тут зазвонил телефон. Она подбежала и взяла трубку.

— Доброе утро, любимая, — как только Сильвана услышала голос жениха, ее сердце забилось в бешеном ритме. — Я всю ночь не спал, думая о тебе. Можно я заеду на минутку, чтобы увидеть тебя?

— Нет, нельзя! Это плохая примета — видеть невесту до церемонии. Увидишь меня в церкви.

— Ты так прекрасна и соблазнительна! Я уже не дождусь, когда мы сможем заняться любовью. Так хочу к тебе прикоснуться, — простонал Андрей.

— Андрей, не возбуждай меня, не вводи в искушение. Все произойдет сегодня ночью, — Сильвана мечтательно закрыла глаза, представляя, как его губы касаются ее шеи.

Андрей глубоко вздохнул:

— Ладно, прости, дорогая.

— Я иду в душ. Уверена, ты не хочешь, чтобы я опаздывала, — сказала Сильвана.

— Ладно, иди. Увидимся в церкви, — ответил Андрей.

Сильвана положила трубку и поспешила в душ. После этого Сильвана надела розовое платье и нанесла макияж. Рехема и Джабари со своей женой приехали как раз, когда она была полностью готова.

— Ого, ты такая красавица! Марк даже не представляет, что он потерял, — сказал Джабари.

— Тебе нужна моя помощь? — спросила Рехема.

— Нет, мы уже готовы, — ответила Сильвана. Она посмотрела на часы. Было уже половина одиннадцатого. — Пойдемте, лимузин нас уже ждет.

Сильвана направилась к двери в сопровождении своих друзей и детей. На улице Айгюн остановилась на мгновение и, приоткрыв рот, разглядывая лимузин.

— Ого, какой он огромный.

Вскоре все расселись по машинам и направились к церкви.

У церкви Андрей взволнованно ждал Сильвану. Увидев приближающийся лимузин, он почувствовал облегчение. Вскоре автомобиль остановился напротив белокаменной церкви, и все пассажиры высадились. Андрей ринулся к лимузину, чтобы встретить Сильвану. От изумления он остановился, как вкопанный, перед своей невестой:

— Ты неотразима! — вымолвил он, подавая ей руку, чтобы сопроводить к алтарю. Рехема дала Мари маленький поднос с обручальными кольцами.

— Невеста приехала! — крикнул кто-то в церкви.

Взяв под руку Андрея, Сильвана прошла рядом с ним в сопровождении своих детей ко входу в церковь, а затем они не спеша прошли по проходу к алтарю. Глядя на иконы Спасителя и Богородицы, она благодарно улыбалась, одновременно радуясь тому, что церковь была полна людей, все приглашенные стояли и смотрели на них восхищенными глазами.

Пухлый, низкорослый священник дал им обоим по зажженной свече, забрал кольца у Мари и трижды благословил их.

Сильвана улыбнулась сквозь слёзы. На протяжении многих лет она мечтала обменяться клятвами в церкви, и теперь её мечта сбылась.

Священник трижды благословил кольцо, произнося:

—Обручается раб Божий Андрей рабе Божией Сильване во имя Отца и Сына и Святого Духа. Аминь.

Он надел кольцо на правую руку Андрея.

Затем он таким же образом обручил Сильвану, говоря:

—Обручается раба Божия Сильвана рабу Божию Андрею во имя Отца и Сына и Святого Духа. Аминь.

И надел кольцо на её правую руку. После этого кольца были обменены трижды.

Когда обручение завершилось, началось венчание.

Священник возложил венец на голову Андрея, совершая крестное знамение и произнося:

—Венчается раб Божий Андрей рабе Божией Сильване во имя Отца и Сына и Святого Духа. Аминь.

Затем он возложил венец на Сильвану, говоря:

—Венчается раба Божия Сильвана рабу Божию Андрею во имя Отца и Сына и Святого Духа. Аминь.

Венцы были обменены трижды при молитвах об их единстве и спасении.

Были прочитаны Апостол и Святое Евангелие. После этого принесли общую чашу. Священник благословил чашу и подал её жениху и невесте, которые отпили из неё по три раза.

Затем он соединил их правые руки, покрыв их епитрахилью, и трижды обвёл их вокруг аналоя под пение церковных песнопений.

Когда церемония завершилась, к ним подошли друзья и доброжелатели, их лица сияли улыбками. Вскоре после этого лимузин отвёз их в ресторан, где их ожидало праздничное торжество.

Там Сильвана ходила повсюду, разговаривая с гостями, а Андрей смотрел на нее. Он не мог отвести глаз от своей красавицы-невесты в этом розовом платье. Когда же она наконец села рядом с ним, он сказал:

— Сегодня ты будешь моей. Я покрою поцелуями каждый сантиметр твоего тела.

Сильвана взяла его за руку, смущенно улыбаясь, и прошептала:

— Мое тело жаждет твоих поцелуев и ласк. Но давай не будем об этом прямо сейчас. Вдруг кто-нибудь услышит.

Фотограф фотографировал гостей и молодоженов. Дети Сильваны отошли от Рехемы и приблизились к своей матери, чтобы сфотографироваться вместе. Сильвана обняла их и притянула Андрея поближе к себе

Проведя три часа в ресторане, гости начали расходиться. Когда все ушли, Сильвана со своим мужем и детьми сели в лимузин и поехали домой. Сильвана переоделась и уложила детей спать. Когда она вошла в спальню, Андрей уже ждал ее, лежа в кровати. Она посмотрела на него и заметила, что он без одежды. Сильвана нырнула в постель. Андрей приподнялся, притянув ее к себе и поцеловал прямо в губы. Не спеша он снял ее красную сорочку и бюстгальтер. Потом они занялись любовью. Глубокой ночью они лежали обессиленные рядом и говорили о будущем.

— Сильвана, ты же знаешь, что я здесь временно, а потом я хотел бы вернуться в Канаду. Ты согласна переехать в Канаду? — спросил Андрей.

Сильвана приподнялась и поцеловала его:

— Да, я всегда хотела уехать отсюда. Но мне нужно продать дом и добиться разрешения Марка взять с собой детей.

— Разберемся со всем этим после медового месяца, — сказал Андрей. Сильвана положила голову ему на грудь и, пока он гладил ее по голове, сладко заснула.

***

Летели дни, и дети Сильваны привыкали к Андрею. Он играл с ними в футбол и рассказывал смешные шутки. Через месяц после замужества Сильвана решила поговорить с Марком о своих планах на переезд в Канаду. Когда он приехал, чтобы забрать детей, она сказала:

— Марк, проходи. Нам нужно поговорить.

Он нахмурился:

— Что случилось?

— Ничего, просто хочу кое-что с тобой обсудить, — объяснила Сильвана.

Марк прошел и сел на диван. Сильвана уселась напротив.

— Мы с Андреем решили переехать в Канаду и взять с собой детей.

Марк тут же встал:

— Ты не заберешь моих детей с собой.

— Куда бы я ни переехала, они поедут со мной, — настаивала Сильвана.

Марк смотрел на Сильвану мрачно.

— Я не разрешу тебе взять их с собой.

Сильвана тоже встала и посмотрела на Марка строго:

— А ты помнишь, как побил Питера пластмассовой палкой, оставив следы на его теле? У меня есть эти фотографии. И если ты не разрешишь мне вывезти детей, я воспользуюсь теми фотографиями, чтобы оформить единоличное право на детей. После этого ты вообще их никогда не увидишь.

Услышав угрозу Сильваны, Марк присел.

— Ладно, можешь взять их с собой. Но, пожалуйста, следи, чтобы они были в безопасности.

— Папа, пошли! — крикнул Питер снаружи.

Марк встал и ушел вместе с детьми.

Время шло, Сильвана разместила объявление в газете о продаже дома. Через четыре месяца ей удалось его продать. На следующий день после продажи она сидела с детьми в гостиной, объясняя им ситуацию:

— Я вам еще ни разу не говорила, но мы скоро переедем.

— Куда? — спросила Мари, подходя к матери.

— В Канаду, — ответила Сильвана.

— А как насчет папы? — поинтересовался Питер.

— Папа теперь живет с новой семьей, а я вышла замуж за другого человека. Он не может поехать с нами, — объяснила Сильвана.

— Но мне будет не хватать его, — сказал Питер тихим голосом.

Сильвана поцеловала его:

— Не беспокойся. Вы будете видеться по скайпу, или он будет приезжать к вам. А теперь идите поиграйте!

Дети вышли из гостиной расстроенные.

Через две недели Андрей и Сильвана упаковали вещи по коробкам и отправили их в Ванкувер. Потом Андрей купил билеты на самолет для всех них . И за день до отлета они пригласили Марка, чтобы тот побыл с детьми. Все вместе они сидели в гостиной, дети окружили Марка.

— Папа, ты приедешь к нам? — спросила Айгюн.

— Не знаю, — огорченно ответил он.

— Мы будем по тебе очень скучать, — сказала Мари, держа его за руку.

Он поцеловал Мари:

— Помни, что папа не такой плохой, как ты думаешь. Я просто всегда хочу, чтобы вы научились всему и не совершали ошибок. Я вас люблю и горжусь вами. Вы все очень умные дети, — его глаза увлажнились. — Обещаю, что приеду к вам.

Мари, слыша его грустный голос, сказала:

— Отец, не переживай. Мы не навсегда уезжаем.

Он отвернулся, пытаясь скрыть слезы. В этот день он пробыл с ними несколько часов, а потом ушел, обещая завтра отвезти их в аэропорт.

Сильване было жаль его. Ей искренне хотелось, чтобы ее первый брак был хорошим, чтобы Марк исправился, но он не менялся. И теперь она была просто счастлива, что Андрей стал именно тем мужем, о котором она всегда мечтала.

Утром все встали рано и спешно принялись готовиться к путешествию. Андрей помог Сильване упаковать последние мелочи. Марк прибыл в семь часов, и все они сели к нему в машину. Он не произнес ни слова.

— Марк, ты привез удостоверение личности Питера? — спросила Сильвана. Но Марк не ответил. — Марк, я с тобой разговариваю.

— Что такое? — спросил Марк.

— Ты привез удостоверение личности Питера? — спросила она снова.

— Да, я положил ему в сумку.

Наконец, они приехали в аэропорт. Когда все они вышли из машины, Марк обнял детей и пожал руку Андрею. Сильвана обняла Марка и почувствовала, как он дрожит.

— Марк, я искренне надеюсь, что ты обретешь покой, так же, как обрела его я.

Марк почти плакал; он понимал, что все еще любит свою бывшую жену, и в данный момент он теряет и ее, и детей.

— Хорошего вам полета, — сказал он и пошел прочь, не дожидаясь, пока они улетят. Он сел в машину, склонил голову над рулем и горько заплакал. Он очень жалел, что не смог стать любящим мужем, но теперь было слишком поздно, чтобы что-то менять.

Сильвана и вся ее семья взошли на борт самолета, летящего в Канаду. Она села рядом с Андреем и положила голову ему на плечо. Дети сели на сиденья впереди них. Она чувствовала огромное счастье и облегчение от того, что покидает Кению.

— Прощай, тюрьма, — произнесла она, глядя вниз на маленькие бараки, когда самолет набирал высоту. Наконец, она смогла улететь из страны, в которой провела столько длинных и скорбных лет.

***

Прошло три года с тех пор, как Сильвана переехала на родину Андрея; они обосновались в большом и уютном доме. За это время произошло много неожиданного. Негативный опыт Сильваны подтолкнул ее к тому, чтобы встать на защиту женщин, подвергающихся жестокому обращению в браке, превратившись в мотивационного спикера и наставницу. Она начала посещать конференции по всему миру, посвященные распространению информации о семейном насилии и бедственном положении жертв такого насилия. Ее приглашали на телевидение и радио. После того как Сильвана получила Нобелевскую премию за свою работу по помощи жертвам насилия, она полетела в Сан-Франциско.

В Сан-Франциско у нее было запланировано интервью с местной газетой, а также участие в конференции для женщин и детей, ставших жертвами жестокого обращения в семье. Некоторое время назад ее попросили выступить с мотивирующей речью в поддержку пострадавших женщин и мужчин в Международную ассоциацию жертв насилия. И ее речь возымела такой успех, что привлекла интерес многих журналистов. Многие женщины хотели услышать ее мнение по разным вопросам. Сильвана была очень рада такому отклику на свое выступление и наслаждалась тем, что может давать людям советы и помогать им своими знаниями.

Будучи в Сан-Франциско, она остановилась в отеле «Даймонд», рядом с которым было множество примечательных мест: Юнион-Сквер, Городской совет, AT&T Парк, а также конференц-центр Хендерсона.

Ее речь была запланировала на 11 часов дня в понедельник. Сильвана встала в пять утра и написала несколько заметок к своей речи. Закончив, она выбрала черное платье, которое подходило для данной цели. Спустившись вниз позавтракать, Сильвана съела омлет и фрукты. После этого она вернулась в номер, надела красный пиджак и туфли. В 9:30 она вышла из отеля и направилась к конференц-центру Хендерсона.

На конференции она увидела множество людей разных возрастов. От вида такого огромного количества слушателей Сильвана немного занервничала и начала слегка дрожать. Она уселась в первом ряду, непрестанно повторяя про себя: «Сильвана, не переживай. Ты сможешь это сделать. Просто выйди на сцену и говори без всякой паники». Постепенно она перестала трястись и расслабилась. Первый выступающий вышел на сцену, и шумная аудитория затихла.

«Уважаемые гости, позвольте начать нашу конференцию.

Как вам известно, наша ассоциация поддерживает жертв насилия. Мы путешествуем по всему миру, чтобы повысить осведомленность людей о формах насилия, а также помочь людям, которые пытаются освободиться из подобных отношений и начать новую жизнь. Мы пригласили специального гостя — очень сильную женщину, которая выступит сегодня с мотивирующей речью. Эта женщина подвергалась моральному насилию в семье и также столкнулась с многими проблемами, из которых теперь она вышла победителем.

Прежде чем пригласить ее на сцену, я бы хотел привести цитату из Библии: «Блажен человек, который переносит искушение, потому что, быв испытан, он получит венец жизни, который обещал Господь любящим Его» (Иаков, 1:12). Сегодня Сильвана — это живой пример торжества надежды; ее опыт показывает, как человек может изменить свою жизнь к лучшему.

Терпеливо пройдя все испытания, Сильвана получила благословение от Господа за веру Ему. Господь увенчал ее счастливым замужеством, любовью и успехом в бизнесе, а также замечательными детьми.

Ведущий остановился и посмотрел на слушателей. Через мгновение он продолжил:

— Однако не все эти успехи дались ей легко. Она делала шаг за шагом, чтобы разорвать ненавистные цепи и обрести свободу. Она никогда не сдавалась и не теряла веры в Бога, но продолжала проявлять настойчивость, молиться и верить в лучший исход, делая при этом все возможное, чтобы изменить жизнь к лучшему. Позвольте пригласить сюда миссис Сильвану Бабаеву!

Услышав свое имя, Сильвана снова занервничала. Она никогда не любила быть в центре внимания, а сейчас ей предстояло выступать перед многочисленной аудиторией. Сильвана медленно встала со своего места и пошла на сцену, дрожа и повторяя про себя: «Успокойся, Сильвана». Она чувствовала, как мышцы дергаются на лице. Поднявшись на сцену, она подошла к микрофону. Увидев красивую, уверенную в себе женщину, собравшиеся зааплодировали.

— Доброе утро, дорогие гости. Пока некоторые переедают, покупают дорогую одежду и путешествуют, ходят в клубы и наслаждаются своей жизнью, многие люди страдают от жестокого обращения, отверженности и плачут о помощи. Однако многие из нас предпочитают не слышать этот вопль о помощи и намеренно закрывают глаза. Следовательно, дети умирают от физического насилия, подростки кончают жизнь самоубийством, потому что подвергаются унижениям в школе.

Сорокалетняя Сильвана остановилась и посмотрела на зрителей. Их любопытные глаза пристально смотрели на Сильвану, когда они слушали ее.

— Эти люди страдают из-за пренебрежения нашего общества, игнорирования и недоверия. Как долго мы будем оставаться эгоистичными и притворяться, что мы не видим страдания окружающих? Мы, словно одна большая заботливая семья, должны объединиться, чтобы сказать «нет» насилию и оскорблениям.

Женщины, послушайте, вы заслуживаете быть счастливыми, уважаемыми, любимыми и жить в здоровом микроклимате. Вы пришли в этот мир не для того, чтобы вас унижали или обращались, как с рабынями. Ваша цель на Земле — быть хорошими матерями, любящими женами, успешными деятелями. Поэтому прекратите приучать своих детей к различным формам насилия, позволяя им быть свидетелями жестокости и унижений. Вместо этого пошлите ко всем чертям извращенные и пагубные отношения! Вы должны стать для своих детей примером сильного, любящего, заботливого человека, который говорит «нет» насилию!

Она остановилась только чтобы перевести дыхание и продолжила.

— Вы знаете о том, что если кто-то подвергается моральному насилию, это разрушает его личность? Жертва такого насилия теряет уверенность в себе, страдает от низкой самооценки, депрессии, озлобления и страха. Уныние заставляет такого человека видеть все в черном цвете; это отражается на его мыслях, поступках и даже на питании и сне. Но люди часто недооценивают первые звоночки, они отвергают мысль о том, что подвергаются настоящему насилию, и не хотят в это верить.

Некоторые удивляются, как женщины остаются со своими деспотичными мужьями, и обвиняют их в том, что они терпят это насилие. Но все это потому, что жертвы насилия живут в постоянных опасениях; они испытывают страх при мысли о выживании в одиночку, финансово зависимы от своих партнеров, и им обычно просто некуда уйти.

Кроме того, они не могут оставить детей без средств к существованию. Насилие влияет на их души настолько, что они начинают верить, что не заслуживают ничего хорошего, теряют веру в свои способности и задаются вопросом, почему Господь их оставил.

Я живое свидетельство того, что Бог любит нас и что избавиться от насилия возможно. Сегодня я здесь, чтобы торжественно заявить, что Бог не оставил вас. Он освободил меня от страданий, а значит, избавит и вас.

Некоторые жертвы насилия продолжают любить своих партнеров и не хотят разводиться. Если у вас именно так, то поговорите с партнером о его или ее поведении. Расскажите им, как это отражается на вас и на ваших детях, и попросите партнера измениться. Сходите вместе на консультацию к психоаналитику. Если ваш обидчик изменится в лучшую сторону, значит, вы можете остаться с ним и работать над отношениями в браке. Но если изменений не происходит, не смиряйтесь с его или ее греховным поведением, оставаясь в таком союзе. Получите образование, найдите работу, начните копить деньги. А потом разводитесь.

Сильвана остановилась и посмотрела на аудиторию с улыбкой. Капельки пота тепли по ее лицу. В сердце она чувствовала радость, зная, что делает что-то хорошее.

— Если вы хотите изменить свою жизнь, то пора избавиться от страхов и начать совершать какие-то шаги для изменения жизни к лучшему, потому что бездействие — ваш худший враг. Не позволяйте страхам удерживать вас от лучшей жизни. Боритесь с ними, принимая испытания с улыбкой. Умейте постоять за себя, не отвечая тем же, а оставляя зло позади. Не бойтесь остаться в одиночестве, совершать ошибки или просить о помощи. Все делают ошибки и учатся на них. Вы не одиноки, с вами Господь, и хорошие люди тоже есть! Просто обратитесь к ним. Взвесив все «за» и «против» в своей ситуации, идите вперед и проживайте свою жизнь, освободив себя и своих детей от насилия! Но я должна вас предупредить: этот путь нелегкий. Однако вы сможете выжить самостоятельно, и с вашими детьми все будет в порядке, если вы их любите и способны защитить.

Мы живем только один раз, поэтому не тратьте свою жизнь впустую. Проживите свою жизнь с толком, сохраняя свои моральные ценности и жизненные принципы. Какой смысл может быть в вашей жизни, если вы терпите постоянно насилие, боль, депрессию и гнев?

— Это правда! — закричала темнокожая женщина.

— Так что избавляйтесь от насилия и проживайте свою жизнь полноценно, делая счастливыми и себя, и своих детей. Помните, что все возможно с Богом, если мы имеем веру, молимся и пытаемся что-то изменить.

Пока Сильвана говорила, в аудиторию заходили люди. Она остановилась, чтобы сделать глоток воды.

— Родители, защитите своих детей. Вы всегда должны знать, куда они идут, с кем общаются, учитесь распознавать признаки того, что ваш ребенок подвергается насилию или унижению. В мире, так же, как и в Интернете, полно растлителей. Не оставляйте их без присмотра, даже с родными, следите за их интернет-активностью. Важнее всего давать им свою любовь и хорошее образование. Если ребенок растет, не чувствуя любви, он или она выберут неверного партнера лишь потому, что будут нуждаться в такой любви. Помните, что ваш ребенок — плод ваших усилий, вложенных в него образом вашей жизни. Качественное образование поможет им в этой жизни и откроет хорошие перспективы.

Пришло время изменить образ мыслей, поведения, время увидеть и принять действительность. Не позволяйте никому унижать вас, давить на вас, препятствовать вашему развитию или пользоваться вами. Вы неплохой человек и заслуживаете лучшего. Мыслите позитивно и верьте в свои способности, в свои силы, а самое важное — предайте все свои надежды, беспокойства, всю свою боль в руки Господа и совершайте шаги в сторону изменения своей жизни к лучшему. Верьте в Бога и помните о том, что все возможно, и ваше позитивное мышление привлечет значительные изменения в вашу жизнь. Тогда у вас будет больше мотивации, чтобы предпринимать необходимые шаги, и вера уменьшит вашу боль и уныние.

Сейчас я прошу вас встать и повторять за мной:

— Во имя Господа я заявляю, что с Божией помощью смогу преодолеть все испытания, которые встретятся на моем пути. Я больше не одинока и не отвержена. Господь всегда со мной. С Божиим благословением я буду трудиться над тем, чтобы изменить свою жизнь к лучшему. Я буду стремиться исполнить свое предназначение, жить по совести и с благодарностью принимать то, что Господь пошлет мне. С Божией помощью я обрету мир в душе и надежду на будущее.

Сильвана снова остановилась и посмотрела на зрителей. Глядя на них, она внезапно поняла, что, если бы не ее тяжелый жизненный опыт, она не смогла бы так глубоко понимать чужую боль и не стояла бы сегодня на этой сцене.

— Повторите, пожалуйста, эти слова, — сказала Сильвана, обращаясь к собравшимся. — Я человек, созданный Богом и любимый Им. Господь даровал мне жизнь, и с Его помощью я могу преодолеть любые испытания. Я стремлюсь быть добрым, честным и милосердным человеком. Я прощаю тех, кто меня обидел, и прошу Бога помочь мне освободиться от гнева, обиды и отчаяния.

Я открываю свое сердце Богу и доверяю Ему свои раны, страхи и тревоги. Пусть Он исцелит мою душу, укрепит меня и наставит на путь истины. Если дурные мысли, уныние или злость попытаются овладеть моим разумом или сердцем, я буду обращаться к Богу в молитве и просить Его о помощи.

Я не стану жить прошлыми обидами и позволять им управлять моей жизнью. С Божией помощью я буду идти вперед с надеждой и благодарностью, сохраняя в памяти доброе и полезное. И если тяжелые воспоминания вновь вернутся ко мне, я не позволю им лишить меня мира, потому что Господь будет со мной и укрепит меня.

Покайтесь и попросите у Господа прощения и исцеления. Оставьте позади свое беспокойство, волнение, страхи и боль. Бог любит вас, и Он рядом. Поблагодарите Бога за каждое его благословение в вашей жизни.

Она посмотрела на людей, и лицо осветила счастливая улыбка. Сильвана была благодарна Богу за все свои неудачи, потому что благодаря им она стала тем, кем она была. Они научили ее любить и понимать людей.

Сильвана выпила немного воды, отерла пот с лица и продолжила:

— Вы должны научиться любить себя, но не быть эгоистичными и пренебрежительными к окружающим. Любить себя значит заботиться о здоровье и благополучии, оставаясь скромным и добрым по отношению к окружающим. Позаботьтесь о том, чтобы построить крепкую связь с Богом и жить праведной жизнью, согласно Божьим заповедям. Вам нужно стать частью церкви, исповедоваться и причащаться. Без Бога вы не найдете рай. Ни в этой жизни, ни в будущей. Царство Божие — внутри вас! Ищите его, а все остальное приложится.

Мне было очень приятно выступать перед вами. Спасибо огромное вам за внимание и терпение.

Сильвана покинула сцену под громкие аплодисменты зрителей. После окончания конференции репортер из журнала «Женская сила» подошла к Сильване и попросила ее дать интервью. Они договорились о встрече во вторник утром.

Прежде чем вернуться в отель, Сильвана решила зайти в туалет. По пути к ней подошла невысокая, тоненькая женщина.

— Миссис Бабаева, можно вам задать вопрос? — спросила она, застенчиво глядя в пол.

Сильвана остановилась и сделала шаг в ее сторону.

— Да, — сказала она.

— Я послушала вашу речь, она была очень вдохновляющей. Я пришла на конференцию, пытаясь найти выход для своего брата, — объяснила женщина.

— Что с ним произошло? — спросила Сильвана.

— Мой брат женился на безжалостной женщине. Она издевается над ним уже очень долгое время. Мы пытаемся помочь ему выбраться из этого. Он безработный, поэтому продолжает терпеть ее выходки. Он набрал вес и теперь ощущает себя жирным, бестолковым неудачником. Я не знаю, как помочь ему, — она глубоко вздохнула.

— В первую очередь он должен понять, что он не неудачник и не бестолковый. И он должен перестать находить успокоение в еде. Вместо этого покой надо искать в общении с Богом, в молитве, которая наполнит его благодатью. Божья благодать поможет ему справиться с этой ситуацией. Но в то же время он должен предпринимать что-то, чтобы избавиться от унижений и изменить к лучшему свою жизнь. Например, когда нервничает, он может есть фрукты или овощи или пойти гулять. Это уменьшит его напряжение, поможет ему сбросить вес. А когда он похудеет, то станет доволен собой. Работая над весом, он должен начать искать работу и пройти какие-то курсы, чтобы научиться новым способностям.

— Но он не верит в себя. Он думает, что никому не нужен, — сказала женщина с грустной улыбкой.

— Он нужен Богу, а чтобы стать счастливым, этого достаточно. Он должен научиться не только любить и уважать себя, но также и принимать себя со всеми своими недостатками. Он должен знать, что он сможет выжить самостоятельно, без материальной поддержки жены. Как только ваш брат сделает хоть малейшие шаги в сторону изменения, начнет следить за собой, своим питанием, его представление о себе тоже изменится. Уверена, что женщины будут любить его таким, какой он есть, и он сможет найти работу. Пожалуйста, убедите его, чтобы перестал думать о материальном, пусть лучше ищет душевного мира и освобождения от унижений. А это достигается с помощью поиска работы и какихто позитивных изменений в жизни, которые будут угодны Богу. Но в первую очередь ему следует поговорить с женой. Кто знает, возможно, после посещения психолога и благодаря молитве все изменится, и их брак станет таким же, каким был с самого начала. — Спасибо огромное за ваш ценный совет.

— Пожалуйста, — ответила Сильвана и пошла в туалетную комнату.

Когда она мыла руки после туалета, она услышала рыдание.
— С вами все в порядке? — спросила она, встав за дверью.

Рыдания усилились. — Вам нужна помощь?

— Нет, спасибо, — ответил плачущий голос.

— Но вы плачете. Вам будет лучше, если вы поговорите с кем-то.

Дверь открылась, и навстречу вышла молодая женщина. Сильвана уставилась на нее. Женщина выглядела чрезмерно худой, и у нее были очень грустные глаза.

— Спасибо за заботу, — сказала она с вымученной улыбкой.

— Не за что.

Женщина умылась и снова посмотрела на Сильвану, узнав в ней приглашенного спикера.

— Вы ведь Сильвана, которая выступала сегодня на тему насилия? — спросила она с любопытством.

— Да, это так.

— Меня зовут Ясмин. Я из Ирана, а мой муж — американский мусульманин. Мы живем здесь. Я пришла сюда в поисках решения своих проблем. Ваша речь вытащила мою боль наружу.

Сильване было жаль Ясмин, и она захотела ей помочь, хотя бы советом.

— Туалет — не место для разговора. Если хотите поговорить о том, что вас беспокоит, пойдемте в фойе, — предложила она.

Они вышли из туалетной комнаты и отправились в вестибюль. Усевшись в кресло, Сильвана спросила:

— Расскажите, что вас беспокоит.

— Я развожусь, это очень тяжело для меня, — объяснила Ясмин.

— Почему вы разводитесь?

— Мой муж постоянно бил меня, — по лицу Ясмин было видно, насколько ей тяжело говорить об этом.

— За что? — осмелилась спросить Сильвана.

— Он мусульманин, который любит, чтобы все было по-его. Если ему что-то не нравится, он бьет меня. Он также злился на меня, потому что я не могла забеременеть и не надевала хиджаб. Но последний раз он избил меня железкой, потому что я покинула дом без его разрешения, — пока Ясмин рассказывала о наболевшем, Сильвана видела невыносимую боль и страх на ее лице. Она боялась перебить и внимательно слушала. — Мне наложили несколько швов на голове, я сообщила об этом в полицию. И потом подала на развод.

Сильвана была шокирована услышанным, но старалась не показывать виду.

— Хм, а он хоть раз проверялся сам в клинике на свою способность к деторождению? — поинтересовалась она.

— Нет, он никогда не обследовался. Он и его мать обвиняли меня и издевались надо мной из-за бездетности.

— Как долго вы в браке?

— Около пяти лет, — сказала Ясмин.

— И он всегда вёл себя с вами агрессивно?

— Да, — женщина смахнула набежавшие слезинки.

— Почему вы так долго жили с ним, позволяя ему издеваться над вами?

— Я из мусульманской семьи, и все мои родные просили меня остаться с ним. И даже сейчас мои родители не поддерживают мое решение развестись с ним, — объяснила Ясмин.

Сильвана увидела, что по лицу ее собеседницы слезы потекли еще сильнее.

— В вашей ситуации не следует думать о том, что подумают люди, а о том, что будет лучше для вашего здоровья. В любом случае, вы не сможете всем угодить, и некоторые будут болтать за вашей спиной. Такова натура людей, их не изменить.

Ясмин тяжело вздохнула:

— Я так тяжело переношу этот процесс, а меня совсем некому поддержать. В моем сердце постоянно сидит гнев и обида, я впадаю в депрессию. С тех пор как я подала на развод, муж стал угрожать мне. Пару дней назад я была в таком отчаянии от встречи с ним, что чуть не наглоталась таблеток.

Сильвана неодобрительно покачала головой:

— Нет, вы не можете покончить с собой. У вас вся жизнь впереди.

— Я не хочу умирать, но когда я впадаю в депрессию, то не могу себя контролировать. В такие моменты я чувствую, что все безнадежно и у меня нет сил жить дальше. И совершенно некому меня утешить, — Ясмин плакала, размазывая слезы по лицу. Некоторые люди, проходящие мимо, смотрели на рыдающую женщину.

Ее история напомнила Сильване о ее собственных страданиях. Она печально вздохнула.

— Мне известно, каково это — переносить такие страдания в отсутствии всякой поддержки. Но я должна сказать вам, что хороших людей немало, и вы их обязательно повстречаете, как и я в свое время. Пожалуйста, перестаньте плакать, все наладится, — уговаривала Сильвана, сочувствуя Ясмин. Она испытывала такую же боль, когда была замужем за Марком. — Депрессия — это опасное состояние, с которым нужно бороться, прежде чем оно подтолкнет вас к самоубийству. Иногда депрессия возникает из-за проблем с мозговым кровообращением, но ваша депрессия ситуационного характера. Она уйдет, когда обстоятельства поменяются, но в любом случае нужно показаться врачу, чтобы он назначил вам лечение, посоветовал, как лучше изменить образ жизни и питание, или займитесь чем-то, что будет помогать вам расслабиться или испытывать радость. Ежедневные тренировки смогут уменьшить депрессию и уровень стресса, — наставляла Сильвана.

— Благодарю вас за совет. Я запишусь на прием на следующей неделе, — Ясмин постаралась изобразить улыбку, но тут же закрыла лицо руками. — В моем сердце столько злости, что я просто не знаю, как избавиться от нее.

— Вам надо научиться прощать. Без прощения злость не уйдет. Самое главное — не зацикливайтесь на прошлых обидах, а думайте о своем прекрасном будущем. Как только гнев будет возвращаться, гоните его, замещая любовью и добрыми мыслями. Просите Бога, чтобы помог вам простить и исцелил вас, окружайте себя только добрыми и вдохновляющими людьми.

Ясмин прислушивалась к каждому слову Сильваны. Разговор помог взглянуть на вещи иначе. Сильвана отлично понимала всю ее ситуацию, и она в прошлом была в таких же условиях. Ей потребовалось немало времени, чтобы простить тех, кто обижал ее. Посмотрев на часы, Сильвана встала со словами:

— Ясмин, примите мои извинения, но мне нужно идти. Не переживайте, ваша жизнь изменится. Главное — не унывайте, будьте сильной и не теряйте веру в Бога.

Ясмин тоже встала:

— Я рада, что смогла поговорить с вами. Теперь я уверена, что я на правильном пути. Спасибо огромное, — она улыбнулась.

— Пожалуйста, — ответила Сильвана. Она чувствовала усталость после этого разговора, поэтому остаток дня она провела в номере отеля за чтением и просмотром телепередач.

Во вторник утром она встала в пять часов, приняла душ и надела зеленое платье. В этот день Сильвана заказала завтрак в номер. В 9:50 в ее номере зазвонил телефон.

— Мисс Бабаева, репортер из журнала «Женская Сила» ждет вас в вестибюле, — сообщил мужской голос.

— Скажите ей, пожалуйста, что я скоро спущусь. Спасибо.

Она положила трубку и вышла из комнаты. Выйдя в фойе, Сильвана увидела высокую блондинку, которая поспешила ей навстречу.

— Доброе утро, Сильвана. Меня зовут Ангелина. Вы не против ответить на парочку вопросов?

— Доброе утро. С радостью отвечу на все ваши вопросы, — Сильвана спокойно улыбнулась.

Они прошли к креслам и удобно устроились рядом друг с другом. Журналистка достала диктофон из сумочки.

— Ничего, если я буду записывать наш разговор? — спросила она.

— Да, пожалуйста.

Девушка включила запись и задала первый вопрос:

— Сильвана, откуда вы?

— Из Азербайджана.

— Я слышала ваше выступление, у вас прекрасный английский. Говорите ли вы на других языках?

— Да, я говорю на русском.

— У вас есть дети?

— Да, у меня четверо замечательных детей.

— Правда ли, что вы были замужем за агрессивным, деспотичным человеком, от которого вы ушли?

— Да, это так.

— Сколько вы были замужем?

— Около 16 лет.

— Ого! Это долгий срок! И как же вы смогли справиться со всеми страхами и разорвать цепи, которые сковывали вас?

— На это повлияло несколько факторов, которые привели меня к освобождению от мучительных отношений. Самое важное, мой долгий путь заставил меня почувствовать, что я, как и все люди, грешница. Я покаялась и научилась любить себя таким способом, который не имеет ничего общего с банальным эгоизмом. Я осознала, что мне не нужна чья-то любовь, чтобы быть счастливой. Когда ты любишь себя, ты не позволяешь другим издеваться над тобой или распоряжаться каждым твоим действием. Ты делаешь выбор в пользу того, что полезно тебе и твоей семье. А когда ты себя не любишь, люди унижают тебя, перестают уважать, и все это делает твою жизнь ужасной.

Я также поняла, что жить с этой неутихающей болью и мучительным прошлым вредно не только для меня, ведь я распространяю негатив вокруг себя, а значит, преумножаю зло в мире. Я сосредоточилась на том, какой я хочу видеть свою жизнь, стала контролировать свои мысли, сохранять позитивный настрой и верить в благополучный исход. Я стала представлять свою будущую карьеру и личную жизнь так, как если бы это все уже стало частью моей жизни. Наиболее важным было не просто крепко верить в Бога, но и передать в Его руки все свои переживания и ежедневно молиться. Бог — источник жизни, и Он повсюду, Егоголос есть внутри каждого из нас — это наша совесть. Значит, все наши намерения должны направляться Им.

Только по милости Божией я смогла избавиться от отчаяния, злости и простить. Я не позволила страхам взять верх надо мной, а вместо этого приняла их и встретила лицом к лицу. В конце концов, глубоко осознав пагубное влияние домашнего насилия на мою жизнь и будущее, я решила положить этому конец, — объяснила Сильвана.

— Вы работаете в качестве волонтера в детском доме. Что заставило вас вступить на такой путь?

— Ребенком отец оставил меня, и остальные родственники пренебрегали мной; я никогда не чувствовала любви. Я была несчастна и одинока. Я бы не хотела, чтобы кто-то другой чувствовал то же самое. Потому я стараюсь подарить свою материнскую любовь каждому ребенку и привить им те моральные ценности и установки, которых так не хватает современному обществу. Зная, что я могу сделать детей счастливыми и привнести что-то хорошее в общественную жизнь, я и сама очень радуюсь.

— Это правда, что из мусульманки вы превратились в православную христианку? И если да, то почему?

— Да, это чистая правда. Я выросла в современной мусульманской семье, но ребенком я всегда верила в то, что Иисус Христос — Божий Сын. В конечном итоге, осознав, что православие — это моя религия, я приняла крещение.

— Какие у вас планы на будущее?

— Надеюсь, что буду и дальше вдохновлять женщин и помогать им освобождаться от тирании собственных супругов и обретать независимость. Чтобы достичь этой цели, я планирую открыть благотворительный фонд «Сад веры и надежды».

— Спасибо, что ответили на все мои вопросы.

— Пожалуйста, — ответила Сильвана, радушно улыбаясь.

Журналистка выключила диктофон.

— Сильвана, мне было очень приятно с вами разговаривать. Спасибо, что дали такое интересное интервью. Я желаю вам успехов во всех начинаниях, — сказала Ангелина, поднимаясь с кресла.

— Спасибо, Ангелина, мне тоже было очень приятно.

— До свиданья, — попрощалась Ангелина.

— До свиданья, — ответила Сильвана, счастливая, что интервью наконец закончилось.

Когда Ангелина ушла, Сильвана прошла к лифту. Она вернулась в свою комнату и начала собирать вещи. Вечером она села на самолет и уже утром приземлилась в Канаде. Из аэропорта Сильвана села в автомобиль, который должен был привезти ее в дом на берегу озера. Она планировала приехать на день позже, но обстоятельства изменились, и она решила поменять билет. Сильвана ничего не сказала Андрею о своем возвращении, чтобы устроить сюрприз ему и детям. Она очень устала, но в то же время была довольна тем, что скоро увидит свою семью.

Сидя в такси, Сильвана думала о своей жизни, прошлых неудачах и достижениях. Она с радостью думала о недавних удивительных переменах в своей жизни. После стольких лет страданий, с Божьей помощью, она наконец получила все то, что ей было так нужно для счастливой и спокойной жизни. Она смогла открыть свой собственный ресторан «Азербайджанская Экзотика» и выйти замуж за человека своей мечты. События ее жизни доказывали, что свет в конце тоннеля действительно существует. Благодаря Богу, она смогла выйти из полного мрака на свет.

Через сорок минут такси подъехало на территорию жилого комплекса, расположенного на берегу озера в окружении огромных деревьев, и остановилось перед высоким забором.

— Мадам, мы приехали, или вы хотите, чтобы я проехал дальше? — спросил водитель такси, прервав мысли Сильваны.

— Нет, остановитесь здесь, — ей не хотелось, чтобы Андрей услышал звук приближающегося автомобиля. Поэтому Сильвана вышла напротив черных ворот. Водитель выгрузил ее багаж и поставил его на дорожке перед воротами. Сильвана расплатилась и пошла к дому, оставив багаж во дворе. По дороге она ощущала запах прекрасных роз красного, желтого и розового цветов, которые благоухали возле дома. Остановившись у маленького фонтана, Сильвана посмотрела на статую ангела и глубоко вдохнула свежий воздух, чувствуя сердцем радость и покой.

«Господи, как хорошо быть дома! Какое счастье иметь крышу над головой, да еще в окружении такой красивой природы».

Она посмотрела на свой дом. Он был большой, как настоящий особняк с огромными окнами. Выкрашенный в благородный синий цвет, он имел большой балкон, на котором Сильвана любила развлекать гостей. В доме была одна просторная кухня, девять больших спален с ванными комнатами, огромная гостиная, тренажерный зал и учебная комната. Но, несмотря на это, не комфорт и достаток были основными причинами, по которым ей нравилось жить в этом доме. Ее безмерно радовало, что здесь они могут жить всей своей большой семьей — Андрей и Сильвана с детьми, а также ее мать со своим мужем и бабушка.

Когда Сильвана подошла к входной двери, она услышала, как Андрей хихикает вместе с детьми. Вместо того, чтобы позвонить, Сильвана решила обойти дом и заглянуть в окно. Она увидела, как Андрей сидит на большом диване в окружении детей. Все они смотрели телевизор и смеялись. Увидев их веселье, Сильвана тоже улыбнулась. Андрей всегда заставлял Сильвану смеяться. Кроме того, он часто пел для нее.

— Папа, а ты можешь сделать что-нибудь смешное, как тот человек из телевизора? — спросила Мари, заливаясь смехом.

Андрей прошелся по комнате, изображая обезьяну. Дети снова расхохотались.

Сильвана смотрела на свою пожилую бабушку Садагет, которая сидела в кресле отдельно от всех в своих старых темных очках и, как обычно, жаловалась. В свои 75 лет она выглядела совсем хрупкой.

— Зачем так шуметь? У меня голова от вас болит! — говорила она на русском, размахивая морщинистыми руками. Когда она была недовольна или раздражена, она начинала говорить по-русски вместо азербайджанского. Андрей подошел к ней, чтобы успокоить:

— Да ладно вам, бабушка, повеселитесь с нами, не надо ворчать!

— Эсмира, ты где? Отведи меня в мою комнату, — сказала слепая Садагет.

— Папа, бабуля не любит шум. Оставь ее в покое, пока она не начала ругаться! — сказала Айгюн.

Но Андрей поцеловал ее в лоб.

— Кто это поцеловал меня? — спросила она недовольно.

— Бабушка, я тебя люблю, — сказал Андрей по-русски.

— I love you, — она ответила на ломаном английском, расплываясь в улыбке.

Она встала и подвигала руками в воздухе, пытаясь обнять Андрея.

— Где мой Андрей? — спросила она по-русски. Увидев ее попытки, Андрей снова подошел к Садагет и позволил ей обнять его. — Андрей, ты мне как сын, которого у меня никогда не было. Спасибо тебе, что делаешь этих детей и мою Сильвану счастливыми. Питер встал с дивана:

— Ребята, давайте играть. Я вам кое-что покажу, а вы отгадаете, кто я.

— Хорошо, — согласилась Айгюн.

Питер лег на красивый леопардовый ковер и начал извиваться по полу, словно змея.

— Ты — гусеница, — предположила Айгюн.

— Нет, — ответила Питер.

— Змея, — сказал Дэвид.

— Да, ты угадал, — радостно произнес Питер.

Сильвана прошлась к окну в кухню, чувствуя запах еды. Она заглянула внутрь и увидела Эсмиру, стоявшую рядом с кастрюлей, помешивая ее содержимое. Она, как всегда, была модно одета в черную юбку и красный топ. Глядя на мать, Сильвана вспомнила те дни, когда она сожалела, что Эсмира была ее матерью. Теперь эти воспоминания заставляли ее чувствовать стыд. Она поняла, что ее представления о матери были ложными. Возможно, она не проводила с Сильваной достаточно времени, но эта женщина посвятила большую часть своей жизни работе — и все ради того, чтобы обеспечить детей едой и одеждой. Теперь, глядя на мать, Сильвана была рада тому, что Эсмира была в ее жизни. Молодой муж Эсмиры Вузал подошел к ней сзади и поцеловал в шею. Она нежно оттолкнула его:

— Не сейчас. Я готовлю.

Сильвана вернулась к окну в комнату с телевизором и продолжила наблюдать за теми, кого она любила больше всего. От созерцания своей семьи у нее появились слезы радости. От переполнявшего счастья и умиротворения она нестерпимо захотела помолиться.

«Отец, я столько страдала и была одинока в чужой стране. Но ты дал мне все, что мне так было нужно. Вот мои дети и мой муж — они счастливы, и они со мной. Я так благодарна, что мои мама и бабушка живут со мной в одном доме. Благодарю тебя за все эти благословения!»

Окончив молитву, Сильвана вытерла слезы и открыла дверь.

— Всем привет! Я вернулась! — сказала она с широкой улыбкой на лице.

Все замерли от неожиданности, так как ожидали увидеть ее на день позже.

— Кто пришел? Сильвана, это ты? — спросила Садагет.

Андрей подошел к Сильване и обнял ее.

— Родная, я тебя и не ждал сегодня, — сказал он с улыбкой.

Дети тут же облепили Сильвану со всех сторон.

— А я хотела устроить вам сюрприз.

— Сильвана, это ты? — снова спросила Садагет, поворачиваясь в ее сторону.

— Да, бабуля, это я.

Сильвана обняла детей, а затем бабушку.

— Сильвана, твои дети не дают мне покоя. Они так шумят, что у меня голова болит, — говорила Садагет, пытаясь изобразить звук, который производят маленькие дети, чтобы привлечь внимание. Жалобы бабушки вызвали улыбку Сильваны, потому что она знала, как сама Садагет любит привлечь внимание. С любовью Сильвана поцеловала бабушку в лоб.

— Бабуля, просто не обращай на них внимания.

Она села на диван, а Андрей с детьми присоединились к ней. — Милая, как твоя речь?

— Она имела успех. Не поверите, но после выступления столько женщин подходило ко мне! Даже интервью у меня взяли! — голос Сильваны был восторженным.

— Ого! Да это здорово! Мне так жаль, что меня не было рядом.

— Ну как ты мог быть там, если тебе нужно было приглядывать за детьми? — спросила Сильвана мягко, желая поцеловать своего мужа. — Я так устала от поездки. Я бы просто сейчас закрыла глаза и расслабилась.

— Милая, положи мне голову на плечо и закрой глаза. Ребята, мама устала, давайте все закроем глаза на пару минут и посидим тихо, — предложил Андрей.

Сильвана так и поступила. В окружении близких, склонив голову на плечо Андрея, она чувствовала себя любимой и спокойной. Андрей был любящим и заботливым мужем; он делал счастливым каждый день Сильваны. Если она была больна, он окружал ее заботой и никогда не оставлял дома одну. Сидя рядом с ним и купаясь в ощущении счастья, Сильвана невольно вспомнила о Марке. Она подумала о том, счастлив ли он сейчас и нашел ли душевный покой.

Проведя некоторое время рядом с мужем и детьми, Сильвана встала и попросила принести ее багаж, оставленный у ворот. Андрей принес два ее чемодана и поставил их в спальне. Уставшая от перелета Сильвана распаковала чемоданы, достав оттуда подарки, и раздала их всем родным. Эсмира получила красивый черный топ и браслет, Садагет — пижаму, а дети — новую одежду. Подарок Андрею Сильвана вручила, когда они оказались наедине.

Своему мужу она купила золотую цепь с православным крестом. Увидев такой дорогой подарок, Андрей обнял Сильвану с благодарной улыбкой.

— Дорогая, ты ведь знаешь, что мне не нужны такие дорогие подарки. Ты и дети — дороже всего для меня.

— Я знаю, но ведь ты потерял свой крестик. Когда я увидела этот крест, то сразу поняла, что он — твой.

— Спасибо, милая, — сказал Андрей, поцеловав Сильвану в губы. Его поцелуй взбудоражил ее, и она страстно ответила на него. — Ты устала, полежи немного.

Сильвана надела ночную сорочку, легла в постель и скоро уснула. Андрей позаботился о том, чтобы никто не разбудил ее, пока она спит. Она так устала, что проснулась только в час ночи и продолжала лежать в постели, хотя заснуть больше не удавалось.

На следующий день Андрей и Сильвана отправились в ресторан «Экзотика».

— Здравствуй, Афаг. Как тут идут дела? — спросила Сильвана. Сегодня она нарядилась в деловой костюм цвета кофе с молоком.

— Доброе утро. Все отлично. У нас много заказов, поэтому шеф сейчас их выполняет, — сказала Афаг, вынимая белый конверт из кармана. — Это вам.

Сильвана внимательно посмотрела на конверт, убрала его в карман пиджака, а затем достала из сумки рецепт ромового пирога.

— Афаг, отправь, пожалуйста, этот рецепт на кухню. Я бы хотела, чтобы этот пирог испекли сегодня и предложили нашим посетителям попробовать. На следующей неделе он появится в нашем меню. Скажи, пожалуйста, шеф-повару, что сегодня у нас вечер в арабском стиле. Я жду смесь блюд греческой, турецкой и арабской кухни. И не забудьте позвать исполнительницу танца живота. Я найму ее сегодня на два часа, — распорядилась Сильвана.

— К какому времени ее пригласить? — спросила Афаг.

— Семь вечера будет нормально.

Афаг отправилась на кухню.

К Сильване подошла уборщица Тархана:

— Доброе утро, миссис Бабаева. Что я сегодня должна сделать? — спросила она с милой улыбкой.

Сильвана посмотрела по сторонам.

— Ты ведь знаешь, что мой ресторан должен сиять чистотой. Пройдись повсюду и проверь, что пол, стены, двери и окна без единого пятнышка. И я предпочла бы, чтобы впредь ты не спрашивала меня, что ты должна сделать. Ты знаешь свои обязанности и что от тебя ожидают. Просто выполняй их и держи ресторан в идеальной чистоте.

Уборщица ушла, чтобы выполнить распоряжения Сильваны. По своему опыту она уже знала, что даже малюсенькое грязное пятнышко не укроется от внимательных глаз Сильваны.

— Милая, чем тебе помочь? — спросил Андрей с улыбкой, глядя на конверт Сильваны.

— Спасибо, но я сама справлюсь. Тебе нужно спешить в свой офис, — сказала Сильвана мягким голосом.

Андрей посмотрел на часы.

— Ты права! Пока, дорогая, — он поцеловал Сильвану и ушел.

Раздав всем указания, Сильвана зашла в свой кабинет — он был оформлен по ее вкусу в нежных пастельных тонах. На большом столе из орехового дерева стояли свадебная фотография и снимки детей. На стене висела икона Спасителя, Богородицы и святого Нектария.

Сильвана опустилась в мягкое кресло, обтянутое темнокоричневой кожей, и посмотрела на свои иконы с теплой улыбкой. Затем она посмотрела на конверт, который до сих пор держала в руках. Медленно она открыла его и достала сложенный кусочек бумаги. При этом на стол выпал чек. Сильвана подобрала его и, увидев, что на нем значилась сумма в один миллион долларов, вложила его назад в конверт. Дрожащими руками она развернула письмо и прочитала его:

«Уважаемая Сильвана, я прочел Вашу статью о планах по открытию благотворительной организации «Сад веры и надежды», которая будет помогать жертвам насилия. Чтобы както помочь вам в достижении этой цели, я жертвую эту сумму денег. Надеюсь, что Ваша организация будет расти и развиваться и станет голосом протеста против насилия и унижения.

Всего наилучшего,

Выжившая жертва Б. Д.»

Дрожащими руками Сильвана вложила чек и письмо обратно в конверт. Чувство крайнего удивления перемешивалось с возбуждающей мыслью о том, что ее заветная мечта о помощи тем, кто уже потерял надежду и находится в беспомощном и безвыходном состоянии, становится явью!

Слезы радости капали на стол, а сердце билось все быстрее, словно готово было выпорхнуть из груди. Едва слышно она прошептала:

— Что ж, завтра будет новый и лучший день для меня и для тех, кому я смогу помочь!

Сороколетняя красавица поспешно встала и вышла из кабинета. Впереди у нее было много дел.

Примечания

Ханум – уважительное обращение к женщине в Азербайджане.

Нарды – настольная игра для двух игроков, которые бросают кости и передвигают шашки в соответствии с выпавшими очками по специальной доске, разделенной на две половины.

Тасбих – четки.

Киши – азербайджанское обращение к мужчине.

Чайхана – маленький ресторан, куда люди могут зайти, чтобы выпить чашку чая или перекусить.

Муалим – азербайджанское обращение к учителю. Выражает почтенное отношение, уважение к кому-либо.

Кааба – мусульманская святыня, постройка в центре мечети АльМасджид Аль-Харам в Мекке.

Бей – приставка к имени мужчины, которая используется в Азербайджане и других странах Центральной Азии как знак уважения.

Матушка – жена православного священника.

Благодарность

Выражаю благодарность тем, кто поделился со мной не только положительным, но и отрицательным жизненным опытом, в том числе рассказал о моральном и сексуальном насилии, жестоком обращении в семье, притеснении, издевательстве, травле и других проблемах, которые свойственны многим семьям. Мои дорогие друзья, ваши истории вдохновили меня на написание этого романа «Разорванные цепи». Еще хочу сказать спасибо Екатерине Романовой за перевод романа на русский язык.

И, конечно, спасибо Господу за то, что вел меня и поддерживал.

Биография автора

Эмилия Ахмадова родилась в городе Баку, столице Азербайджана. В дальнейшем она провела несколько лет на Багамах, а в настоящее время живет на Карибском острове.

В свободное время Эмилия любит писать и путешествовать.

Она написала романы «Разорванные цепи», «Ад на все времена», «Я и моя сестра-близняшка» и «Карибские Слезы».

Эмилия имеет диплом по управлению бизнесом и степень бакалавра искусств в управлении человеческими ресурсами. Она также имеет международные дипломы по специальному исследованию теории и практики управления, администрирования, руководства бизнесом, коммуникациями, менеджмента отелей.

Эмилия говорит на трех языках (азербайджанский, русский и английский), но родным ее языком является азербайджанский. Изза своей любви к человечеству, к детям она вступила в волонтерское движение в местной школе, и в 2011 году стала одним из лидеров отряда бойскаутов-волчат, получив трофей как первый руководитель-родитель женского пола. Эмилия любит находиться среди людей, любит играть в футбол и получает удовольствие от помощи другим .

Будучи искушенным автором прозы и умелым рассказчиком, Эмилия имеет врожденное чувство стиля повествования; она демонстрирует свой изумительный талант к переплетению сюжетных линий в запутанной истории победы над домашним насилием в нескольких поколениях одной семьи.

Таким образом, за пределами вымышленного мира она выступает в качестве глобального спикера, мотивирующего на борьбу с насилием во всех его формах (сексуальной, родительской, семейной, супружеской, партнерской и детской).

www.ingramcontent.com/pod-product-compliance
Lightning Source LLC
Chambersburg PA
CBHW030417310726
48979CB00002B/453

9781733698252